LA GRANDE HISTOIRE DU MONDE ARABE

Diplômé de l'Institut d'études politiques de Paris, François Reynaert est journaliste au *Nouvel Observateur*. Il y a tenu, entre 1994 et 2014, une chronique humoristique qui l'a rendu célèbre. Il a publié une trilogie romanesque (*Nos amis les journalistes*, 2001 ; *Nos amis les hétéros*, 2004 ; *Rappelle-toi*, 2008, tous chez Nil Éditions). *Nos ancêtres les Gaulois et autres fadaises* (Fayard, 2010 ; Le Livre de Poche, 2012), devenu un best-seller, a montré son goût pour l'Histoire. En 2013, il récidive avec *L'Orient mystérieux et autres fadaises*, une grande histoire du monde arabo-musulman, toujours publié chez Fayard.

Paru dans Le Livre de Poche :

NOS ANCÊTRES LES GAULOIS ET AUTRES FADAISES

En collaboration avec Vincent Brocvielle :

LE KIT DU 21e SIÈCLE

FRANÇOIS REYNAERT

La Grande Histoire du monde arabe

D'Alexandre le Grand à l'islamisme radical

FAYARD

ISBN : 978-2-253-06828-0 – 1re publication LGF

L'idée de cet ouvrage est née un jour de décembre 2010, au cours d'un déjeuner avec Isabelle Seguin (1954-2012), chère et fidèle amie et grande éditrice parisienne. Aucun chapitre n'a été écrit sans une pensée pour elle. Ce livre est dédié à sa mémoire.

SOMMAIRE

Introduction

Ne serait-ce que par la peinture, le cinéma ou la bande dessinée, chacun a dans l'esprit l'image de ces califes des temps lointains à Bagdad, souverains fastueux juchés sur leurs coussins de soie, parés d'or et de pierreries. Qui sait exactement dans quel contexte ces princes avaient réussi à faire de leur capitale la deuxième ville du monde, à une époque où l'Europe se remettait à peine des invasions barbares ? Et de l'Andalousie, des grandes heures d'Istanbul ou de la fabuleuse histoire de l'Égypte, que savons-nous vraiment ?

C'est un étrange paradoxe. Au fil du temps, l'histoire et la géographie ont créé des ponts de toute nature entre les deux rives de la Méditerranée. La moitié de l'Europe, de l'Espagne à la Roumanie, de la Sicile à la Crimée, a été gouvernée pendant des siècles par des souverains musulmans. Une grande partie du monde arabe, quoique pendant une période beaucoup plus brève, a été dominée par les puissances coloniales d'Europe. Les langues du nord de la Méditerranée sont truffées de mots venus du sud, turcs, perses, arabes. Les traditions culinaires ont subi les mêmes influences. Des centaines de milliers d'Européens vivent, travaillent, voyagent chaque année dans la vaste zone qui va du Golfe à l'Atlantique. Et des millions de citoyens européens d'aujourd'hui, issus des grandes vagues d'immigration, ont des racines dans cette région du monde.

Chaque jour, des prophètes de malheur, sectaires de tout poil, bellicistes de toute obédience, accentuent le trait, fût-ce de façon négative, en présentant l'islam comme l'ennemi absolu de l'Occident, qui serait destiné à l'affronter dans un « choc des civilisations » perpétuellement annoncé.

Il ne se passe pas une semaine, enfin, sans que les projecteurs de l'actualité se braquent sur le problème israélo-palestinien, les soubresauts des révolutions arabes, les tumultes qui secouent l'Irak, l'évolution complexe de la diplomatie iranienne ou celle de la vie politique turque.

Pourtant, dès qu'il s'agit de l'histoire de cette vaste région, notre culture générale se réduit à bien peu : quelques clichés sortis des *Mille et Une Nuits*, des fantasmes d'odalisques de harem, des images de Sarrasins à cimeterre et quelques noms de sultans enturbannés, aussi figés dans leur atemporalité que les fiers Bédouins perchés sur leurs chameaux et rêvant sous les étoiles qui firent les beaux jours des peintres pompiers.

J'exagère. Les rapports particuliers qu'ont pu entretenir tels pays européens avec cet univers ont laissé, au milieu du désert, quelques oasis de savoir. Qui est vraiment capable de les relier les unes aux autres, de tracer les chemins qui donnent à l'ensemble du tableau sa cohérence ? De nombreux Français, à cause des liens singuliers qui unissent notre pays avec l'Afrique du Nord, s'intéressent à l'histoire du Maghreb durant la période coloniale, et notamment aux guerres d'indépendance qui y ont mis fin. Combien savent que, avant de devenir un protectorat, la Tunisie, à l'avant-garde du grand mouvement de réveil qui saisit au XIXe siècle tout le monde arabe, fut l'un des pays les plus novateurs de son temps ? Que dire de l'Égypte ? À cause de la fascination pour les pyramides, qui n'a jamais quitté l'Occident depuis le XVIIIe siècle, d'innombrables passionnés sont capables de se promener avec aisance dans le dédale des dynasties pharaoniques qui ont régné au bord du Nil pendant des millénaires. Combien parmi eux ont-ils la moindre idée de ce qui s'y est passé entre la mort de Cléopâtre et l'avènement de Nasser ?

Ce livre a pour ambition de raconter l'histoire de ce monde que le XIXe siècle des voyageurs et des artistes a baptisé « Orient », et que les géographes d'aujourd'hui, reprenant la dénomination américaine, appellent parfois « grand Moyen-Orient ». Il englobe l'Afrique du Nord, le Levant méditerranéen, la péninsule Arabique, l'Iran et la Turquie. Cet univers n'a rien d'une *terra incognita* historique. Tous les pays qui le composent, toutes les périodes qui s'échelonnent de l'Antiquité à nos jours sont étudiés et décrits depuis fort longtemps par de grands spécialistes. Certains de leurs livres sont admirables et lumineux. D'autres, bien que remarquables sur le fond, sont d'une érudition qui peut en rendre l'approche difficile. Comme je l'ai fait pour un précédent ouvrage traitant de l'histoire de France[1], je me suis plongé durant trois ans dans les uns et les autres pour tenter de transmettre au plus grand nombre ce qu'ils ont de passionnant à nous apprendre et produire cette synthèse de vingt-cinq siècles riches et tumultueux, qui courent de l'épopée d'Alexandre le Grand aux *sit-in* de la place Tahrir, au Caire, épicentre du « printemps arabe » de 2011.

Changer de point de vue est toujours stimulant pour l'esprit. Ici, le monde est vu d'Orient. Cela permet de réviser bien des certitudes. Ainsi découvrira-t-on par exemple à quel point les croisades, tant célébrées dans l'histoire occidentale, comptent peu dans celle de l'Orient. Ou encore la façon dont la Première Guerre mondiale, si souvent considérée comme un événement européen, a aussi totalement bouleversé l'univers méditerranéen.

Sans doute ce travail servira-t-il également à éclairer à bien des égards une actualité qui nous apparaît souvent trop complexe. Elle l'est tant que l'on garde

1. *Nos ancêtres les Gaulois et autres fadaises*, Fayard, 2010 ; Le Livre de Poche n° 32425.

le nez dessus. Un détour par les siècles contribue à en simplifier les enjeux. Les chrétiens du Liban ou d'Égypte avec leurs noms étranges – *maronites*, *coptes* – réapparaissent de temps à autre à la une des journaux. Contrairement à ce que l'on croit parfois, ils ne sont pas des parents pauvres du christianisme qui auraient été un jour exilés dans ces terres d'islam par on ne sait quelle opération du Saint-Esprit. Ils ne sont pas les cousins exotiques de la famille. Ils en sont les pères. Le premier christianisme est né en Orient avant de se diffuser dans le monde par le biais de l'Empire romain.

En ce début de XXIe siècle, on voit réapparaître dans bien des conflits – en Syrie, en Irak, au Liban – la grande ligne de partage entre *sunnites* et *chiites*, ces deux branches rivales de l'islam. Là encore, on perçoit mieux ce qui les oppose si l'on en revient aux racines du conflit, qui remontent au lendemain même de la mort du prophète Mahomet, au VIIe siècle de l'ère commune.

Ce livre, enfin, vise à aider chacun à ouvrir son champ de connaissance. N'est-il pas temps de le faire ? L'Orient tient une place éminente dans l'histoire universelle, mais le monde arabo-musulman en occupe une bien trop modeste dans beaucoup d'esprits. Cette amnésie a une histoire. Elle date essentiellement du XIXe siècle, quand l'Europe réussit à asseoir sa domination sur la quasi-totalité de la planète. Il lui fallut alors non seulement contrôler le présent des peuples qu'elle avait soumis, mais encore effacer dans leur passé ce qui pouvait lui faire de l'ombre. Gommés, les génies universels qu'enfanta la civilisation musulmane. Oublié, l'apport de l'Orient, pourtant essentiel, à la marche du monde.

Au temps de la colonisation, cet effacement a représenté une injustice de plus faite aux populations dominées. Au XXIe siècle, persister à ne pas comprendre qu'il faut mettre fin à ce déni est une faute qui risque de se retourner contre nous-mêmes. Autour de nous, le monde se réveille. Toutes les vieilles civilisations – arabe, chinoise, indienne – que l'Europe avait cru embaumer à jamais dans un passé nié ou folklorisé se relèvent et veulent faire entendre leur culture, leur passé. Certains Occidentaux, en décalage avec leur époque, refusent d'admettre cela. Ils continuent de vivre dans une bulle d'un autre âge, refaisant les mêmes guerres, resservant *ad nauseam* les mêmes épisodes de leur seule histoire, avec ses rois, ses grands hommes, ses batailles et ses héros que, forcément, le monde entier envierait. Ils ont tort. Le monde ne nous envie plus guère. Il change, bouge, se réveille. Si l'on veut comprendre l'avenir qu'il nous réserve, il est grand temps de s'intéresser à son histoire à lui. On le verra, elle est tout aussi passionnante.

Première partie

LE MOMENT ARABE

1

Naissance d'une fracture

Même la géographie a besoin de l'histoire. Un des objectifs de ce livre est d'interroger la partition de notre monde entre un Orient et un Occident. Cette fracture nous apparaît aujourd'hui comme une évidence : mœurs, traditions religieuses, musique, art de vivre, tout montre que, de part et d'autre de la Méditerranée, deux mondes s'opposent. Les manuels de

REPÈRES

– 814 av. J.-C. : Carthage est fondée par les Phéniciens
– 336 à 323 av. J.-C. : Alexandre le Grand conquiert un vaste empire qui va de la Grèce à l'Indus
– 218 av. J.-C. : Hannibal, le chef carthaginois, passe les Alpes
– 197 av. J.-C. : les Romains s'emparent de la Grèce ; en 146 av. J.-C., ils rasent Carthage
– 30 av. J.-C. : Cléopâtre se suicide ; l'Égypte devient romaine
– vers 33 : crucifixion de Jésus
– 313 : édit de Milan ; l'empereur Constantin tolère la libre pratique des cultes
– 380 : Théodose transforme le christianisme en religion d'État
– 395 : à la mort de Théodose, l'Empire romain est partagé en deux (scission de l'empire entre Orient et Occident)

géographie ne viennent-ils pas en appui de cette thèse ? S'il y a une Europe et une Asie, s'il y a un Proche-Orient – pour se restreindre au sous-ensemble qui nous intéresse –, c'est bien qu'il s'agit d'univers différents ! Contentons-nous de poser la question simple qu'utilise l'historien : de quand date cette partition ? Est-elle un fait de nature posé par les dieux depuis que le monde est monde, comme la hauteur des montagnes ou la largeur des fleuves ? Ou bien a-t-elle une histoire ? C'est celle que nous allons raconter ici.

Croissant fertile

Ne noyons pas d'emblée le lecteur sous les millénaires. Évitons donc de remonter dans le détail jusqu'aux périodes trop lointaines. Le jeu serait d'ailleurs inégal. Aux derniers temps de la préhistoire et aux débuts de l'Antiquité, poser l'hypothèse d'un match entre l'Europe et l'est de la Méditerranée n'a pas grand sens : les pas décisifs sont toujours accomplis au Proche-Orient.

C'est là que survient ce basculement vertigineux de l'histoire humaine que les préhistoriens appellent la « révolution néolithique ». Depuis son apparition sur terre, quelques petits millions d'années auparavant, *Homo* était chasseur-cueilleur, vivant de ce qu'il pouvait prendre à la nature. Vers 10000-8000 avant notre ère, il apprend peu à peu à la dominer. Il invente l'agriculture et l'élevage. Cela ne change pas seulement sa façon de se nourrir, cela révolutionne son rapport au monde : la sédentarité, l'apparition des villages, la division du travail, la sophistication de la hiérarchie sociale, la naissance du commerce, tout vient de là. Quelques milliers d'années plus tard, au IVe millénaire avant notre ère, d'autres progrès considérables se font jour. Ils apparaissent tous, à peu près à la même époque, dans ces foyers de civilisations qui se sont constitués le long des grands fleuves, le Tigre et l'Euphrate, le Jourdain, le Nil – là où se trouvent aujourd'hui l'Irak, la Syrie, le Liban, Israël, l'Égypte –, dont les bassins forment un arc sur la carte. C'est pourquoi on appelle cette zone longue et étroite le « croissant fertile », selon le terme inventé au début du XXe siècle par un archéologue américain[1]. C'est là, de Sumer à la Haute-Égypte, que sont inventées les premières cités-États, la roue ou encore l'écriture, autant de pas de géant sur la route de l'évolution humaine. L'Europe les connaîtra à son tour, toujours avec des siècles de retard.

Avançons donc de quelques siècles, pour arriver à ce que l'on appelle traditionnellement l'*Antiquité classique* : la Grèce, l'Empire romain et le début du christianisme. Pour le coup, l'évidence saute à l'esprit de tout Occidental : enfin chez nous ! Voilà bien le début de « notre histoire » ! Tous les manuels ne l'expliquent-ils pas ? Toutes les racines de l'Europe, et même de l'Occident en général, ne sont-elles pas plantées dans

1. James Henry Breasted de l'université de Chicago.

ces trois moments ? C'est une évidence que nul ne songerait à nier. Toutes les grandes nations de notre continent – et les États-Unis après elles – se sont vécues et se vivent encore comme les filles d'Athènes, de Rome et de Jérusalem. Soit. Du point de vue d'un Grec, d'un Romain ou d'un des premiers chrétiens, l'idée même d'Europe a-t-elle un sens ? Nul autre que l'Europe n'aurait donc droit à l'héritage ? Par quel mystère, alors, a-t-on pendant des siècles parlé grec là où se trouvent aujourd'hui la Turquie, le Proche-Orient, le nord de l'Égypte ? Comment se fait-il que les plus grands sites romains se trouvent en Libye, en Tunisie, en Jordanie, en Syrie ? Où le christianisme est-il né, où a-t-il prospéré pendant des siècles, où donc se sont tenus les grands conciles qui, peu à peu, en ont défini le dogme : à Londres ? à Madrid ? à Stockholm ? dans le Kansas ?

Tâchons, pour commencer notre voyage sur des bases solides, de remettre les choses à l'endroit.

Alexandre à la conquête du monde

La Grèce a une civilisation brillante, mais peu expansionniste. Pour évacuer son trop-plein de population et faire prospérer son commerce, elle fonde quelques colonies de peuplement, en Sicile, dans le sud de la botte italienne, sur le littoral de l'Asie Mineure, et des comptoirs de Marseille à la Crimée. Le goût de la domination à grande échelle n'arrive qu'avec un Macédonien au nom célèbre, Alexandre le

Grand. Vers 330 avant J.-C., en une dizaine d'années, ce petit roi devient l'un des plus célèbres conquérants du monde. Il met la main sur l'Égypte, vainc les Perses, vieux ennemis des Grecs, et prend le contrôle de tout l'Orient jusqu'au nord de l'Inde. Alexandre soumet des peuples entiers, monte sur les trônes, jette les bases d'une administration, trace des routes, fonde des villes : on connaît toujours Alexandrie en Égypte, ainsi nommée en son honneur. Il y en eut plus de soixante-dix, disaient les Anciens. On en trouve les traces jusqu'au bout du monde perse, aux portes de la Chine.

Il « hellénise » donc, très loin, et toujours vers l'est. C'est le point. Curieusement, il n'occupe jamais vraiment, en Occident, la place qu'il devrait. Dans les représentations qu'on se fait de lui, cet élève d'Aristote (le grand philosophe fut son précepteur), ce fou de Homère (sitôt arrivé en Asie, il fait déposer une couronne sur le tombeau d'Achille, le héros de l'*Iliade*), ce magnifique guerrier que l'on voit toujours blond aux yeux bleus campe, en Europe, un archétype de l'Européen. L'est-il ? Historiquement, la question est inepte. Comment aurait-il pu l'être avant même que l'idée d'Europe qui est la nôtre ait le moindre sens ? En tout cas, c'est l'Orient qu'il convoitait, c'est à lui qu'il a apporté une culture que notre petit continent, à la même époque, ignorait. Un Allemand, un Français, un Anglais d'aujourd'hui, dont la civilisation a été forgée dans un moule gréco-latin, peuvent légitimement se penser comme des enfants lointains de Homère. Vers le IVe siècle avant l'ère chrétienne, un Germain ou un Celte vivant au même endroit n'en avaient assurément jamais entendu parler. Soumis par Alexandre, l'Afghanistan – tout au moins cette partie du pays que l'on appelait alors la Bactriane – était gouverné par des rois grecs.

Alexandre n'a rien d'un colonisateur. Il ne cherche pas à éradiquer les cultures indigènes pour imposer la sienne, bien au contraire. Il ne rêve que de symbiose, de syncrétisme, d'union. En 324 avant J.-C., il entreprend les « noces de Suse », l'un des actes les plus célèbres de son règne. Dans cette ville située dans l'actuel Iran, il célèbre le mariage de 10 000 de ses soldats avec des jeunes femmes perses afin que naisse de leur union le monde métissé auquel il aspire, et sur lequel il entend régner. La plupart de ses successeurs agiront de la sorte. Son compagnon Ptolémée devient le maître de l'Égypte. Comme Alexandre l'a fait quelques années avant lui en allant se prosterner dans plusieurs temples, il se voue aux dieux égyptiens, sacrifie aux rites égyptiens, se coule dans ce moule millénaire, et la dynastie qu'il fonde, les *Lagides* – dont Cléopâtre sera l'ultime et plus célèbre représentante –, est la dernière des dynasties pharaoniques. Il n'oublie pour autant ni ses origines ni sa langue. Alexandrie est la capitale de son royaume d'Égypte. Elle est aussi, grâce à lui, une ville grecque, et restera pendant des siècles le grand foyer de préservation de cette culture. C'est à Alexandrie que, bien plus tard, d'autres philosophes poursuivront l'œuvre des Socrate et des Platon, c'est là qu'Euclide inventera la géométrie.

Sur le plan politique, le legs d'Alexandre est plus ou moins éphémère. Le conquérant disparaît à l'âge de 33 ans. Son empire, immense, ingouvernable, ne lui survit pas. Dès le lendemain de sa mort, ses généraux, les *diadoques*, se déchirent son héritage et s'y taillent de nouveaux royaumes. Selon les cas, ces derniers perdurent (comme en Égypte) ou s'effondrent. En revanche, comme on vient de le voir avec Alexandrie, la culture introduite par le Macédonien se répand de façon durable et ouvre l'ultime période de la civilisation grecque antique, la « période hellénistique ». Elle court loin vers l'est, jusqu'en des contrées que peu de nos lecteurs occidentaux doivent rattacher à l'influence grecque. Ainsi le nord de l'Inde en est-il durablement marqué, et l'on retrouvera longtemps là-bas des Bouddha dont les traits rappellent l'esthétique du conquérant. Bien des siècles plus tard, l'Occident s'appropriera Alexandre. Le monde arabo-perse n'oubliera jamais celui qu'il appelle Iskandar. Son legs le plus durable est la langue grecque.

Quelque temps après l'effondrement des royaumes de ses héritiers, les vieux ennemis perses rétablissent leur domination sur le Proche-Orient. Ils réimposent à leur tour leur manière de faire et répandent l'usage d'une langue sémitique qui n'est pas la leur, cousine de l'hébreu et de l'arabe : l'araméen. C'est la langue que parlait le Christ et qui sert dans l'administration ou dans les échanges quotidiens. L'élite, elle, préfère utiliser la langue de Homère. Elle sera parlée pendant des siècles, longtemps après l'arrivée des conquérants suivants, les Romains.

La Méditerranée, ce lac romain

Une fois encore, il vaut mieux, pour comprendre la logique de ces derniers, oublier la géographie que nous avons en tête. L'Europe se vit comme la fille de Rome. Du point de vue d'un Romain, l'idée d'Europe n'a guère plus de sens qu'elle n'en avait pour un Grec. Le monde des Scipion, des Cicéron, des César ne se divise pas entre un Nord et un Sud, comme le nôtre. Il est circulaire et tourne autour d'un rêve d'eau et d'azur, la Méditerranée. L'obsession des Romains est de faire de celle qu'ils appellent « *Mare nostrum* » (notre mer) un « lac romain », en organisant la conquête des régions qui l'entourent.

Une grande rivale nourrit le même projet : Carthage. Cet ancien petit comptoir fondé par les Phéniciens sur la côte d'Afrique (à côté de l'actuelle Tunis) en 814 avant J.-C. est devenu au fil des siècles une puissante cité-État. Elle aussi rêve de contrôler cette vaste étendue d'eau pour y répandre son commerce et assurer sa prospérité. Le choc est inévitable.

Au IIIe siècle avant J.-C. se succèdent les guerres puniques[1] qui opposent farouchement les deux villes.

---

1. « Punique » est l'adjectif qu'utilisent les Romains pour qualifier ce qui concerne Carthage.

En 216 avant J.-C., le chef carthaginois Hannibal, qui a franchi les Alpes avec ses terrifiants éléphants, ravage l'Italie ; il est à deux doigts d'écraser Rome. Y serait-il parvenu que l'histoire aurait été autre, et notre géographie aussi. Sans doute l'unité de la Méditerranée aurait-elle été réalisée par le sud, et tout notre monde d'aujourd'hui se serait retrouvé chamboulé. Les Romains évitent le péril, se reprennent et, après d'autres guerres, finissent par vaincre sans appel en rasant Carthage au sol en 146 avant J.-C. Ils n'avaient pas attendu cet ultime épisode pour commencer leur grand tour.

Dès le milieu du IIe siècle avant J.-C., au moment même où l'Espagne et l'Afrique du Nord tombent dans l'escarcelle des vainqueurs, la Grèce, que nous venons de quitter, est soumise à son tour. Elle apporte à Rome bien plus qu'une province nouvelle. Elle lui donne ses siècles de pensée, d'art, de civilisation. Les conquérants en sont fous. « *Graecia capta ferum victorem cepit* », ânonnaient naguère les pauvres élèves de cours de latin en transpirant sur la traduction de ce très célèbre vers du poète Horace : « La Grèce conquise conquit son farouche vainqueur », c'est-à-dire qu'elle imposa sa culture, que les Romains n'eurent de cesse de vénérer et d'imiter. Il suffit pour s'en convaincre de voir les statues de l'époque romaine, copiées trait pour trait sur les modèles de Delphes ou d'Athènes, ou de songer que même les dieux romains ne sont jamais que les avatars rebaptisés de leurs aînés de l'Olympe. Sans doute d'éminents latinistes trouveront-ils ce point trop sévère. La civilisation romaine sut donner autre chose au monde que des plagiats, mais elle posa aussi ce jalon essentiel de notre histoire. C'est donc par le truchement des Romains que notre futur monde occidental commence à s'approprier l'héritage hellénique.

Dès le premier siècle de notre ère, le tour de *Mare nostrum* est accompli. La Syrie, l'Égypte, l'Afrique proconsulaire – qui correspond à peu près à la Tunisie d'aujourd'hui – sont des provinces au même titre que la Gaule belgique ou la Germanie inférieure (là où se trouvent les Pays-Bas). Car, évidemment, le conquérant ne s'est pas contenté du littoral de ce qui est enfin devenu son lac. À la suite des campagnes menées par un certain Jules César et prolongées par ses successeurs – qui deviennent empereurs –, Rome s'installe dans une large part de ce qui est aujourd'hui l'Europe. Son territoire atteint, au nord, les limites de l'Écosse. Dans le vaste espace ainsi créé, notre découpage contemporain ne représente toujours rien. Au temps de l'*imperium* – l'autorité impériale –, il n'y a nulle fracture entre les deux rives de la Méditerranée. Au contraire. Un riche habitant romanisé de Cologne ou de Trèves (aujourd'hui situées en Allemagne) a tout en commun avec un homme du même niveau social d'Antioche (Turquie) ou de Tingis (Tanger, au Maroc) : il vit dans le même univers culturel, obéit aux mêmes lois, croise dans la rue les mêmes soldats, sacrifie au culte du même empereur. Il serait bien étonné d'apprendre qu'un jour on lui dénierait ce cousinage pour lui trouver une parenté avec un de ces barbares à pelisse vivant tout là-bas dans le Nord.

★
★★

L'ère chrétienne

Au Ier siècle, sous le gouvernorat d'un fonctionnaire romain, Ponce Pilate, a lieu dans une province d'Orient qui s'appelle la Judée un événement passé totalement inaperçu à l'époque dans le reste de l'empire : la crucifixion d'un agitateur juif originaire de Galilée dénommé Jésus.

Après sa mort, ses disciples veulent voir en lui le messie, littéralement l'« oint » du Seigneur, le sauveur que l'on attend et qui a été annoncé par les textes – l'idée qu'il puisse être aussi le fils de Dieu sera élaborée plus tard. En d'autres temps, le destin de ce petit groupe eût été tout tracé. Il aurait formé une nouvelle secte juive comme il y en eut beaucoup. Deux éléments vont contribuer à forger l'histoire telle que nous la connaissons.

Le premier est dû en partie à un nouveau venu dans ce groupe, un certain Paul. Sous le premier nom de Saül, celui-ci était un juif citoyen romain, originaire de la ville de Tarse (aujourd'hui située en Turquie), qu'on avait envoyé combattre ces maudits chrétiens et qui s'était converti soudainement à leur cause, sur la route de Damas, après que le Christ lui-même lui était apparu pour lui reprocher sa conduite : « Saül, Saül, pourquoi me persécutes-tu ? »

Voyageur infatigable, esprit déterminé, saint Paul, comme nous l'appelons, réussit à imposer à ce qui n'est encore qu'un petit cénacle un infléchissement déterminant : il faut arrêter de s'adresser aux seuls juifs, le message prêché est universel.

Le second élément tient au creuset géopolitique dans lequel notre affaire prend place : l'Empire romain. Diffusé, porté au départ par les milieux juifs hellénisés dispersés dans l'ensemble du monde gréco-latin, l'enseignement du Christ fait son chemin dans ce grand espace où circulent les idées et les croyances.

Pendant longtemps, pour les Romains, le christianisme n'est qu'une variante du judaïsme, ou encore un de ces cultes orientaux si exotiques auxquels les plus riches adorent s'initier. Il en existe beaucoup d'autres. Aux IIe et IIIe siècles, un de ceux-là semble l'emporter : le culte de Mithra, une religion à mystères reposant sur d'obscurs rites initiatiques que les soldats ont rapportée d'Orient. Elle est si répandue dans l'armée qu'on en a retrouvé des sanctuaires jusqu'en Angleterre. Le culte chrétien, qui se transforme et se définit peu à peu, est moins élitiste, ouvert à tous, même aux femmes. Cela joue en sa faveur. Parfois, ses adeptes sont durement persécutés. Pendant d'autres périodes, ils ne le sont pas et peuvent voir leur nombre grossir. Au début du IVe siècle enfin, l'empereur Constantin ouvre une nouvelle page. Premier empereur à s'être lui-même converti au christianisme (même s'il ne se fait baptiser, comme c'est alors fréquent, que sur son lit de mort), il signe, en 313, l'édit de Milan. Ce texte de tolérance abroge les discriminations dont étaient victimes les fidèles de l'Évangile et leur permet de pratiquer librement leur culte. En 380, Théodose rend celui-ci obligatoire pour tous. Les pires persécutions commencent alors contre les fidèles des cultes qui l'ont précédé, mais, plus de trois siècles après son apparition, la petite secte du Nazaréen, comme on l'appelle parfois, devient religion d'État et s'impose partout où est l'empire, sur l'ensemble du bassin méditerranéen, du nord au sud, de l'Occident à l'Orient.

Curieusement, pour ce qui concerne la majeure partie de la zone dont nous venons de parler, cette réalité historique est sortie de la plupart des esprits. Qui, spontanément, place la Syrie, la Turquie, le Maghreb parmi les pays qui furent de grands berceaux du christianisme ? Prenons un exemple parlant, l'Égypte. Dans l'idée que s'en fait chacun, d'un bout à l'autre de la planète, ce pays est associé à deux mondes différents : celui des pharaons et celui de la culture arabo-musulmane. L'Égypte, c'est Ramsès ou Nasser ; Néfertiti ou Oum Kalthoum ; les pyramides ou l'université Al-Azhar du Caire, dont les avis sont écoutés par des millions de croyants. Ces deux univers sont d'évidentes incarnations du pays. Pourquoi oublier au passage l'énorme chaînon qui relie l'un à l'autre, et dont on vient de voir poser un des maillons : celui de l'Égypte chrétienne ? Il a duré longtemps, pourtant.

Jetons un coup d'œil aux chronologies. La dernière représentante du monde pharaonique s'appelle Cléopâtre. Elle se suicide en l'an 30 avant l'ère commune, au moment où son pays passe aux mains de Rome. La conquête arabe – on en parlera bientôt – survient dans les années 640. Entre ces deux dates se sont écoulés six siècles que l'on croirait chassés du souvenir commun, six siècles brillants qui témoignent d'une autre réalité passionnante. Ce pays a été alors une des plus grandes provinces romaines, puis, dans cette continuité, un des foyers les plus importants du christianisme. C'est ici que saint Antoine le Grand, le premier homme, selon la tradition, à s'être retiré dans le désert pour méditer dans la solitude son amour de Dieu, a inventé le monachisme. À l'oreille, son nom, et toutes ses variantes – Anthony, Antonio, Anton, etc. –, sonne très européen. Il est né dans la province du Fayoum.

S'il nous arrive encore de parler d'une thébaïde pour évoquer une cabane solitaire pareille à celle d'un pieux ermite, on oublie l'origine géographique du mot : les thébaïdes se trouvaient dans les environs de Thèbes, aujourd'hui Louxor.

C'est en Égypte, encore, qu'ont débuté quelques-unes des plus célèbres controverses théologiques du jeune christianisme, comme celle menée par Arius, chef de l'*arianisme*, qui, s'il avait réussi à imposer ses conceptions, comme il a été proche de le faire, aurait donné un autre visage à l'histoire religieuse. Il était prêtre à Alexandrie.

La grande pagaille théologique

Dans tout le Proche-Orient d'aujourd'hui, des populations témoignent de cette histoire : ces minorités que l'on appelle les « chrétiens d'Orient ». L'expression est exacte sur un plan géographique. Elle est aussi très ambiguë. Dans beaucoup d'esprits, le christianisme est tellement lié à l'Occident que l'appellation paraît les rejeter dans une sorte de sphère exotique. Depuis l'Europe, on les considère souvent comme des cousins venus d'un ailleurs incertain, étranges pièces rapportées à la famille à un moment qu'on ne saurait trop dater. Au regard de l'histoire, c'est surréaliste. Les chrétiens de Syrie, d'Égypte, du Liban, d'Irak ou d'Iran ne sont pas des nouveaux convertis au message évangélique. Ils sont ceux qui l'ont porté au monde.

Accordons une excuse aux ignorants. Nos chrétiens orientaux sont perdus dans un écheveau si complexe de branches, d'appellations, de chapelles, que cela peut décourager quiconque veut s'intéresser à eux : qui s'y retrouve entre les *nestoriens* et les *syriaques*, les *maronites* et les *coptes* ? Cette complexité même est liée à leur ancienneté dans le monde chrétien. Elle renvoie aux premiers moments du christianisme, qui mit des siècles à définir sa doctrine. Il nous faut donc dire un mot de cette saga à rebondissements, car ses conséquences se font sentir longtemps dans la suite de notre histoire.

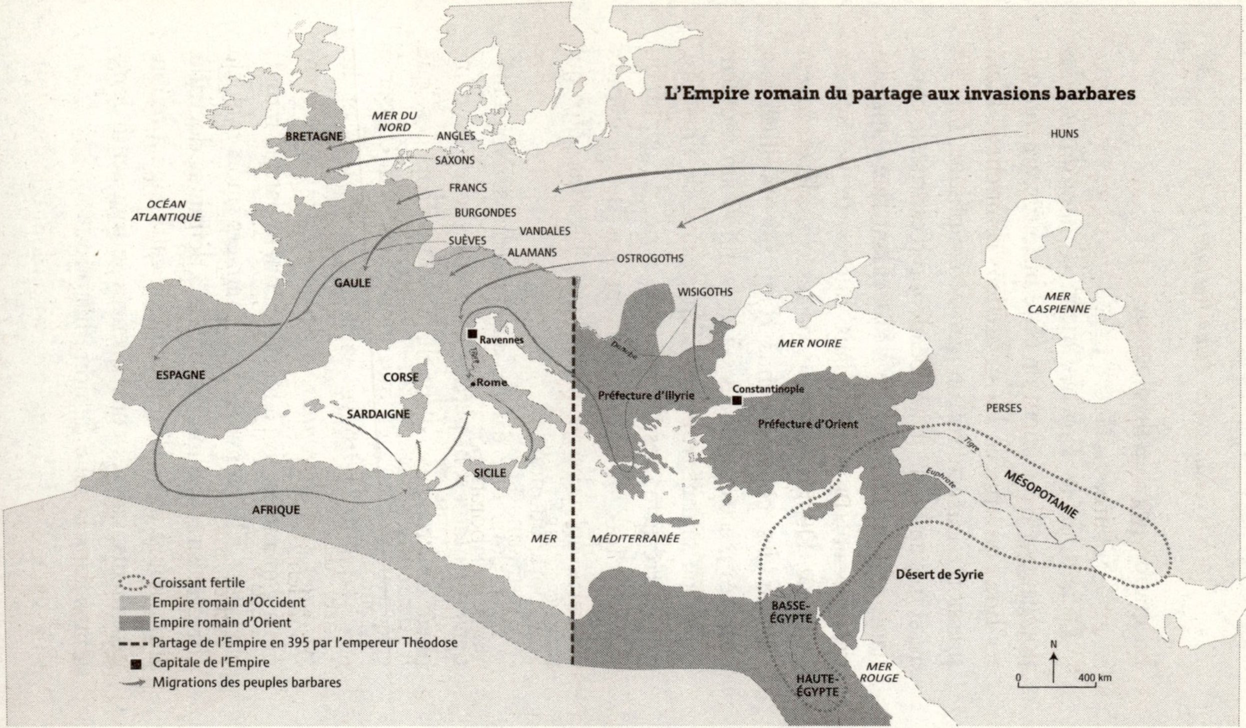
L'Empire romain du partage aux invasions barbares
MER DU NORD
BRETAGNE
ANGLES
SAXONS
FRANCS
BURGONDES
VANDALES
SUÈVES
ALAMANS
OSTROGOTHS
WISIGOTHS
HUNS
OCÉAN ATLANTIQUE
GAULE
ESPAGNE
CORSE
SARDAIGNE
SICILE
AFRIQUE
Ravennes
Rome
Tibre
Danube
MER CASPIENNE
MER NOIRE
Constantinople
Préfecture d'Illyrie
Préfecture d'Orient
PERSES
Tigre
Euphrate
MÉSOPOTAMIE
Désert de Syrie
MER
MÉDITERRANÉE
BASSE-ÉGYPTE
HAUTE-ÉGYPTE
MER ROUGE
N
0
400 km
Croissant fertile
Empire romain d'Occident
Empire romain d'Orient
Partage de l'Empire en 395 par l'empereur Théodose
Capitale de l'Empire
Migrations des peuples barbares

On pourrait croire, comme tant de dévots continuent à le faire, qu'en donnant son fils aux hommes Dieu leur a fait cadeau en bonus de tout ce qui semble aller de pair avec lui : l'Église, le catéchisme, les bons prêtres et la messe du dimanche. Grave erreur. La caractéristique du christianisme est plutôt l'inverse. Son message originel est très mince. Jésus, si l'on en croit les propos rapportés par les Évangiles, a posé les grands principes moraux et philosophiques, mais il n'a rien dit de précis sur les fondements de la religion révérée en son nom. Il a fallu des siècles de controverses toujours passionnées, parfois violentes, pour fixer la doctrine, y compris sur des points qui nous semblent pourtant être à sa base même : le caractère divin de Jésus, le principe de la Trinité, l'importance de Marie ou encore sa virginité.

Constantin, au tout début du IVe siècle, impose le mode d'élaboration du dogme. À l'époque où il règne débute la controverse de l'arianisme, dont on a parlé. À Alexandrie, le prêtre Arius prétend qu'il ne faut pas confondre Jésus avec Dieu, qu'il n'est pas de la même nature, de la même *substance* que lui. Horreur ! répondent ses adversaires. Le Fils est « consubstantiel au Père ». Celui qui dit le contraire mérite l'enfer. Pour trancher la querelle, l'empereur impose un « concile œcuménique », une réunion de tous les évêques qui peuvent venir. Sous son contrôle, ils sont appelés à discuter et à voter pour que l'on sache où est la vérité de Dieu. Ce concile a lieu en 325 à Nicée, une petite ville aujourd'hui turque, située non loin de Constantinople. Arius est condamné, mais ses partisans refusent d'admettre qu'ils sont dans l'erreur et continuent à défendre et à propager leur manière de voir. Certains peuples germaniques, les Wisigoths et les Vandales, deviendront des chrétiens de cette tendance particulière, car ils seront convertis par un évêque arien.

Cette histoire se répète sans cesse pendant les siècles suivants. Aux Ve et VIe siècles se succèdent d'autres conciles qui, eux aussi, dans d'interminables transports de passion, et parfois de violence, examinent des points qui aujourd'hui paraissent incompréhensibles au profane et décrètent qui est *orthodoxe* (littéralement, dans la droiture du dogme) et qui est *hérétique* – la notion date de cette époque. Presque chaque fois, on voit ceux dont les positions sont condamnées claquer la porte et fonder des Églises dissidentes. Il y en aura beaucoup.

En 431, à Éphèse – ville d'Asie Mineure aujourd'hui située en Turquie –, on rejette les positions de l'évêque Nestorius ; celui-ci refusait d'appeler Marie « mère de Dieu », car, pour lui, elle n'avait pu enfanter qu'un homme. Rupture et fondation des Églises « nestoriennes ». En 451, à Chalcédoine – aujourd'hui un simple quartier d'Istanbul –, on revient sur l'idée de la « double nature » du Christ, homme et dieu, excluant de fait ceux qui ne voient en lui qu'une seule nature, les « monophysites ». Les chrétiens d'Égypte, les coptes, qui représentent toujours aujourd'hui un dixième de la population du pays, en descendent. Parfois, ces nouveaux schismatiques sont contraints à l'exil. Ils se réfugient alors chez les Perses, dont la religion majoritaire est le très vieux culte zoroastrien et qui accordent moins d'importance à ces querelles entre chrétiens. Parfois, ils restent dans l'empire, y subissent des persécutions et nourrissent en retour une haine du pouvoir dont on verra bientôt qu'elle sera grosse de conséquences.

Le partage du monde

Théodose est l'empereur qui, en 380, fit du christianisme la religion de l'État. Il prit une autre décision d'importance. À sa mort, l'Empire romain, trop vaste pour être gouverné, sera partagé en deux. D'un côté la *pars occidentalis*, dont Rome sera la capitale, de l'autre la *pars orientalis*, dirigée depuis une ville récemment fondée par son prédécesseur Constantin et nommée en son honneur, Constantinople.

Tiens, un *Occident* et un *Orient*. C'est la première fois que nous rencontrons cette fameuse division. C'est normal, elle date de ce moment-là. On remarque qu'elle n'a pas grand-chose à voir avec l'idée que nous nous en faisions au départ, même sur un plan géographique. Celle-là est plus exacte que la nôtre. Théodose ne veut léser aucun de ses deux fils. Il a organisé le partage de l'empire selon une stricte ligne droite. Elle passe, au nord, au milieu des actuels Serbie et Monténégro et, au sud, au milieu de la Libye. Comme le veut la logique, la Tunisie est donc tout aussi occidentale que la Gaule, tandis que la Grèce se trouve du même côté que la Palestine. Dans l'esprit du temps, cette division n'a de sens qu'administratif. D'autres empereurs y avaient déjà eu recours. Par les hasards du destin, celle-là se révèle définitive. En un siècle ou deux, elle ouvre la voie à deux histoires distinctes, à deux mondes.

Côté ouest, le récit que tous les Européens ont appris à l'école. À partir du Ve siècle, les « invasions barbares » – le déferlement des peuplades germaniques, les Wisigoths, les Vandales, les Francs, les Burgondes, qui se taillent de nouveaux royaumes – signent la « fin de l'Empire romain » tel qu'on l'a connu dans cette partie-là de la carte. Notre continent tourne une page de son histoire et entre dans ce qu'il est convenu d'appeler le Moyen Âge. Tout se métamorphose dans cette configuration nouvelle, y compris la structure du pouvoir religieux. Aux premiers temps du christianisme, l'évêque de Rome n'est qu'un patriarche parmi les cinq qui forment l'ossature de l'ensemble, avec ceux de Constantinople, d'Antioche, de Jérusalem et d'Alexandrie. Comme les autres, il est censé être sous la protection de son seul maître, l'empereur. Mais, depuis que l'Empire d'Occident est tombé, le seul empereur restant règne à Constantinople, et il est bien loin, désormais. Le pontife doit donc trouver de nouveaux appuis. Au VIIIe siècle, il finit par nouer alliance avec Pépin le Bref, le père de Charlemagne, le roi des Francs, qui domine l'Europe occidentale. Des oppositions de doctrine contribuent à creuser le fossé. C'est ainsi que, peu à peu, l'évêque de Rome devient le « pape », le chef d'une Église qui se vit comme un monde à part, qui se dit *catholique*, c'est-à-dire universelle, mais qui n'est jamais que la sœur séparée de l'Église d'Orient. Celle-ci, par opposition, sera appelée « orthodoxe », celle qui défend les bons dogmes.

Là-bas commence donc une autre aventure. Là-bas, l'Empire romain n'est pas mort. Il a subi les mêmes attaques des populations germaniques, mais il a réussi à leur résister, et résistera longtemps encore. Il a mille ans à vivre. Constantinople avait été fondée sur le site d'une vieille cité grecque nommée Byzance. À partir de la Renaissance, pour évoquer ce qu'il adviendra de cette moitié orientale, les historiens prendront l'habitude de parler d'« Empire byzantin ». À cause de la langue parlée par la majorité de la population, le monde latin désigne souvent les populations orientales sous le nom de « Grecs ». Elles ne se vivront jamais que comme des « Romains ». Culturellement, elles le sont. À Byzance/Constantinople, c'est bien Rome qui se survit après Rome, avec ses poètes, son goût des lois, ses légions, sa folie pour les jeux (tout particulièrement les courses de chars, que l'on donne dans le gigantesque hippodrome de la capitale) et son empereur omnipotent, lieutenant de Dieu sur terre, réglant d'une même autorité les affaires de la Terre et celles du Ciel. Tous les évêques, le clergé, lui sont soumis, c'est toujours lui qui, en dernier ressort, juge des affaires religieuses. Le point est à souligner au passage. Beaucoup d'Occidentaux d'aujourd'hui, frottés à la laïcité, ont l'idée que la séparation entre pouvoir temporel et pouvoir spirituel est un fait intrinsèquement lié au christianisme. Souvent, pour justifier ce présupposé, on cite la parole du Christ : « Il faut rendre à César ce qui est à César, et à Dieu ce qui est à Dieu. » Il est juste de rappeler que le christianisme romain, tel qu'il se développa depuis Constantinople, posa exactement le contraire. Chez lui, rien de ce qui était à Dieu ne pouvait échapper à la loi de César.

Alors que l'Occident s'effondre, l'Empire d'Orient a l'avenir devant lui. Bien des moments glorieux l'attendent encore. Le plus célèbre arrive juste au VIe siècle. De 527 à 565 règne Justinien, ce législateur qui a rassemblé dans le Code portant son nom l'ensemble du droit romain, ce bâtisseur qui a fait construire l'église Sainte-Sophie, ceinte de cette époustouflante coupole, que l'on admire encore à Istanbul. Grâce à ses généraux Bélisaire et Narsès, il réussit un pari fou : reconquérir presque tout le territoire de l'ancien empire, Italie comprise. Cela dure peu. D'autres barbares, les Lombards, reprennent la Botte. Fin du rêve unitaire. L'Ouest aura son destin, l'Est le sien.

Au tournant du VIe et du VIIe siècle, l'Empire byzantin se trouve tout entier occupé par la guerre avec son vieil ennemi, l'Empire perse. À Ctésiphon, la capitale, règne depuis près de trois siècles une dynastie brillante, les Sassanides. Vers l'an 600, la grande affaire du monde tient dans ce duel. Les deux mastodontes ne cessent de s'affronter. Khosro II, roi des Perses, semble prendre le dessus. Il ravage la Syrie-Palestine. En 614, il s'empare de Jérusalem. Sacrilège inouï, il emporte avec lui la relique des reliques, la Vraie Croix, à Ctésiphon. Et en 619 conquiert l'Égypte. Byzance relève le gant. L'empereur Héraclius, brillant guerrier, lance la contre-offensive et récupère ses provinces. En 630, il défait les Perses et rapporte triomphalement la Vraie Croix dans sa chère Jérusalem. Il peut souffler. L'ennemi absolu est vaincu.

2

Mahomet

À quoi aurait-on eu droit si l'on avait prédit à un Byzantin ou à un Perse de la fin du VIe siècle d'où allait venir le grand bouleversement qui allait chambouler leur histoire, et, par là même, celle du monde ? À une bouche bée d'incrédulité ? À un éclat de rire ?

Dans l'univers dont on vient de parler, les Arabes – c'est-à-dire, à ce moment-là, les peuples issus de la vaste péninsule arabique et qui parlent cette langue

REPÈRES

– 570 : naissance de Mahomet à La Mecque
– vers 590 : il entre au service de Khadija, puis l'épouse (en 595)
– vers 602 : naissance de Dagobert Ier, roi des Francs
– 610 : intronisation de l'empereur byzantin Héraclius Ier ; l'ange Gabriel (Jibril) apparaît à Mahomet
– 618 : début de la dynastie T'ang en Chine
– 622 : début de l'hégire ; Mahomet part se réfugier à Yathrib (Médine)
– 626 : siège de Constantinople par les Perses et les Avars ; victoire d'Héraclius contre les Perses
– 628 : pèlerinage (*'umra*) de Mahomet à La Mecque
– 632 : mort de Mahomet à Médine à la suite de fièvres

sémitique, cousine de l'hébreu et de l'araméen – ne sont pas des inconnus. Nombreux sont ceux qui ont été intégrés dans l'Empire romain quand il a fait son extension vers l'Orient. Certains y sont devenus célèbres. Cosme et Damien, deux frères chrétiens et martyrs du IIIe siècle, qui sont toujours aujourd'hui les saints patrons des médecins, étaient d'origine arabe. Durant ce même IIIe siècle, Rome eut pour empereur « Philippe l'Arabe », originaire, comme l'indique son surnom, de la province romaine d'Arabie, correspondant à l'ancien royaume des Nabatéens, dont Petra, l'actuel joyau touristique de la Jordanie, est la capitale. Les puissantes tribus arabes installées aux frontières jouent souvent l'alliance avec les deux Empires, byzantin et perse. Elles leur fournissent au besoin des mercenaires. Même dans l'étendue désertique, les grandes religions se sont diffusées. Certains clans se sont convertis depuis longtemps au judaïsme. D'autres sont chrétiens, et les monastères ne sont pas si rares. Mais qui aurait parié, à Constantinople ou à Ctésiphon, la capitale perse, que l'avenir du monde se jouerait à La Mecque, cette lointaine cité où les Bédouins dorment encore sous la tente ?

Naissance d'un prophète

La ville vit du commerce. Elle est située sur la longue piste caravanière qui relie le Yémen, l'« Arabie heureuse » comme on l'appelle, aux grandes villes du Proche-Orient. Elle en fait remonter des biens coûteux, l'encens et les aromates. Elle est célèbre aussi pour les nombreux pèlerinages que viennent y faire les fidèles de cultes anciens, autour d'un puits purificateur – la célèbre source de Zamzam – et d'une météorite de basalte noire que l'on adore depuis la nuit des temps – la Kaaba.

C'est là, en 570, que naît Mohammed (littéralement le « loué », celui qui mérite louange), prénom qu'en français, selon une pratique qui remonte au Moyen Âge, on traduit par Mahomet. Faire sa biographie selon les canons de l'histoire semble impossible. Tâchons de raconter brièvement sa vie, telle que la tradition musulmane la rapporte.

Il est de la souche des puissants Qurayshites, la tribu qui tient la cité, mais d'une branche bien plus pauvre. Le destin lui est d'abord cruel. Alors qu'il est tout enfant, il perd son père, puis sa mère. Il n'échappe à la misère que grâce à la protection de son grand-père, puis d'un de ses oncles, Abu Talib. Pour apprendre le métier de marchand qui sera le sien, il accompagne avec lui les grandes caravanes chamelières qui parcourent le désert et commercent jusqu'en Palestine ou dans la lointaine Syrie. À 25 ans tout au plus, il entre au service d'une autre commerçante, Khadija, une riche veuve de quinze ans son aînée qui lui confie la conduite de ses affaires, et bientôt son cœur. Elle devient sa première épouse.

Il faut attendre que l'homme ait près 40 ans pour que se produise enfin l'événement extraordinaire qui change son destin. Tandis qu'il médite dans une grotte où il a l'habitude de se retirer apparaît l'ange

Gabriel (Jibril), qui lui annonce qu'il va lui transmettre les paroles de Dieu. Mahomet ne veut pas y croire. Il est d'abord pris de panique, refuse cette charge trop lourde, puis se soumet et l'accepte. C'est le début de révélations prophétiques qui s'étalent sur une vingtaine d'années.

Aux premiers temps, le message est simple. Il insiste sur l'unicité de Dieu et demande à chacun de se préparer à la fin prochaine du monde, car le jour du jugement est proche. Il est social, aussi, souligne la nécessité d'aider les pauvres, les veuves, les orphelins, et de refuser l'ordre social. « Au début, écrit le grand islamologue Maxime Rodinson, en un langage saccadé, sonore, ardent, la voix d'En Haut dénonce surtout les riches et les puissants[1]. » Chaque fois qu'il revient chez lui, Mahomet, dont la tradition veut qu'il ait été analphabète, répète ce qu'il a entendu à sa femme Khadija, puis un peu plus tard à des amis. Un groupe de fidèles grossit autour de lui, suscitant bientôt l'hostilité des chefs de la ville. Comment pourraient-ils accepter qu'une voix nouvelle pousse à remettre en cause les hiérarchies et, avec son obsession du monothéisme et sa haine des idoles, ruine les pèlerinages qui font le succès de la cité ? Après la mort de Khadija et d'Abu Talib, l'oncle protecteur, la situation devient intenable pour celui qui est désormais vu par ses disciples comme un prophète. Le salut lui vient

1. Maxime Rodinson, in *L'Encyclopédie des religions*, Bayard, 2000.

d'ailleurs. Les habitants d'une oasis située à 400 kilomètres au nord sont las des querelles entre les tribus de leur ville qui empoisonnent leur vie. Ils cherchent un arbitre. Ce sera Mahomet. L'oasis s'appelle Yathrib. À cause de la personnalité de celui qu'elle vient de prendre pour guide, elle ne s'appellera bientôt plus que la « ville du Prophète », « *medinat al-nabi* », Médine.

L'hégire

Le départ de La Mecque porte un nom célèbre : l'*hégire*. Cette « émigration » – c'est le sens du mot en arabe – marque le début de l'ère musulmane, comme la naissance de Jésus marque celui de l'ère chrétienne. Elle porte en effet en elle une rupture fondamentale. Si l'on en croit la tradition, à La Mecque Mahomet était encore prisonnier des logiques claniques qui réglaient la vie. Désormais, il devient le chef d'une communauté nouvelle qui se veut au-dessus des tribus et ouverte à tous, sans distinction de naissance, de classe, de race, la communauté des croyants, l'*umma*. Elle est régie par un principe : le musulman est le frère du musulman. De même, les révélations changent de nature. Elles se font plus concrètes, plus adaptées à la résolution des questions qui se posent à une petite société humaine. Quelles peines doivent être appliquées aux délinquants ? Comment organiser la justice, la vie en commun, la mort, l'héritage ? Le Prophète est devenu par le fait un chef d'État, qui doit régler tous les problèmes qui se posent à un État, si petit soit-il alors.

Parmi les tribus qui vivent à Yathrib, trois sont juives. Malgré les espoirs que Mahomet nourrit en ce sens, elles refusent obstinément d'abandonner leur religion pour embrasser la foi nouvelle. Dans un premier temps, après diverses querelles, il en exclut deux, contraintes à l'exil.

Les ressources sont maigres, ses compagnons d'exil n'ont rien, la misère rôde. Il faut se résigner au vieux système traditionnel pratiqué depuis toujours par les Bédouins : la razzia, c'est-à-dire l'attaque d'un plus riche pour lui dérober ses biens. Dans le contexte, l'ennemi est évident. On fera la guerre aux caravanes de Mecquois qui passent non loin de là. Parfois, on gagne des batailles. La victoire la plus célèbre chez les musulmans est celle qui se déroule près du puits de Badr. Parfois, on en perd.

Toujours selon le récit hagiographique de la vie de Mahomet, un jour les Mecquois réunissent trois armées pour assiéger Médine. Mahomet la protège par une technique alors inconnue en Arabie. Il fait creuser tout autour un profond fossé. Désorientés, les attaquants se retirent. À la suite de cette « bataille du fossé », le Prophète prend une décision qui frappe de stupeur les populations. Accusée d'avoir cherché à trahir au profit des ennemis, la troisième et dernière tribu juive qui demeurait à Médine est exterminée, et les femmes et les enfants sont vendus comme esclaves.

Mahomet, on le voit, est un homme habité par la parole de Dieu qui sait aussi prendre en charge toutes les réalités terrestres. Dans la guerre, il se montre parfois un fin stratège, parfois un chef impitoyable. Il peut également agir en habile diplomate. En 628, il réussit à obtenir une trêve avec La Mecque et le droit de faire le pèlerinage à la Kaaba au nom du seul Dieu qui vaille à ses yeux, le Dieu unique. D'après les sources musulmanes, en 630 la ville se rend enfin sans combattre, ayant accepté que le Prophète y détruise toutes les idoles qu'on y adorait. Deux ans plus tard, après une courte fièvre, Mahomet meurt à Médine dans les bras d'Aïcha, son épouse préférée. Il laisse au monde une religion nouvelle : l'islam.

L'islam

On l'a compris, cette religion occupera une large place dans notre ouvrage. Il n'est donc pas inutile, avant de continuer notre périple historique, de nous y arrêter un moment pour tenter de la comprendre un peu mieux. Il y a deux façons de le faire.

La première consiste à tenter de saisir sa logique interne. Comme toutes les religions, l'islam met du temps à se structurer, à se développer, à se formaliser. Ses principes généraux ont été posés du vivant même du Prophète. On peut les résumer ainsi, comme le font Pierre Lory et Mohammad Ali Amir-Moezzi dans la lumineuse petite synthèse qu'ils ont consacrée à l'histoire de cette religion : « Il y a deux problèmes centraux dans la vie du musulman : le culte dû à Dieu, le respect des normes voulues par lui[1]. » Le premier tient à un absolu, Dieu est un. Plus d'idoles, évidemment, comme aux heures de la *jahiliyya*, l'« ignorance » qui régnait dans la ville sainte du temps des païens. Pas non plus de cette étrange « trinité » qu'ont inventée les chrétiens. Dieu ne peut être trois. Le monothéisme le plus strict constitue la grande caractéristique théologique de l'islam. Face à ce Dieu, l'homme n'a qu'un devoir : se soumettre – dans son sens originel, le mot *islam* signifie « soumission ».

Cinq piliers aident le croyant à souscrire à cet impératif. La *chahada*, la profession de foi, résumée dans cette formule : « Il n'y a de Dieu que Dieu et Mahomet est son prophète. » La prière, cinq fois par jour. L'aumône qu'il faut faire aux pauvres et qu'on appelle en arabe *zakat*. Le jeûne du ramadan tous les ans. Le pèlerinage à La Mecque, que ceux qui en ont les moyens doivent accomplir au moins une fois dans leur vie.

Et puis il y a ces règles, ces séries de choses autorisées ou interdites, qui permettent au croyant de guider sa vie jusque dans les moindres détails, et à la communauté de fonctionner comme on pense que Dieu l'a voulu. Elles concernent les grands événements de l'existence – le mariage, le respect dû aux morts, l'héritage – et vont jusqu'à fixer les règles de l'hygiène – comment il faut se laver avant la prière,

1. Pierre Lory et Mohammad Ali Amir-Moezzi, *Petite histoire de l'islam*, Librio, 2007.

comment il ne faut pas souffler sur la nourriture dans un plat. Ces normes sont puisées à deux sources. Le Coran lui-même, ce livre qui n'en était pas un au départ, puisque la transmission de la parole divine fut d'abord orale (*qur'an* signifie « récitation »). Et les dits, faits et gestes du Prophète, que l'on appelle les hadiths. Ceux-ci forment la « tradition », la *sunna*, base de la loi pour la majorité des musulmans.

Tous fils d'Abraham

La seconde façon de tenter de comprendre la nouveauté qu'apporte cette religion consiste à la comparer avec celles qui préexistaient.

Pour bien des Occidentaux d'aujourd'hui, l'islam, surgi des sables du désert, est une foi aussi lointaine et étrangère à leurs traditions que peuvent l'être le bouddhisme ou le confucianisme. Ouvrir le Coran est un exercice simple qui servira à les tirer de cette erreur grossière. Adam, Abraham, Moïse, l'archange Gabriel, Jésus, Marie sa mère. Ils seront surpris de croiser tant de noms connus au fil des pages. Le Prophète est venu prêcher un culte nouveau. Le dieu qu'il révère est très ancien. C'est le dieu d'Abraham, le dieu des deux grands monothéismes qui l'ont précédé.

Mahomet est né, a vécu dans un univers où les tribus chrétiennes et juives n'étaient pas rares. Jusqu'aux premières années après son arrivée à Médine, l'influence du judaïsme est sur lui la plus forte. Nombre de prescriptions coraniques sont les mêmes que celles que l'on trouve dans la Torah, le livre saint des juifs. Ainsi l'interdiction de manger du porc, la prohibition du sang (qui oblige à saigner un animal avant de le consommer), l'interdiction de l'usure. Selon la tradition, ce n'est qu'après le refus des tribus juives de se convertir que le Prophète demande aux croyants de faire la prière en se tournant vers La Mecque, et non plus vers Jérusalem, comme ils le faisaient jusque-là. Cette ville garde pour autant une grande importance. C'est depuis ce lieu que le Prophète, monté sur une jument miraculeuse, aurait fait son « voyage nocturne », cette ascension qui lui a permis de visiter le ciel et les enfers.

La tradition musulmane retient par ailleurs que c'est un moine arabe chrétien, un certain Bahira, qui, rencontrant Mahomet encore enfant lors d'une halte de sa caravane, prédit le destin qui allait être le sien. Sans doute le Prophète a-t-il, lors de ses pérégrinations dans le désert, rencontré d'autres hommes de Dieu avec qui il a eu tout loisir de parler longuement. Toujours est-il que, à côté des patriarches de l'Ancien Testament, certains personnages du Nouveau, comme nous venons de le voir, ont une place de choix dans le Coran, même si leur statut y est différent. Saint Jean Baptiste, que les Arabes appellent Yahya, est un prophète ; la vierge Marie, Maryam, personnage le plus cité dans le livre, est la femme aimée entre toutes les femmes ; et si Jésus, nommé Aïssa, n'est pas considéré comme le fils de Dieu, il est révéré comme un grand prophète, un de ces hommes à qui le Très Haut a parlé et qui forment une lignée s'achevant avec Mahomet.

C'est le point clé. L'homme de La Mecque ne se vit aucunement comme l'inventeur d'une religion nouvelle, mais comme le dernier de la grande famille des hommes à qui Dieu a parlé, dont l'ancêtre est Abraham, personnage fondateur. L'idée sous-jacente à son prêche est de redire une bonne fois pour toutes un message déjà apporté mais jamais compris jusque-là, ou plutôt déformé, par les juifs, puis par les chrétiens. C'est pour cette raison qu'il est appelé le « sceau des Prophètes », celui qui ferme à jamais le cycle des révélations. C'est pour cela aussi que les juifs et les chrétiens sont considérés par les musulmans comme des « gens du Livre » (ceux à qui Dieu a parlé à travers un livre) et ont droit à un traitement particulier.

Nous pourrions insister aussi sur un autre fait, plus général encore. Il concerne la façon dont ces trois religions sont vécues par leurs fidèles. Les dogmes ne sont pas les mêmes, les rites sont différents. Cela n'empêche pas de nombreux traits communs. Songeons aux vertus que l'on attend d'un croyant. Être un bon musulman, un bon juif, un bon chrétien, c'est, avant même la façon dont on prie ou les mots que l'on utilise pour le faire, essayer d'être droit et honnête, avoir le sens de la bonté et du respect d'autrui. Songeons aussi à l'aspect social, si important dans nos trois monothéismes. Sur ce plan, le message de Mahomet ne diffère guère de celui du Christ, qui reprenait lui-même bien des préoccupations de la Torah : le commandement constant adressé à l'homme pieux est de s'occuper des autres, d'aider les faibles, les pauvres, les orphelins ou les malades, et de contribuer à rendre la société dans laquelle il vit plus harmonieuse, plus égalitaire, moins brutale. D'où l'égale prise en charge par les trois religions, depuis qu'elles existent, de ce qu'on appellerait dans notre langue moderne la « sécurité sociale », l'aide publique, le secours médical, les orphelinats, etc. Un esprit universaliste notera néanmoins au passage que rien de tout cela n'est si spécifique à cette grande famille religieuse. En la matière, un bouddhiste ou un hindou ne doit pas voir les choses très différemment.

★
★★

Comment se forme une religion

Il existe de grandes divergences entre les branches de notre seule famille « abrahamique », comme les savants appellent les trois religions, faisant référence à cet ancêtre commun. Songeons en particulier à celles qui séparent les deux dernières, puisqu'elles sont constamment remises en scène par le contexte politique de notre XXIe siècle, rêvé par certains comme celui de l'affrontement entre le monde chrétien et l'Islam.

Considérons d'abord la différence de personnalité et de statut entre les deux hommes qui sont regardés comme centraux par chacun des deux systèmes de croyance. Le Christ, à en juger par ce que nous rapportent les Évangiles, n'a jamais régné que par la parole. Si les Romains qui le supplicient inscrivent sur la croix « roi des juifs », c'est par dérision. « Mon royaume n'est pas de ce monde », a dit le Dieu fait homme des chrétiens à Ponce Pilate, qui l'interrogeait. Mahomet, à Médine, est devenu chef d'État, avec les conséquences qui découlent d'une telle position. Il lui a fallu organiser, ordonner, juger. Il a aussi été le chef d'un petit État en guerre, avec ce que cela implique de courage, de stratégie, et aussi de violence, on en a parlé plus haut. Cela rend-il l'islam violent par nature ? L'accusation est ancienne. On la trouve dès le Moyen Âge. Le regain du terrorisme commis au nom de l'islam depuis la fin du XXe siècle lui a conféré, si l'on ose écrire, une nouvelle jeunesse.

On pourrait se contenter de botter en touche. Pourquoi réduire encore et toujours le Prophète à cet unique aspect de son message et de sa personnalité ? Est-ce à cause de cet aspect que tant de gens dans le monde placent en lui leur foi ? Allons ! Il suffit de demander à 99 % des musulmans du monde ce qu'ils cherchent dans leur croyance. Ils parleront sans doute de respect des traditions héritées de leurs parents, évoqueront la générosité, l'attention aux autres, la charité. Il est fort peu probable qu'ils répondent en brandissant un cimeterre. Tout bon musulman connaît la célèbre réplique du Prophète à l'homme qui lui demanda un jour ce qu'était le « meilleur islam » : « C'est de donner à manger [à ceux qui ont faim], de donner le salut à ceux que l'on connaît et aussi à ceux que l'on ne connaît pas. »

Pour autant, il est difficile de le nier, un des aspects de cette religion est aussi guerrier. En cela, le dieu de Mahomet rejoint le dieu des juifs, celui de l'Ancien Testament, un texte qui ne manque pas de conflits, de massacres, d'épisodes sanglants, parfois demandés par Dieu lui-même ou, tout au moins, commis en son nom. À la différence du judaïsme, toutefois, l'islam est une religion universelle. Il a vocation à se répandre au monde entier, en utilisant au besoin la force. On a évoqué quelques-unes des batailles du temps du Prophète et souvent menées par lui-même. On doit mentionner aussi cette notion coranique désormais mondialement connue de « djihad ». Chacun sait, parce que cela est souvent répété dans les médias, que son sens premier est purement spirituel. Le *djihad* désigne le « combat » de soi-même avec soi-même, l'« effort » personnel que doit faire l'individu pour se mettre dans la voie du bien. Dans un sens second, il peut aussi renvoyer au combat tout terrestre auquel peut être conduite la communauté pour défendre la religion ou la propager. On parlera bientôt des guerres de conquête esquissées au temps de Mahomet et menées au nom de la foi, qui aboutiront à une extension vertigineuse de la sphère musulmane. Celle-ci conduit aussi les juristes à partager le monde en deux zones : *dar al-islam*, le « domaine de l'islam », et *dar al-harb*, le « domaine de la guerre » – le reste de la terre, qu'il est nécessaire de convertir. Une partie de l'histoire islamique est guerrière, et son prosélytisme n'exclut pas le recours à la force.

L'islam, en cela, diffère-t-il du christianisme ? Le Christ a dit un jour : « Je ne suis pas venu apporter la paix, mais le glaive. » Mais, dans l'ensemble, son discours est pacifique et le christianisme est, dans sa doctrine, une religion de paix. Les actions conduites au cours des siècles en son nom en ont-elles été moins violentes pour autant ? Son prosélytisme a-t-il été moins agressif ? Acceptons de laisser de côté les exemples très classiquement associés à cette idée, comme les grands massacres commis au moment de la conquête du Nouveau Monde par les Espagnols et la façon dont y ont été faites les conversions, une croix dans une main, une arquebuse dans l'autre. Oublions aussi les croisades, sur lesquelles, bien évidemment, nous reviendrons. Contentons-nous, pour étayer notre propos, de considérer l'époque où nous nous situons dans ce chapitre.

Au tout début du VIIe siècle, au moment précis où Mahomet s'installe à Médine, règne en Occident l'un des grands rois mérovingiens, Dagobert (v. 602-639). Sur son ordre, au nom de Jésus-Christ, commencent les premières vastes persécutions systématiques des juifs. À peu près deux siècles plus tard règne Charlemagne. Il est très bienveillant avec les juifs, qu'il protège. Mais il est d'une brutalité hors du commun avec les païens. Dans le seul but d'obliger les Saxons à adorer le Dieu d'amour du Nouveau Testament, il mène contre eux une guerre abominable durant laquelle se succèdent les exécutions de masse. Elle dure trente ans et ne laisse derrière elle que des champs de cadavres et des pays en ruine. Ajoutons un dernier élément, pour être honnête à la fois avec le christianisme et avec l'islam. Quand ils sont en position de force, les autres cultes font-ils mieux ? Au début de ce même VIe siècle au Yémen règne Dhu Nuwas, un roi converti au judaïsme. En 523, nous explique l'historien anglais Simon Sebag Montefiore dans sa magistrale « biographie de Jérusalem[1] », fort de la justesse de son choix religieux, il organise le grand massacre des chrétiens. Peu de temps avant que le Prophète arrive à Médine a lieu l'interminable guerre entre les Perses et les Byzantins. Persécutés par les chrétiens, les juifs font alliance avec les Perses et, en 614, lors de la prise de Jérusalem, se livrent à un carnage, pour lequel, nous dit toujours Montefiore, ils sont aidés par les zoroastriens. Cela se passe une quinzaine d'années avant que les Byzantins ne reprennent la ville sainte et ne massacrent les juifs…

Qu'en déduire ? Que la violence est l'apanage d'une religion particulière ? Pourquoi alors sont-elles toutes concernées ? Qu'elle vient de Dieu ? Ou de la façon dont tous les hommes pensent comprendre son message ?

1. Simon Sebag Montefiore, *Jérusalem. Biographie*, Calmann-Lévy, 2001.

Ijtihad, l'interprétation

L'autre grande différence entre la religion musulmane et sa cousine chrétienne réside au cœur même du message qui les conduit. On l'a dit, la spécificité de celui qu'a laissé Jésus tient à sa minceur. Il pose de grands principes et n'apporte que peu de réponses concrètes aux questions qui pourraient en découler. Aujourd'hui, les chrétiens voient dans ce début une promesse de liberté. Si Dieu a si peu parlé au départ, c'est qu'il a voulu laisser aux hommes le soin d'interpréter sa parole. Sans doute. On se rappelle dans quels transports, au prix de combien de souffrances, de conflits, de polémiques, les croyants, lors des premiers conciles, ont eu à le faire. Avec Mahomet, la problématique est inverse. Tout semble clairement et précisément énoncé dès les premiers temps de l'islam. En ce sens, celui-ci renoue avec la tradition du judaïsme, une religion dans laquelle la loi, d'une extrême précision, intime ce qu'il convient de faire jusque dans les détails. Il invente aussi un système spécifique.

Si on le compare avec d'autres traditions religieuses, le cadre dogmatique et théologique islamique a été posé assez rapidement, mais bien moins qu'on le croit parfois. Contrairement à ce que pensent encore de nombreux croyants et bien des gens extérieurs à cette religion, tout n'a pas été fixé par le Prophète lui-même, loin de là. Les réalités humaines ne sont jamais aussi simples. Il a fallu des siècles pour que les choses se structurent et se mettent en place.

La loi puise à deux sources. Celle du Coran, d'abord. Le Prophète l'a « reçu », disent les musulmans, mais il ne l'a pas écrit. Chaque fois que l'ange Gabriel lui parlait, Mahomet récitait en public ses révélations, que ses compagnons s'empressaient de noter sur tout ce qui leur tombait sous la main, des matériaux divers, du papyrus, des morceaux d'argile, ou même, rapporte la tradition, des omoplates de chameau. Selon l'orthodoxie islamique, il faut attendre quinze ans après sa mort pour qu'un de ses compagnons, le calife Othman – le troisième de ses successeurs –, fasse rassembler ces textes épars afin d'établir du livre saint une version qu'il veut officielle et unique. C'est à ce moment qu'on décide de l'organiser selon cet ordre qui peut être déconcertant pour le lecteur étranger à la culture musulmane. Les révélations n'apparaissent pas dans l'ordre chronologique, mais en fonction de la longueur des sourates – des chapitres –, à l'exception de la première. Depuis longtemps, nombre d'éminents spécialistes interrogent ce moment d'histoire[1] pour savoir comment a été constituée cette collection, si des passages ont été écartés ou non repris, si d'autres corans parallèles ont continué ou non à circuler. Quoi qu'il en soit, la version *othmanienne*, comme l'appellent les savants islamologues en référence au nom de ce calife, fait foi aujourd'hui dans l'ensemble du

1. Parmi les travaux les plus récents qui font le point sur cette question, on peut se référer à Mohammad Ali Amir-Moezzi, *Le Coran silencieux et le Coran parlant. Sources scripturaires de l'islam entre histoire et ferveur*, CNRS Éditions, 2011.

monde musulman, quelles que soient les divergences qui le traversent par ailleurs.

Les hadiths, les actes et paroles de Mahomet, sont la deuxième source de la loi. Ils sont fixés bien plus tard. Aux VIIIe et IXe siècles, alors que rayonnent les grands califes de Bagdad, alors que la civilisation musulmane vit un âge d'or, de grands savants lancent un extraordinaire travail de recherche documentaire pour les retrouver et les compiler. Partout où l'on peut, on part sur les traces des témoins qui ont connu des témoins qui pourraient aider à parvenir jusqu'à celui qui a vu ou entendu le Prophète accomplir tel acte ou dire telle chose. Il s'agit de remonter ce qu'on appelle les chaînes de transmission (Untel tient cette parole d'Untel qui a connu Untel qui…) pour établir des hadiths et en déterminer le degré d'authenticité. Aujourd'hui encore, les croyants, en parlant d'un propos rapporté, diront : « Sa valeur est faible » ou au contraire : « Il est authentique. » Ils se fondent sans doute sur l'un des recueils qui ont été mis au point à l'époque et sont toujours considérés comme canoniques.

Reste enfin la façon dont ce corpus de prescriptions et de conseils doit être interprété pour produire des lois qui régissent la vie des hommes. C'est ce que l'on appelle l'*ijtihad*, l'interprétation. Toutes les religions ont besoin d'être interprétées. Dans la tradition catholique, ce rôle est dévolu au clergé, et surtout à l'Église, c'est-à-dire au pape et à ses évêques, qui peuvent, lors de conciles, faire évoluer la doctrine. Dans la tradition majoritaire de l'islam, cette charge a été confiée aux docteurs de la loi, les oulémas, ou aux juges. On voit bien la différence. Pour un chrétien, la question centrale est : quelle est la vérité de Dieu, puisqu'il ne l'a pas donnée en tant que telle ? Pour les musulmans : comment comprendre la loi telle qu'elle a été transmise au Prophète par Dieu ? Dans les premiers siècles de l'islam, de grands experts en ont discuté, puis le débat a été déclaré clos. Les « portes de l'interprétation se sont fermées », dit la formule consacrée. Tout est-il pour autant aussi figé qu'on le croit ?

La première réponse consiste à revenir à l'histoire des premières décennies qui ont suivi la mort du Prophète. Il fallut moins d'une génération pour que des guerres fratricides viennent déchirer l'héritage laissé par Mahomet, contribuant à subdiviser en branches diverses et souvent farouchement ennemies les enfants qui se réclament de son message. C'est la preuve par le fait qu'il n'a pas été compris par tous de la même manière.

L'autre réponse tient à la façon dont chacun reçoit le texte prophétique pour lui-même. De nos jours, on parle très souvent dans l'actualité de la conception intégriste de la religion musulmane, celle des « salafistes », par exemple, qui estiment que ce qu'a dit le Prophète n'a à être ni discuté ni réinterprété. Il faut suivre à la lettre chacun de ses mots et de ses actes, de là découlera tout le bien. On retrouve cette manière de penser dans la plupart des religions. Les fondamentalistes chrétiens qui entendent se conformer à la Bible littéralement ne raisonnent pas autrement. D'autres croyants estiment qu'il est important, si l'on veut comprendre le texte saint dans sa force, de le replacer dans le contexte dans lequel il a été donné aux hommes. Citons l'exemple de la punition qu'il faut appliquer aux voleurs : on doit leur couper la main. La pratique nous paraît barbare aujourd'hui. Au temps de Mahomet, elle est synonyme d'un grand progrès, puisqu'elle permet de rompre avec l'infernale logique de la vendetta qui prévalait, ce cycle de crimes et de vengeances dont on n'arrivait plus à sortir[1]. Qu'en conclure ? Qu'il faut toujours couper la main aux voleurs ? Ou qu'il faut suivre non pas la lettre, mais l'intention du Prophète, en cherchant constamment, à son image, à rendre la société plus juste et moins barbare ? De nombreux musulmans d'aujourd'hui envisagent leur foi ainsi. Cette conception n'est pas née au XXe siècle et ne doit rien, contrairement à ce que prétendent les extrémistes qui la combattent, à l'influence de l'Occident. On la retrouve à l'œuvre dans les passionnants débats qui s'ouvrent dès les premiers temps des grands empires arabes. Elle court ensuite tout au long des siècles.

1. Si l'on suit ce qu'écrit Anne-Marie Delcambre dans un petit livre très simple et très éclairant : *Mahomet, la parole d'Allah*, Gallimard, coll. « Découvertes », 1987.

3

Conquêtes et divisions

Petit exercice de chronologie : 632, mort de Mahomet à Médine. Et 732 ? Allons ! 732, c'est facile, tout le monde a appris cela à l'école : « Charles Martel arrête les Arabes à Poitiers. » Cent ans, si peu à l'échelle de l'histoire pour parcourir un tel chemin. Selon la tradition, de son vivant le Prophète, pénétré de la vocation universelle de son message, a envoyé

REPÈRES

– 636-637 : les troupes d'Héraclius sont vaincues par les Arabes ; le calife Omar entre à Jérusalem

– 656 : assassinat d'Othman, le successeur d'Omar ; bataille du chameau

– 661 : assassinat d'Ali, gendre de Mahomet ; début de la dynastie des Omeyyades

– 670 : fondation de Kairouan

– 674-678 : premier siège de Byzance par les Arabes

– 680 : massacre de Hussein, petit-fils du Prophète, et de ses partisans à Karbala ; scission chiites/sunnites

– 711 : conquête du Sind (Pakistan)

– 751 : bataille de Talas (Chine)

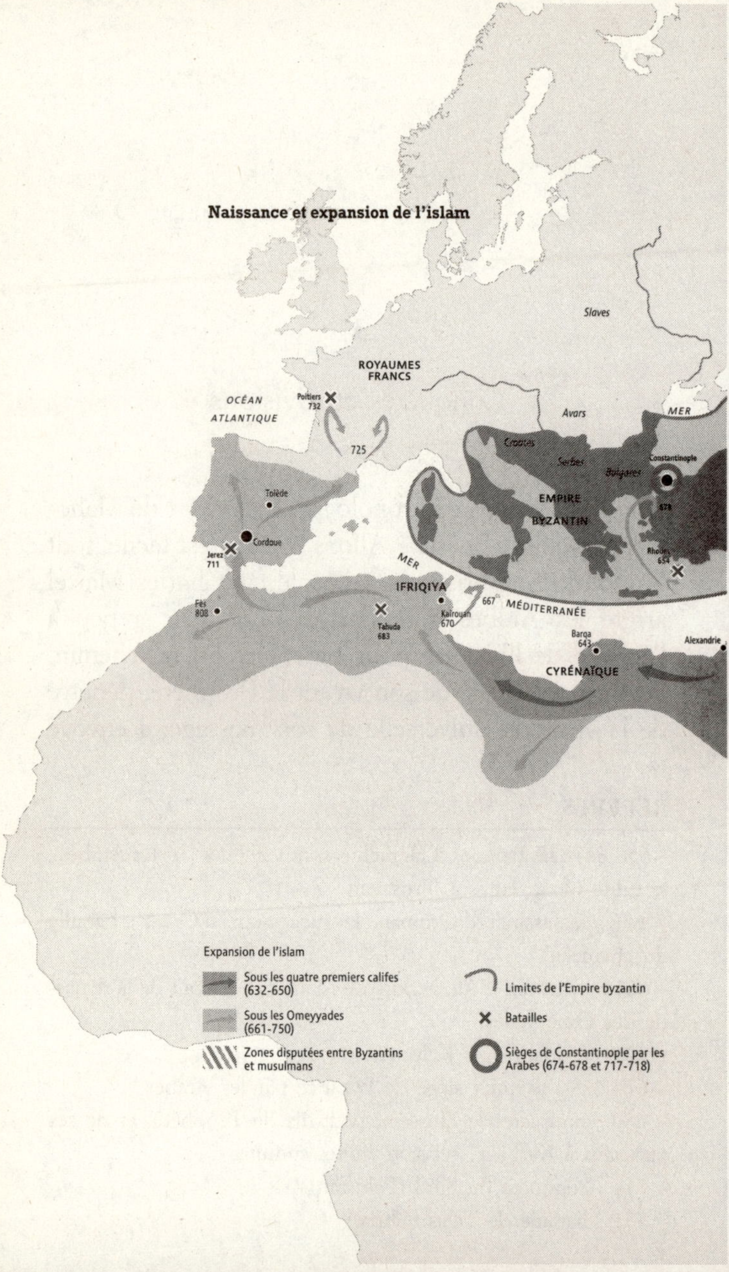
Naissance et expansion de l'islam
Slaves
ROYAUMES FRANCS
OCÉAN ATLANTIQUE
Poitiers 732
725
Avars
MER
Croates
Serbes
Bulgares
Constantinople
EMPIRE BYZANTIN
Tolède
Cordoue
Jerez 711
MER
Rhodes 654
IFRIQIYA
Fès 808
Tahuda 683
Kairouan 670
667
MÉDITERRANÉE
Barqa 643
Alexandrie
CYRÉNAÏQUE
Expansion de l'islam
Sous les quatre premiers califes (632-650)
Sous les Omeyyades (661-750)
Zones disputées entre Byzantins et musulmans
Limites de l'Empire byzantin
Batailles
Sièges de Constantinople par les Arabes (674-678 et 717-718)

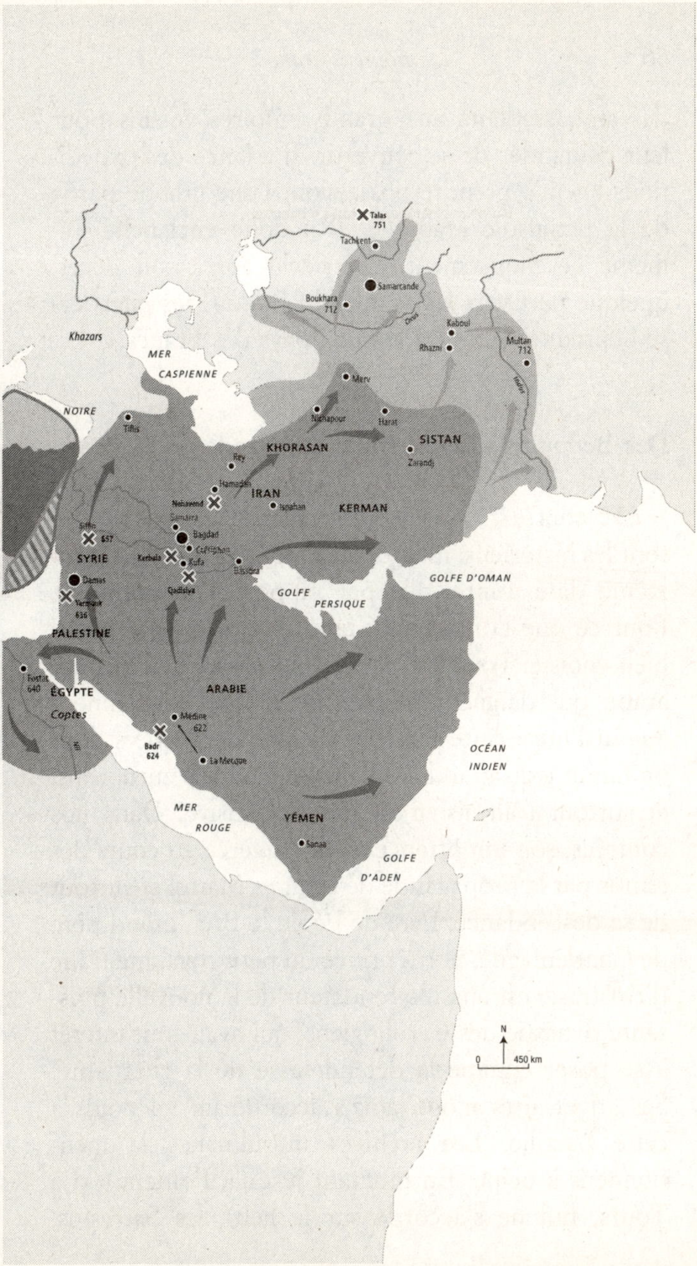
Talas
751
Tachkent
Samarcande
Boukhara
712
Oxus
Kaboul
Rhazni
Multan
712
Indus
Khazars
MER
CASPIENNE
Merv
NOIRE
Tiflis
Nichapour
Harat
SISTAN
KHORASAN
Zarandj
Rey
Hamadan
IRAN
Nehavend
Ispahan
KERMAN
Samarra
Siffin
657
Bagdad
Ctésiphon
SYRIE
Kerbala
Kufa
Bassora
Damas
Qadisiya
GOLFE D'OMAN
Yarmouk
636
GOLFE
PERSIQUE
PALESTINE
Fostat
640
ÉGYPTE
ARABIE
Coptes
Médine
622
Badr
624
La Mecque
OCÉAN
INDIEN
MER
ROUGE
YÉMEN
Sanaa
GOLFE
D'ADEN
N
0
450 km

des ambassadeurs aux grands empires voisins pour leur demander de se convertir. Il a lancé des expéditions jusqu'à prendre possession d'une grande partie de la péninsule arabique. Il a donc enclenché lui-même ce mouvement. Un siècle après son décès, quelque part vers les marais du Poitou, ses guerriers se heurtent à ceux du lointain pays des Francs.

Des Bédouins à la conquête du monde

632 contre 732, cela sonne bien. Certes, soupireront les historiens, mais cela sonne faux aussi. La deuxième date tombe pile par rapport à la première. Pour ce que l'on veut lui faire dire, elle n'est pas si bien choisie. Tous les grands spécialistes de l'histoire arabe qui daignent la mentionner en conviennent aujourd'hui : cette fameuse bataille de Poitiers dont on faisait jadis grand cas dans les manuels européens, et surtout français, n'est pas si décisive. Dans nos contrées, son importance a été exagérée au cours des temps par la propagande de Charles Martel et surtout de sa descendance. Père de Pépin le Bref, grand-père de Charlemagne, notre prince du petit royaume franc d'Austrasie est aussi le fondateur de la nouvelle puissante dynastie des Carolingiens, qui avait tout intérêt à se poser comme la défenderesse de la chrétienté. Ses adversaires n'ont jamais accordé un tel poids à cette bataille. Les archives musulmanes la mentionnent à peine. En montant jusqu'à Poitiers (ou à Tours, nul ne s'accorde sur le lieu), les Sarrasins,

comme on les appelle désormais en Occident, sont dans une logique de razzia. Ils cherchent à piller quelques-unes de ces abbayes dont on leur a vanté les richesses, mais ils n'entendent pas étendre leur empire jusque-là. Celui-ci n'est-il pas déjà assez vaste pour les satisfaire ?

En 711, Tarik ibn Zyad, un chef berbère surgi d'Afrique du Nord agissant au nom des Arabes, a entrepris la conquête de l'Espagne. À l'est, un autre chef arabe, Muhammad ibn Qasim, a pris possession, sous le même drapeau de l'Islam, du Sind, une des provinces de l'actuel Pakistan.

Avançons encore de quatre petites décennies. En 751, sur les bords de la rivière Talas, dans ce qui est aujourd'hui le Kirghizstan, d'autres guerriers d'Allah remportent eux aussi une victoire. Ils vainquent l'armée chinoise. Sont-ils las de tant de gloire ? Ils décident d'interrompre leur progression. En un peu plus d'un siècle, donc, la domination de l'Islam va de l'océan Atlantique aux confins de l'Inde et de la Chine. Elle embrasse tout le monde connu. Dans l'histoire universelle, on a vu, on verra d'autres épopées aussi impressionnantes, celle des Huns, plus tard celle des Mongols. L'effondrement de ces deux empires sera aussi rapide que le fut leur victoire. Les Arabes viennent d'installer un pouvoir qui durera des siècles. C'est un exemple rare.

De près étudiée, cette conquête arabe, comme on l'appelle, ne se fit pas aussi simplement qu'on l'imagine quand on la voit représentée dans les atlas. Elle n'est pas qu'une tache verte qui n'en finit pas de s'étendre de carte en carte. Elle ne fut pas une aimable promenade, menée par des guerriers qui n'avaient qu'à lever le cimeterre pour voir tomber devant eux les trônes des rois et s'ouvrir les portes des villes. Comme toutes les conquêtes, elle connut son lot de violences et de massacres. Bien plus qu'on ne le souligne en général, nous rappelle l'historien français Wahib Atallah dans un livre consacré à cette période[1]. Le premier essor des guerriers du désert est extraordinaire. En deux décennies, ils mettent à bas tous leurs voisins, si puissants qu'ils soient. Dans les années 650, le mouvement est bloqué par les divisions qui surgissent au sein même du monde musulman – nous allons en parler bientôt. Dans un deuxième temps, l'essor reprend, mais doit affronter de nombreuses résistances. Kairouan, la ville sainte située non loin de Tunis, est fondée en 670, mais Carthage, la capitale de l'ancienne province romaine d'Africa, est reprise par les Byzantins, qui ne la perdent définitivement qu'en 698. Les Berbères d'Afrique du Nord s'opposent vaillamment aux Arabes et réussissent à les bloquer longtemps. La « Kahina », fille d'un roi des Aurès que l'on dit parée d'une aura mystique, est la plus célèbre héroïne de cette épopée.

La progression connut aussi ses échecs. Selon l'orientaliste américain Bernard Lewis, bien plus que de Poitiers, cette « défaite mineure », on ferait mieux de parler du double revers des Arabes devant la ville

1. Wahib Atallah, *Sunnites et chiites. La naissance de l'empire islamique*, Infolio, 2010.

qui les attirait entre toutes, la ville des villes, Constantinople[1]. Dans les années 670, avec des Syriens – alors chrétiens – qui les aident à bâtir et à conduire une flotte pour se rendre jusque sous ses murailles, les conquérants touchent au but. Ils échouent, en partie à cause de l'arme imparable que les Grecs viennent d'inventer et qui porte leur nom, le « feu grégeois » (c'est-à-dire grec) : un liquide bitumineux qui brûle même sur l'eau et que l'on jette sur l'ennemi pour enflammer leurs bateaux.

Quarante ans plus tard, en 717-718, les Arabes réessaient. L'antique Byzance résiste toujours. Ils sont contraints à lever un siège qui aura duré plusieurs années.

Pour autant, ce qui a été accompli reste proprement incroyable. En quelques décennies, des Bédouins surgis des sables ont donc réussi à se tailler un domaine large comme le Vieux Monde après avoir battu, tour à tour, les deux plus grands empires de leur temps. Souvenez-vous. En 630, Héraclius, fils des César et des Auguste, glorieux empereur romain d'Orient, en rapportant à Jérusalem la Vraie Croix reprise à l'ennemi perse, vivait l'apogée de son règne.

En 636, près de la rivière Yarmouk, au sud de Damas, non loin du lac de Tibériade, ses troupes sont vaincues à plate couture par les Arabes. Toute la région Syrie-Palestine tombe entre leurs mains. En 637, le calife Omar, chef des musulmans, grand artisan de cette conquête, fait son entrée dans Jérusalem.

---

1. Bernard Lewis, *Comment l'islam a découvert l'Europe*, La Découverte, 1984 ; rééd. Gallimard, 2005.

Quatre ans plus tard tombe la richissime Égypte, cet éternel grenier à blé de l'empire. L'Empire romain d'Orient se replie sur lui-même. Seul le Taurus, la chaîne de montagnes de l'est de l'Anatolie, le protège encore. Pendant des siècles, il marque la frontière.

La maigre consolation de l'empereur (qui meurt en 641) est peut-être d'assister à l'effondrement du vieil ennemi perse. Après une bataille décisive, les musulmans réussissent à chasser le dernier roi sassanide de sa capitale Ctésiphon en 636. Il résiste quinze ans encore, en reculant toujours plus vers l'est, avant d'être tué en 651. La Perse, empire millénaire, disparaît.

De guerre lasse

Comment ont-ils fait ? Combien étaient-ils ? Le chiffrage est compliqué, d'autant qu'au fil des victoires les troupes des conquérants ont été grossies par celles des indigènes qu'ils venaient parfois de convertir. La conquête de l'Espagne a été accomplie par des Berbères. Au plus, on estime leur nombre à quelques dizaines de milliers de combattants. Cela n'est pas beaucoup pour parcourir de telles distances. Aujourd'hui encore, l'épisode reste difficile à éclaircir. Les plus croyants ont une explication qui a le mérite de la simplicité. Ce triomphe de l'islam est le « miracle du Coran ». Les spécialistes préfèrent multiplier les causes, faute de s'accorder sur une seule. L'ivresse des victoires a dû galvaniser les Arabes. Leur équipement a eu son rôle aussi : montés sur leurs petits chevaux, suivis, pour porter le bât, par des chameaux bien plus rapides que la lourde intendance en chariot des armées traditionnelles, ils ont pour eux l'avantage de la vitesse, et donc de la surprise. Il faut compter aussi avec l'état de ceux qui leur font face. Les deux grands Empires perse et byzantin sont littéralement épuisés par les trente ans de guerre qui les ont opposés. D'autres calamités récentes se sont ajoutées à leur malheur – la peste et de mauvaises récoltes. Parfois, on mentionne un autre élément qui a joué en faveur des assaillants : la haine que vouent les populations locales aux maîtres qui se font attaquer. Les siècles de querelles religieuses, de schismes, de persécutions ont laissé des traces. Les persécutés, dès lors qu'ils ont été durement traités comme « hérétiques » par les maîtres byzantins, accueillent les Arabes en libérateurs. Cela a dû compter. Moins qu'on ne l'a cru longtemps. Le Britannique Albert Hourani, auteur d'une *Histoire des peuples arabes* qui fait référence, ou le spécialiste de l'Empire byzantin Michel Kaplan préfèrent parler de la grande lassitude des populations, fatiguées de tant et tant d'années de guerre, trop épuisées pour chercher à combattre ces nouveaux venus[1]. Depuis le début de ce siècle, tout le Proche-Orient est passé successivement des mains des Grecs à celles des Perses, puis de celles des Perses à celles des Grecs. Qu'est-ce qu'un conquérant de plus quand on en a tant vu ?

1. Albert Hourani, *Histoire des peuples arabes*, Seuil, coll. « Points », 1993. Michel Kaplan, intervention lors des Journées de l'histoire sur le thème « L'Europe et l'islam », 17-18 juin 2011, Sorbonne, Paris.

Après l'expansion, l'occupation

En un siècle, ces conquêtes dessinent donc un nouveau monde. Il n'a plus rien à voir avec celui que nous avons esquissé dans notre premier chapitre. Il aurait pu être autre. Imaginons que les Arabes aient été bloqués à Alexandrie, restée un bastion byzantin, mais qu'ils aient réussi à faire sauter le verrou de Constantinople et pris l'Europe par les Balkans ? Pourquoi pas ? Le verdict des armes relève toujours, pour une part, du hasard. Aujourd'hui, l'Égypte et le Maghreb seraient toujours de vieilles terres chrétiennes, et l'Europe orientale serait arabo-musulmane. Le contraire s'est passé. Un monde en a résulté dont les frontières sont toujours à peu près les nôtres.

Les conséquences de cette nouvelle configuration ont été considérables. C'est à cause d'elle qu'est née et s'est développée l'Europe. Telle fut en tout cas une des thèses les plus connues des études orientales au XXe siècle. Elle a été avancée par le médiéviste belge Henri Pirenne dans un ouvrage resté célèbre : *Mahomet et Charlemagne*[1]. Selon lui, l'expansion arabe, faisant de la Méditerranée un « lac musulman », met fin à l'univers organisé par Rome. Elle pousse l'Europe, alors dirigée par les barbares francs, à se recentrer vers le nord, et à rompre avec la société des villes qui caractérisait l'Empire romain pour pro-

1. Henri Pirenne, *Mahomet et Charlemagne*, PUF, coll. « Quadrige », 2005.

duire une civilisation plus paysanne, plus terrienne. C'est le début du Moyen Âge. Plus tard, d'autres grands spécialistes des études arabes, comme le Français Maurice Lombard, contestèrent cette façon de voir. Selon ce dernier, l'étude des flux commerciaux prouve que l'islam n'a pas vraiment coupé les liens, et les échanges avec le Nord ont continué longtemps. Toujours est-il que, du point de vue musulman, la géographie du monde a changé. Y apparaît désormais cette gigantesque « maison de l'islam », ce *dar al-islam* qui est un univers à lui seul. Il a son propre *occident*, c'est-à-dire l'Afrique du Nord et l'Espagne conquise. Occident, en arabe, se dit *maghreb.* Il a son levant, le *machrek* – l'Irak, l'Iran ou la Syrie.

Dans un premier temps, de façon curieuse, cet univers bouleversé change peu sur le plan religieux. Les conquérants ont fait la guerre au nom d'Allah. Ils ne tiennent pas pour autant à l'imposer d'emblée à ceux qui s'en passaient jusque-là. Est-ce la clé du succès durable de leur implantation ? C'est probable. La brutalité religieuse aurait suscité de violentes réactions de refus en retour. Il n'y en a pas eu. Pendant les premières décennies, voire les premiers siècles, les Arabes se comportent comme, plus tard, certaines puissances coloniales. Ils veulent contrôler les territoires, ils n'ont aucun besoin d'enrôler leurs populations. Le Coran le permet. Il fait un sort particulier aux « gens du Livre », en clair aux chrétiens et aux juifs (auxquels on ajoute bientôt les zoroastriens, majoritaires en Perse). Leur statut est formalisé par ce que l'on appelle le « pacte d'Omar », du nom d'un calife. L'islam leur garantit sa protection, en échange de quoi les communautés concernées doivent verser un impôt particulier, reconnaître leur soumission et la supériorité de l'islam, et accepter diverses mesures qui le prouvent, comme des codes vestimentaires particuliers ou l'interdiction de construire de nouveaux lieux de culte. Ils deviennent des *dhimmi*, des « protégés »[1].

Il semblerait que les accords aient été passés sans heurt. Pourquoi y en aurait-il eu ? Du point de vue d'un paysan du Nil, d'un habitant d'une grande ville de Syrie ou de Perse, l'arrivée des nouveaux maîtres ne change pas grand-chose. Pour certains, comme les minorités chrétiennes schismatiques en constante opposition au pouvoir précédent, ou bien les juifs, qui ont eu à subir des persécutions, les conditions sont plutôt meilleures qu'auparavant. Enfin, on les laisse en paix. Les chefs du nouveau pouvoir, les califes, sont loin, à Médine d'abord, à Damas puis Bagdad ensuite. Leurs soldats s'installent en général dans de vastes camps militaires qui, parfois, sont à l'origine de villes à venir (ainsi, celui de Fostat est devenu Le Caire), mais ils se tiennent très à l'écart de celles qui existent déjà. Pour le reste, il faut payer l'impôt, comme on l'a toujours fait, et très probablement au même collecteur, qui a les mêmes registres et parle la même langue que celui qui servait les anciens maîtres. Dans un premier temps, les califes ont conservé les administrations en place – byzantine d'un côté, perse de l'autre – et les langues communément parlées alors. Au tournant du

1. Voir chapitre 12.

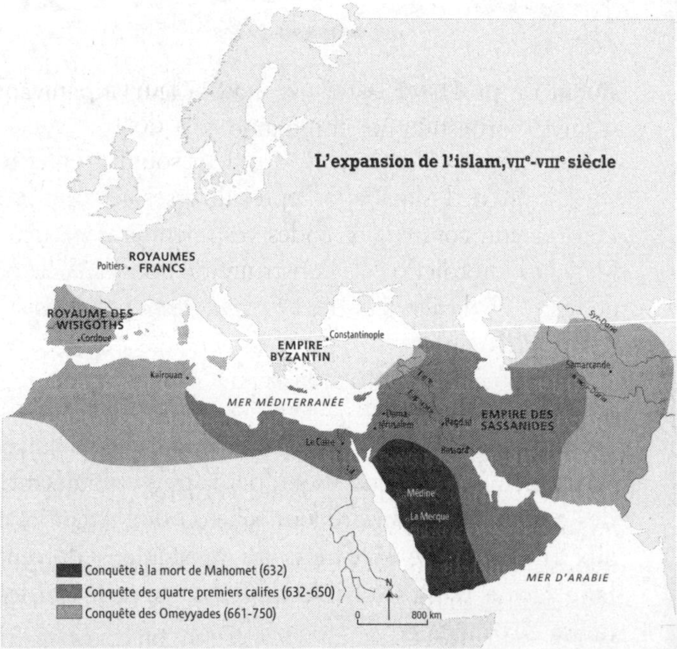

VIIIe siècle, le calife Abd al-Malik décide d'abandonner le grec et le pahlavi pour la rédaction des documents officiels et impose enfin l'arabe. Culturellement, le changement est fondamental. La langue nouvelle crée un nouvel univers. C'est elle qui va forger l'identité arabe telle que nous la connaissons, l'identité des individus parlant cette langue et se revendiquant de cette culture. L'immense majorité d'entre eux ne descendent pas de la petite minorité qui vient de les conquérir, mais des populations d'avant la conquête.

Sur le plan religieux, le passage à ce nouveau monde est plus long à se mettre en place. Selon Albert Hourani, pendant le premier siècle après la conquête, près de 90 % des populations des pays conquis continuent de professer la foi qui était la leur auparavant – juive, zoroastrienne, chrétienne.

★
★★

Divisions

Mektoub, le destin, diront les philosophes. Il ne donne jamais d'un côté sans reprendre de l'autre. Alors même qu'ils réussissent, par la plus éblouissante des conquêtes, à étendre leur religion de l'Atlantique aux frontières de la Chine, les musulmans doivent faire face à la plus terrible des guerres, celle qui les divise eux-mêmes.

Depuis longtemps règne chez les vainqueurs la *fitna*, la « discorde », ce terme terrible qu'aucun croyant n'aime entendre. Pour comprendre son origine, il faut faire un retour à la chronologie et en revenir à notre première date : 632, la mort du Prophète.

Avec ses révélations et ses hadiths, Mahomet aurait prévu tout ce qui doit régler la vie des hommes, sauf un point. Qui doit lui succéder comme chef de la communauté ? Ce problème est sans fin. La question de la succession amorce une fracture que l'islam, aujourd'hui, n'a toujours pas réparée.

Qui après lui ? Faut-il, pour le déterminer, s'en remettre à la vieille tradition bédouine qui veut que le conseil des plus sages désigne, parmi les compagnons du défunt, le plus capable ? Ou faut-il n'accepter, pour venir après l'homme exceptionnel à qui Dieu a parlé, que quelqu'un qui soit de son sang ou, au moins, de sa famille la plus proche ? Tous les garçons qu'a eus le Prophète sont morts en bas âge, mais il a adopté un de ses neveux, Ali, qu'il aimait tant qu'il l'a marié à sa fille chérie, Fatima. Tous deux lui ont donné deux petits-enfants, Hussein et Hassan. Ali, gendre du Prophète et père de ses descendants, n'est-il pas le plus indiqué pour assumer la charge immense de venir après lui ? Quelques-uns le pensent. D'autres non. Le point de vue des seconds l'emporte dans un premier temps. Omar, un des compagnons, pousse au pouvoir le plus ancien fidèle de Mahomet, Abu Bakr, le père d'Aïcha, l'épouse préférée. Celui-ci devient le premier *calife*, c'est-à-dire successeur. Âgé, il ne règne que deux ans. En 634 vient Omar lui-même, celui que l'on appelle parfois le saint Paul de l'islam. Comme l'évangéliste, il aurait commencé par vouloir combattre la religion nouvelle, qu'il haïssait, avant de s'y convertir, puis de devenir son grand propagateur. C'est lui que l'on a vu faire son entrée à Jérusalem en 637. Sous son égide ont eu lieu certaines des victoires qu'on vient d'évoquer. Est-ce pour se venger de la défaite de son pays qu'un nommé Fayrouz, esclave persan, lève sur lui un poignard mortel ? En 644, Omar meurt sous ses coups. Suit encore un autre compagnon, Othman. Il est l'homme qui aurait imposé la fixation écrite du Coran. Sous son règne, la querelle successorale se double de batailles complexes entre les clans qui se sont formés autour des divers gouverneurs des nouvelles provinces conquises. Les haines fratricides sont si vives qu'en 656 le calife – incroyable scandale – est assassiné par d'autres musulmans. Ali, après quelques hésitations, accepte de prendre la place. Cela ne règle rien. Le camp de ses ennemis se fédère autour d'un nouveau venu dans notre histoire, Muawiya. Issu d'un clan mecquois venu tardivement à l'islam, il n'a pas de grande légitimité religieuse. Politiquement, il pèse d'un grand poids. Il fait partie de ces brillants généraux qui ont mené la conquête et est devenu le puissant gouverneur de Syrie. La division a atteint un point de non-retour. On en arrive à la guerre.

Les Omeyyades

Deux batailles de cette « première *fitna* » sont restées très célèbres. La première s'appelle la bataille du chameau (décembre 656), ainsi nommée car c'est sur cet animal que la principale protagoniste de cette histoire est venue assister au combat. Aïcha elle-même, la veuve du Prophète, farouche opposante d'Ali et de ses soutiens, a tenu à être là pour pousser son camp au combat et assister à la défaite de son ennemi. Elle sera déçue. Les chefs de son camp sont tués dans la bataille. Ali survit. La guerre peut reprendre.

Six mois plus tard, nouvel affrontement à Siffin, une ville de Syrie. Les deux armées se font face. Des frères musulmans peuvent-ils s'entretuer ? Les partisans de Muawiya ont une idée. Ils placent les feuillets du Coran au bout de leurs lances pour demander qu'on s'en remette à un arbitrage. Ali accepte. Les plus intransigeants de ses partisans sont furieux de ce qu'ils prennent pour une lâcheté. « L'arbitrage n'est qu'à Dieu », déclarent-ils en décidant de sortir du jeu. On les appelle les « kharidjites », ceux qui sortent. Ils forment un troisième camp qui existe toujours.

Un camp nouveau, un peu de haine en plus. Voulant punir ce qu'il considère comme une trahison, Ali mène la bataille contre ces maudits kharidjites. Ceux-ci se vengent. En 661, l'un d'entre eux poignarde le calife au moment même où il se prosterne pour prier.

La voie est libre pour celui qui reste, Muawiya, le brillant général. Il prend le pouvoir. Un de ses aïeux, grand-oncle du Prophète, s'appelait Omeyya. On nomme la dynastie dont il est le premier chef omeyyade. Peut-elle faire redémarrer notre histoire sur le tapis de roses de la réconciliation et de la concorde ? Ce serait trop simple.

Dix-neuf ans plus tard survient l'ultime épisode de cette affaire, encore plus terrible que les précédents. Il marque les esprits pour les siècles des siècles. Arrivé à la fin de ses jours, Muawiya a fait accepter par son conseil que son successeur soit Yazid, son fils. Voilà le pouvoir omeyyade devenu héréditaire. C'est intolérable pour un homme au moins. Hussein, fils d'Ali, est horrifié par l'immoralité notoire de Yazid (son frère Hassan, l'autre petit-fils de Mahomet, est mort en 670). Il décide de rassembler ses partisans, qui se trouvent majoritairement en Mésopotamie. En 680, à

Karbala (Irak), sa petite troupe – une soixantaine de compagnons et sa famille – est entourée par l'armée innombrable des représentants de Yazid. On cite quelquefois le chiffre de 30 000 hommes. Hussein se décidera-t-il à faire allégeance au nouveau calife ? Il refuse, obstinément. Comment réagir ? Peut-on lever son arme sur un homme dans les veines duquel coule le sang de Mahomet ? Les soldats hésitent. L'un d'eux se lance. D'autres suivent. C'est le massacre. Compagnons, famille, tout le monde y passe. La tête du petit-fils du Prophète est envoyée chez le calife à Damas. On imagine la profondeur de la blessure pour ceux qui se réclament de lui. À jamais, les frères seront séparés. Il y a ceux qui pensent que l'intérêt de la communauté doit primer et que le calife dûment désigné est bien le calife. On les appellera les sunnites. Les autres sont toujours du parti d'Ali. En arabe, « parti » se dit *ch'ia*. Ce seront les chiites.

Chiisme

Ainsi débute l'histoire terrestre de l'islam. La conquête la plus incroyable d'un côté, les divisions fratricides les plus terribles de l'autre. Cette foi nouvelle, posée par celui qui le premier l'a prêchée comme devant amener enfin la paix et la concorde, n'échappe donc pas à la malédiction qui frappe toutes les religions du monde : la propension à se subdiviser. En cinquante ans, kharidjites, sunnites, chiites. Cela fait déjà trois branches issues d'un même tronc. Il y en aura beaucoup d'autres. Oublions les premiers, les kharidjites, ces intransigeants qui quittèrent la bataille de Siffin en reprochant à Ali sa pusillanimité. Certains de leurs descendants conservent toujours cette image de puritains farouches, aux mœurs très rigoureuses et à l'égalitarisme sans faille. Les plus célèbres aujourd'hui sont les ibadites, majoritaires à Oman, et les mozabites d'Algérie.

Gardons en tête le point important. Séparés au départ sur la base de querelles de pouvoir, les frères ennemis vont développer, au cours des siècles, de véritables systèmes de croyance et de pensée autonomes.

Les chiites restent marqués par ce qu'on pourrait appeler le traumatisme fondamental de la bataille de Karbala. Tous les ans, ils la commémorent lors de la fête de l'Achoura (le nom vient du mot « dix » en arabe, car elle a lieu le dixième jour du premier mois de l'année lunaire), en pleurant, en se lacérant, en se punissant de n'avoir pas su défendre le pauvre Hussein, le petit-fils du Prophète, dans ce combat qui reste pour eux le symbole de l'injustice, de l'écrasement du faible par le fort. Toute la martyrologie, si importante chez les chiites, y prend sa source. Ils n'oublient pas non plus le point de départ du désaccord : la légitimité d'Ali et de ses descendants, seuls à même de succéder au Prophète, car ils sont de son sang et donc les seuls à comprendre les vérités du monde qui échappent au commun des mortels. L'univers chiite est un monde duel qui oppose toujours une vérité apparente des choses à une vérité cachée. Cela se retrouve jusque dans l'appréhension du Livre saint lui-même. Ce que le fidèle y lit n'est qu'apparence. Le sens profond des mots est un mystère qui ne peut être percé que par le personnage central, l'imam, c'est-à-dire un de ces hommes « impeccables et infaillibles » que Dieu a envoyés sur terre pour guider l'humanité. Les prophètes de l'Ancien Testament étaient de ceux-là. Mahomet aussi. Après lui viennent pour relayer son message Ali et ses descendants. Car il y en eut. À Karbala, un fils de Hussein est épargné par miracle. Il devient donc l'imam à son tour. Après lui, la chaîne continue. Pour certains, eux-mêmes minoritaires parmi les chiites, elle s'arrête à sept imams. On appelle les croyants de cette obédience les chiites « septimains ». Pour la majorité, après le Prophète il y eut douze imams. C'est pour cette raison que l'on parle du chiisme « duodécimain ». Le dernier imam connu des hommes s'appelle Mohammad. On l'appelle le Mahdi. Il vécut au IXe siècle mais, à cause de la persécution qui peut toujours renaître, il vivait caché. Il disparut en 874, mais revint un peu plus tard pour transmettre des messages par l'intermédiaire de ses disciples. Puis il disparut définitivement en 940 pour basculer dans une autre réalité. On appelle cette disparition la « grande occultation ». Elle prendra fin quand, comme avec le Christ pour les chrétiens, Dieu décidera de faire réapparaître le Mahdi sur terre pour sauver l'humanité. En l'attendant, les croyants doivent se fier à ceux qui préparent son arrivée, les ayatollahs, les mollahs, c'est-à-dire le clergé pour les uns, les maîtres spirituels et les guides mystiques pour d'autres.

Sunnisme

L'autre famille, très majoritaire, de l'islam ne connaît pas ce type d'autorités. Elle ne s'attache pas non plus à ce principe de légitimité par le sang. Elle garde de ces débuts l'idée qui était celle des nombreux partisans de Muawiya. L'unité de la communauté est ce qui prime toute autre considération. Elle pose un autre principe. Mahomet est le seul homme infaillible en matière religieuse. Tout ce qu'il convient de croire tient dans la révélation qui lui a été faite à travers le Coran et les hadiths, ce que l'on appelle la *sunna*, la tradition (d'où le nom de « sunnites »). Pour ce qui est de l'ordre politique, elle accepte donc le nouveau calife et ses successeurs. Muawiya était gouverneur de Syrie (de 640 à 661). Il y reste. Avec ce changement de lieu, le style du pouvoir change aussi. Adieu les mœurs austères des rudes Bédouins, adieu l'antique simplicité de Médine ou de La Mecque dans laquelle avaient vécu Mahomet et ses successeurs directs – Abu Bakr, Omar, Othman et Ali, ces quatre premiers califes qui, malgré leurs divisions, gardent à jamais pour tous les musulmans sunnites l'étiquette de *rachidoun*, les « bien guidés ». Les Omeyyades s'installent à Damas, dans les palais abandonnés par les Byzantins. Ils adoptent bien vite leur décorum, leur luxe, leur protocole complexe et leurs habitudes somptuaires. Une page se tourne. Une autre histoire commence.

4

Le calife, l'empereur et l'éléphant

Se méfie-t-on assez des belles histoires ? Il arrive que ce qu'elles nous cachent soit plus important que ce qu'elles nous racontent. Celle d'Abul-Abbas se trouve dans les ouvrages occidentaux traitant de la vie de Charlemagne, le puissant chef des Francs dominant l'Europe au tournant des VIIIe et IXe siècles, qui, en l'an 800, restaure le titre prestigieux d'empereur romain d'Occident.

REPÈRES

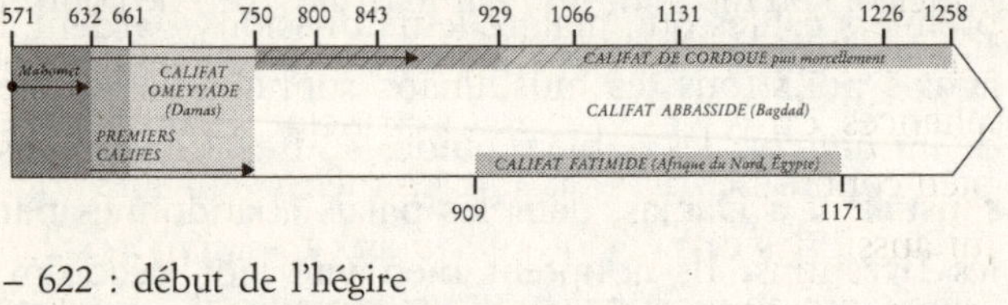

– 622 : début de l'hégire
– 800 : sacre de Charlemagne
– 843 : traité de Verdun (partage en trois de l'Empire carolingien)
– 1066 : conquête de l'Angleterre par Guillaume le Conquérant
– 1226 : couronnement de Saint Louis
– 1258 : prise de Bagdad par les Mongols

Trois ans avant cette date célèbre, en 797, il décide d'envoyer une ambassade chez le prince que les chroniqueurs du temps nomment « Aaron, roi de Perse », et à qui nous donnons aujourd'hui ses vrais nom et titre, beaux comme dans un conte des *Mille et Une Nuits* : Haroun al-Rachid, calife de Bagdad. Le but de la mission n'est pas clair. Seule la réalité géopolitique de l'époque nous aide à le deviner. Charles est alors « roi des Francs et des Lombards ». Il règne, à ce titre, sur ce qui correspond aujourd'hui à une partie de l'Allemagne, à la France, à la Belgique, à la Suisse, à l'Autriche et à la moitié nord de l'Italie. Il a deux grands rivaux. L'un se trouve au sud-ouest, de l'autre côté des Pyrénées. C'est l'émir arabe de Cordoue, à qui il fait parfois la guerre. L'autre, au sud-est, domine le bout de la péninsule italienne, les Balkans et au-delà. Il s'agit du seul empereur romain alors légitime, l'empereur d'Orient, qui, en ces années-là, a l'énorme défaut, aux yeux de notre barbare germanique, d'être une impératrice. De 797 à 802 règne en effet à Byzance Irène, une femme à poigne qui n'a pas hésité à faire énucléer son fils pour lui ravir le trône. Afin de contrer l'un et l'autre, Charlemagne est avide de nouer des alliances de revers. C'est un principe diplomatique bien connu. Le calife partage les mêmes ennemis. Il a, lui aussi, des comptes à rendre aux musulmans d'Espagne, qui ne reconnaissent pas son autorité. Il est lui aussi un très vieil ennemi de Constantinople. Répond-il pour autant aux avances carolingiennes ? Comment le savoir ?

Un cadeau encombrant

La trace de l'ambassade est vite perdue. De l'épopée elle-même, seuls les noms des trois envoyés nous sont restés. Franco Cardini, le médiéviste italien qui nous fait ce récit, nous les rappelle : Landfried et Sigismond, deux chevaliers chrétiens, accompagnés d'Isaac, un marchand juif[1]. La présence de ce dernier n'a rien de surprenant. Contrairement à Dagobert, son lointain prédécesseur mérovingien, qui les a persécutés, Charlemagne protège les juifs. Il n'est pas rare d'en voir à son proche service. Par ailleurs, en ces temps où la Méditerranée tend à devenir une frontière entre le monde chrétien et le monde musulman, les juifs sont les derniers à jouer les passeurs entre ces deux univers. Comme c'est le cas depuis l'Antiquité, le judaïsme continue à être répandu également au nord et au sud, et les petites communautés qui s'égrènent du nord de l'Europe au lointain Orient servent de relais. C'est l'une des raisons pour lesquelles certains juifs, que l'on appelle parfois radhanites (sans que l'on sache exactement d'où vient ce nom), se sont spécialisés dans le grand commerce. À l'occasion, ils servent de guides.

De la vie d'Isaac, on ne sait pas beaucoup plus que de celle de ses deux compagnons, sinon un détail, qui n'est pas mince. Il est le seul à être revenu. En 801, nous raconte Éginhard, le célèbre chroniqueur de

1. Franco Cardini, *Europe et Islam : histoire d'un malentendu*, Seuil, coll. « Points », 2002.

Charlemagne, des Perses qui sont par hasard présents à la cour impériale apprennent aux Francs que Sigismond et Landfried sont morts au cours du voyage, mais que l'intrépide marchand est toujours vivant. Trois ans après être parti, il attend, bloqué chez l'émir de Tunisie, qu'on lui envoie un bateau pour qu'il puisse accomplir son devoir et rapporter au roi des Francs les présents que lui a faits celui des Arabes. C'est donc d'un navire franc affrété pour l'occasion et envoyé en Afrique que débarque sur la côte italienne le plus volumineux, le plus incroyable des cadeaux : un éléphant, un magnifique éléphant blanc d'Asie, de cette race albinos très rare que les souverains d'Orient réservaient aux princes qu'ils voulaient honorer. Il est le héros de notre histoire, il se nomme Abul-Abbas. Comme il vient d'arriver à Portovenere, sur la côte ligure, il a encore du chemin à faire pour parvenir au terme du voyage. On ne connaît pas exactement son itinéraire. On suppose qu'il remonta le Rhône, puis passa par la Lorraine. On imagine sans peine l'émerveillement, l'incrédulité ou, selon les cas, l'effroi qui durent saisir les villageois et les paysans des temps carolingiens en voyant passer au bout de leur champ ou sur une barge une si prodigieuse créature. En juillet 802, enfin, celle-ci arrive à Aix-la-Chapelle, capitale impériale. Notre Abul-Abbas, entouré des autres offrandes califales – des parfums, des soieries et une magnifique horloge à eau –, est enfin présenté à Charlemagne, à qui il est destiné. On ignore les mots que prononça le grand homme devant le grand animal. On sait juste que celui-ci vécut huit ans auprès de lui, dans la ménagerie du palais. L'histoire veut qu'il en soit sorti au moins une fois. On l'exhiba, lors d'une bataille, pour effrayer les Danois qui menaçaient un village. Il mourut en 810, peut-être après une baignade dans les eaux glacées du Rhin. Un an après son premier maître, Haroun, quatre ans avant le second, Charles.

L'épisode est resté célèbre. « Le calife, l'empereur et l'éléphant », cela sonne comme un conte oriental. Il fit tant rêver qu'il finit, nous explique l'historien Michel Sot, par ouvrir la porte à bien des légendes du Moyen Âge occidental[1]. On en vint à raconter que Charlemagne lui-même était allé se battre en Orient pour en revenir sur sa spectaculaire monture. Et plus d'un « oliphant » précieux – c'est-à-dire un cor taillé dans l'ivoire – passa pour avoir été découpé dans les défenses d'Abul-Abbas.

L'hypothétique expédition

Une belle histoire, en vérité. Quel dommage qu'on n'en connaisse que le début et la fin. Du voyage lui-même, on ignore presque tout. On sait que, sur le chemin, nos trois légats se sont arrêtés à Jérusalem, ville cruciale pour la chrétienté à cause des pèlerinages. D'ailleurs, un peu plus tard, en 800, des émissaires du calife portent à Charlemagne les clés du

1. Michel Sot, intervention lors des Journées de l'histoire sur le thème « L'Europe et l'islam », 17-18 juin 2011, Sorbonne, Paris.

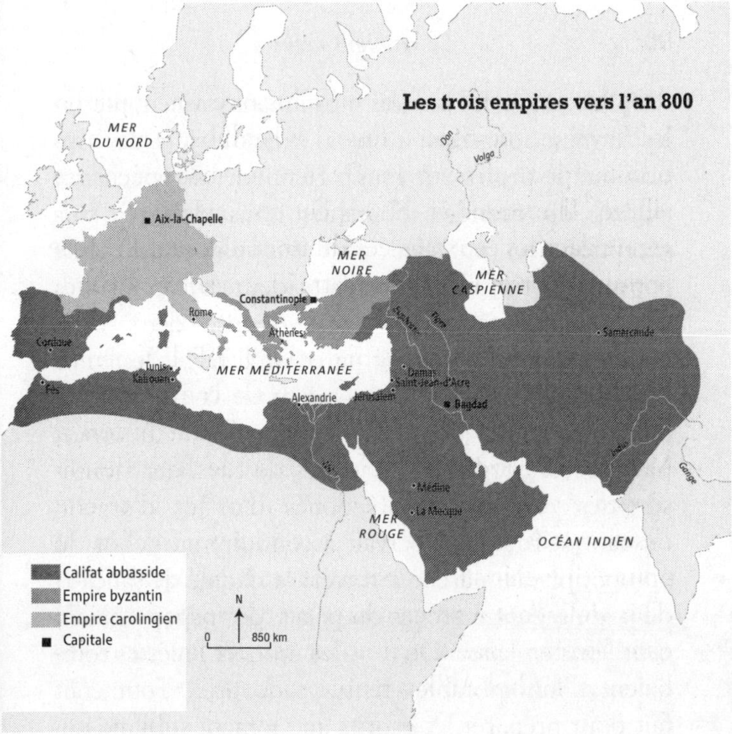

Saint-Sépulcre – le tombeau de Jésus. Cela ne signifie nullement, comme on voudra le croire plus tard, que le prince arabe a donné la ville à son homologue d'Europe. Il s'agit d'un présent purement symbolique, un geste fait pour honorer, pour signifier que les chrétiens seront toujours les bienvenus sur les lieux vénérés de la mort du Christ – ce qui sera en effet le cas, au moins pour les deux siècles qui viennent. À part cela, rien. On se doute que nos hommes ont rencontré le calife, ou tout au moins ses représentants, puisqu'ils en ont reçu des présents. On ne peut qu'imaginer la façon dont ils ont été accueillis.

À l'occasion, les princes musulmans savaient mettre les formes. Songeons, à titre d'exemple, à la description que le professeur Hugh Kennedy, un spécialiste anglais du monde abbasside, nous donne d'une réception qui eut lieu cent ans plus tard[1]. Elle concerne cette fois deux ambassadeurs byzantins. Les Grecs, explique-t-il, ont dû attendre deux mois entiers dans un faubourg parce qu'il fallait le temps de préparer la ville. La splendeur de la cité fut à la hauteur de cette attente. Pas une rue qui ne fût ornée, pavoisée et bordée de centaines de cavaliers montés sur des chevaux caparaçonnés d'or et d'argent, ouvrant la route qui servait à conduire au début du vrai périple, la marche à travers le dédale de salles et de jardins. Aux marches du palais, des pages tenaient cent lions en laisse. De tous les murs et fenêtres tombaient d'innombrables tentures de prix. Tout était fait pour préparer les esprits au moment sublime qui devait couronner cette parade, celui de la prosternation sur des tapis précieux face au trône sur lequel siégeait celui que l'on ne regardait pas, le prince des princes, le roi des rois, le commandeur des croyants, le calife.

---

1. Hugh Kennedy, *When Bagdad Ruled the Muslim World*, Da Capo Press, 2006.

Une ambassade trompeuse

Haroun al-Rachid en a-t-il fait autant pour nos chevaliers francs ? Cela n'est pas sûr. Pour un Arabe, Constantinople, vieille ennemie redoutée, admirée, jalousée, contre laquelle on se battait depuis près de deux siècles, comptait beaucoup. Aix-la-Chapelle ou même Rome ne comptaient pas.

Voilà le point essentiel qu'il nous faut avoir en tête. Dans les esprits occidentaux, si tournés vers eux-mêmes, on arrive parfois à faire entrer l'idée qu'il y eut, au cours de l'histoire, de grandes civilisations, de grands empires. Que certains d'entre eux aient pu surpasser les nôtres, sûrement pas ! Pour la période dont nous parlons, ces VIIIe et IXe siècles, Charlemagne est l'homme qui occupe toute la place. Il est le conquérant qui unifie sous sa couronne de fer toute l'Europe occidentale, le géant qui ramène la prospérité après les temps d'incertitude et renoue avec la grandeur de l'époque romaine. Qui pourrait rivaliser avec lui ?

Il ne s'agit pas d'amoindrir sa valeur. L'époque carolingienne permet, sur bien des plans – culturel, économique, religieux –, une véritable renaissance de l'Occident. Mais l'Occident n'est pas le monde. Accepter enfin de voir ce qui s'est passé ailleurs devrait nous conduire à relativiser nos représentations. C'est en quoi notre histoire d'ambassade est trompeuse. Elle a tendance à faire croire à une égalité de puissance entre les deux mondes qu'elle réunit. Il n'y en a pas. « Comparé à l'empire de Haroun al-Rachid, écrit l'historien anglais Richard Fletcher, l'empire de Charlemagne faisait figure de petit poisson face à une baleine[1]. » Contrairement à ce que nous avons tous appris dans nos manuels européens, en l'an 800 la puissance et la gloire ne se trouvent pas à Aix-la-Chapelle. Elles sont à Bagdad.

Deux chiffres en donnent une idée. Au IXe siècle, la plus grande ville d'Occident est Rome, avec ses 30 000 habitants. Bagdad dépasse le million. Elle gouverne un empire qui, écrit Kennedy, est aussi central dans l'histoire du monde que le fut l'Empire romain des Ier et IIe siècles.

Retour chez les Omeyyades, début des Abbassides

Il faut, pour comprendre comment ce vaste ensemble s'est constitué, reprendre le fil de notre récit. Nous avons laissé un vainqueur à l'issue des premières *fitna*, ces guerres civiles qui ont déchiré les musulmans peu après la mort du Prophète : le puissant Muawiya. Il devient calife, s'installe à Damas et y fonde, on l'a vu, une dynastie qui porte le nom de son ancêtre Omeyya, les Omeyyades. Parmi tous ceux qui lui succèdent, la mémoire collective musulmane a retenu le nom d'Abd al-Malik (646-705), le cinquième de la dynastie. En faisant construire le « dôme du Rocher » sur l'esplanade où se dressait le Temple, il contribue à montrer à tous la supériorité de l'islam

1. Richard Fletcher, *La Croix et le Croissant. Le christianisme et l'islam, de Mahomet à la Réforme*, Seuil, coll. « Points », 2010.

sur ses sœurs chrétienne et juive, et à faire de Jérusalem un des grands lieux saints de cette religion. En imposant l'arabe dans l'administration, à la place du grec et du perse, que l'on utilisait toujours, il « arabise » l'empire. Parmi les autres Omeyyades, certains sont restés célèbres pour des raisons propres à enflammer l'esprit des écoliers et à faire froncer les sourcils des dévots. Ils sont connus surtout pour leurs excès de débauche et d'impiété. Les orgies qu'un certain Al-Walid II organisait dans les palais somptueux qu'il s'était fait construire sont quasi mythiques. On prétend qu'il eut même l'audace de déguiser une de ses favorites en imam pour la faire prêcher à la mosquée. D'autres sources sont plus clémentes. L'*Encyclopédie Universalis* le présente comme un « homme attachant » qui réussit à être aussi un grand poète, un talent rare chez les souverains. Il est bien difficile, dans cette histoire, de trier le bon grain de l'ivraie. Les Omeyyades sont arrivés au pouvoir après une guerre qui leur a valu de nombreux ennemis. Leur légende noire était déjà fournie. La dynastie qui les détrôna ne fit pas grand-chose, on s'en doute, pour tenter de la corriger.

Plus que dans la personnalité de leurs califes, le problème des Omeyyades réside dans leur façon de gérer les conquêtes. Au début de la domination musulmane de ces immenses territoires, on l'a vu, les conversions furent assez rares. Tout prouve que les nouveaux maîtres ne les favorisaient guère. Les chrétiens, les juifs, les zoroastriens avaient droit au statut de *dhimmi*, de « protégés », en échange de lourds impôts. Les pousser à devenir musulmans était peu tentant. Cela revenait à se priver d'une manne. De plus en plus nombreux furent pourtant ceux qui embrassèrent la foi nouvelle, formant un nouveau groupe social, celui des affranchis convertis, les *mawali*. Ils réclamaient à leurs maîtres arabes l'égalité promise par le Coran, que ceux-ci rechignaient à donner.

D'autres minorités encore, comme les partisans des descendants d'Ali, les futurs chiites, n'avaient toujours pas digéré leur rancœur envers les assassins de Hussein. Les mécontentements tournèrent en révolte, la révolte en révolution. Vers les années 740 surgit du Khorasan, une province perse, une véritable armée, rassemblée sous le drapeau noir d'une vieille famille issue de la souche prophétique. Elle descend d'Abbas, un oncle de Mahomet, d'où son nom, les Abbassides. En 750, à la suite d'une grande bataille, ceux-ci vainquent les Omeyyades de Damas, les massacrent et donnent, dit la chronique, leur premier banquet en faisant poser les tapis sur les corps des vaincus encore agités de soubresauts. Un seul miraculé échappe au carnage. Malgré l'impitoyable traque lancée pour le retrouver, il réussit à se créer bien loin un autre destin. Laissons-le pour l'instant à sa fuite éperdue, nous le retrouverons bientôt.

⁂

Bagdad, nombril du monde

Les Abbassides ont un drapeau noir et une main de fer. Les alliés qui les ont aidés à prendre le pouvoir sont rapidement éliminés. Ils règnent bientôt sans partage. Ils peuvent bâtir ce système impérial d'une richesse qui n'a que peu d'égales dans l'histoire du monde.

Sa splendeur est d'abord celle d'une ville. Damas, ville romaine, est mal située par rapport à leurs immenses territoires, trop excentrée, trop à l'ouest. Le deuxième calife des Abbassides, Al-Mansour (714-775), cherche un nouveau lieu pour asseoir sa dynastie. Il le trouve dans cette zone si fertile de Mésopotamie, où confluent le Tigre et l'Euphrate, deux fleuves reliés facilement par un réseau de canaux et de marais. C'est dans cette région que se trouvaient jadis l'antique Babylone et naguère Ctésiphon, la capitale de l'Empire perse. Al-Mansour jette son dévolu sur un humble hameau où ne se dressent qu'une vieille forteresse et un monastère chrétien. En quatre ans, autant dire en un éclair, 100 000 ouvriers y font sortir du sol Bagdad, nouveau nombril du monde. Même sa forme l'indique. C'est une ville ronde. Elle est centrée sur son palais, sa caserne, sa grande mosquée, et ceinte d'un rempart autour duquel, de cercle en cercle, s'étend la plus vaste des zones urbaines du monde d'alors. On a parlé de son million d'habitants. Seule la capitale chinoise de l'époque peut rivaliser en beauté, en puissance, en poids démographique.

Au sein de cette ruche extraordinaire se côtoient riches, pauvres, soldats, fonctionnaires, artisans, artistes, ouvriers[1]. Des petits paysans viennent chaque jour vendre leurs biens, tandis que de grands marchands commercent avec le bout du monde. Des gens de toutes classes, de toutes origines et de toutes religions vivent ensemble dans un bouillonnement qui vaut celui des grandes métropoles du XXIe siècle.

Les Omeyyades, en s'installant à Damas, s'étaient coulés dans le moule byzantin. En plaçant leur centre de gravité en Mésopotamie, les Abbassides renouent avec une autre antique civilisation, la Perse. Elle donne au pouvoir la majorité de ses fonctionnaires centraux, ses grands lettrés, et même l'étiquette du palais, copiée sur celle des Sassanides. Ce poids est tel, écrit l'orientaliste Maurice Lombard, qu'il conviendrait de parler de « civilisation arabo-perse ». La Chine est aux confins de l'empire, l'Inde limitrophe. Elles apporteront beaucoup aussi. Et les convertis, toujours plus nombreux, issus des anciennes religions, ou ceux qui ne veulent pas les quitter, zoroastriens, chrétiens d'Orient, bouddhistes, manichéens, achèvent de réussir l'étonnant melting-pot qui donnera à l'islam sa « première grandeur », pour reprendre les mots du même Lombard[2].

1. On pourra, pour en avoir une idée plus précise, consulter la biographie passionnante que le journaliste André Clot a consacrée au plus connu des califes : *Haroun al-Rachid et le temps des mille et une nuits*, Fayard, 1986.

2. Maurice Lombard, *L'Islam dans sa première grandeur*, Flammarion, coll. « Champs », 1993.

L'unité de ce vaste espace se fait par la religion arabe et par sa langue, mais aussi par sa capacité à mettre sur pied une construction politique solide et fiable. L'administration repose sur le corps immense des « secrétaires », qui archivent tout au centre, et elle étend son emprise grâce à un maillage des provinces, tenues par des gouverneurs. L'information circule grâce à un réseau de communication exceptionnel. La poste (*barid* en arabe) et ses agents servent à la fois à envoyer les directives du centre au plus loin de l'empire et à en faire revenir les rapports des espions révélant au pouvoir ce qui se trame dans les provinces. Le transport est facilité, le réseau routier bien tenu.

Par le hasard du destin, Haroun al-Rachid meurt alors qu'il se trouve à 1 900 kilomètres de la capitale. Pour annoncer la nouvelle à Bagdad, raconte Kennedy, son eunuque Raja met entre onze et douze jours, c'est-à-dire que l'information parcourt plus de 150 kilomètres par jour, une vitesse qu'on ne « retrouvera qu'à l'époque du transport à moteur ».

Bagdad est le centre, mais le centre n'est pas tout. Ce moment arabe est celui de l'essor urbain. L'Occident connaîtra le sien bien plus tard. Partout naissent de nouvelles villes, Kairouan, Tunis, Fès, quand d'autres, plus anciennes, retrouvent une splendeur perdue, comme Séville ou Palerme. La population est nourrie par une agriculture riche et innovatrice, qui a su développer d'ingénieux systèmes d'irrigation et porter au plus haut les connaissances agronomiques. Des produits nouveaux apparaissent et circulent dans cet univers, comme la canne à sucre ou le coton, venus d'Inde. Les paysages se transforment. Durant ces siècles apparaissent dans l'univers méditerranéen les orangers, les pruniers, les pêchers, si familiers aujourd'hui, qui y étaient inconnus jusqu'alors. Ce grand espace pacifié qui court de l'océan Indien à l'Atlantique est surtout un gigantesque marché où circulent les biens les plus divers, ceux qui sont produits d'un bout à l'autre de l'empire ou ceux que l'on va chercher jusqu'en Chine, comme les riches soieries. Du pays des Francs provient essentiellement le métal qui sert à forger les épées ; des mondes slaves, le bois, qui fait défaut dans cet univers dépourvu de grandes forêts et qui arrive avec des cargaisons de fourrures et d'esclaves.

Révoltes, misère et cruautés

Le monde arabe est au plus haut. Cela ne signifie pas qu'il fut une aimable vallée de roses baignée par un fleuve de miel. Toutes les religions sont d'accord sur ce point. Le paradis n'est pas de ce monde. Détailler une chronologie de cette période, c'est aussi s'apercevoir qu'il n'y eut aucune année sans troubles, sans soulèvements, toujours réprimés dans le sang. La révolte des Zanj, ces esclaves noirs affectés aux grandes plantations situées près de Bassora, est restée la plus célèbre. Commencée en 868 à l'appel d'un prédicateur enflammé rêvant d'un retour à un islam égalitaire, elle dure de façon sporadique pendant des années. Il faudra près de quinze ans pour en venir à bout.

La vie est douce aux puissants. Elle est dure aux humbles. Les campagnes sont écrasées par l'impôt. Nombre de leurs habitants les fuient pour aller grossir les rangs des miséreux qui s'entassent dans les faubourgs des villes où ils souffrent en silence ou, de temps à autre, laissent exploser leur colère. La capitale est alors saisie de turbulences qui la font craindre par les souverains eux-mêmes. Plusieurs fois, aux IXe et Xe siècles, les califes jugeront plus prudent de s'installer ailleurs. Pourtant, ils n'ont pas besoin du peuple pour vivre dans l'insécurité. Les guerres qui déchirent le pouvoir, à l'occasion des successions ou au beau milieu des règnes, témoignent de mœurs d'une grande cruauté. Contentons-nous de citer deux épisodes restés célèbres et qui concernent Haroun al-Rachid.

Il a à son service une grande famille de musulmans iraniens d'origine bouddhiste, les Barmécides. Yahya, le père, qui fut son tuteur, lui a tout appris et n'a pas ménagé ses peines pour lui obtenir un trône convoité par bien d'autres prétendants. Le fils, le beau Jafar, est devenu l'ami intime du prince et l'un des hommes forts du régime. Que se passe-t-il qui rompt d'un coup cette fidélité ? Les raisons profondes du revirement sont mystérieuses. La forme qu'il prend est d'une cruauté qui fait toujours trembler. En 803, Haroun ordonne l'arrestation du père et de trois de ses fils, et il demande à l'un de ses esclaves de lui rapporter la tête de Jafar, l'homme dont il était le plus proche.

Le même Haroun a tout prévu pour sa succession. Il est allé jusqu'à La Mecque avec ses deux fils pour leur faire faire, devant les lieux saints, la promesse sacrée de ne jamais s'entre-déchirer. Dès le lendemain de sa mort, les frères entrent dans une guerre épouvantable. Elle ira jusqu'à la quasi-destruction de Bagdad et à la mort d'un des protagonistes, Amin. Malgré des débuts aussi sanglants, Al-Mamoun (né en 786 et qui règne de 813 à sa mort en 833) devient un des califes les plus éclairés de l'histoire.

La Maison de la sagesse

Tous les écoliers d'outre-Méditerranée ont au moins entendu le nom de la réalisation la plus célèbre d'Al-Mamoun : la Maison de la sagesse – Bayt al-Hikma –, qui est ouverte aux lettrés, aux savants, et dont le but magnifique était de réunir tous les savoirs du monde. On y traduit les grands textes du passé, qu'ils viennent d'Inde, de Perse ou, bien sûr, de Grèce. On dit qu'Al-Mamoun créa cet endroit à la demande d'Aristote lui-même, qui lui était apparu en songe. « Allez chercher le savoir, au besoin jusqu'en Chine », aurait dit le Prophète. C'est précisément de là que vient le papier, qui est introduit alors et qui aide à la diffusion de la connaissance. Les deux ou trois siècles qui suivent l'arrivée au pouvoir des Abbassides en 750 sont ceux des grands poètes, des progrès de la science, de la philosophie, de la médecine, de l'algèbre, de la trigonométrie, de l'optique. On reparlera plus loin de ce moment qui fit de Bagdad la digne fille d'Athènes ou d'Alexandrie. Gardons à l'esprit pour l'instant une seule idée. Pour la plupart des Arabes, ce temps est un âge d'or dont on cultive la nostalgie et que l'on espère revoir un jour. Au vu de sa splendeur, cela se comprend. Il est juste de rappeler dans quel climat de liberté et d'ouverture il put éclore.

L'art de vivre, à la cour ou chez les plus riches, est d'un épicurisme qui rendrait fous bien des puritains d'aujourd'hui. La plupart des califes boivent de l'alcool, parfois immodérément, ce qui ne les empêche pas d'être de pieux pratiquants qui font comme il convient leurs prières et le pèlerinage. Au dire de tous les amoureux de la langue, le plus grand des poètes arabes est Abu Nuwas. Contemporain de Haroun al-Rachid, il est l'éternel compagnon de débauche de son fils Amin, qui le protège. Ses vers chantent le vin et l'amour des éphèbes avec une audace qui lui vaudrait aujourd'hui, dans bien des endroits, les foudres de la censure.

La religion elle-même va loin dans son exploration de nouvelles voies. C'est alors qu'elle se structure.

On voit se développer dès cette époque le *soufisme*, un courant mystique de l'islam si important encore aujourd'hui. Ses membres ne sont pas intéressés par l'exégèse pointilleuse qui peut opposer tels ou tels docteurs de la loi à propos de l'interprétation du texte saint. Seul compte le rapport direct avec Dieu. Ils le cherchent par des moyens divers, la répétition obsessionnelle de son nom, la danse, la transe. C'est à Bagdad qu'ont vécu quelques-uns des premiers grands soufis, comme Al-Hallaj, condamné en 922 à être crucifié pour être allé au bout de son rêve d'union divine et avoir osé déclarer publiquement : « Je suis la vérité, c'est-à-dire Dieu. »

Nouveaux dogmes

D'autres gardent un rapport plus terrestre et plus politique aux choses du ciel. Sous l'impulsion des théologiens qui leur ont donné leur nom sont alors fixées les quatre grandes écoles juridiques du sunnisme[1].

À peu près à l'époque de Haroun et de son fils Al-Mamoun éclôt une nouvelle pensée religieuse dont le principe même continue à apparaître incroyablement hardi : le *mutazilisme*.

Pour tous les autres musulmans, le Coran est *incréé*. Il ne fait que reprendre mot pour mot les vérités éternelles que Dieu a transmises au Prophète. Comment Dieu a-t-il pu parler ? demandent les mutazilites. Dieu est éternel et il est d'une nature que l'homme ne peut comprendre. Il n'a pas plus de langue qu'il n'a de bras. Il a inspiré le Prophète, mais n'a rien dicté. Le Coran est donc un texte *créé*. Influencés par la pensée grecque, ils défendent aussi l'idée qu'il est du devoir du croyant d'interpréter ce texte à la lumière de sa raison. Il ne faut certes pas exagérer le côté moderne de cette conception. On parle lumière et raison, on n'est pas pour autant chez Diderot ou Voltaire. Mais rien ne nous empêche de penser que cette doctrine aurait pu mener, quelques siècles avant qu'elles ne soient exprimées en Europe, à des thèses proches. Il en a été autrement.

1. Les quatre rites officiellement reconnus dans le sunnisme sont le rite malikite, qui tire son nom de l'imam Malik ibn Anas (710-795) ; le rite hanafite, d'Abu Hanifa (696-767) ; le rite chaféite, d'Al-Chafi'i (767-820) ; le rite hanbalite, d'Ahmad ibn Hanbal (780-855).

Le calife Al-Mamoun croit au mutazilisme. Il rend cette doctrine officielle en 827. Le peuple et de nombreux imams, qui l'estiment trop froide et trop intellectuelle, n'en veulent pas. Le théologien Ibn Hanbal devient son plus célèbre opposant. Il soutient la nécessité d'une lecture rigoriste et littérale du texte sacré – ce qui fait de lui un des pères spirituels des actuels intégristes. Les califes se crispent. Ils imposent à tous les religieux un examen pour les forcer à accepter le nouveau dogme, la *mihna*, terme souvent traduit dans les livres par celui d'« inquisition » – c'est dire si la pratique est détestée. Ibn Hanbal est jeté en prison et devient, pour son camp, un héros. Deux califes plus tard, les résistances n'ont pas cessé. Le vent tourne. On en revient aux doctrines traditionnelles. Ibn Hanbal triomphe, le mutazilisme s'enfonce peu à peu dans les oubliettes d'une histoire sunnite dont il eût pu changer le cours. Il ne reste vivant que dans le chiisme.

Quelle création humaine est éternelle ? Au XIIIe siècle, Bagdad est entièrement détruite, rasée au sol par les conquérants mongols. Elle sera reconstruite, mais ne sera jamais plus la ville des villes qu'elle a été. Fin d'une histoire.

Il y a quelque temps déjà qu'on la sentait venir. Vers 950, une famille perse et chiite, les *Bouyides*, avait mis le trône sous son protectorat. Puissants et cultivés, ces vizirs – l'équivalent des ministres auprès des dirigeants musulmans – avaient réussi, en protégeant savants et artistes, à initier un nouvel âge d'or des lettres et des sciences, mais le système n'était plus le même. Les califes avaient perdu de leur splendeur, ils n'étaient plus que des marionnettes sans pouvoir. En 1055, un nouveau peuple avait réussi à renverser la table : les Turcs. Ces mercenaires qui formaient depuis longtemps l'essentiel de l'armée impériale s'étaient révoltés, et leur chef avait « délivré » le calife des mains impies des Bouyides chiites et l'avait placé sous son contrôle.

L'empire lui-même, construction trop vaste, s'était depuis longtemps disloqué. D'autres pouvoirs rivaux étaient nés. En 910, les Fatimides, une famille chiite disant descendre de Fatima, la fille du Prophète, avaient pris le pouvoir en Afrique du Nord, et leur chef s'y était nommé calife. Ils avaient réussi à conquérir l'Égypte, où ils avaient fondé Le Caire et régné jusqu'en 1171.

Plus à l'ouest, l'Espagne avait connu elle aussi son califat rival. Nous venons de séjourner dans la ville des *Mille et Une Nuits*. Montons sur notre tapis volant pour aller voir là-bas ce qui s'y passe.

5

Al-Andalus

En 711, un chef musulman, Tarik ibn Zyad, franchit un célèbre rocher qui porte toujours son nom : Gibraltar, c'est-à-dire Jebel al-Tarik, la montagne de Tarik. À la tête d'une imposante armée composée principalement de Berbères, il part à l'assaut de l'Espagne et la prend aux Wisigoths, qui l'avaient eux-mêmes conquise trois siècles plus tôt. Ce peuple germanique s'y était installé au temps des « invasions

REPÈRES

– 711 : les troupes arabes et berbères partent à l'assaut de l'Espagne
– 756 : Abd al-Rahman, émir de Cordoue
– 786 : construction de la grande mosquée de Cordoue
– 985 : prise de Barcelone par Almanzor
– 1086 : victoire de l'Almoravide Youssef ibn Tachfin sur Alphonse VI à Sagrajas
– 1130 : Roger II, roi de Sicile
– 1147 : conquête d'Al-Andalus par les Almohades
– 1212 : prise de Las Navas de Tolosa par les chrétiens
– 1333-1354 : construction du palais de l'Alhambra à Grenade
– 1492 : chute de Grenade, fin de la Reconquista

barbares » qui avaient mis fin à l'Empire romain, après avoir été chassés de la Gaule par les Francs. Haïs par la population, minés par d'inextricables querelles de pouvoir, les Wisigoths ne sont pas capables de se défendre. Les villes tombent les unes après les autres, la victoire est facile. Après s'être aventurés jusqu'à Poitiers, en 732, puis s'être arrêtés pendant quelques décennies en Septimanie, l'actuel Languedoc, les Arabo-Berbères se stabilisent au sud des Pyrénées. Ce pays appelé Hispania, son nom romain, se transforme en « Al-Andalus[1] ». Pris au nom des Arabes, il devient en toute logique une province dépendant du pouvoir central d'alors, le califat de Damas, tenu par les Omeyyades.

Palais de rêve et soirs d'Espagne

En 750 se produit la révolution abbasside. L'accession au trône de cette nouvelle dynastie est accompagnée de l'épouvantable massacre de ses prédécesseurs. Tout le monde y passe, sauf un rescapé miraculeux que nous avons laissé fuyant sur les routes de l'empire, la police du nouveau pouvoir aux trousses. Il se nomme Abd al-Rahman. À l'issue d'un périple rocambolesque qui le voit tenter sa chance dans divers endroits de l'Afrique du Nord, il arrive en Espagne. Les fidèles de la dynastie déchue y sont nombreux et

1. L'origine de ce nom arabe est incertaine. On fait parfois dériver *andalus* du mot « vandale », le nom des prédécesseurs des Wisigoths en Espagne.

ils le reconnaissent comme leur chef. En 756, notre homme s'installe à Cordoue et se fait désigner *émir* – une sorte de prince – à la tête d'un *émirat*, donc, une province quasi indépendante politiquement mais qui reconnaît à Bagdad son autorité religieuse. Deux siècles plus tard, en 929, un de ses descendants, Abd al-Rahman III, saute le pas, rompt avec la vieille capitale abbasside et prend le titre de calife.

Al-Andalus, Omeyyades, califes de Cordoue… Les mots magiques ont été prononcés, la machine à songes est lancée, les images défilent dans nos esprits : palais somptueux, jardins embaumés par les parfums d'orangers, ruissellement de fontaines et soirs d'Espagne. C'est le problème. Peu de périodes sont aussi chargées en rêves que celle-là. Elle l'est d'autant plus qu'ils viennent, exemple rare dans notre ouvrage, des deux côtés de la Méditerranée.

Dès les lendemains de la « reconquête » du pays par les chrétiens – parachevée au XVe siècle –, les nombreux exilés juifs ou musulmans ont fui en emportant dans leurs bagages la nostalgie du monde qu'ils venaient de quitter. Dans tout le bassin méditerranéen, les *Andalous*, comme on appelle parfois leurs descendants aujourd'hui encore, transmettent à ceux qui les accueillent l'art de vivre qui était le leur, leur façon de cuisiner, leur musique, leur culture, et avec eux le souvenir mélancolique d'un bonheur à jamais envolé.

Aux XVIIIe et XIXe siècles, l'Europe se prend à ce jeu pour une raison qui doit tout au contexte qui est le sien. Toujours soumise à l'Inquisition, écrasée par une monarchie absolue de plus en plus anachronique, l'Espagne catholique représente un tel modèle d'archaïsme qu'on en vient à tomber amoureux de son contre-modèle absolu, l'Espagne musulmane qui l'a précédée. Les écrivains romantiques, qui font le voyage à Cordoue ou à Grenade pour aller méditer sur ses ruines, puis, quelques décennies après eux, les historiens, contribuent à la placer sur un piédestal dont elle n'est jamais descendue et à forger ce mythe qui nous imprègne toujours[1].

On peut le résumer ainsi : l'Andalousie arabe est un paradis de huit siècles où les trois grands monothéismes, chrétien, juif et musulman, ont vécu en parfaite harmonie jusqu'à la brutale « Reconquista » menée par les Rois Catholiques et close par la prise de Grenade en 1492. Comme tous les mythes, il comporte une part de vérité. Comme tous aussi, il s'est forgé sur beaucoup de grands oublis et de petits mensonges. Essayons de rendre à cette longue et passionnante période la distance critique et la complexité auxquelles elle a droit.

Le dandy et les califes

Al-Andalus est en effet un moment de civilisation rare. Il s'est mis en place au VIIIe siècle, dès les lendemains de la conquête, et s'est épanoui de façon extra-

1. Le Néerlandais Rheinart Dozy (avec son *Histoire des musulmans d'Espagne*, publiée dans les années 1860) est, pour le XIXe siècle, le grand historien de la période. L'Américain Washington Irving est célèbre pour ses *Contes de l'Alhambra*, publiés en 1832.

ordinaire au cours des deux siècles qui ont suivi. La prospérité dont jouissait alors tout l'empire arabe, l'essor du commerce qui en résulta, la rencontre avec l'Orient sur de vieilles terres romaines, le mélange des populations ont créé dans cet « extrême occident » du monde musulman un univers raffiné dont témoignent encore les monuments, les palais, les trésors architecturaux de Grenade, de Séville, de Cordoue, villes endormies que les nouveaux maîtres réveillent.

La douceur du climat favorise l'art des jardins botaniques et des vergers, dans lesquels sont importés de nombreux arbres fruitiers : pêchers, dattiers, orangers et citronniers. L'agriculture se développe grâce à l'amélioration des systèmes d'irrigation. De nouvelles cultures sont acclimatées dans la péninsule, comme le cotonnier, le mûrier, la canne à sucre et, plus tard, le riz.

On pourrait tout autant incarner Al-Andalus par un nom, celui de Ziryab (789-857). Les Arabes le connaissent bien, les Européens moins. C'est dommage.

Né pauvre à Mossoul, le tout jeune homme débarque à Bagdad où ses dons extraordinaires de chanteur et de musicien le font remarquer par le calife Haroun al-Rachid lui-même. Trop haut, trop vite ? Le maître de musique qui lui a tout appris devient jaloux de cet élève qui le surpasse et il est prêt à tout pour le briser. Le malheureux juge prudent de fuir. Il est accueilli un temps à Kairouan, en Tunisie, puis il repart encore. Le voici reçu avec tous les honneurs à Cordoue, qui fera sa gloire. Il y a apporté son instrument fétiche, l'oud, auquel il a ajouté une corde. Il arrive aussi avec un art particulier du chant et les bases d'une nouvelle culture musicale. On voit en lui le père de la musique arabo-andalouse que l'on joue toujours aujourd'hui en Afrique du Nord. Il aime le plaisir, le vin, la bonne chère. Ses conquêtes féminines et – lit-on parfois – masculines sont célèbres. Son goût très sûr fait de cet esthète « le véritable arbitre des élégances de la haute société cordouane[1] ». L'historien André Clot le compare à Brummell, le prince des dandys du XIXe siècle, et nous rappelle qu'il nous a laissé quelques étonnantes innovations, comme l'habitude de se mettre du déodorant sous les bras ou celle de boire dans des gobelets de cristal plutôt que d'or et d'argent comme ceux qu'on voyait alors sur les tables des riches[2]. Ce savoir-vivre, en effet, perdure longtemps. D'Espagne, il remonte vers le nord. Bien des codes que l'Occident a adoptés dérivent de ceux qui ont été mis au point dans l'Espagne musulmane.

Le cadre politique, lui, est beaucoup moins stable. En 929, en se proclamant calife, Abd al-Rahman III (v. 890-961), un Omeyyade, affirme sa puissance. Successeur du Prophète, il devient, après Dieu, le seul maître. Il règne sur un pays prospère et presque en paix. Des révoltes grondent toujours ici et là, mais les querelles de pouvoir entre clans et entre gouverneurs de province qui ont empoisonné les premiers temps

1. Pierre Guichard, *Al-Andalus*, Hachette Littératures, coll. « Pluriel », 2011.

2. André Clot, *L'Espagne musulmane*, Perrin, coll. « Tempus », 2005.

de la conquête se sont éteintes. Cordoue, la capitale, est la plus grande ville d'Europe : sa population est estimée entre 250 000 et 500 000 habitants – Paris en compte alors à peine 20 000. Pour jouir de la sérénité à laquelle il aspire, le prince a fait construire dans ses environs un écrin à la mesure de sa puissance, son Versailles en quelque sorte. Le domaine, baptisé Madinat al-Zahra – du nom de Zahra, l'une de ses favorites –, s'organise en trois terrasses agrémentées de vergers et de jardins irrigués. Les pavillons du prince se répartissent autour d'un patio ombragé abritant des fontaines et des ornements ciselés dans la pierre. Les pavements sont de marbre, les colonnes incrustées de perles et de pierres précieuses… De ce palais extraordinaire il ne reste aujourd'hui que quelques ruines, mais son luxe dépasse alors tout ce qu'on peut imaginer et donne la mesure du raffinement dont l'époque était capable.

Al-Hakam II (né en 915, règne à partir de 961 jusqu'à sa mort en 976), fils d'Abd al-Rahman III, ajoute à la gloire du père. Il fait agrandir un peu plus le joyau architectural de sa ville, la mosquée de Cordoue, édifiée par son ancêtre Abd al-Rahman Ier. Elle devient la deuxième plus grande mosquée du monde après celle de La Mecque. Non content d'être un éminent souverain, l'homme est poète et fin lettré, il aime à s'entourer de savants et de livres. La bibliothèque qu'il a fait rassembler compte, dit-on, plus de 400 000 volumes.

Pour la plupart des spécialistes, ces deux règnes, et plus largement le Xe siècle qui les englobe, marquent l'apogée de l'Andalousie arabe. Ils ne la résument pas pour autant. Voilà notre première idée reçue mise à bas. Contrairement à la représentation que l'on peut avoir en tête, ce beau temps des grands souverains raffinés n'a pas duré huit siècles, loin s'en faut. D'autres moments furent plus brutaux.

Le califat lui-même devient très vite purement symbolique. Le successeur d'Al-Hakam II, le troisième calife, n'est déjà plus qu'un pantin enfermé dans son palais. Tout le pouvoir est aux mains de son célèbre vizir, celui que les chrétiens appellent Almanzor (937-1002), une déformation d'Al-Mansour, « le victorieux ». Il tire ce surnom des nombreux exploits qu'il a accomplis lors des campagnes offensives menées contre les chrétiens. Son sens militaire n'a d'égal que sa dureté. Il prend Barcelone en 985 et massacre ou réduit en esclavage la population. Après avoir fait tomber Saint-Jacques-de-Compostelle (en 997), il en organise le pillage complet, à l'exception du saint tombeau de l'apôtre. Habile à déjouer les complots qui se trament contre lui grâce à son réseau d'espions, il règne en maître incontesté et cruel, mais la postérité lui échappe, et son empire meurt avec lui. Au lendemain de sa mort, ses fils entrent en guerre les uns contre les autres, ouvrant déjà une nouvelle période de cette histoire, celle de l'éclatement.

En 1031, fin du califat. Al-Andalus se morcelle en petits royaumes appelés « taïfas ». L'admirable civilisation andalouse se perpétue. La vie dans ces principautés peut être d'un grand raffinement, mais les divisions rendent impossible la défense de l'ensemble du territoire qu'elles forment face aux poussées du Nord. En 1086, pour contrer les chrétiens, un de ces petits États cherche de l'aide de l'autre côté de la Méditerranée. Depuis Marrakech, dont ils ont fait leur capitale, des Berbères surgis du Sahara sont en train de bâtir un empire au Maghreb. Ils se nomment les Almoravides. Ils passent le détroit et, invincibles guerriers, parviennent très vite à réunifier le pays en faisant tomber les unes après les autres les petites entités sous leur coupe. Avec eux, l'atmosphère change du tout au tout. L'islam des califes et des taïfas était ouvert et lettré. Celui de ces combattants du désert est austère, intransigeant. Ils sont si puritains que, chez eux, même les hommes portent le voile. La belle liberté de mœurs qui caractérisait la société andalouse ne leur convient pas. Désormais, c'en est fini du vin, de la danse. On fait la chasse aux lieux de plaisir, aux prostitués. Le bien doit régner.

Au milieu du XIIe siècle, les Almohades, une autre dynastie venue de l'Atlas, renversent les Almoravides. Ils bâtissent un empire encore plus puissant, qui englobe l'Afrique du Nord et l'Espagne musulmane. Au départ, ils sont d'une rigueur religieuse encore plus austère que celle de leurs prédécesseurs. Le temps et la douceur des lieux font leur travail. Bientôt, écrit Maxime Rodinson, « ils se laissent gagner par le goût du luxe et des arts[1] ». La stabilité du grand territoire qu'ils ont réussi à dominer permet un

1. In *Dictionnaire de l'islam : religion et civilisation*, Albin Michel/Encyclopaedia Universalis, 1997.

La « reconquête » de l'Espagne
Golfe de Gascogne
OCÉAN
ATLANTIQUE
Saint-Jacques-de-Compostelle
Galice
Asturies
León
León
Burgos
Navarre
Pampelune
Sos
Perpignan
Braga
Valladolid
Urgel
Douro
Èbre
Salamanque
Saragosse
Catalogne
Coimbra
Ségovie
Lérida
Barcelone
PORTUGAL (après 1094)
COURONNE DE CASTILLE
Alcalá
COURONNE D'ARAGON
Tarragone
Tage
Tolède
Lisbonne
Valence
Las Navas de Tolosa
Baléares
Andalousie
Cordoue
Guadalquivir
Murcie
Murcie
Séville
ROYAUME DE GRENADE
Grenade
Ronda
Cadix
Almeria
MER MÉDITERRANÉE
N
0
100 km
États chrétiens au xIe siècle
Conquêtes de 1050 à 1200
Conquêtes de 1200 à 1300
Territoire annexé en 1492
Victoire chrétienne
Limite des royaumes

large développement du commerce et favorise les échanges de savoirs et de techniques de part et d'autre du détroit de Gibraltar. La région vit de nouveau une période faste. Mais le vent du destin tourne déjà.

C'est sous la dynastie almohade qu'a lieu, en 1212, le moment crucial de notre histoire. Au début du VIIIe siècle, après leur effondrement brutal face aux conquérants, le domaine des chrétiens a été réduit aux Asturies, au nord. De siècle en siècle, au gré des alliances entre petits royaumes, ils ont réussi à reprendre des forces, à se structurer en puissances plus imposantes, et ont peu à peu grignoté du terrain. Le lent mouvement de bascule se met en marche à partir de l'an 1000. On a évoqué les victoires d'Almanzor. Le sac de Barcelone se passe en 985. Exactement un siècle plus tard, en 1085, Alphonse VI, roi de Castille, prend Tolède. Le symbole est considérable. La ville était la capitale des Wisigoths. Le coup de grâce survient en 1212 à Las Navas de Tolosa (dans l'actuelle Andalousie). Une cohorte composite de chrétiens des royaumes du nord de l'Espagne et de croisés accourus de toute l'Europe à l'appel du pape affronte une immense armée andalouse dirigée par un chef almohade. Les musulmans perdent.

Les nouveaux maîtres peuvent s'installer. Cordoue, Séville sont vidées de leurs habitants. On pousse de bons croyants à coloniser les régions dont leurs prédécesseurs ont été chassés. Le sort d'Al-Andalus est scellé. Deux décennies après Las Navas de Tolosa, il ne reste plus de ses heures brillantes que le petit royaume de Grenade, où affluent les réfugiés.

Culturellement, artistiquement, ce petit État aura ses riches heures. Sur ses collines rougeoyantes, les rois nasrides – c'est le nom de leur dynastie – sculptent patiemment, au cours des XIIIe et XIVe siècles, le joyau de l'art andalou, l'Alhambra, un ensemble de palais et de jardins qui fait l'admiration du monde entier. Pour la plupart des touristes qui le visitent, il est toujours le symbole de l'Andalousie arabe tout entière. Pourtant, il a été édifié à un moment où elle était à l'agonie. Pour survivre, le royaume doit payer tribut à ses puissants voisins chrétiens, qui ne font que le tolérer. Militairement, il ne pèse plus grand-chose. Il faut peu d'effort pour le rayer de la carte. Après un court siège, le 2 janvier 1492, la reine Isabelle de Castille et le roi Ferdinand d'Aragon font une entrée triomphale dans Grenade soumise. Boabdil, le dernier des rois maures, a signé sa reddition et pris le chemin de l'exil. Si l'on en croit une image qui a fasciné les grands romantiques – qui, il est vrai, n'aimaient rien tant que les sanglots et les ruines –, le souverain déchu s'est arrêté une dernière fois sur un col en surplomb pour se retourner vers le pays qu'il venait de perdre et a écrasé une larme. Al-Andalus n'est plus.

★
★★

Trois religions, deux maîtres

Au VIIIe siècle, l'Espagne chrétienne était réduite au petit royaume des Asturies, au nord. En 1479, grâce au mariage entre Isabelle et Ferdinand, qui soude l'union entre le puissant royaume de Castille et la couronne d'Aragon, elle a presque la forme de l'Espagne d'aujourd'hui[1]. Il ne reste hors de l'autorité chrétienne que Grenade. Sa chute, en 1492, parachève la « Reconquista ». Le mot est fort célèbre. Il mérite lui aussi qu'on l'interroge.

Nul doute que les Castillans qui ont combattu à Las Navas de Tolosa ou les soldats qui ont suivi leurs souverains dans Grenade conquise étaient animés de la certitude d'une *reconquête* voulue par Dieu lui-même. L'idée est venue aux chrétiens peu à peu. Vers le Xe siècle, les princes du Nord ont commencé à se sentir investis de la mission sacrée de reprendre le territoire qu'ils considéraient comme leur. Au XIe siècle s'y ajoute l'esprit de croisade qui saisit l'Europe tout entière. Pour la plupart d'entre nous, le mot « croisade » est associé aux expéditions en Terre sainte. Bien d'autres pays furent concernés. L'Espagne en fait partie. La papauté, suivie par les grands ordres religieux, qui seront pour les chrétiens d'un appui précieux, encourage les preux chevaliers à aller s'y battre contre les infidèles.

---

1. À l'exception de la Navarre, petit royaume des Pyrénées qui sera rattaché au début du XVIe siècle.

Nul doute que, dans l'esprit de ceux-ci, l'idée de « guerre sainte » fut souvent présente. Les premiers combattants du temps de Tarik luttaient au nom du « djihad », la guerre pour la foi. C'est ce même « djihad » qui, trois siècles plus tard, pousse les Almoravides, puis leurs frères ennemis almohades.

Re-conquête

Les raisons qui permirent *in fine* au Dieu des chrétiens de remporter la partie contre celui des musulmans sont multiples et complexes. Si l'on considère les choses dans un cadre très élargi, on peut lier cet épisode au lent mouvement de montée de l'Occident et de déclin du monde arabe qui commence à se jouer vers les XIIe et XIIIe siècles. Une explication géopolitique plus restreinte peut être utile. Les petits rois chrétiens, après des décennies de rivalités, doivent leur puissance au fait qu'ils ont enfin réussi à s'unir, et aussi aux renforts venus de toute la chrétienté, surtout du royaume de France. Les Arabes ne disposent d'aucun soutien arrière du monde musulman, trop occupé par ses propres guerres entre califats rivaux.

Tout cela, cependant, nous laisse avec notre question : en quoi la victoire finale des chrétiens marque-t-elle une re-conquête ? Le mot impose dans les esprits l'idée que l'Espagne est naturellement vouée au christianisme, et que les musulmans n'y ont été que des occupants. L'ont-ils été ? La problématique n'est pas neuve. Elle fait couler beaucoup d'encre depuis des décennies. Elle fut au centre d'une très célèbre controverse qui opposa, dans les années 1950-1960, deux grands intellectuels espagnols alors en exil. Le premier, Américo Castro, professeur aux États-Unis, développa la thèse selon laquelle l'histoire espagnole commençait nécessairement en 711, donc incluait la période andalouse, et que l'identité espagnole devait tout aux trois religions qui l'avaient nourrie, le christianisme, mais aussi l'islam et le judaïsme – ainsi *nationalisés*, en quelque sorte. Le second, Claudio Sánchez-Albornoz, un historien réfugié en Argentine, publia des milliers de pages pour réfuter cette thèse et accrocher son pays au seul monde de la chrétienté. On n'aura pas la prétention de trancher une polémique aussi complexe. Contentons-nous d'interroger notre lecteur. Ici et là, il arrive encore que l'on parle, à propos d'Al-Andalus, d'« occupation musulmane ». Est-on « occupant » pendant huit siècles ? Cette idée d'« occupation » suppose une domination étrangère sur le pays. Ce fut le cas, au départ. Mais ensuite ? L'immense majorité des musulmans chassés d'Al-Andalus à partir du XIIIe siècle n'étaient pas les fils des conquérants arabes, mais les descendants de la grande masse des populations présentes qui, au fil des temps, s'étaient converties à l'islam. Étaient-ils devenus étrangers parce qu'ils avaient changé de religion ? Au moment même où cette épopée s'achève, une autre commence pour l'Espagne, la conquête du Nouveau Monde. La puissance catholique va le soumettre de force à sa propre religion. Le Mexique ou le Pérou n'étaient pas plus chrétiens que l'Espagne n'était musulmane avant d'être conquise. Cette conquête a eu lieu il y a cinq cents ans. Doit-on parler encore aujourd'hui d'« occupation chrétienne » de l'Amérique latine ?

On dira que le cas de l'Espagne est différent. Le pays était chrétien auparavant. C'est vrai, mais cela n'a rien de particulier à cette terre-là. L'Afrique du Nord, l'Égypte, le Proche-Orient l'étaient tout autant avant de devenir musulmans. Pourquoi donc arrêter cette « Reconquista » au rocher de Gibraltar ? À l'époque, d'ailleurs, les vainqueurs entendaient bien poursuivre plus loin leur marche triomphale. Les croisades en Terre sainte sont elles aussi animées par l'ambition de reprendre des terres perdues. Madrid et Lisbonne se bercèrent pendant longtemps de rêves similaires concernant des pays bien plus proches. Au XVe, au XVIe siècle, nous explique l'historien Robert Durand, toute la noblesse du Portugal – petit État qui avait connu la même histoire que le reste de la péninsule, une domination musulmane suivie d'un retour au christianisme – nourrit le projet d'une « reconquête » du Maroc, cette terre si riche et si attirante qui a toujours semblé à sa portée[1]. Le Maroc nous apparaît aujourd'hui comme *naturellement* musulman. Eût-il été conquis et christianisé au XVIe siècle par les Portugais, peut-être nous apparaîtrait-il aujourd'hui comme aussi catholique que la vieille Castille.

1. Robert Durand, *Histoire du Portugal*, Hatier, 1992.

En 711, les musulmans conquièrent un pays peuplé de juifs et surtout de chrétiens. Ceux-ci demeurent longtemps majoritaires. L'Andalousie est donc, par la force des choses, le « pays des trois religions ». La configuration a fait rêver. Il convient là encore d'y mettre des nuances.

Nombre d'historiens romantiques n'avaient, en parlant de cet épisode, qu'un beau mot à la bouche, celui de « tolérance ». Plus aucun historien d'aujourd'hui ne l'utilise, pour une raison simple. Il est parfaitement anachronique. Évoquer, pour le VIIIe ou le IXe siècle, une notion forgée au temps des Lumières est aussi absurde que de voir dans la façon de cultiver d'un paysan d'Estrémadure de l'époque une préfiguration des pratiques bio.

À leur arrivée, les musulmans imposent aux minorités le statut prévu pour tous les « gens du Livre », celui de *dhimmi*, de « protégé ». Il autorise à pratiquer sa religion et à suivre la loi de sa communauté en échange du paiement d'un impôt particulier et de la reconnaissance de la supériorité symbolique de l'islam.

Au milieu du IXe siècle, durant un court moment, des chrétiens décident de refuser ce statut d'infériorité. Une sorte d'épidémie de rébellion religieuse se déclare chez quelques croyants fervents. L'un après l'autre, pendant plusieurs années, se succèdent les exemples d'hommes ou de femmes se rendant dans les lieux publics pour insulter le Prophète, ce qui, du point de vue des maîtres musulmans, rend inévitable le châtiment qu'ils cherchent peut-être. Ils sont condamnés à mort. Ils forment le groupe des « martyrs de Cordoue », dont saint Euloge (exécuté en 859) est le plus célèbre. L'Église espagnole d'après la « Reconquista » en fait grand cas. Pourtant, sur le moment, leur attitude est vertement condamnée par les conciles catholiques locaux, qui pensent qu'il est plus raisonnable de se satisfaire de la situation proposée puisqu'elle permet de vivre en paix.

Encore faut-il que les maîtres le veuillent. Il leur arrive en effet de renier leurs promesses de protection. Aux XIIe et XIIIe siècles, les rigides Almohades font pleuvoir les persécutions. La vie des minoritaires devient impossible. De nombreux chrétiens fuient vers le nord. Les juifs fuient où ils peuvent. Moïse Maïmonide (1135-1204), l'un des plus célèbres philosophes du Moyen Âge, qui reste aussi l'un des plus grands noms de toute l'histoire du judaïsme, fit partie des victimes de ce temps maudit. Il est né à Cordoue. Alors qu'il est encore enfant, sa famille est contrainte à l'exil.

Pourquoi, demande judicieusement l'historien de l'Espagne Joseph Pérez, a-t-on érigé à Cordoue une statue du grand homme prétendant saluer la tolérance de sa ville natale, alors que, précisément, ce qui arriva à sa famille montre le contraire[1] ? Il est bon de raconter l'histoire jusqu'au bout. Après diverses pérégrinations, Maïmonide arrive au Caire, où il vit et étudie en paix jusqu'à sa mort. Il a dû fuir l'intolérance de certains musulmans. Il ne faut jamais oublier qu'il trouve refuge chez d'autres musulmans.

---

1. Joseph Pérez, *Histoire de l'Espagne*, Fayard, 1996.

Reddition

Il est absurde de faire de l'Andalousie musulmane un paradis. Il est utile néanmoins de rappeler que le système qui exista avant elle ou celui qui se mit en place après ressembla de près, pour les minorités, à un enfer.

Avant les musulmans règnent dans la péninsule les Wisigoths. Comme d'autres peuplades germaniques, ils appartiennent au départ à une de ces Églises hérétiques mentionnées au premier chapitre, ils sont ariens. En 589, comme leur roi l'a décidé lors du troisième concile de Tolède, ils se convertissent au catholicisme. Le retour au sein de la vraie foi ne les pousse guère à la clémence. Pendant le VIIe siècle, ils instaurent des lois de plus en plus sévères à l'égard des juifs, la grande minorité non chrétienne qui vit dans leur royaume. Les persécutions atteignent un point tel qu'elles ne parviennent plus à dissimuler le projet clair qu'elles sous-tendent, l'extermination. Les envahisseurs musulmans arrivent juste à temps pour éviter aux juifs le pire. C'est pourquoi ceux-ci, partout, les accueillent en sauveurs et font tout ce qu'ils peuvent pour les aider.

Huit siècles plus tard triomphent les Rois Catholiques. Ils se sont engagés, lors des négociations de reddition passées avec le dernier roi de Grenade, à respecter la diversité des populations qui s'y trouvent. Il ne leur faut pas trois mois pour trahir leur promesse. Le 31 mars 1492, ils signent le « décret de l'Alhambra », qui ordonne l'expulsion de tous les juifs d'Espagne. Chassés de leur propre pays comme des misérables, ceux-ci iront trouver refuge tout autour de la Méditerranée. Puis ce sera au tour des derniers musulmans. Depuis longtemps, dans l'Espagne « reconquise », d'autres juifs, d'autres musulmans, parfois par conviction, souvent parce qu'ils y étaient contraints, s'étaient convertis : on les appelle les « nouveaux chrétiens ». Voilà maintenant qu'on doute de la sincérité de leur foi. Voilà qu'on les accuse d'être des chrétiens de façade et de continuer à pratiquer en secret leurs rites maudits. La chasse commence. Elle sera portée à son plus haut point de raffinement par l'Inquisition espagnole, dont elle représente la tâche principale. On se met à traquer le *converso* partout où on croit pouvoir le dénicher. Remarque-t-on qu'un voisin n'allume pas de feu un vendredi soir ? Ce doit être un juif caché ! Un voyageur refuse-t-il du porc dans une auberge ? Un chien de mahométan ! Bientôt, on ne se contente plus de demander d'ouvrir le fond de son âme, mais aussi de sa lignée… Pour avoir droit aux meilleurs emplois, il faut assurer qu'on est un « vieux chrétien », que son ascendance est pure. Cette exigence de la *limpieza de sangre*, la « pureté du sang », se met peu à peu en place à partir du XVe siècle et s'officialise au XVIe. Le christianisme entre dans une logique où nul, jusqu'alors, n'était allé.

Pour autant, on ne peut pas le réduire à cela. À d'autres époques de cette longue histoire, il sut montrer un autre visage. Quand le grand roi Alphonse VI de Castille prend Tolède en 1085, il n'en chasse pas les musulmans. Il entend les protéger et va jusqu'à se déclarer « empereur des deux religions ». Les choses, à ce moment-là, ne sont pas tranchées comme elles le deviendront. Durant les premiers siècles d'Al-Andalus, les frontières entre les deux mondes sont bien plus poreuses qu'on ne croit. Au Xe siècle, des princes chrétiens des royaumes du Nord sont pris dans une inextricable querelle. Que font-ils ? Ils descendent à Cordoue pour quérir l'arbitrage du calife. Il est le seul prince qui leur paraisse assez prestigieux pour la régler. Jusqu'au XIe siècle, bien des individus passent et repassent d'un monde à l'autre sans que cela semble poser de problème de conscience à quiconque. L'exemple le plus célèbre de cette versatilité porte un surnom bien connu des Français : le Cid. Corneille en a fait le type même du valeureux chrétien luttant contre les Maures. La réalité de la vie du chevalier Rodrigo Díaz de Vivar (1043-1099) – son vrai nom – a été moins univoque. Il a d'abord servi un prince chrétien. Puis mis sa vaillance légendaire au service d'un prince musulman. Avant de ne plus se mettre qu'au service de lui-même. Il conquiert Valence pour en faire son propre royaume.

Mozarabes et mudéjars

Gardons donc à l'esprit cette idée force. Les huit cents ans dont nous venons de parler ont connu leur lot de guerres, de haine, de cruauté. Ils furent aussi témoins d'une intense interpénétration culturelle, religieuse, scientifique. On se combat, mais aussi, partout, on se mélange. Les chrétiens vivant sous la domination musulmane s'appellent les « mozarabes » (le terme vient de *musta'rib*, « arabisé »). Leur culte est chrétien. Tout le reste, comme leur nom l'indique, est arabe. Les mœurs, l'habillement, les chants, les lectures et, bien sûr, la langue, dont tant de mots sont passés dans l'espagnol tel qu'il est parlé aujourd'hui encore. Lorsque les Almoravides les contraignent à l'exil vers le nord, les mozarabes y apportent des techniques essentielles, en matière d'agriculture, d'irrigation, de science, qui serviront au développement des royaumes chrétiens. Les « mudéjars » (le mot vient de *mudayyan*, « pratiquant »), à l'inverse, sont les musulmans restés sous domination chrétienne dans les régions reprises. Ils vont eux aussi transmettre quantité de choses dans les domaines de l'architecture, des faïences, des lustres, de l'ébénisterie. L'art mudéjar, dont le palais de l'Alcazar de Séville est le joyau, en porte témoignage. En avançant là où était l'islam, le monde chrétien ne reprend pas que des terres. Le butin est plus vaste. Il récupère le savoir, la philosophie, les sciences que le monde arabe a portés au point le plus haut. Située à l'extrême occident, l'Espagne se transforme en l'un des ponts les plus extraordinaires avec l'Orient.

★
★★

La Sicile normande

Il exista une autre passerelle, moins connue, entre les mondes arabe et chrétien. Son nom même sonne de façon curieuse à ceux qui ignorent que la Sicile fut normande.

À la fin de l'Antiquité, l'île tombe dans le giron de Byzance. Au IXe siècle, elle est conquise par les Arabes et reste musulmane pour partie pendant plus de deux siècles. Au milieu du XIe siècle, Robert Guiscard (c'est-à-dire « l'avisé ») et Roger, deux frères d'une famille normande, les Hauteville, venus tenter leur fortune au sud de l'Italie, en entreprennent la conquête. Il leur faut trente ans pour la mener à bien. En 1130, le fils de Roger s'y fait couronner roi sous le nom de Roger II. Pur moment de syncrétisme entre deux univers. Notre souverain n'a pas beaucoup de préjugés concernant les religions. Loin de rompre avec le récent passé musulman de son royaume, il l'intègre. L'art promu sous son règne en témoigne. Il est chrétien, allié au pape. Il fait venir à sa cour de Palerme des lettrés d'Angleterre, de Lombardie, d'Allemagne, mais aussi du monde arabe, dont il admire la civilisation. Le plus célèbre de ces savants est Al-Idrisi, un géographe né au Maroc qui compile pour lui toutes les connaissances en matière de cartes et les rassemble dans le « Livre de Roger ». Il a aussi beaucoup d'ambitions pour sa descendance. Sa fille épouse un empereur du Saint Empire de la grande famille allemande des Hohenstaufen. De leur union naît Frédéric II, un des plus illustres personnages du Moyen Âge européen. Lui aussi devient empereur. Il règne sur une large partie de l'Europe, dont il est le plus grand personnage avec le pape, son plus constant ennemi. Sicilien, normand et allemand par le sang, méditerranéen par le goût, il parle latin, grec, sicilien, normand et aussi arabe. Il reste proche de cette culture, dans laquelle il a été élevé. Quand les musulmans de Sicile se révoltent, il les mate avec une implacable rigueur et en déporte plusieurs milliers au sud de l'Italie, à Lucera, dont il fait une ville. Son empire monte jusqu'à la mer du Nord et, lors de sa croisade victorieuse, il fait son entrée à Jérusalem. Il est le seul à l'avoir récupérée par traité, sans effusion de sang, grâce à son amitié avec le sultan du Caire. Ses contemporains, admiratifs, lui ont donné le surnom de *stupor mundi*, l'« étonnement du monde ».

6

Les croisades

Les Turcs sont un peuple de nomades originaires de l'Asie centrale, aux confins de la Chine. Leur lent mouvement vers l'ouest les conduit, aux IXe-Xe siècles, aux frontières du monde arabo-musulman. Les premiers d'entre eux qui y pénètrent sont les esclaves enlevés comme butin lors des razzias. Ils sont forts, valeureux, les califes les utilisent comme mercenaires. Bientôt, les armées abbassides ne sont presque plus composées que de guerriers turcs qui, peu à peu, se

REPÈRES

– 1096 : départ de la première croisade
– 1099 : prise de Jérusalem
– 1146 : Bernard de Clairvaux prêche la deuxième croisade (1147-1149)
– 1187 : prise de Jérusalem par Saladin
– 1189-1192 : troisième croisade (Philippe Auguste, Richard Cœur de Lion et Frédéric Barberousse)
– 1204 : sac de Constantinople par les croisés, partage de l'Empire byzantin
– 1270 : huitième croisade, mort de Saint Louis devant Tunis
– 1291 : fin de la présence franque en Orient

sont convertis à l'islam. Au milieu du XIe siècle, une tribu turque, les Seldjoukides, ainsi nommés d'après Seldjouk, le grand ancêtre, est devenue tellement puissante qu'elle réussit à capter le pouvoir à son profit. En 1055, son chef, Toghrul-Beg, sous prétexte de restaurer l'orthodoxie sunnite, entre dans Bagdad, en chasse les vizirs iraniens chiites qui contrôlaient le trône et se déclare protecteur du calife. Celui-ci cède et accorde au rebelle un titre promis à un riche avenir. Il le fait « sultan », c'est-à-dire détenteur de tout le pouvoir politique. Les Turcs sont les nouveaux maîtres. Ils forment ce que l'on appelle parfois l'« empire seldjoukide » en mettant la main, à l'est et à l'ouest, sur toutes les vieilles provinces abbassides, et parfois au-delà.

En 1071, à Manzikert (aujourd'hui situé en Turquie orientale), un de leurs chefs écrase l'armée byzantine. Le voici seigneur d'une grande part de l'Anatolie. Il donne à la région conquise le nom de ceux à qui il l'a prise : le « sultanat de Roum » – le sultanat pris aux Romains.

Durant les décennies qui suivent, le vieil Empire byzantin est attaqué par d'autres, les Normands depuis la Sicile, les Petchenègues là-haut, sur la frontière danubienne. La menace devient intenable. À Constantinople règne Alexis Comnène (né en 1058, au pouvoir de 1081 à sa mort en 1118), un homme intelligent et charismatique qui sait, selon les circonstances, se montrer un grand chef de guerre ou un habile diplomate. En 1095, il se résout à jouer la seule carte qui lui semble possible. Il demande de l'aide aux frères ennemis latins, c'est-à-dire à la papauté.

L'appel tombe à point nommé. Rome tend aux légats de l'empereur une oreille d'autant plus attentive qu'elle est préoccupée par un autre problème qui découle lui aussi de l'instabilité de la région. Contrairement à ce qui se passait depuis des siècles, les chrétiens venus d'Occident ne parviennent plus à effectuer le pèlerinage à Jérusalem. Ils sont attaqués en route. Les lieux saints eux-mêmes ne sont plus sûrs. Il faut défendre le tombeau du Christ.

Le 27 novembre de cette même année 1095, à la toute fin du concile de Clermont, qu'il avait réuni pour traiter nombre d'autres questions, le pape Urbain II répond à sa façon à la demande d'Alexis. Il lance un appel vibrant aux chevaliers chrétiens. Tous ceux qui iront en Orient délivrer la Terre sainte des infidèles qui la souillent auront droit à la rémission des pénitences encourues pour prix de leurs péchés. Le mot de « croisade » que nous avons tous en tête n'est pas prononcé. Il ne sera inventé que des siècles plus tard en référence à la croix que ces envoyés du pape se coudront sur la poitrine.

Premier déferlement

Le Byzantin n'espérait rien d'autre que le renfort de mercenaires. Il comprendra vite l'ampleur du malentendu. En 1097 arrivent sous les murs de sa ville de Constantinople ceux que l'Occident a envoyés, des foules immenses de pauvres hères fanatisés, armés de leurs seules croix et de leur grand délire. Jérusalem ! Ils cherchent la Ville. Dans toute l'Europe, et surtout dans les terres du nord du royaume de France et du Saint Empire, des prédicateurs enflammés, Pierre l'Ermite, Gautier Sans-Avoir, ont soulevé les enthousiasmes. Le pape l'a dit, il faut aller délivrer le Christ à Jérusalem ! Par milliers, les gens ont quitté leurs champs ou leur village pour se ruer sur les routes, déclenchant au passage d'épouvantables massacres parmi les premiers « infidèles » qu'ils croyaient rencontrer en chemin, les juifs du Rhin, plus loin les Hongrois.

Horrifié par cette vague incontrôlable, Alexis ferme les portes de sa cité et repousse tout le monde de l'autre côté du Bosphore, où ces premiers croisés iront mourir écrasés par les Turcs ou brûlés par le soleil des déserts. Quelques mois après, une autre cohorte prend le relais. C'est la « croisade des barons ». Elle est d'un autre rang. Cette armée de chevaliers venus de tout le monde franc – c'est-à-dire de toute l'Europe occidentale – est mieux organisée, et autrement plus efficace. Elle conquiert Antioche, Édesse, Tripoli, mais cause une nouvelle déconvenue à notre impérial Byzantin. Dans son esprit, les terres prises sur les musulmans devaient lui revenir de droit. N'étaient-elles pas une partie du patrimoine éternel de l'Empire d'Orient ? Les Latins n'ont que faire de ces vieilles lunes. Pour eux, leur prise leur revient. Ils commencent donc à se tailler en Orient des principautés indépendantes.

En juillet 1099, nos croisés sont sous les murs espérés. La ville tombe après un long siège, suivi d'un terrible massacre. Les voici au bout de leur rêve. Jérusalem est reprise, Jérusalem est délivrée. Godefroy de Bouillon, le chef des Francs, refuse par modestie de se faire couronner roi là où le Christ a régné. On lui invente un titre. Il est « avoué du Saint-Sépulcre ». Il faut attendre sa mort, qui survient vite, pour voir naître le « royaume latin de Jérusalem », avec ses monarques, sa petite cour, ses complexes querelles de succession. Il dure deux cents ans.

Zengi, Nur ad-Din, Saladin

Le choc a été rude. Le monde oriental, dans un premier temps, n'a pas su s'y opposer. Toute la zone, en cette longue période de décadence du califat abbasside, est éclatée en petits émirats rivaux, turcs ou arabes. Elle est trop divisée pour résister à cette vague puissante. Il faut attendre plus d'une génération pour qu'un homme fort se dresse et renverse la tendance. Il se nomme Zengi, il est émir de Mossoul et aussi un grand guerrier, cruel et déterminé. En 1144, il reprend le petit royaume latin d'Édesse et massacre tous les Francs qui le dirigeaient. Choc en retour en Occident. Comment laisser ce désastre impuni ? Le pape déclenche la deuxième croisade. Bernard de Clairvaux,

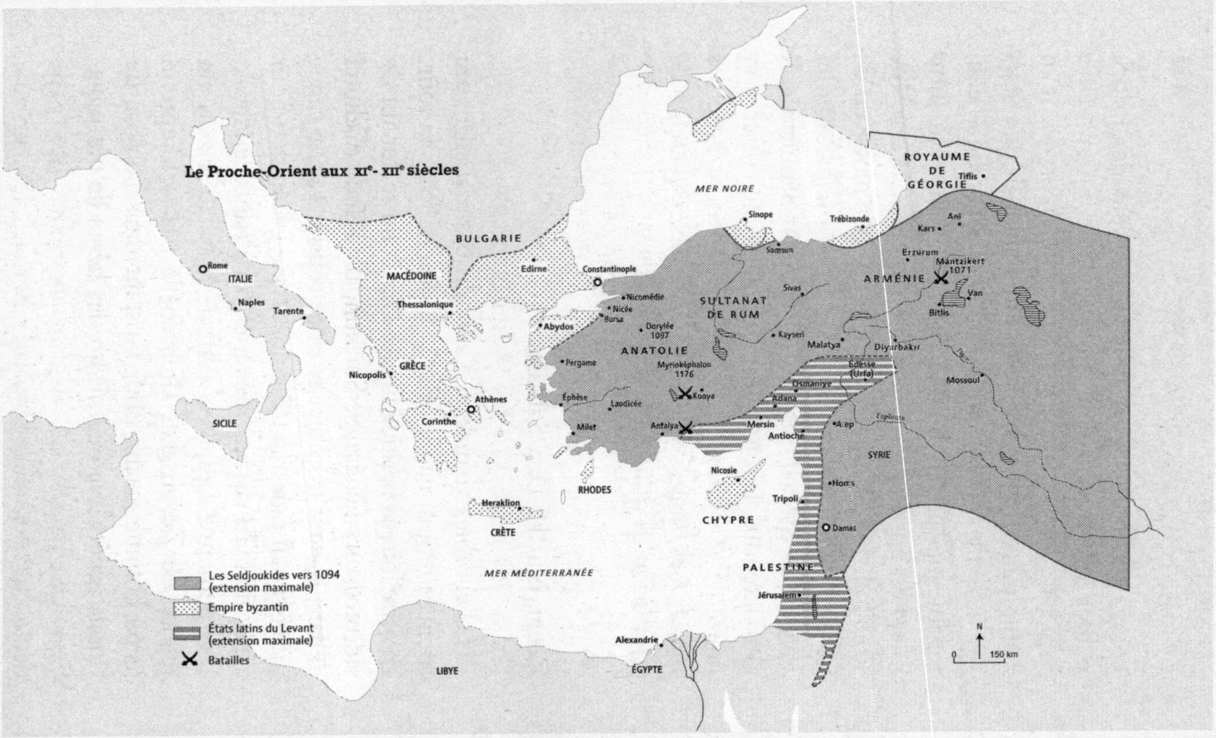

Le Proche-Orient aux XIe-XIIe siècles
MER NOIRE
ROYAUME DE GÉORGIE
Tiflis
BULGARIE
Sinope
Trébizonde
Ani
Kars
Samsun
Erzurum
Mantzikert 1071
ARMÉNIE
Van
Bitlis
Rome
ITALIE
Naples
Tarente
MACÉDOINE
Edirne
Constantinople
Thessalonique
Nicomédie
Nicée
Bursa
SULTANAT DE RUM
Sivas
Abydos
Dorylée 1097
Kayseri
Malatya
Diyarbakır
ANATOLIE
Pergame
Myriokephalon 1176
Edesse (Urfa)
Mossoul
Nicopolis
GRÈCE
Osmaniye
Athènes
Éphèse
Konya
Adana
Laodicée
SICILE
Corinthe
Milet
Antalya
Mersin
Antioche
SYRIE
Nicosie
RHODES
Homs
Heraklion
Tripoli
CHYPRE
CRÈTE
Damas
PALESTINE
MER MÉDITERRANÉE
Jérusalem
Les Seldjoukides vers 1094 (extension maximale)
Empire byzantin
États latins du Levant (extension maximale)
Batailles
Alexandrie
LIBYE
ÉGYPTE
N
0
150 km

futur saint, la prêche de sa voix d'or. De nombreux nobles répondent à son appel. Le roi de France Louis VII, l'empereur du Saint Empire débarquent en Terre sainte pour reprendre la main. Ils n'y parviennent pas et repartent. Leur croisade tombe à l'eau.

Du côté opposé, le pouvoir se structure. Un autre grand homme apparaît en la personne de Nur ad-Din, fils de Zengi. Il nourrit le projet d'unifier sous son égide tous les musulmans de la région, de l'Euphrate au Nil. En continuant à se battre contre les croisés, et en renversant à son profit les alliances que les petits princes turcs ou arabes locaux avaient nouées avec eux, il réussit à refaire l'unité de la Syrie. Il lorgne bientôt sur l'Égypte, la grande puissance régionale. Depuis 969, celle-ci s'est érigée en un califat indépendant tenu par une famille chiite venue de Tunisie, les Fatimides. Ils sont alors faibles et mal en point, le régime est miné par des querelles intestines et tenu par d'instables vizirs qui n'hésitent pas à traiter avec les Francs pour garder leur pouvoir. Le fruit est mûr. Pour le faire tomber, Nur ad-Din compte sur un de ses meilleurs généraux, Shirkuh, un Kurde. Celui-ci débarque sur la côte égyptienne avec ses troupes. Dans sa suite se trouve son jeune neveu, kurde lui aussi, né à Tikrit, en Irak, en 1138 et dont la famille s'est peu après installée à Mossoul pour se mettre au service de Zengi, puis de son fils Nur ad-Din. Ce jeune homme, caché pour l'instant dans l'ombre de l'oncle général, va devenir un des héros de notre histoire. Les Arabes l'appellent Salah ad-Din. Les Occidentaux le nomment Saladin.

Il grimpe haut, et vite. En 1169, Saladin est devenu vizir du calife du Caire. Tout le pouvoir est déjà entre ses mains. En 1171, il se débarrasse de celui dont la présence n'était plus que symbolique. Il abolit le califat fatimide et déclare rattacher l'Égypte aux Abbassides de Bagdad. C'est d'autant plus commode que ceux-ci sont loin et totalement impuissants. Nur ad-Din est le seul homme fort du monde musulman capable de s'opposer à son ambition. Il meurt en 1174. Saladin a alors la voie libre pour mener deux grands projets : réunir sous sa bannière l'ensemble de la Syrie et de l'Égypte, et mettre toutes ses forces dans la bataille pour jeter les croisés à la mer.

Encore d'autres croisades

En 1187, la victoire de Saladin contre les Francs à Hattin, près du lac de Tibériade, lui ouvre le chemin de la Palestine. Il réussit bientôt à marquer un point d'une grande portée symbolique. Il reprend Jérusalem.

Les lieux saints sont à nouveau aux mains des infidèles ! Le coup de tonnerre en Europe est encore plus sonore que le premier. D'autres princes débarquent, dont quelques-uns des plus éminents de leur temps : Richard Cœur de Lion, roi d'Angleterre, et son parent Philippe Auguste, le roi de France. Frédéric Barberousse, l'empereur du Saint Empire, meurt en route en se noyant dans une rivière. Nous en sommes déjà à la troisième croisade (1189-1192). On en comptera huit. Frédéric II de Hohenstaufen, un autre empereur qu'on vient de citer, parvient sur le rivage de l'Orient alors même qu'il a été excommunié par le pape, son vieux rival. Il fait scandale, car il est le seul à reprendre Jérusalem sans verser de sang. Il s'y fait même couronner roi en 1229. D'autres rois viennent encore. Celui de France, Louis IX, si pieux que l'Église en fera un saint, se croise deux fois. Aucune ne lui porte chance. Lors de son premier voyage, il essuie une grande défaite (1250) et se retrouve un mois prisonnier en Égypte. Il faut payer une forte rançon pour le libérer. Lors du second, il meurt de la peste tandis que son bateau fait escale devant Tunis (1270).

Entre-temps, la vie de notre Orient latin suit son cours. Dans les petits royaumes d'« outremer », comme on les appelle, sont apparus les *poulains*. C'est le nom que l'on donne à ces pieds-noirs d'un autre temps, ces descendants d'Européens qui sont nés sur place. Pour protéger le territoire se sont formés des ordres religieux, les Templiers, les Hospitaliers. Ils ont fait bâtir d'imposantes forteresses ou ont magnifié des châteaux existants. On les visite encore, en Syrie, au Liban, en Jordanie. Le krak des chevaliers, qui fit tant rêver Lawrence d'Arabie quand il le découvrit, est le plus célèbre. Les musulmans les reprendront les uns après les autres, comme les villes, selon un mouvement qui, vu d'aujourd'hui, semble irrésistible.

En 1291 tombe Saint-Jean-d'Acre, dernière place latine en Terre sainte. Chypre reste l'ultime vestige de la présence franque en Orient, jusqu'à sa conquête, au XVIe siècle, par les Ottomans.

Jeux de pouvoir et délire mystique

Les croisades sont un phénomène historique fascinant qui interroge toujours. Au fil du temps, on a exploré toutes les raisons qui pouvaient les expliquer. On a cherché du côté de l'économie. L'Occident en plein essor trouve en Orient un espace où vider son trop-plein démographique et placer les cadets des familles nobles avides de se tailler des fiefs là où il en reste à prendre. On a cherché du côté des jeux de pouvoir européens. Le mouvement est lancé par le pape. En conjurant les princes chrétiens d'abandonner leurs querelles impies pour s'allier contre un ennemi commun, il trouve le moyen de se replacer au-dessus de la mêlée. On peut voir là le dernier rêve théocratique romain, la dernière grande tentative du pontife pour se poser en chef de la chrétienté. On a cherché du côté du délire mystique. Le Moyen Âge européen a connu, autour de l'an 1000, une peur de l'apocalypse qui ne l'a pas quitté. Elle embrase encore les esprits à l'heure des premiers départs. Persuadés que la fin du monde approche, des petites gens par milliers se livrent à ce qui nous paraît une folie. Elles se lancent sur les routes avec pour seul bagage une croix cousue sur le dos, et pour seule boussole un prêcheur exalté.

Le jugement porté sur l'épisode a varié bien souvent, lui aussi. Pendant des siècles, les croisades ont représenté en Occident l'idéal chevaleresque. Quoi de plus noble que d'aller donner sa vie pour délivrer le Christ ? Jusqu'au XVIIe, on a nourri le projet d'en entreprendre de nouvelles. Le plus souvent, il s'agissait de s'unir contre les Turcs ottomans, nouveaux ennemis. À partir des Lumières, la haine de l'obscurantisme religieux fait basculer ce sentiment. Les grands historiens républicains du XIXe siècle voient dans les croisades le symbole du fanatisme. La seconde partie du XXe siècle, anticoloniale, tiers-mondiste, parachève le mouvement. Dans l'esprit commun, le mot croisade devient synonyme de délire intolérant, d'écrasement de l'autre à l'ombre de la Croix.

En chemin, d'intenses progrès ont été faits dans la représentation que nous pouvons avoir de l'événement. Songeons au durable succès du livre d'Amin Maalouf, écrivain français d'origine libanaise, *Les Croisades vues par les Arabes*[1]. Dès sa publication en 1983, il fait souffler un vent neuf sur la question. Quelle bonne idée, en effet, de braquer l'objectif sur ceux qui, jusque-là, n'étaient même pas dans le champ. On étudiait depuis des siècles dans tous les sens les péripéties des expéditions latines au Proche-Orient. On avait toujours oublié, en Occident du moins, de poser à leur propos une minuscule question de détail. Comment les gens qui subirent cette

1. Amin Maalouf, *Les Croisades vues par les Arabes. La barbarie chrétienne en Terre sainte*, J'ai lu, 2001.

histoire avaient-ils bien pu la vivre ? Le livre de Maalouf, étudié de près, est très bon. Trop vite lu, il peut laisser dans l'esprit d'autres idées fausses. Aujourd'hui, la pensée commune n'en garde que ce qui est suggéré par son sous-titre : « La barbarie franque en Orient ». Cela induit une nouvelle représentation. Voici l'Orient vu comme un éden sur lequel se serait abattue une nouvelle plaie d'Égypte, venue du nord, un bombardement de sauterelles en armure. Est-ce si exact ?

Nul n'en doute plus, les croisés furent, à leur manière, des barbares. Parmi les foules de la première croisade qui s'égaillent dans les déserts, certaines bandes deviennent célèbres : on les appelle les « tafurs ». Ce nom seul suffit à répandre l'épouvante d'un côté comme de l'autre. Armés simplement de leur bâton, hantés par leur délire, ils sont prêts à tout. On prétend qu'il leur arriva de faire des banquets avec du cadavre d'infidèle. On a parlé déjà des exactions commises en chemin par les pieux pèlerins, en particulier les massacres des juifs du Rhin, qui tétanisèrent toute cette communauté en Europe. Certains de leurs frères d'Orient n'eurent pas un sort moins rude. À Jérusalem, les croisés sont tout à leur folie purificatrice. Ils font brûler les synagogues de la ville avec ceux qui ont eu le malheur d'y chercher refuge. La prise de la ville, en juillet 1099, tourne à la boucherie. On vient délivrer le Christ. Il faut que les retrouvailles avec ce Dieu d'amour soient arrosées d'un fleuve de sang[1]. Tout ce qui a vie doit périr tranché, coupé, écrasé par le glaive des vainqueurs. Un tel nombre de cadavres jonchait les rues qu'il fallut des mois pour s'en débarrasser et ne plus être incommodé par leur puanteur. « Le sang montait jusqu'au genou des cavaliers », rapporte un récit du temps. Il ne faut pas prendre ce propos à la lettre, disent parfois les historiens d'aujourd'hui, c'est une exagération de chroniqueur. N'empêche. Quelle idée ce chroniqueur se faisait-il de son combat et de son Dieu pour penser les servir avec de telles exagérations ?

Orient cruel

Les Francs furent souvent de vrais barbares. Ils étaient grossiers, dépourvus de manières. L'univers dans lequel ils arrivèrent était, dans les domaines des mœurs, de la table, de la vie sociale, d'un infini raffinement. Est-ce à dire que la cruauté n'y existait pas ? Voilà l'angle qui manque souvent dans cette vision des choses. Comme bien des endroits du globe à bien des époques, l'Orient compte lui aussi son lot de tyrans cruels et de faits sanglants.

Quatre-vingt-dix ans avant l'arrivée de la première croisade, Jérusalem, la ville trois fois sainte – c'est-à-

1. L'historien anglais Simon Sebag Montefiore a rendu ce mélange de délire mystique et de cruauté sans nom en quelques pages saisissantes de sa « biographie de Jérusalem », *op. cit.*

dire sainte pour les trois grandes religions qui s'en réclament –, a connu une autre calamité qui ne doit rien à l'Occident. À cette époque règne au Caire le calife fatimide Al-Hakim, un homme dérangé, sorte de Néron oriental et resté, comme lui, célèbre pour ses folies. En 1009, il ordonne la destruction au sol de l'église du Saint-Sépulcre, l'enceinte sacrée où se trouverait le tombeau du Christ. Aucun de ses prédécesseurs n'avait jamais songé à y toucher avant lui. Des dizaines d'autres églises et de synagogues ont déjà subi le même sort sous son règne, marqué par les dérèglements divers et les persécutions envers les minorités.

À la fin du XIe siècle, à peu près au moment où les premiers Francs se mettent en marche, apparaît en Égypte une secte étrange issue des Fatimides, les nizarites. Ils doivent ce nom à celui qu'ils vénèrent, un certain Nizar, prétendant malheureux au même califat fatimide du Caire. Leur première raison d'être est donc politique. Elle devient vite religieuse. Les voici qui forment une des nombreuses branches dissidentes que connaît l'islam. Elle est mystique, ésotérique. Les fidèles sont contraints de suivre aveuglément des chefs mystérieux que peu d'entre eux ont vus. Ils sont basés en Syrie, ou à Alamut, une forteresse située dans les montagnes d'Iran. Les nizarites deviennent célèbres par la façon qu'ils ont de régler leurs comptes avec qui s'oppose à eux ou fait offense à leurs croyances : le meurtre. On les connaît d'ailleurs mieux sous leur autre nom, devenu commun dans la plupart des langues européennes. On les nomme les assassins.

On sait aujourd'hui que leur postérité a été très noircie par les chroniqueurs des croisades. Il serait absurde pour autant de les repeindre en aimables pacifistes.

Cela fait beaucoup de sang et de cruauté du côté oriental, soudain. Faut-il donc faire repencher le fléau de la balance ? Ce serait tout aussi caricatural et faux. Les assassins, qui avaient fait de la violence une arme politique, étaient composés de croyants dans le dieu du Prophète. Leurs victimes aussi.

Le calife Al-Hakim, tout extravagant qu'il était, croyait agir au nom de Dieu. Son successeur aussi. Il reprend donc la politique d'ouverture et de respect qui a été celle de tous les califes fatimides. Il fait cesser les persécutions contre les minorités chrétiennes et juives et trouve un accord avec les Byzantins pour leur permettre de rebâtir, dans sa ville de Jérusalem, un nouvel écrin pour le tombeau du Fils.

Deux siècles plus tard, un autre sultan d'Égypte, comme nous le rappelle l'historien Franco Cardini[1], marche sur ces mêmes traces. Al-Kamil est le successeur de Saladin, l'homme qui a repris la ville sainte. Dès qu'il en devient le prince, à son tour, il y fait revenir les juifs et les chrétiens orientaux. Ceux-ci en avaient été chassés par les Francs.

★
★★

1. Franco Cardini, *Europe et Islam : histoire d'un malentendu*, *op. cit.*

Djihad contre guerre juste

Les croisades ont eu sur le monde musulman l'effet d'un coup de fouet. Elles ont réveillé une notion qui sommeillait depuis des siècles, une notion qui avait été l'un des moteurs de la grande conquête arabe des VIIe et VIIIe siècles et avait été presque oubliée depuis : le djihad. Saladin le proclame, c'est sous cette bannière qu'il veut faire l'unité de tous les croyants. Il faut chasser les infidèles, Dieu promet le paradis à celui qui meurt pour cette cause !

De son côté, quand il s'est agi de promouvoir les expéditions armées vers la Terre sainte, la papauté a appris elle aussi à renouveler sa théologie. Peu de temps auparavant, elle n'avait qu'une politique. Il fallait établir dans toute la chrétienté la « paix de Dieu ». L'Église n'avait de cesse, en imposant des trêves, des jours interdits, que de modérer les chevaliers dans leurs ardeurs guerrières. Après l'appel d'Urbain, à Clermont, la voici qui ravive une autre très vieille notion, la « guerre juste ». Celle-ci avait été théorisée par saint Augustin vers le Ve siècle. Bientôt, les papes l'élargiront en parlant de guerre sainte.

De nos jours, nombreux sont ceux qui, en particulier dans les milieux chrétiens conservateurs, dénoncent le parallélisme que nous venons d'établir implicitement. Pour eux, le fanatisme, la violence sont intrinsèquement liés à l'islam. Le christianisme n'a jamais porté en lui que l'ouverture et la paix. Dès lors qu'on leur parle des croisades, ils sortent de dessous leur armure de Templiers d'aujourd'hui un argument en acier trempé. On le retrouve cent fois rabâché sous la plume de leurs essayistes ou sur les forums Internet. Contrairement à l'islam avec le djihad, la chrétienté n'a jamais promis le martyre à qui mourrait au combat. C'est vrai.

Pourquoi oublier alors les autres innovations intellectuelles dont elle a été capable ?

Saint Bernard de Clairvaux est un des plus grands noms du Moyen Âge chrétien. Il fut aussi un prédicateur à la voix d'or. C'est lui qui, en 1146, par la seule force du sermon qu'il prononce sur la colline de Vézelay, réussit à enflammer les foules. Le peuple et les nobles qui y assistent en déchirent leurs vêtements pour en faire des croix tant ils piaffent d'impatience de répondre à son appel et de partir en croisade. Pourtant, ce qui se déroule en Terre sainte pose à certains de ses contemporains de vraies questions théologiques. Comment est-il possible, se demandent-ils notamment, d'autoriser des membres d'ordres religieux comme les Templiers ou les Hospitaliers à prendre les armes pour tuer ? La conscience du grand saint Bernard ne s'embarrasse pas de ce genre de souci. « De la mort du païen, écrit-il, le chrétien peut tirer gloire, puisqu'il agit pour la gloire du Christ. » Il invente même un mot pour désigner le geste des justes qui tuent les infidèles. Ils ne sont pas homicides. Ils sont « malicides ». Ils peuvent massacrer à loisir, puisqu'ils ne font que tuer le « mal ». On souhaite du courage aux exégètes qui souhaiteraient faire entrer ce concept dans la liste des vertus évangéliques.

Tentons une ultime question. Qui, de l'un ou de l'autre protagoniste, s'est montré le plus cruel, et qui le plus humain ? Il est d'autant plus vain de se le demander que certains des acteurs de cette histoire ont su se montrer à la fois l'un et l'autre. Considérons les deux plus célèbres : Saladin et son meilleur ennemi, Richard Cœur de Lion, qui vient l'affronter lors de la troisième croisade. Dès leur époque, tous deux sont entrés dans la légende. L'un et l'autre camps les ont célébrés comme les archétypes des héros chevaleresques.

Quelques épisodes fameux vont dans ce sens. Apprenant que son ennemi est fiévreux, le musulman lui aurait fait porter des sorbets pour le rafraîchir[1]. Celui-ci, un peu plus tard, songe à un plan pour résoudre le conflit. Il veut offrir sa propre sœur en mariage au frère du sultan. Saladin sait, dit-on, se montrer miséricordieux. Un jour, une chrétienne vient le supplier qu'on lui rende son enfant, enlevé par un musulman. Ému aux larmes par le courage de cette femme, qui a traversé les lignes ennemies pour sauver son petit, il le fait chercher sur-le-champ et le lui rend.

D'autres fois, il se montre pour ce qu'il est aussi : un impitoyable chef de guerre. Richard est-il différent ? Héros magnanime qui fit rêver des générations,

1. Comme nous le raconte l'*Histoire du monde médiéval*, Larousse, 2008.

il n'hésite pas, en août 1191, à Acre, à ordonner la froide exécution de 3 000 prisonniers que Saladin lui avait pourtant proposé de racheter à prix d'or.

Un grand événement sur le plan régional

Faut-il continuer dans la voie de ce que l'on pourrait appeler ce « jeu de massacres » ? On aura compris à quel point il est vain. Il nous conduit dans une impasse ou, au mieux, nous fait déboucher sur un truisme. Dans notre histoire, il n'y a ni bons ni méchants. Seuls les dévots de chacune des deux religions pensent que la vérité est de leur côté et uniquement de leur côté. Laissons-les à leurs certitudes pour nous poser le problème le plus intéressant. Ne serait-il pas temps, enfin, de remettre l'épisode à sa juste place historique ?

Les deux siècles de présence franque au Proche-Orient ont eu des conséquences sur un plan régional, c'est une évidence.

Le grand perdant de l'affaire est l'Empire byzantin. Le mécanisme a été enclenché à son appel. Il aura le temps de se rendre compte de sa méprise. Dès les premières victoires des barons, on l'a dit, l'empereur est furieux. De quel droit se permettent-ils de se tailler des royaumes dans ses terres à lui ? Les tensions ne cesseront pas. Ceux qu'on appelle les « Grecs » – c'est-à-dire les Byzantins – considèrent les Francs comme des rustres sans culture, sales, puants, qui ne savent que faire parler leur brutalité. Ils préfèrent, quand ils peuvent, traiter avec les Arabes, leurs voisins depuis si longtemps et dont les mœurs sont les leurs. Les « Latins » considèrent les Orientaux comme des êtres faibles et efféminés, dissolus dans leurs manières et prêts à toutes les lâchetés. La haine culmine au tout début du XIIIe siècle. La quatrième croisade, armée par Venise et partie pour viser la Terre sainte, se déroute sur Constantinople à cause d'une sombre histoire. On a embarqué dans un des bateaux un prétendant au trône impérial qu'on cherche à recaser. Sur place, des querelles éclatent entre Byzantins et croisés. Elles s'enveniment et aboutissent en 1204 à un acte insensé. Les Latins mettent la ville au pillage, massacrent tant et plus, volent tout ce qu'ils peuvent – les chevaux de Saint-Marc, qui sont toujours à Venise, sont une des pièces de ce butin – et finissent par déposer l'empereur en titre pour mettre un Franc à sa place. Ainsi naît l'« empire latin de Constantinople ». Il faut attendre un demi-siècle avant que Michel Paléologue, un Grec d'une famille macédonienne, ne monte sur le trône et ne restaure l'ordre byzantin (1261), mais l'empire qu'il recrée n'est déjà plus que l'ombre de ce qu'il fut.

Du côté musulman, nous avons commencé notre histoire avec les Turcs. En cette fin de XIIIe siècle, leur suprématie connaît une certaine éclipse. Le vaste empire seldjoukide est éclaté. Le Proche-Orient se trouve alors dans l'orbite de l'Égypte. On l'a vue devenir le pays des vainqueurs sous le turban de Saladin. La famille de ce héros, les Ayyoubides, reste au pouvoir pendant près d'un siècle.

Un petit événement dans l'histoire du monde

L'épisode des croisades est aussi un événement considérable sur un plan symbolique. Qui en douterait ? Il touche au sacré, aux croyances fondamentales des uns et des autres. Et, surtout, il se coule à merveille dans un moule qui obsède le monde de nos jours, celui de la confrontation entre l'Orient et l'Occident. On comprend qu'il occupe autant les esprits. La réalité historique, pourtant, devrait nous conduire à le considérer avec plus de modestie.

Côté occidental, le bilan est maigre. Les États latins sont trop petits, trop divisés pour peser vraiment sur le cours des choses en Europe. Au XVIe siècle, la découverte des Amériques et l'accaparement de ce continent entier, qui regorge d'or et d'argent, bouleverseront toutes les économies de l'Ancien Monde. La prise ou la perte du petit comté d'Édesse ou les malheurs du royaume de Jérusalem remuent certes les consciences d'alors, mais pas grand-chose d'autre. On connaît la célèbre boutade par laquelle le médiéviste Jacques Le Goff faisait le bilan de l'aventure : « Comme seul fruit possible ramené des croisades par les chrétiens, je ne vois que l'abricot[1]. » Par plaisante-

1. Cité dans François Reynaert, *Nos ancêtres les Gaulois et autres fadaises*, *op. cit.*

rie, il a forcé le trait. D'autres produits peuvent être mentionnés, même s'il est difficile d'en établir la liste. On a longtemps estimé que la prune, venant de Damas, le blé noir, aussi appelé sarrasin, venant de Turquie, ou l'échalote, sorte d'oignon produite à Ascalon, étaient des legs de l'Orient latin. Certains spécialistes remettent cela en question[1].

Pour l'Orient, enfin, cette longue aventure représente encore moins. Elle a pris peu à peu une part importante dans la conscience collective arabo-musulmane parce qu'on l'a relue à l'aune du siècle passé. À de nombreuses occasions au XXe siècle – pendant la décolonisation, lors des guerres contre Israël, des expéditions américaines en Irak –, divers leaders, comme Nasser ou plus tard Saddam Hussein, ont mobilisé la figure mythique de Saladin pour se poser à leur tour en grands héros du peuple arabe, seul capable de vaincre les mécréants. Remise dans son contexte des XIe-XIIIe siècles, la réalité n'est pas celle-là. Il suffit d'ouvrir une carte pour comprendre pourquoi. Au regard de l'énorme empire arabe du temps de son âge d'or, ce géant s'étalant de l'océan Indien à l'Atlantique, le petit littoral proche-oriental n'est pas grand-chose. D'ailleurs, si l'épisode a fait couler beaucoup d'encre en Occident, il se fait bien plus discret

1. Ainsi, pour les auteurs de la monumentale *Histoire de l'alimentation* (sous la direction de Jean-Louis Flandrin et Massimo Montanari, Fayard, 1996), l'Espagne et la Sicile, où les mélanges de populations furent plus durables, représentèrent des points de passage bien plus importants.

dans la littérature arabe. « Pour les écrivains, explique Richard Fletcher, les croisades ne sont que des escarmouches qui infligeaient des piqûres d'épingle aux confins du monde islamique[1]. » Au XIIIe siècle, l'immense menace, le fléau qui va tout balayer, ne vient pas d'Europe, mais de l'Est. Peu d'Européens l'ont en tête. Il s'agit de l'invasion mongole.

1. Richard Fletcher, *La Croix et le Croissant*, *op. cit.*

7

L'échange des savoirs

Drame des civilisations qui ont dominé le monde. Elles pensent toujours qu'elles ne doivent leur supériorité qu'à leur propre génie. Regardez les manuels occidentaux, songez à la façon dont on apprend en Europe l'histoire des sciences, des mathématiques, de

REPÈRES

– Le mathématicien **Al-Khawarizmi** (v. 783, Khiva – 850, Bagdad)
– Le pharmacien **Al-Razi** (Rhazès) (v. 860, Ray – v. 930, Ray)
– Le génie universel **Ibn Sina** (Avicenne) (980, Boukhara – 1037, Hamadan)
– Le philosophe **Al-Ghazali** (1058, Tus – 1111, Tus)
– Le commentateur **Ibn Rushd** (Averroès) (1126, Cordoue – 1198, Marrakech)
– Le penseur juif **Moïse Maïmonide** (1135, Cordoue – 1204, Fostat)
– Le médecin **Ibn Nafis** (1210, Damas – 1288, Le Caire)
– Le docteur des merveilles **Roger Bacon** (1214, Ilchester – 1294, Oxford)
– Le docteur de l'Église **Thomas d'Aquin** (1224, Aquino – 1274, Priverno)
– Le voyageur **Ibn Battuta** (1304, Tanger – 1368 ou 1377, Maroc)
– Le sociologue **Ibn Khaldoun** (1332, Tunis – 1406, Le Caire)

la philosophie. Cela tient toujours en deux temps. Il y eut les Grecs, ces admirables précurseurs en tout domaine dont « nous » sommes les héritiers. Et puis « nous », qui avons inventé tout le reste. Tout, vraiment ? Sans l'aide de personne sur ce chemin ? Aurait-on posé la question à n'importe quel érudit européen du XIIIe ou XIVe siècle, il aurait été stupéfait de ce curieux oubli ou aurait éclaté de rire devant une telle mauvaise foi. Comment lui-même aurait-il pu ignorer à qui il devait la majeure partie des connaissances nouvelles qui bouleversaient son époque ? Tous les traités dont il faisait usage pour tenter d'apprendre les unes après les autres les matières les plus diverses, algèbre, médecine, optique, astronomie et philosophie, avaient un point commun. Ils étaient truffés de noms arabes. Partout. Même dans les marges des textes classiques et en annotation des Grecs anciens dont l'Occident se juge le seul héritier. Tâchons, dans un premier temps, de refaire une brève histoire de ce chaînon manquant de notre histoire intellectuelle.

Au XIIe siècle, l'Occident est prêt pour son grand essor. Croissance démographique, expansion des villes, développement économique. Les médiévistes, pour relater cette efflorescence, parlent parfois de « renaissance du XIIe siècle ». Comme cela se passera lors de celle du XVe, cette « renaissance » se traduit par une incroyable fringale de connaissances nouvelles. Elle passe aussi par la réappropriation du savoir perdu de l'Antiquité.

Il ne l'avait pas été pour tout le monde. On se souvient du calife Al-Mamoun pris d'une véritable folie de traduction de tous les ouvrages possibles dans sa Maison de la sagesse pour en faire la grande réserve de toutes les cultures du monde[1]. Il en avait formé le projet, racontait-on alors, après que le philosophe Aristote lui était apparu en rêve. Précisément. Les Grecs de l'Antiquité étaient dans le lot. Depuis lors, ils avaient été étudiés, digérés et archivés sous forme de manuscrits en arabe dans les riches bibliothèques, de Bagdad à Cordoue et de Boukhara à Ispahan.

Aux XIe et XIIe siècles, le recul en Europe des musulmans permet ce passage de relais culturel. En Sicile et surtout en Espagne, là où la « Reconquista » chrétienne les fait refluer, ils laissent derrière eux tout ce savoir. Non seulement les livres, mais encore des gens qui les comprennent. Les anciennes minorités, chrétiens mozarabes ou juifs, parlent parfaitement l'arabe des anciens maîtres et vont pouvoir faire repasser les textes en latin avant qu'ils ne fassent le voyage vers le nord. Durant un temps, l'épicentre de ce grand transfert est Tolède. La ville est prise en 1085 par les chrétiens. Les rois de Castille y mettent rapidement en place ce que l'on a baptisé plus tard l'« école des traducteurs de Tolède », tant étaient nombreux les érudits se livrant à ce méticuleux travail. Gérard de Crémone est resté le plus célèbre d'entre eux.

Parmi tous ces grands morts soudain ressuscités, notre Aristote. Le nom du disciple de Platon, du précepteur d'Alexandre le Grand, du père de la logique, était connu en Occident. Son œuvre dans sa globalité,

---

1. Voir le chapitre 4, p. 100.

non. On n'en travaillait plus que quelques extraits mal reliés entre eux. La redécouverte d'un tel monument tombe à point. L'Europe est en pleine effervescence intellectuelle. Jusqu'alors, le savoir appartenait au monde fermé des monastères. De nouvelles institutions font leur apparition dans de nombreuses villes d'Italie, de France, d'Angleterre : les universités. Dépendantes de l'Église, qui les contrôle, réservées aux clercs, elles ne ressemblent pas en tout point à nos « facs » modernes. Le bouillonnement intellectuel qu'elles favorisent montre qu'elles en prennent le chemin.

On y redécouvre donc notre philosophe à travers ses œuvres, et surtout ses textes tels qu'ils avaient été compilés, traduits et compris par les Arabes. Après son long voyage via Bagdad puis l'Espagne, Aristote, écrit l'universitaire John Tolan, arrive en Europe enturbanné[1].

Deux grands noms sont vite associés à lui. Le premier est Ibn Sina (980-1037), un Perse né près de Boukhara (dans l'actuel Ouzbékistan). L'Europe, en déformant son nom, l'a renommé Avicenne. Génie universel, il fut médecin, astronome, physicien. Il s'est surpassé en tant que philosophe en décortiquant, pensant, assimilant le maître grec.

Le second est Ibn Rushd – autrement dit Averroès (1126-1198). C'est un lettré d'Al-Andalus, fils d'une famille de juges de Cordoue, qui fut juge lui-même mais également, comme c'était souvent le cas alors,

1. *In* Henry Laurens, John Tolan et Gilles Veinstein, *L'Europe et l'Islam : quinze siècles d'histoire*, Odile Jacob, 2009.

médecin, physicien, philosophe, théologien. Lui aussi s'est plongé avec passion dans l'étude aristotélicienne. Sa vie tumultueuse est liée aux soubresauts de l'Espagne musulmane de son temps. Il est protégé un temps par les Almohades, la dynastie qui règne sur ces terres. Lors d'un revirement de pouvoir, il est chassé, car ses thèses, qui semblent prendre trop de libertés avec le Coran et la religion, ne sont plus tolérées. Il meurt en exil à Marrakech. Son œuvre lui survit et commence son prodigieux voyage. Elle rejoint Le Caire, où elle inspire Maïmonide, le plus grand penseur juif du Moyen Âge. Elle remonte aussi vers l'Europe, où elle est traduite en latin au début du XIIIe siècle et joue un rôle essentiel.

Averroès en Sorbonne

Selon Alain de Libera, le meilleur spécialiste français de cette question, la traduction des textes d'Averroès est « le choc qui donne à l'université médiévale sa principale impulsion[1] ».

En quoi consiste-t-elle ? Simplifions à l'extrême. En retrouvant la philosophie si puissante d'un homme d'avant la Révélation chrétienne, les clercs du temps, quasi uniquement imprégnés de christianisme, se rendent compte qu'il pourrait y avoir une raison extérieure à la foi. Ainsi donc, les textes saints n'auraient

1. Alain de Libera, préface à Averroès, *L'Islam et la Raison*, Garnier-Flammarion, 2000.

pas tout dit ? Ainsi donc, la théologie ne suffirait pas à penser la totalité du monde ? La confrontation entre foi et raison est la grande problématique de cette philosophie médiévale que l'on appelle la scolastique. Aristote y est le grand nom. On le discute, on l'interprète. Parfois, comme à Paris, les autorités religieuses l'interdisent. Alors les étudiants courent à Toulouse, où d'autres autorités permettent qu'on l'enseigne. Et, partout, on le redécouvre dans l'écrin des commentaires d'Avicenne et d'Averroès. Les deux penseurs sont si célèbres au Moyen Âge que Dante les place avec les grands héros antiques, dans les Limbes, aux portes de son Paradis, là où demeurent les non-chrétiens qu'il convient de célébrer. Averroès a droit à une distinction supplémentaire. Il est si célèbre que, dans de nombreux textes, on se passe de son nom. Aristote, qui domine la pensée nouvelle, est tout simplement appelé « le Philosophe ». À côté de lui, notre Cordouan est « le Commentateur ».

Au XIXe siècle, le philosophe français Ernest Renan fait revivre cette influence. Dans son livre *Averroès et l'averroïsme* (1852), il redonne son importance à ce qui fut un véritable courant de pensée dans l'université médiévale, enseigné, discuté, disputé et condamné à l'occasion. En se plongeant dans les œuvres multiples du philosophe de Cordoue, certains maîtres allaient y chercher une théorie très audacieuse, appelée la « doctrine de la double vérité ». Averroès ne l'a jamais soutenue de manière aussi simpliste, mais la façon dont on le lisait a fait croire à l'université médiévale qu'il avait prouvé qu'il pouvait exister côte à côte deux vérités, l'une découlant de la raison, l'autre relevant de la foi. Cela signifiait donc que la vérité du Christ n'était pas la seule possible ? On voit sur quelle pente dangereuse cette doctrine pouvait conduire.

Dans la seconde moitié du XIIIe siècle, un des plus grands penseurs du Moyen Âge, Thomas d'Aquin (1224-1274), clôt le bal. Frère dominicain né en Italie mais venu étudier et défendre ses thèses à Paris, il s'oppose avec ferveur à Averroès, et surtout aux clercs latins qui le soutiennent. Seulement, il se trouve lui aussi face à la philosophie d'Aristote, ce monument devenu incontournable. Qu'en faire ? Le rejeter ? Ce n'est plus possible. Alors il faut s'en servir. Par un tour de force intellectuel extraordinaire, il réussit à l'intégrer à la pensée chrétienne, à le digérer, en quelque sorte. Oui, dit notre penseur, la philosophie est essentielle, non pas parce qu'elle permet de penser de façon autonome, mais parce qu'elle est une des voies pour arriver à Dieu. Elle est la « servante de la théologie ». Rome, après avoir hésité, fait de Thomas d'Aquin un saint, puis un « docteur de l'Église ». La façon la plus courante de saluer son génie est de dire qu'il a réalisé « le mariage entre Athènes et Jérusalem ». N'oublions jamais qu'il a fallu passer par Boukhara, Bagdad et Cordoue pour que la rencontre ait lieu.

L'abaque

Aristote est important, mais il n'est, dans notre affaire, qu'une des figures de proue d'un plus grand navire. Prêt pour son envol historique, l'Occident médiéval a besoin de bien plus que d'une restructuration de sa philosophie. Il y a tout le reste. Toutes ces sciences et ces techniques pensées, développées depuis des siècles par les Arabes, que l'Europe va s'approprier en allant les chercher par ces mêmes canaux siciliens ou espagnols dont nous venons de parler, et par bien d'autres encore.

Pensons à l'épopée des chiffres, ceux que, en mémoire de cette histoire, nous nommons toujours « arabes ». Pour le coup, l'hommage est excessif. Ce mode de numérotation a été inventé en Inde. Il est arrivé aux musulmans par la Perse. Il poursuit son voyage vers l'Europe très tôt, avant la période dont on vient de parler. Les chiffres « arabes » seraient ainsi apparus dès la fin du Xe siècle. Certains historiens mentionnent le rôle essentiel qu'a joué l'Auvergnat Gerbert d'Aurillac, un homme brillant appelé à un destin hors du commun. Il finira pape en 999. Alors qu'il n'est qu'un jeune clerc du Massif central, il suit son protecteur à Barcelone, ville redevenue chrétienne où la présence des musulmans est encore fraîche. Cet esprit de haute volée, passionné par toutes les branches de la science, de l'astronomie à la physique, s'imprègne des connaissances qu'ils y ont laissées. Il est fasciné par leur façon de compter, tellement plus commode que les chiffres romains, qui rendent le calcul impossible. Il rentre en France avec une sorte de machine à calcul, l'« abaque de Gerbert ».

D'autres spécialistes estiment qu'il convient d'attribuer l'appropriation du calcul arabe à l'italien Leonardo Fibonacci (v. 1174-1250). Ce fils d'un commerçant italien installé à Bougie, en Afrique du Nord, a eu tout loisir de s'y former à la science. C'est lui qui nous donne la transcription du mot que les Arabes utilisent dans leur mathématique : *al sifr*, « le vide ». Dans le latin de Fibonacci, cela donne *cephirum*. En français, cela débouche sur deux mots, zéro (via l'italien *zefiro*) et chiffre, avec son double sens (le numéro et le code, comme nous le rappelle le mot anglais *cypher*).

La science en général doit beaucoup aux mêmes inspirateurs. Robert Grosseteste (1175-1253), savant anglais, apprend l'optique en lisant les traités arabes. Son élève Roger Bacon (1214-1294), *doctor mirabilis*, le « docteur des merveilles », un franciscain anglais que l'on considère comme le précurseur de la science moderne, n'a jamais caché que c'est à travers la langue d'Avicenne et des califes qu'il a tout appris.

La médecine, pendant des siècles, est redevable aux Arabes d'à peu près tout. Cette fois, le grand passeur est un certain Constantin l'Africain, un chrétien de Tunisie vivant au XIe siècle. Établi en Italie, il y tombe malade et constate l'état épouvantable des moyens sanitaires. Il repart de l'autre côté de la Méditerranée et en revient avec les grands traités arabes qui, avant l'Europe, comme on vient de le voir avec Aristote, avaient relu et repensé les deux pères grecs de la science médicale, Hippocrate et Galien. L'école de

Salerne (à côté de Naples), où se trouva la plus vieille université médicale d'Europe, continue ce travail de diffusion. Il servira longtemps. Jusqu'au XVIIIe siècle, le *Qanun* d'Ibn Sina, le livre que nous appelons le « Canon d'Avicenne », un traité monumental, sera la base de la connaissance médicale.

Et combien de savoirs, de techniques, de produits nouveaux ? Certains d'entre eux portent la trace de cette provenance. L'algèbre et les algorithmes, avec ces « al » caractéristiques en début de mot, sont directement traduits de l'arabe. La mousseline nous rappelle toujours qu'elle vient de Mossoul, tout comme le cordonnier vient de Cordoue. Il serait fastidieux de poursuivre cette liste. Le médiéviste Michel Balard les a comptés. Il affirme que 288 produits de toutes sortes, alimentaires, textiles, culturels, sont passés, en quelques siècles, d'un monde à l'autre[1].

Oui, il faut prendre garde d'oublier cette dette. Elle est étudiée depuis longtemps, pourtant. Pour ce qui concerne le voyage des textes de l'Antiquité, de la Grèce à Alexandrie, d'Alexandrie aux monastères des chrétiens d'Orient qui les ont préservés, de leurs monastères à Bagdad, de Bagdad à Cordoue puis de Cordoue en Europe, on utilise une expression latine très ancienne : *translatio studiorum*, le « transfert des études », ce qui prouve que le concept n'a rien de nouveau. Mais il est frappant de constater à quel

1. Michel Balard, intervention lors des Journées de l'histoire sur le thème « L'Europe et l'islam », 17-18 juin 2011, Sorbonne, Paris.

point ce détour du savoir est négligé. Et lorsqu'on s'y intéresse enfin, c'est parfois pour le nier.

En 2008, la parution du livre *Aristote au mont Saint-Michel*[1] fit beaucoup de bruit en Europe. Il cherchait à réécrire l'histoire que nous venons d'exposer de façon très différente. Selon l'auteur, les textes du père de la logique n'avaient jamais été perdus, ils avaient été ramenés en Europe dès le haut Moyen Âge par un érudit byzantin, c'est-à-dire un chrétien. Par ailleurs, les musulmans n'avaient que faire de ces grands philosophes grecs, qui n'avaient été traduits chez eux que par des érudits issus des minorités chrétiennes. Que penser de ces thèses ? Cas rarissime dans l'histoire académique, une douzaine des plus grands spécialistes du domaine se sont unis pour les démonter une à une, avec patience et méthode, et les réduire à ce qu'elles sont, des contresens historiques sans fondement[2].

Le succès qu'a eu l'ouvrage de Gouguenheim prouve que le point de vue qu'il développe ne resta pas sans écho. Comment cela aurait-il pu être ? Il convenait si bien à une idéologie qui ne cesse de prospérer en Europe et aux États-Unis dans les milieux néoconservateurs. Pour ces gens qui ont décidé de faire de l'islam l'ennemi absolu, il s'agit de montrer que le christianisme en général et l'Europe chrétienne en particulier

1. Sylvain Gouguenheim, *Aristote au mont Saint-Michel. Les racines grecques de l'Europe chrétienne*, Seuil, 2008.

2. Philippe Büttgen, Alain de Libera, Marwan Rashed, Irène Rosier-Catach (dir.), *Les Grecs, les Arabes et nous. Enquête sur l'islamophobie savante*, Fayard, 2009.

n'ont jamais eu besoin de personne pour développer leur pensée, et surtout pas des musulmans, cloués à leur essence obscurantiste, imperméables *par nature* à toute réflexion autre que religieuse. Défendre le christianisme, quand on est chrétien ou quand on ne l'est pas, d'ailleurs, constater qu'il a fait naître de grandes œuvres, de grands hommes, de grands moments de l'histoire, est une chose respectable. Quelle étrange folie de vouloir nier à toute autre civilisation d'être arrivée, à sa manière à elle, à de semblables résultats ? Faut-il croire que l'islam a été puni parce qu'il a été incapable de choisir la *vraie* foi ? Dans quel délire religieux entre-t-on pour penser ainsi ?

La seule manière de sortir de cette impasse intellectuelle consiste, encore et toujours, à reprendre le chemin des faits historiques. Oui, comme celle issue du christianisme, la civilisation musulmane a pu produire de grandes choses, de grands savoirs, de grands savants, de grands artistes.

On vient d'en parler, nous dira-t-on. C'est vrai, mais c'était d'une façon indirecte. On mentionnait ce moment d'histoire pour ce qu'il a servi à l'Occident. Serait-il raisonnable de poursuivre ce livre en réduisant ces siècles de pensée et de savoirs au rôle de marchepied permettant l'ascension d'un autre ? Tâchons plutôt, maintenant, de remettre les choses à l'endroit.

★
★★

L'âge d'or arabe

Si l'Occident, vers les années 1100-1200, est allé chercher une partie de sa connaissance chez les Arabes, c'est que ceux-ci l'avaient développée d'une façon extraordinaire. Pourquoi, comment, avec qui ? Bref retour sur un âge d'or.

À partir de la constitution du vaste empire abbasside, au VIIIe siècle, le monde arabe entame l'époque qui, aujourd'hui encore, reste celle de sa splendeur. Il avait tout pour cela. Un contexte socio-économique : la prospérité, l'essor urbain, l'existence de riches mécènes prêts à concurrencer les califes dans leur volonté de développer le savoir, l'importance des échanges, la position centrale de l'islam, véritable carrefour du monde d'alors. Et aussi une grande capacité à absorber les connaissances d'où qu'elles viennent. Car l'islam, comme l'Europe plus tard, a eu besoin de digérer les apports d'autrui pour se développer. On vient de parler de l'actuel discours islamophobe occidental, qui tend à nier que la civilisation arabo-musulmane ait pu produire quoi que ce soit de bon. Il est juste de dénoncer le discours inverse, et tout aussi obtus, répandu dans les milieux musulmans les plus fermés d'aujourd'hui : pour eux, tout ce qu'il y a de bon dans le monde ne peut être produit que par l'islam, et il ne le doit qu'à lui-même. L'histoire ne dit pas cela.

Falsafa

Aucune civilisation au monde ne s'est jamais développée par génération spontanée. Toutes croissent sur le terreau laissé par d'autres. Le commerce avec l'Extrême-Orient est intense. L'Inde, ce voisin de l'autre côté de l'océan Indien, est étudiée, imitée. Et au sein même du monde musulman, les minorités religieuses, si importantes en nombre, en richesses, contribuent à cette effervescence intellectuelle en faisant le pont avec les cultures précédentes. Les zoroastriens, qui ont gardé la religion de l'ancienne Perse, en transmettent les principes et les usages. Les juifs relaient les connaissances médicales, entre autres sciences, comme les chrétiens, très investis dans ce domaine. On leur doit aussi, on l'a vu, la transmission du patrimoine antique. On peut en retracer le chemin de façon encore plus précise. Après la fermeture de la célèbre « école d'Athènes », au VIe siècle – ultime vestige du monde de Platon –, par un Empire byzantin faisant la chasse au paganisme, ces fameux textes grecs anciens avaient été gardés par des moines appartenant à des Églises bientôt exilées chez les Perses, dans l'empire sassanide, à cause des querelles théologiques qui ne cessaient de déchirer le christianisme des premiers siècles. Ils les avaient traduits en « syriaque », ce langage dérivé de l'araméen parlé par les chrétiens d'Orient. C'est du syriaque qu'ils furent ensuite, à Bagdad, retraduits en arabe. Ils le furent d'ailleurs souvent par d'autres chrétiens. Comment s'en étonner ? C'étaient eux qui possédaient le mieux les deux langues. Ils servirent à tous.

Voilà encore un point important. Dans leur grand procès anti-islam, nos idéologues conservateurs insistent beaucoup sur ces différentes phases de la transmission. Elles sont toutes le fait de chrétiens, notent-ils ; c'est bien la preuve que les musulmans sont incapables de s'intéresser à la pensée grecque. Quelle erreur ! Contrairement à ce que l'on a vu en Occident, dont la religion a réussi à digérer cette tradition, l'islam a décidé de s'en passer. Mais, pendant deux siècles, quelques-uns de ses plus grands penseurs n'ont parlé que d'elle !

Au XIe siècle éclate « la plus célèbre controverse de l'histoire islamique », comme l'a baptisée l'historien Albert Hourani[1]. Elle porte sur le statut à donner à la philosophie, que les Arabes, après arabisation du mot, appellent *falsafa*. Que faut-il faire de ce savoir qui nous vient des anciens Grecs ? Faut-il l'intégrer à notre façon de voir le monde, ou faut-il le rejeter parce qu'il lui est contraire ? C'est la grande question qui hante l'époque. Les cadres de pensée de la Bagdad des califes ne sont pas les mêmes que ceux de la Sorbonne du temps de Saint Louis. Cette « philosophie islamique », comme l'explique le spécialiste Christian Jambet, n'est pas comparable en tout point à sa cousine occidentale[2]. La problématique soulevée invite quand même à l'analogie. Aux XIIe et XIIIe siècles,

1. Albert Hourani, *Histoire des peuples arabes*, *op. cit.*
2. Christian Jambet, *Qu'est-ce que la philosophie islamique ?*, Gallimard, coll. « Folio Essais », 2011.

la grande question de la scolastique tourne autour des liens entre la raison et la foi. C'est la même qui travaille les grands penseurs de l'islam deux siècles auparavant. Avec les mêmes textes d'Aristote sous le nez et après Al-Farabi, l'autre géant de la philosophie arabe, Avicenne, s'attelle au problème. Il essaie, écrit Hourani, de « structurer les vérités de l'islam dans des termes inspirés de la logique aristotélicienne et des systèmes grecs ultérieurs ». Quelques décennies après sa mort, un théologien très célèbre, Al-Ghazali (1058-1111), jette une énorme pierre dans ce jardin avec un livre au titre choc : *Tahafut al-falasifa* (« Incohérence des philosophes »). Au nom de la religion, il rejette le dieu d'Avicenne et de son Aristote, car il le trouve sec, distant, contrairement à celui du Coran, qui, à son sens, est humain, proche. Il faut donc aller à Dieu par la voie de la croyance, du mysticisme, et refuser celle de la raison, ce piège. Un siècle après, nouvelle manche. Averroès fait rebondir cette longue polémique en opposant au précédent cette réponse cinglante : *Tahafut al-tahafut* (« Incohérence de l'incohérence ») ! Le Cordouan prend la défense de la philosophie, de la raison, mais aussi du Coran, bien sûr. Et il tente de les concilier. « La vérité ne saurait être contraire à la vérité », dit notre juge andalou. Si le message coranique est apparemment incompatible avec ce que pense la raison, il est donc nécessaire de l'interpréter métaphoriquement. En partant de cette base, l'université occidentale, on l'a vu, a élaboré la doctrine de la « double vérité ». La réalité est plus subtile. Averroès est un homme de son temps, et de son milieu. Il ne pense pas que cette possibilité d'interpréter le texte sacré soit ouverte à tous les hommes. Seule l'élite a ce pouvoir. C'est le rôle des philosophes, des lettrés, des érudits. Mais il a ouvert un chemin audacieux. Le monde musulman ne le suivra pas. Trop hardi pour son temps, Averroès tombe en disgrâce et meurt en exil. Ses thèses irriguent la pensée occidentale. Elles sont oubliées dans leur foyer d'origine. La *falsafa* a perdu la bataille dans l'Occident musulman (alors qu'elle continue jusqu'à nos jours en Orient, et surtout en Iran), mais le combat a été rude.

Avicenne, Al-Ghazali, Averroès. On vient de faire sonner quelques noms essentiels. Ces siècles en ont vu naître tant d'autres. Combien l'Occident en connaît-il ? N'est-ce pas étonnant quand on y songe ? Un Européen aurait du mal à croire qu'un individu cultivé issu de n'importe quelle autre civilisation que la sienne ignore les noms de Victor Hugo, de Goethe ou de Shakespeare. Il trouve tout à fait normal d'avoir traversé l'entièreté de son cursus scolaire et universitaire sans avoir jamais entendu citer une seule fois le nom des Hugo, des Goethe et des Shakespeare de ces civilisations-là. L'islam en a enfanté des centaines. On épargnera à notre lecteur une liste exhaustive. Elle le noierait. Abu Nuwas, Omar Khayyam, les poètes. Al-Farabi, le philosophe, ou son alter ego Al-Kindi, dont pourtant on aurait eu beau jeu de citer cette formule opportune : « Nous ne devons pas avoir honte de reconnaître la vérité d'où qu'elle vienne et de la faire nôtre, quelle qu'en soit l'origine, même si elle provient de générations antérieures et de nations différentes de la nôtre[1]. » Elle vaut pour toutes les parties de ce chapitre. On peut nommer encore le médecin Ibn Nafis (1210-1288). Né à Damas et exerçant au Caire, il découvrit trois cent cinquante ans avant l'Occident la « petite circulation sanguine », la circulation pulmonaire. Ou enfin le mathématicien Al-Khawarizmi (dont le nom est à l'origine du mot « algorithme »), contemporain du calife Al-Mamoun, qui a fait de l'algèbre une science mathématique distincte et reste pour cela le « père de l'algèbre », comme le Grec Euclide est celui de la géométrie.

Contentons-nous d'une moisson plus modeste et très subjective. Elle tient en trois personnages. On a cherché à varier les plaisirs. Tous trois ont conquis leur célébrité dans des registres divers et appartiennent à des univers géographiques et historiques différents. La plupart des écoliers du monde arabe entendent parler d'eux à un moment ou à un autre de leur scolarité.

Rhazès

Jusqu'au XVIIIe siècle, a-t-on dit, aucun médecin des deux mondes, occidental ou oriental, n'aurait risqué un diagnostic ou tenté une intervention sans consulter son « Canon d'Avicenne ». Un autre traité énorme trônait dans les meilleures bibliothèques, du moins

1. Cité *in* Dominique Chevallier et André Miquel (dir.), *Les Arabes, du message à l'histoire*, Fayard, 1995.

celles qui pouvaient s'offrir une œuvre en plus de vingt volumes : le *Liber continens*, c'est-à-dire le livre qui contient tout, une somme de tout le savoir médical, colligée, annotée, commentée par un autre génie, Al-Razi ou Rhazès pour les Occidentaux. Ses dates de naissance et de mort sont imprécises. 854-935 disent les uns, 865-925 disent les autres[1]. Son œuvre ne l'est pas. Né à Ray (l'antique Rhagès de la Bible), petite ville située non loin de Téhéran, il entreprend d'abord des études de philosophie, puis se rêve musicien, et se met à la médecine assez tardivement. Il se forme en lisant comme un fou – il dira que c'est ce qui, bien plus tard, lui fit perdre la vue – et en voyageant. Puis il revient se mettre au service des grands de sa région d'origine. Il dirige l'hôpital de sa ville, puis fonde un de ceux de Bagdad à la demande du calife. Son apport à l'art de soigner, nous disent les spécialistes, est immense. Il reprend le savoir des Grecs Galien et Hippocrate, mais n'hésite pas au besoin à les réfuter. Il étudie les calculs rénaux, sépare la variole de la rougeole – deux maladies confondues jusqu'alors –, est un des premiers à distinguer la pharmacie de la pratique médicale. Pour cette raison, l'Iran en a fait le père de cette discipline. Il insiste sur la clinique. Son intérêt pour la prévention nous paraît incroyablement familier. Il faut faire attention aux excès de nourriture, être attentif au lieu où habitent les gens, pratiquer l'exercice physique. On se croirait dans une

1. Respectivement l'*Encyclopédie de l'Islam* des éditions Brill et la US National Library of Medicine.

campagne d'information de l'Assurance maladie d'aujourd'hui. Les témoignages le montrent très humain, attentif aux pauvres, soucieux du moral du malade – dont il pensait à juste titre que c'était une des clés de la guérison –, toujours entouré d'une nuée d'étudiants le vénérant et buvant ses paroles. Philosophe de formation, il gardera toute sa vie la plus grande liberté à l'égard de tous les préjugés, de tous les dogmes. Puisque Dieu a donné la raison aux hommes, pensait-il, c'est bien pour que chacun s'en serve pour suivre sa voix.

Ibn Battuta

Le pèlerinage est une obligation coranique qui doit amener, chez le croyant, une grande paix intérieure, mais peut aussi ménager des surprises. En 1325, un jeune fils de la bourgeoisie de Tanger prend seul la route de La Mecque. Il part avec le désir de visiter les « illustres sanctuaires de l'islam », un peu d'argent dans ses bagages et une insatiable curiosité[1]. Elle le conduira très loin. Il revient une première fois, repart, revient, repart pour ne revenir enfin que vers 1353. Son pèlerinage aura duré près de trente ans. Son appétit d'ailleurs est enfin satisfait. Il peut se fixer à Fès, où il passe une grande partie de son temps à dicter ses souvenirs. Le récit qui en sera tiré a fait de lui un

1. Michel Mollat du Jourdin, in *Les Explorateurs : des pharaons à Paul-Émile Victor*, Robert Laffont, coll. « Bouquins », 2004,

grand nom de la littérature universelle, et le plus grand de la littérature de voyage arabe, que les spécialistes appellent *rihla* (« voyage » en arabe). Les 120 000 kilomètres qu'il a parcourus font de lui « un des plus grands voyageurs de tous les temps[1] ». Il se nomme Ibn Battuta (1304-1368). Il était parti pour ne rien manquer du monde musulman de son temps. Il en a presque tout vu. Les cartes de ses itinéraires donnent le vertige. Maghreb, Égypte, côte de l'Est africain, retour au Caire, La Mecque, la péninsule Arabique. Puis la « Horde d'Or », qui contrôle le monde russe, et l'Asie centrale, qui appartiennent alors à ce grand univers conquis par les Mongols, récemment islamisés. Puis l'Inde, et l'Asie orientale. Et l'on n'est pas encore au bout ! Partout il réussit à faire des affaires, à trouver de bonnes places et à échapper aux pires avanies. Ici un naufrage, là-bas la peste, ou, plus difficile encore, la jalousie d'un vizir qui voit d'un mauvais œil qu'il épouse des filles de notable. Il devient alors juge dans des îles de l'océan Indien. Au plus loin, il atteint la Chine à la tête d'une ambassade du sultan indien. Les spécialistes n'arrivent pas à déterminer s'il est ou non allé jusqu'à Pékin. La légende populaire affirme que oui. Au point où on en est, on ne voit pas pourquoi on lui retirerait cet exploit de plus.

Il n'est ni géographe ni aventurier. Plutôt un « touriste », écrit Mollat du Jourdin dans *Les Explorateurs*, un touriste religieux. Le point est important. Par

1. Georges Duby (dir.), *Une histoire du monde médiéval*, Larousse, 2005. Les récits de voyage d'Ibn Battuta sont traduits en français.

commodité, l'Europe fait souvent d'Ibn Battuta le « Marco Polo arabe ». La comparaison vaut pour les distances records parcourues, pas pour le moteur qui les fait les parcourir. Les voyageurs occidentaux, comme le Vénitien, et après lui tous les « découvreurs » qui partiront à la conquête du globe, ont en tête des rêves d'inconnu et au cœur l'idée d'affronter un autre monde. Notre Maghrébin est un bon musulman. Il veut visiter son monde à lui, le *dar al-islam*, le territoire d'Allah sur terre. Cela change tout. S'il en sort, ce n'est que pour des excursions passagères jusqu'à la Chine lointaine. Pour le reste, il tourne dans un univers dont les références lui sont familières et que les puissants Mongols, en se convertissant au Dieu de Mahomet, ont étendu presque à l'infini jusqu'au nord et jusqu'à l'orient. Le voyage en terre d'islam, écrit joliment l'historien et anthropologue Malek Chebel dans son *Dictionnaire amoureux de l'Islam*, est d'abord un voyage intérieur[1]. Notre héros le fait les yeux et l'esprit grands ouverts. Il n'a rien d'un sectaire, d'un puritain. Au contraire. Son savoureux récit nous le montre dans toute son humanité. D'une part un bon religieux attentif à ses prières et à ses dévotions, d'autre part un bon vivant qui ne cache rien de son goût des femmes, des affaires, des plaisirs.

1. Malek Chebel, *Dictionnaire amoureux de l'Islam*, Plon, 2004.

Ibn Khaldoun

Quelques années à peine après le moment où notre Maghrébin a commencé son fabuleux voyage naît à Tunis Ibn Khaldoun (1332-1406). Il est le fils d'une riche famille d'Andalous exilés. Son père lui fait donner une solide éducation classique. Mais le destin frappe vite et fort. Alors qu'il n'a que 17 ans, ses deux parents sont emportés par la grande peste, un événement terrible dont il gardera toute sa vie le traumatisme. Ses études ont fait de lui un lettré, il part mettre sa science au service des princes qui en veulent. Une vie trépidante et romanesque commence. Le voici à Fès, puis un temps sur la terre de ses ancêtres, en Espagne, au service du souverain de Grenade, puis à Bougie ou à Tlemcen, dans le Maghreb, tantôt diplomate, tantôt chambellan. Au gré des retournements de pouvoir, des petites guerres locales ou des assassinats, l'emploi fait alterner les moments de gloire et les déconvenues piteuses. Un jour on est acclamé, l'autre on doit s'enfuir nuitamment pour éviter le pire. Après un bref retour à Tunis, il s'installe au Caire où il devient *cadi*, juge, ce qui n'est pas non plus de tout repos quand, comme lui, on a décidé d'être intègre et de s'attaquer à la corruption. On le retrouve dans Damas assiégé par le terrible Mongol Tamerlan, qui le fait prisonnier pour l'interroger longuement. Étonnant face-à-face de trente-cinq jours entre un des conquérants les plus sanguinaires de l'histoire et un des plus beaux esprits humains.

Relâché enfin, il revient au Caire, où il rédige les livres qui lui ont valu l'immortalité. Il a vu, depuis son plus jeune âge, l'histoire se faire. Il va l'écrire. Son ouvrage le plus célèbre s'intitule *Muqaddima*, « Les Prolégomènes » en français savant, c'est-à-dire l'« introduction ». Il s'agit en effet de la partie d'ouverture d'une vaste histoire universelle dans laquelle il expose sa méthode. Elle fait de lui le premier des grands historiens modernes, apôtre d'une démarche presque critique et scientifique, globale, attentive à l'authenticité des sources, soucieuse de toutes les forces à l'œuvre dans une société. Personne ne s'en souciait avant lui, et bien d'autres les méprisèrent encore des siècles après. Lui insiste sur ce que l'on nommerait aujourd'hui les « conditions socio-économiques » d'une époque, posant qu'il faut tout étudier à la fois pour la comprendre, l'économie, l'urbanisme, les techniques agricoles, l'ensemble des conditions matérielles qui font la vie des hommes et les poussent à changer, ou à accepter leur destin. Cette rupture épistémologique considérable fut regardée comme essentielle quand l'œuvre d'Ibn Khaldoun fut redécouverte par l'Occident au XIXe siècle et lui valut le titre prestigieux de « père de la sociologie ». Parmi les concepts qu'il a forgés, on cite souvent celui d'*asabiyya*, le sentiment communautaire, qu'on a longtemps traduit par « esprit de corps » et que l'on appellerait plutôt aujourd'hui le lien social. Il est connu enfin pour être le penseur des grands mouvements des civilisations, leur envol, leur grandeur, leur déclin. Cela tombe bien. Nous allons aborder maintenant ce sujet complexe et passionnant.

8

Le déclin arabe

Demandez à n'importe quel Occidental de citer le coup le plus rude porté au monde musulman durant le Moyen Âge. Sa réponse sera sans appel, les croisades. Ce que c'est que de se croire au centre du monde ! Qu'il les regrette ou les approuve, il ne doute pas de la force de ce choc, puisque celui-ci a été provoqué par l'Europe. La réalité des faits devrait pourtant rendre plus modeste. Rapportées à l'immensité de l'empire arabe formé des siècles plus tôt, les expéditions franques auront été, au mieux, une pichenette. Le choc, le raz de marée, le tsunami qui va manquer détruire ce monde et

REPÈRES

– 1206 : Gengis Khan (v. 1160-1227) contrôle toute la Mongolie
– 1224 : son empire s'étend de la mer Noire à l'océan Pacifique
– 1250 : les Mamelouks prennent le pouvoir en Égypte
– 1258 : destruction de Bagdad par Hulagu, petit-fils de Gengis Khan
– 1275 : Marco Polo arrive en Chine
– 1336-1405 : Tamerlan (Timour Lang)
– 1394-1460 : Henri le Navigateur

réussir à le transformer à jamais arrive d'un lieu que les Européens d'alors conçoivent à peine, et que ceux d'aujourd'hui ont presque oublié, le monde mongol.

Gengis Khan

Là-bas, dans les steppes situées entre le nord de la Chine et le lac Baïkal, vivent des éleveurs nomades qui vont où les entraînent leurs immenses troupeaux de moutons et de chevaux. Au cours de leur longue histoire, il leur est arrivé plusieurs fois de parvenir à constituer de puissants empires. Toujours, les querelles entre clans les ont ruinés. Ils attendent donc l'être providentiel qui, en les réunifiant, les rendra puissants à nouveau. Le plus extraordinaire, le plus marquant de ces hommes surgit à la fin du XIIe siècle. Il est né vers 1160, se nomme Temudjin et commence sa vie sous de tristes auspices. Son père est assassiné alors qu'il est encore enfant. Tout jeune, avec ses frères et son intraitable mère, il connaît l'errance de l'orphelin. Cette infortune, dit sa légende, lui forge un caractère hors du commun. Son mariage lui donne la protection du clan de sa femme et lui permet d'entamer une ascension spectaculaire. Capable du plus grand courage au combat, et de la plus grande ruse quand il s'agit de se débarrasser de ses rivaux, il va vite. En 1206, il a déjà atteint le but qu'il s'était fixé. Réunis dans une de ces immenses assemblées qu'ils affectionnent, les chefs mongols le déclarent roi des rois, empereur des empereurs, khan suprême. C'est sous ce titre que nous le connaissons : Gengis Khan, le « souverain sans limites », celui qui doit régner sur l'étendue de l'univers. La conquête qu'il lance, et que ses héritiers continuent après lui, est une des plus extraordinaires de l'histoire des hommes. Montés sur de petits chevaux avec lesquels ils font corps, les archers mongols, suivis de puissantes armes de siège qui leur permettent de venir à bout des plus imposantes forteresses, balaient tout sur leur passage, les trônes, les villes et les peuples. Qui oserait leur résister ? Ils sont sans pitié, massacrent, détruisent à tout-va. La terreur fait partie de leur stratégie. Plus leur réputation de cruauté se répand, moins leurs futurs adversaires leur résisteront. La seule chose qui semble pouvoir les arrêter tient à ce que la terre veut bien leur donner. S'ils refluent enfin, comme ils le feront après avoir atteint l'est de l'Europe et le rivage de la Méditerranée, c'est tout simplement parce que les pays où ils sont arrivés manquent de pâturages pour nourrir leurs centaines de milliers de chevaux.

En trois générations, guidés par les fils et les petits-fils de Gengis Khan, les Mongols bâtissent un empire qui atteint, à son apogée, plus de 33 millions de kilomètres carrés. Le plus grand pays du monde, dans notre XXIe siècle, est la Russie. Il en compte 17. Contentons-nous d'énumérer les étapes de manière chronologique et de déplier mentalement un planisphère pour avoir une idée de ce que fut cette incroyable chevauchée. Elle donne le vertige.

1215, prise de Pékin, début de la conquête de la Corée. 1220, soumission de l'Asie centrale, occupa-

L'Empire mongol au XIIIe siècle

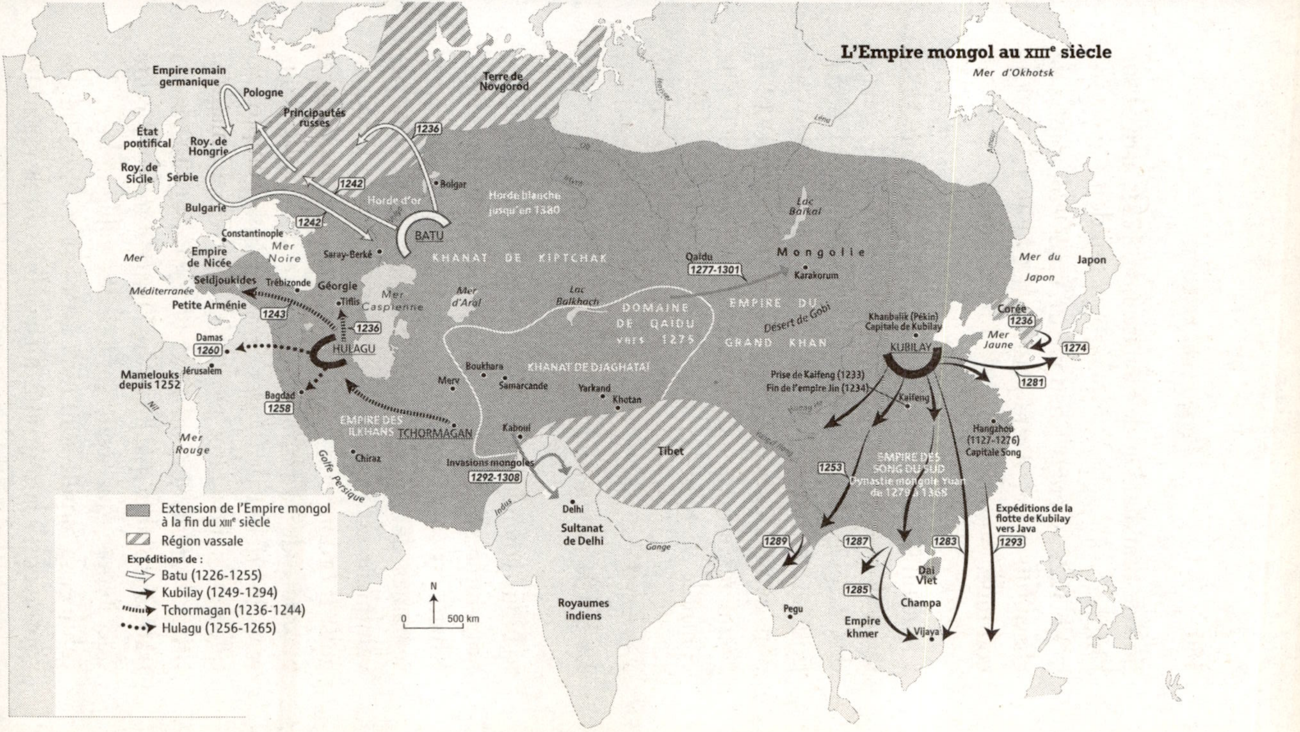

tion de Boukhara et de Samarcande. 1221, arrivée sur l'Indus.

En 1227, Gengis Khan meurt, après être tombé de cheval au cours d'une guerre en Chine. L'aventure continue.

1230, occupation de l'Iran. 1234, soumission de la Chine du Nord. 1235, soumission de l'Arménie. 1238, sac de Moscou. 1239, invasion du Tibet. 1241, pillage de Cracovie, en Pologne. 1242, arrivée jusqu'à l'Adriatique. 1243, victoire sur les Turcs seldjoukides, que nous avons laissés dans leur sultanat d'Anatolie. 1257, premières attaques des Mongols installés en Chine contre le Vietnam…

La horde mongole

Nous voici en 1258. C'est cette date fatidique qui nous intéresse. Hulagu, l'un des petits-fils de Gengis Khan, est aux portes de Bagdad. Après quelques semaines de siège, la vieille capitale s'effondre. Le vainqueur est impitoyable, comme le sont les Mongols. Il ordonne la destruction totale de la ville et le massacre de sa population. Tout est détruit, brûlé, rasé, les riches demeures et les faubourgs, les mosquées, les hôpitaux et les bibliothèques. Si nombreux furent les manuscrits détruits, affirme la tradition arabe, que l'eau du Tigre devint aussi noire que l'encre qui avait servi à les calligraphier. Le calife et sa famille sont faits prisonniers. Pour ne pas contrevenir à la coutume qui leur interdit de répandre le sang des rois, les Mongols ordonnent qu'ils soient cousus dans des tapis pour les faire piétiner par leurs chevaux. Dans l'odeur de brûlé et le fracas des armes, une page de l'histoire vient de se tourner.

Les Mongols sont des conquérants cruels. Ils savent, une fois la conquête achevée, se transformer en souverains avisés. À la rage destructrice succède un règne prospère. Toute l'Asie bénéficie de la *pax mongolica*, qui favorise le commerce en sécurisant les routes. Quelques Européens s'y risquent d'ailleurs durant ce XIIIe siècle. Les premiers sont les téméraires ambassadeurs que le pape puis le roi de France Saint Louis envoient chez ce prince lointain dont ils ont entendu parler et avec qui ils espèrent nouer une miraculeuse alliance de revers qui permettra de battre enfin les musulmans que l'on combat aux croisades[1]. Les Mongols les reçoivent avec d'autant plus de bienveillance qu'ils comptent parmi eux de nombreux chrétiens. Aux temps lointains où les persécutions contre les « hérétiques » les avaient fait fuir l'Empire byzantin, les membres de l'Église nestorienne, réfugiés en Perse, avaient lancé, avec succès, des missions d'évangélisation jusqu'aux confins de la Chine. D'autres Mongols sont adeptes des anciennes croyances chamaniques ou du bouddhisme. On

1. Les deux ambassadeurs les plus connus sont Jean du Plan Carpin, un franciscain italien envoyé par le pape (voyage 1245-1247), puis Guillaume de Rubrouck, un autre franciscain originaire d'un petit village des Flandres, émissaire de Saint Louis (voyage 1253-1255).

trouve également auprès d'eux des musulmans. Ils sont tolérants. « Comme Dieu a donné à la main plusieurs doigts, il a donné aux hommes plusieurs voies », dit le grand khan à Guillaume de Rubrouck, l'émissaire du roi de France. Le seul point qui les choque est que ces roitelets lointains prétendent, si l'on en croit leur proposition d'alliance, traiter d'égal à égal avec eux. La faute est en effet monumentale. Le khan va régner sur l'univers, tous les autres ne peuvent donc être que ses vassaux.

Marco Polo, le plus célèbre des voyageurs venus d'Europe, traverse ce monde peu de temps après avec son père et son oncle, des commerçants vénitiens cherchant la fortune. Il arrive en Chine en 1275. Kubilay Khan, l'empereur qui y règne, qu'il a rendu célèbre en Occident en racontant les dix-sept années qu'il a passées à son service, est lui aussi un petits-fils de Gengis Khan.

Après leur conquête, les Mongols ont donc rouvert une ère de prospérité, mais aussi chamboulé profondément le monde que nous venons de quitter. Ses centres de gravité ne seront plus jamais les mêmes. L'empire unifié de Gengis Khan a peu duré. En deux générations, ses descendants l'ont fait éclater pour le reformer entre quatre entités distinctes : la Chine ; l'Asie centrale ; le monde russe, sous l'emprise d'une dynastie appelée la Horde d'Or ; enfin, notre Moyen-Orient. Celui-ci est désormais articulé autour de l'Iran, qui redevient la rayonnante puissance qu'elle était jadis. L'Irak était le centre, écrit Bernard Lewis, c'est désormais une « province périphérique ». La sublime Bagdad des grands califes n'en est plus que le pâle chef-lieu.

À l'autre bout du vaste univers que nous avons vu se constituer six siècles plus tôt, les choses ne se passent guère mieux. En 1236, vingt-deux ans avant la destruction de Bagdad, Cordoue, son ancienne rivale, est retombée entre les mains des chrétiens. Séville a suivi en 1248. Al-Andalus est moribonde…

Le Caire mamelouk

Placée au centre de ce monde, l'Égypte est la seule puissance arabe qui résiste aux bouleversements en cours. Les Mongols étaient arrivés en Syrie dans les années 1240 et en étaient repartis aussitôt. Au lendemain de la chute de Bagdad, ils y reviennent. La route du Caire est à eux. Nous sommes en 1260. Depuis une décennie règnent les Mamelouks. Ces soldats esclaves, enrôlés au départ pour former l'unité d'élite des princes, ont acquis un tel pouvoir dans l'État qu'ils ont chassé du trône, en 1250, le dernier descendant de Saladin pour le remplacer par l'un des leurs. Ils lancent la contre-offensive. L'heure est si grave qu'ils prennent soin de négocier une trêve avec leurs vieux ennemis croisés qui, étonnamment, la leur accordent. Le choc a lieu le 3 septembre à Aïn Djalout, en Palestine. Miracle ! Les Mamelouks battent les invincibles Mongols, dont la progression vers l'ouest est stoppée net. Baïbars, leur général, est l'artisan de cette victoire. En un seul jour, elle le transforme en héros. Sa vie deviendra même le sujet d'un des cycles légendaires les plus connus de la littérature arabe, le « Roman de Baïbars ».

De retour dans sa capitale, porté par le succès, il renverse à son tour le sultan et prend sa place. La Syrie et l'Égypte sont réunifiées sous son égide. Il ne manque qu'un détail pour assurer à sa gloire sa légitimité religieuse. Il fait venir auprès de lui un des seuls Abbassides à avoir échappé au massacre de Bagdad deux ans plus tôt. Il le reçoit avec beaucoup d'honneurs, exhume pour lui le prestigieux titre de calife et le place dans un cocon doré d'où ni lui ni ses successeurs, réduits au rôle de nobles marionnettes, ne sortiront plus. Ils ne sont là que pour le symbole, mais celui-ci est fort : Le Caire est la nouvelle Bagdad.

Pour le reste, le monde arabe n'est pas au bout de ses malheurs. Dans les années 1340, la Grande Peste, que les marins génois ont rapportée des comptoirs de la mer Noire, décime l'Europe. Elle n'épargne pas la rive sud de la Méditerranée. La Syrie, l'Égypte, le Maghreb sont ravagés par cette catastrophe. Quelques décennies plus tard, une autre lui succède, qui n'est plus portée par les rats, mais par un homme. Depuis sa capitale de Samarcande, en Transoxiane[1], un chef turco-mongol nommé Timour Lang (Timour le Boiteux, 1336-1405), que l'Occident appelle Tamerlan, se lance à l'assaut du monde. Il se dit descendant de Gengis Khan. Pour ce qui est de la folie destructrice,

1. Antique région située entre l'Ouzbékistan et le Kazakhstan d'aujourd'hui.

il dépasse de loin cet ancêtre supposé. La postérité horrifiée a gardé le souvenir d'une de ses spécialités. Il aimait ériger des tours de crânes devant les ruines des villes tout juste détruites. Il diffère toutefois des Mongols du siècle précédent sur un point essentiel. Il détruit, mais ne fait rien pousser sur les cendres qu'il laisse. Plus tard, quelques-uns de ses descendants, les *timourides*, édifieront de petits royaumes prospères en Asie centrale. Boukhara et Samarcande, cités de rêve d'un point de vue architectural, leur doivent beaucoup. Mais le vaste empire du conquérant sanguinaire s'écroule après lui aussi vite qu'il l'a bâti.

Vaille que vaille, aux XIVᵉ et XVᵉ siècles, Le Caire mamelouk est donc toujours au centre du jeu. Les croisades ont répandu en Europe le goût des épices, des tissus, des produits raffinés venus de l'Orient lointain. Les puissants marchands de Pise, de Gênes, de Venise en assurent le commerce dans le Nord. Les Égyptiens contrôlent les routes qui les acheminent. Soit par voie terrestre, via l'Arabie et la Syrie, soit par voie maritime – océan Indien puis mer Rouge –, ce qui nécessite également un passage par la terre pour rejoindre la Méditerranée – le canal de Suez n'a pas encore été percé. Ils retirent de ce transit des bénéfices colossaux. Aucun d'entre eux ne voit venir la catastrophe qui va les perdre. Le 21 mai 1498, un bateau portugais commandé par l'amiral Vasco de Gama touche au but. Il accoste à Calicut, en Inde. Cela faisait des décennies que, avec patience et détermination, en progressant un peu plus à chaque voyage le long des côtes africaines, les Portugais, poussés par Henri le Navigateur (1394-1460), un prince visionnaire fou de cartes et de géographie, avaient entamé ce chemin. Ils le maîtrisent enfin. Le commerce par voie maritime peut prendre son essor. L'Occident délaisse un temps les immémoriales routes contrôlées par les Arabes. L'Égypte à son tour se retrouve à la périphérie d'un monde qui n'a plus besoin d'elle.

Précapitalisme

C'est l'avers de la pièce que nous venons de décrire. Alors que l'Orient montre les signes du déclin, l'Occident n'a de cesse de monter. Replaçons-nous quelques siècles en arrière, au temps de l'âge d'or de l'empire arabe. Seule la Chine, parmi les puissances du vieux monde, pouvait rivaliser avec lui. L'Europe digérait à peine le grand choc des invasions barbares. À partir des XIIe et XIIIe siècles, grâce à de meilleures conditions de vie, à une croissance de la démographie, à l'essor des villes, elle prend son envol. Peu à peu, le vieux régime féodal se craquelle, les rois devenus plus puissants font naître des États modernes, les mentalités changent, l'économie se développe, stimulée par une plus large utilisation de l'argent et un développement du commerce. Les historiens parlent parfois, pour désigner le système qui se met en place en ces siècles de fin du Moyen Âge occidental, de « précapitalisme ». Les riches villes italiennes en forment l'avant-garde. Dans ces petites cités-États, le prestige de la terre, qui caractérisait le monde médiéval, est progressivement remplacé par le prestige lié à l'argent. Venise ne règne pas par la force, mais par le commerce. Les Médicis, qui gouvernent Florence à partir du XVe siècle, sont, à l'origine, des banquiers. Ils savent aussi donner du lustre à la fortune en favorisant les arts et les lettres.

Pourquoi cette mutation ? Surtout, pourquoi, à partir du XVIe siècle, l'Europe chrétienne va-t-elle partir à la conquête du monde, et presque y parvenir ? Le phénomène est si massif et si complexe qu'il faut se contenter, pour tenter de l'expliquer, d'énumérer les causes possibles. Le gigantesque transfert de connaissances du monde arabe au monde occidental, dont on a parlé au chapitre précédent, figure en bonne place dans cette liste. Des inventions venues de Chine, comme la boussole, essentielle au long voyage maritime, sont déterminantes. La nécessité de trouver des métaux précieux, devenus rares en Europe, est à considérer. On doit mentionner aussi des raisons qui tiennent aux mentalités. Les hommes de ce temps sont saisis d'une insatiable fringale de conquête. L'esprit de croisade, porté par le profond sentiment de la supériorité du christianisme sur toute autre religion et par la certitude de son triomphe ultime, en est une première manifestation. Le goût de la découverte, soutenu par les rêves de fortune, s'y ajoute à partir du XVe siècle. L'immense popularité des récits de Marco Polo, notre Vénitien, a également joué son rôle. Comment ne pas rêver de s'emparer de ces richesses fabuleuses ? Les Portugais, envoyés sur les mers par leur prince, sont les premiers à se lancer. Le Génois Christophe Colomb, venu toquer à leur porte à la fin du XVe siècle, ne leur convient pas. Comme nul ne l'ignore, il va donc sonner à la porte du royaume voisin, chez Isabelle la Catholique, reine de Castille, à qui il réussit à vendre son idée de rejoindre la Chine en allant droit vers l'ouest. Il échoue à honorer son contrat. La souveraine n'a pas à se plaindre du dédommagement qu'il lui offre, un monde nouveau qui fera tomber en pluie sur l'Espagne, puis sur l'Europe, l'argent, l'or, les richesses qui y seront pillés. Les Anglais, les Français, bientôt les Hollandais se lancent à la conquête de l'univers. La suite de l'histoire est connue – nous aurons l'occasion d'y revenir. Un de ses étonnants points de départ l'est sans doute moins. Il nous est conté par l'historien John Tolan[1]. Quand il a choisi ses compagnons, Colomb n'a pas manqué d'enrôler un homme parlant l'arabe. Dans son esprit comme dans celui de ses contemporains, cette langue était celle de la civilisation dominante du monde et du grand commerce. Elle était une sorte d'équivalent de l'anglais pour notre XXIe siècle. On la parlait jusqu'en Chine. Puisque c'est là que l'on se rendait, l'arabophone était essentiel. On le sortit donc à la première rencontre. C'est ainsi, nous explique l'universitaire, que le premier discours tenu par les Espagnols aux malheureux Indiens en passe d'être écrasés par la tor-

1. *In* Henry Laurens, John Tolan et Gilles Veinstein, *L'Europe et l'Islam : quinze siècles d'histoire*, *op. cit.*

nade occidentale le fut dans la langue d'un monde qui lui-même ne se portait pas au mieux.

★
★★

Les raisons du déclin

Les historiens ont du mal à se mettre d'accord sur une cause unique de l'envol de l'Occident. Il leur est tout aussi difficile de donner une seule raison qui expliquerait la léthargie frappant, désormais, le monde arabe. Contentons-nous, de la même manière, d'en égrener plusieurs.

La « catastrophe mongole », sur laquelle on a beaucoup insisté, redessine la carte de l'Orient et brise l'empire arabe tel qu'il s'était constitué cinq siècles plus tôt. Sa brutalité a aussi des conséquences très directes sur la vie quotidienne. Les systèmes d'irrigation très élaborés qui avaient été patiemment mis en place sont détruits, de nombreuses villes sont en ruine.

L'expansion de l'Europe redessine la carte de la planète tout entière. La Méditerranée perd son rôle central dans le grand commerce au profit de l'Atlantique, nouvelle plaque pivot du monde.

La religion, la crispation des mentalités, leur incapacité à évoluer sont tout aussi déterminantes. On en a longuement parlé au chapitre précédent. Au cours des VIIIe, IXe, Xe siècles, l'islam et ses savants ont montré une immense curiosité à l'égard des autres cultures ; on a vu quel profit ils en ont tiré. À partir des XIe-XIIe siècles, les esprits se sclérosent, la domination tatillonne de la religion, de ces docteurs de la Loi, se fait plus pressante, et cette grande civilisation qui s'estime à jamais au-dessus de toutes les autres se referme sur elle-même.

Ce complexe de supériorité a sans doute toujours existé. Dans un essai intitulé « Comment l'islam regardait l'Occident[1] », l'orientaliste américain Bernard Lewis nous rappelle par exemple que la géographie musulmane s'intéressait essentiellement à son propre monde, allant de l'Andalousie à l'Indus. Elle acceptait de considérer vaguement l'Empire byzantin, ce vieil ennemi, mais rien d'autre. Pour un savant musulman de la grande époque, il n'existe, au nord de l'Iran, que des pays idolâtres et, au nord de la Méditerranée, que des barbares dénués du moindre intérêt. De l'histoire de l'Europe, ajoute Lewis, un esprit aussi brillant et éclairé qu'Ibn Khaldoun ne savait rien d'autre que les généalogies des rois wisigoths qui avaient régné en Espagne avant les Arabes. Tandis que le monde alentour se transforme, la myopie tourne parfois à l'aveuglement. Même bien après l'éblouissant décollage de l'Europe chrétienne, le monde musulman ne comprend pas le danger de cette concurrence et reste bloqué dans ses façons de voir et de penser. On trouve dans de nombreux livres un exemple classique de cette cécité. L'imprimerie, découverte en Chine, est

1. In *Islam*, Gallimard, coll. « Quarto », 2005.

redécouverte au milieu du XVe siècle par Gutenberg. Les premières presses arrivent à Istanbul au début du XVIe. Les oulémas les font immédiatement interdire. Il est hors de question que l'on écrase le saint Coran, il faut le calligraphier, comme on a toujours fait. Du coup, à quelques rares exceptions près, il faut attendre deux siècles pour que l'imprimerie soit enfin utilisée dans le monde arabo-musulman. Les autres découvertes européennes souffrent du même désintérêt. Albert Hourani nous le rappelle, les théories de Copernic, qui ont révolutionné la science, ne sont mentionnées en Orient qu'à la fin du XVIIIe siècle[1].

Le célèbre cinéaste égyptien Youssef Chahine avait illustré la même idée à sa façon dans son magnifique long-métrage *Le Destin*[2]. Il nous racontait l'histoire du philosophe andalou Averroès, que nous avons déjà rencontré, et nous replongeait au XIIe siècle, un temps charnière. Au début du film, un chrétien fuit une Europe écrasée par l'Inquisition pour venir chercher la lumière auprès du grand penseur arabe, où elle rayonne. À la fin de l'œuvre, le vent a tourné. L'intolérance est désormais du côté de l'islam. Les intégristes obscurantistes ont pris le pas sur les lumières. Le philosophe est condamné à s'exiler au Maghreb, tandis que notre chrétien du début, lui, part vers le nord, emportant dans ses bagages les livres et les idées du grand homme, qui y connaîtront le destin que l'on sait[3].

---

1. Albert Hourani, *Histoire des peuples arabes*, *op. cit.*
2. *Le Destin*, de Youssef Chahine, 1997. Prix du cinquantième anniversaire du festival de Cannes.
3. Voir le chapitre 7.

Cette question du déclin est délicate. Elle a si souvent été instrumentalisée, utilisée à mauvais escient. Toute l'idéologie coloniale s'est fondée sur elle. Dans le monde, pensait-on, il y a des civilisations « en avance » – par exemple, au hasard, la nôtre – et des mondes « en retard ». Certains sont carrément oubliés de l'histoire – telle l'Afrique, que l'on se représentait alors comme bloquée à l'âge de pierre –, d'autres figés dans un passé grandiose mais lointain, stoppés à un moment de leur développement à cause de leur archaïsme intrinsèque, de leur incapacité à devenir vraiment modernes. Les civilisations arabe, indienne ou chinoise étaient rangées dans cette catégorie. C'était pour les aider à combler ce « retard » qu'il convenait de les dominer. On les pillait par altruisme, en quelque sorte. Cette idéologie ne s'est pas éteinte avec la décolonisation, elle s'est simplement transformée. On la retrouve à l'œuvre aujourd'hui. Ceux qu'on appelle les « néoconservateurs » ne pensent pas si différemment. Selon eux, c'est parce que les valeurs que l'Occident chrétien dit défendre sont intrinsèquement meilleures que celles des autres civilisations que celui-ci a le droit de leur imposer sa façon de voir, y compris par la force[1].

Poser la supériorité d'une civilisation par rapport à une autre n'a pas de sens. Qu'est-ce qu'être supérieur ? À partir du XVIe siècle, l'Europe a acquis un

1. Ce sont les néoconservateurs qui, en 2003, ont inspiré au président américain George W. Bush la décision d'envahir l'Irak.

quasi-monopole sur les avancées technologiques, les progrès de la science, de la médecine. C'est une évidence qu'il est inutile de nier. Pourquoi faudrait-il arrêter le bilan à ce seul chapitre ? L'Occident a donné au monde la démocratie parlementaire, la pensée des Lumières, la pénicilline, l'électricité. Il a également inventé les deux guerres mondiales, le nazisme et le délire stalinien. Il ne s'agit pas de chercher à savoir s'il existe un quelconque rapport de cause à effet entre les unes et les autres. Il s'agit juste de poser cette question toute bête : a-t-il, cette fois, matière à se vanter ?

Le grand basculement du monde auquel nous assistons en ce début de XXIe siècle devrait surtout nous inciter à sortir de nos propres archaïsmes mentaux pour relire toute cette histoire autrement. Du XVIe au XXe siècle, l'Occident – c'est-à-dire, des XVIe au XIXe, les nations d'Europe, puis, après leur suicide collectif lors des deux guerres mondiales du XXe, les États-Unis – a réussi à soumettre à sa loi la quasi-totalité des pays du monde. Avec la montée en puissance de la Chine, de l'Inde, du Brésil, tout indique qu'il est aujourd'hui en passe de perdre cette première place. Voilà donc bien en quoi la problématique du déclin devrait nous intéresser. Celui-ci nous menace-t-il à notre tour ? De nombreux Européens, persuadés de la supériorité « naturelle » de leur civilisation sur toutes les autres, n'envisagent même pas cette question. Ils ont tort. Les Arabes des XIVe et XVe siècles pensaient la même chose de leur monde à eux. Rien n'est jamais tout à fait semblable. Aucune « catastrophe mongole » ne point à l'horizon du premier XXIe siècle. N'empêche. Une des grandes causes du recul arabe a précisément résidé dans son incapacité à saisir la perte de sa supériorité, dans son refus de comprendre que le monde changeait, que d'autres que lui prenaient la main, qu'il était temps de reconsidérer ses façons de faire et de penser. Retenons la leçon.

Du côté du monde arabe, toutes ces questions sont toujours au cœur de débats brûlants. L'étude de l'âge d'or de cette civilisation, de ses grands poètes, de ses grands penseurs, de ses grands savants, continue d'être source d'émerveillement et de souffrance. Il n'est pas facile d'avancer quand on porte un passé aussi écrasant : « Cette reconnaissance d'une ancienne gloire a pour effet de figer les Arabes dans une image anhistorique[1] », écrit le journaliste libanais Samir Kassir dans un livre magnifique et poignant. On peut citer aussi la célèbre formule du romancier marocain Driss Chraïbi : « Aurons-nous un jour un autre avenir que notre passé ? »

Quelques siècles plus tôt, à l'heure où le déclin s'amorce, personne ne voit rien. Il est vrai qu'il est bien difficile de comprendre les grands mouvements de l'histoire quand tant de vagues semblent aller en

1. Samir Kassir, *Considérations sur le malheur arabe*, Actes Sud, coll. « Sindbad », 2004.

sens contraire. Quel riche commerçant du Caire au XIVe siècle pouvait penser qu'il appartenait à une civilisation glissant sur une pente descendante ? Le négoce n'avait jamais tant rapporté, et les Mamelouks au pouvoir paraissaient invincibles. N'avaient-ils pas battu les Mongols et fini par chasser de Palestine les derniers croisés ?

Il faut enfin garder en tête une nuance d'importance. Depuis le début de ce chapitre, nous parlons de la fin de la vieille domination *arabe*. Aux XIVe, XVe et XVIe siècles, l'islam, lui, se porte bien. Tout comme les barbares s'installant dans l'Empire romain avaient embrassé le culte de ceux qu'ils venaient de vaincre, les Mongols, sitôt leur domination assise, se font musulmans. Tamerlan lui-même, tout sanguinaire qu'il est, professe un sunnisme d'une irréprochable orthodoxie. À partir des XVe et XVIe siècles, l'islam connaît une expansion spectaculaire. Il progresse en Afrique noire et plus loin encore, au Bangladesh, en Malaisie, en Indonésie, où il est apporté par de paisibles commerçants et des confréries mystiques. Si l'on en croit les comptes établis par l'historien américain Richard Bulliet, plus de 50 % des musulmans d'aujourd'hui descendent de ceux qui furent convertis après 1500[1].

Enfin, les empires succèdent aux empires. Celui qu'avaient bâti les conquérants arabes au VIIIe siècle s'est effondré. D'autres prennent la place. C'est d'eux que nous allons parler maintenant.

1. Richard Bulliet, *La Civilisation islamo-chrétienne : son passé, son avenir*, Flammarion, 2006.

Deuxième partie

LE MOMENT OTTOMAN

9

Les grandes dynasties du XVIe siècle

Tous les manuels d'histoire européens font la part belle au XVIe siècle. Ils ont raison. Ce siècle est un moment charnière, décisif dans la vie de l'Europe, et le nom que les historiens ont donné à cette période, la Renaissance, résume les espérances qu'elle porte.

La culture a donné le signal de ces temps nouveaux. Dès les XIVe et XVe siècles, les généreux princes des riches cités italiennes, avides de splendeurs, ont procuré aux plus grands peintres, sculpteurs et archi-

REPÈRES

– François Ier (1494-1547), roi de France
– Charles Quint (1500-1558), roi d'Aragon, de Castille et de León, empereur
– Babur (1483-1530), fondateur de la dynastie moghole
– Akbar (1542-1605), petit-fils de Babur, empereur moghol de 1556 à 1605
– Shah Ismail (1487-1524), fondateur de la dynastie des Safavides
– 1554 : fondation de la dynastie saadienne au Maroc
– 1578 : bataille des trois rois
– Abbas Ier le Grand (1571-1629), petit-fils de Shah Ismail, 5e shah safavide (1588-1629)

tectes les moyens de produire un art neuf. La redécouverte des trésors de l'Antiquité gréco-latine en a défini les canons. La pensée a suivi, profondément renouvelée par les maîtres de l'humanisme, dont les écrits se diffusent à grande vitesse grâce à une invention, ou plutôt une réinvention. L'imprimerie a été inventée des siècles plus tôt par les Chinois. L'Allemand Gutenberg ne fait donc que la redécouvrir, mais sa technologie est plus efficace, et le contexte intellectuel, l'avidité de savoir qui caractérise cette période lui offrent un tremplin extraordinaire.

La politique opère aussi une mue spectaculaire. Le siècle de la Renaissance est celui des grands souverains. Le plus important d'entre eux est né à Gand, en 1500, sous le nom de Charles de Habsbourg. Il est, à sa naissance, un petit prince francophone des Pays-Bas méridionaux, comme on appelle alors cette province qui correspond à la Belgique et au nord de la France d'aujourd'hui. Il est aussi l'un des plus fabuleux héritiers de l'histoire universelle. Ses grands-parents du côté maternel sont Isabelle et Ferdinand, les Rois Catholiques que nous avons laissés, il y a quelques pages, parachever la « Reconquista » en prenant Grenade au dernier roi maure. Ils lui lèguent la Castille et l'Aragon réunifiés, c'est-à-dire l'Espagne, mais aussi la Sardaigne, la Sicile, le royaume de Naples et, bien sûr, les immenses possessions américaines que les *conquistadores* du Nouveau Monde ont offertes à la Couronne. Du côté paternel, via sa grand-mère Marie de Bourgogne, lui échoit l'héritage des puissants ducs de Bourgogne, c'est-à-dire les

Pays-Bas, l'Artois, la Flandre et la Franche-Comté. Par son grand-père Maximilien de Habsbourg, il reçoit les duchés autrichiens. Comme celui-ci, enfin, il réussit en 1519 à se faire élire empereur du Saint Empire. Et en 1530, à 30 ans, notre Charles est ceint par le pape de l'antique couronne de Charlemagne. Il est le cinquième à porter ce prénom après lui : Charles *Quint*, comme l'appellent les Français.

Notre prince partage autre chose avec son illustre prédécesseur. Comme lui, il rêve d'instaurer sur l'Europe puis sur le monde un empire universel qui ferait régner à jamais la foi chrétienne et la paix. Il est le dernier à nourrir cette chimère. Qui peut y croire encore, quand les chrétiens eux-mêmes ne sont plus capables de s'entendre entre eux ? Au début du XVIe siècle, la colère de Martin Luther, un petit moine allemand, contre le pape finit par faire voler en éclats l'unité de l'Église. Bientôt, toute l'Europe est ravagée par la grande division entre catholiques et protestants.

L'empire universel ne verra pas le jour. Les rivaux de Charles Quint qui règnent ailleurs en Europe élaborent un modèle politique différent et nouveau, appelé à un grand avenir. En mettant au pas les seigneurs, tout-puissants à l'époque féodale, en commençant à considérer leur royaume comme leur propriété personnelle, les grands rois d'alors consolident les fondements de l'État moderne et dessinent les contours des pays unifiés que nous connaissons toujours. Henri VIII d'Angleterre, François Ier de France sont les plus célèbres.

Ce siècle, enfin, est celui qui s'engouffre derrière les caravelles de Christophe Colomb et les navires portugais. Les *conquistadores* ont fait tomber les puissants empires du Nouveau Monde en quelques coups de mousquet. Une pluie d'or et d'argent, pillés outre-Atlantique, tombe sur l'Espagne. En plaçant peu à peu ses comptoirs sur toutes les mers du globe, le Portugal devient l'une des plus grandes puissances commerciales du temps. L'Angleterre se jette ensuite dans l'aventure en mettant la main sur une partie de l'Amérique du Nord, que la France lui dispute, à partir du Canada. La course infernale est lancée, l'Europe part à la conquête du monde. En trois siècles, elle va la parachever.

L'ensemble des évolutions simultanées que nous venons de présenter explique pour partie ce phénomène extraordinaire : l'essor économique du continent suscite la soif de l'or, qui pousse les marins sur les mers ; l'enrichissement d'une partie de la population justifie qu'on aille fort loin pour rapporter les produits coûteux que l'on peut vendre ; le goût des connaissances et du savoir stimule la curiosité et permet le développement technologique, qui rend les explorations possibles ; enfin, le fait que le continent soit partagé entre divers États rivaux – ce que l'on appelle parfois le « polycentrisme » – exacerbe la concurrence entre les uns et les autres et incite à la course, chacun étant obsédé par l'idée d'avoir sa part du monde.

Les manuels européens insistent sur le XVIe siècle, ils ont raison. Pourquoi oublient-ils l'importance considérable de cette période pour l'Orient arabo-musulman ? À bien des égards, elle mériterait, là aussi, d'être appelée Renaissance. Bien sûr, l'histoire n'est pas la même. L'Europe commence son ascension spectaculaire. L'Orient ne montera plus. Il se trouve, pourrait-on dire, sur un plateau. Mais ce plateau est haut placé. Exactement comme l'Occident, à partir des années 1500 le monde musulman connaît une ère de grands bouleversements, avec ses souverains, ses princes prestigieux et ses nouveaux États chamboulant l'ordre géopolitique. Pourquoi cette concomitance ? Quel facétieux mouvement des astres y a présidé ? On serait bien incapable de répondre à cette question. On ne peut que le constater : au moment même où quelques grands princes impriment leur marque sur l'Europe, quatre puissances surgissent ou renaissent qui marquent le temps. Notre ouvrage s'intéresse aux pourtours de la Méditerranée. On n'entrera donc pas dans le détail de ces quatre épopées. Il est toutefois bon de les avoir en tête pour comprendre l'arrière-plan sur lequel va se dérouler notre histoire.

La dynastie moghole

Commençons notre voyage à l'est de cet univers. Allons jusqu'en Inde. Depuis le début du XIIIe siècle, le nord du sous-continent est sous la domination d'une succession de dynasties d'origine turque et de religion musulmane qui s'établissent dans la ville de Delhi. C'est pourquoi on les regroupe sous le nom de « sultanat de Delhi ». Brillant à ses débuts, celui-ci est dévasté, au XIVe siècle, par le cruel Tamerlan et ne s'en remettra jamais. Au tout début du XVIe, un homme change le destin de cette région du monde. Il se nomme Babur (1483-1530). Il est d'origine turque et, par son père, descend de ce même Tamerlan ; pourtant, son ambition n'est pas la même. Son ancêtre n'a laissé derrière lui que des ruines. Lui se révèle un remarquable bâtisseur d'empire.

Chassé par les conquérants ouzbeks de Ferghana, sa ville natale (située aujourd'hui en Ouzbékistan), il prend Kaboul et s'y installe, mais cela ne lui suffit pas. Son appétit de pouvoir, ses talents de chef de guerre le poussent à élargir ses conquêtes. En 1526 et 1527, il remporte deux grandes victoires sur le dernier sultan de Delhi. Elles le rendent maître de tout le nord de l'Inde. Babur est turc, mais prétend descendre des Mongols. En persan, ce mot se dit « moghol ». C'est le nom que l'on donne à la dynastie qu'il fonde. On y ajoute bien vite une épithète. Les souverains qui se succèdent sur le trône sont si puissants qu'on ne les nomme plus que « grands Moghols ». On n'a plus conscience aujourd'hui des idées de faste, de luxe, de munificence que ce seul mot faisait entrer dans les esprits du temps, tant en Chine qu'en Europe. Seule la langue anglaise en a gardé la trace. Aujourd'hui encore, *mogul* désigne un milliardaire, un puissant, un *magnat*. Les « grands Moghols » se pensent en empereurs universels, en rois du monde. Ils ont les moyens de cette ambition. L'Inde du Nord est, en ce XVIe siècle, un des pays les plus riches de la planète ; l'art de la miniature, des tissus, de la joaillerie est porté au plus haut, le commerce intellectuel aussi. Le plus célèbre des grands Moghols est le petit-fils de Babur ; il se nomme Akbar et règne de 1556 à 1605. Musulman comme tous les princes de sa dynastie et régnant sur nombre de sujets qui ne le sont pas, il a l'esprit ouvert. Son précepteur lui a enseigné la tolérance. En 1575, il ouvre dans sa capitale une « maison d'adoration » où sont organisés des débats entre théologiens et savants de toutes confessions – musulmans, bouddhistes, mazdéens, chrétiens… Tant d'intelligence finit-elle par lui tourner la tête ? À la suite d'une crise mystique, il se déclare infaillible sur le plan religieux et imagine un culte qui constituerait la synthèse de tous les autres et dont il serait le prophète. Cette religion disparaît avec lui. La splendeur de sa dynastie lui survit. Son symbole le plus éclatant arrive deux règnes plus tard. Shah Jahan (empereur de 1627 à 1666), rendu fou de douleur par la mort de son épouse Mumtaz Mahal, lui fait édifier un tombeau beau comme un palais, qui suscite encore l'admiration du monde : le Taj Mahal.

La dynastie iranienne safavide

Les Moghols étaient turcs d'origine et perses de culture. On parle, pour désigner la civilisation qu'ils ont développée, de culture « indo-persane ». La Perse, au début de ce même XVIe siècle, connaît elle aussi une renaissance spectaculaire. Ismail, un jeune homme descendant par sa mère de sultans turkmènes et par son père de prestigieux dignitaires religieux, est à la tête d'une confrérie soufie qui s'est organisée en ordre militaire. En 1502, il réussit avec elle à prendre le pouvoir, se fait couronner shah à Tabriz et fonde la dynastie des Safavides. Voici la Perse, comme l'Occident la nomme – ou l'Iran, comme les habitants eux-mêmes préfèrent l'appeler –, à nouveau indépendante. Soumise aux Arabes depuis la conquête du VIIe siècle, aux Mongols à partir du XIIIe, puis aux Timourides – les descendants de Tamerlan – après le XIVe, elle ne l'avait plus été depuis huit cent cinquante ans. Après tant de conquêtes et de bouleversements, les populations qui vivent sur ce territoire sont très métissées, mais la forte identité perse ne s'est jamais dissoute. Vers l'an 1000, le grand poète Firdousi lui a donné son manifeste : *Shah nameh*, le « Livre des rois », une épopée de 120 000 vers retraçant l'histoire des dynasties iraniennes depuis la création du monde jusqu'à la conquête arabe.

Shah Ismail reprend le cours de cette prestigieuse et longue lignée. Il donne aussi au pays cette particularité religieuse que nous lui connaissons toujours. Comme partout, les musulmans y sont partagés entre les diverses branches de l'islam. Il impose le chiisme, qui devient la religion de l'État. Le plus célèbre des Safavides est Shah Abbas Ier le Grand (1587-1629), petit-fils d'Ismail. Il est l'homme qui transfère sa capitale à Ispahan et y lance de grands travaux. Ses places, ses monuments et ses palais en font l'une des merveilles du monde d'alors.

La dynastie chérifienne

Projetons-nous maintenant à l'extrême occident du monde arabo-musulman. Nous voici au Maroc. Depuis sa conquête par les Arabes à la toute fin du VIIe siècle, il a toujours réussi à préserver une certaine autonomie. Du XIe au XIIIe siècle, les dynasties almoravides puis almohades ont réussi à en faire le centre d'empires puissants englobant l'Andalousie et une partie du Maghreb[1]. À partir du XVe siècle, il est convoité par le Portugal. Ce petit voisin du Nord devenu une grande puissance maritime s'implante peu à peu sur la côte marocaine. Il y dispose de ports et de places fortes qui lui assurent le contrôle de toute la façade atlantique. Au XVIe siècle, les Saadiens, une famille d'origine arabe originaire de la vallée du Draa, dans le sud du pays, s'attirent un grand prestige en lançant la guerre sainte pour récupérer ces ports un à un. Ils n'en viendront pas à bout (le dernier port portugais, Mazagan – appelé aujourd'hui El-Jadida – ne redevient marocain qu'à la fin du XVIIIe siècle). Mais le combat porte ses fruits auprès des populations et des religieux, qui soutiennent cette nouvelle famille. Au milieu du XVIe siècle, les Saadiens réussissent à chasser les Berbères, qui régnaient avant eux, à réunifier le Maroc tout entier sous leur égide et à asseoir leur dynastie. Ils font de Marrakech leur capitale. Ils disent descendre du Prophète, c'est pour cela que l'on parle à leur propos de dynastie *chérifienne*.

1. Voir chapitre 5.

Un événement considérable survient dans le dernier tiers du siècle. Une querelle de pouvoir oppose deux prétendants rivaux au trône saadien. En 1578, à Ksar el-Kebir, dans la région de Tanger, Abd al-Malik, le nouveau sultan, affronte son prédécesseur, qui cherche à reconquérir son trône avec l'appui du jeune roi du Portugal, Sébastien. Ce dernier espère profiter de cette alliance pour mettre la main sur le pays. C'est la célèbre « bataille des trois rois ». Tous y laissent la vie, mais les troupes fidèles au sultan marocain l'emportent haut la main. Avec Sébastien disparaît le rêve d'une nouvelle « Reconquista » chrétienne qui aurait fait du Maroc une province portugaise.

La menace venant du nord est levée. Le sultanat est en pleine expansion. À partir de 1590, un brillant général marocain réussit à l'étendre considérablement vers le sud. Il défait l'Empire songhaï, un empire africain qui va du Sénégal à la boucle du Niger, et met la main sur la riche ville de Tombouctou, qui permet de contrôler la route du sel, de l'or et des esclaves. Le Maroc est à son zénith. Contrairement au reste de l'Afrique du Nord, il a aussi réussi à résister au plus puissant des empires musulmans de cette époque, l'Empire ottoman, qui rayonne désormais de l'Europe centrale à l'Algérie.

10

Naissance d'un empire

Pas plus que Rome l'Empire ottoman ne s'est fait en un jour. Avant de l'observer aux temps de sa splendeur, il nous faut revenir en arrière pour comprendre comment il en est arrivé là. Replaçons-nous donc au XIIIe siècle, quand l'Orient est chamboulé par le déferlement des hordes mongoles surgies d'un Est plus lointain. Fuyant leur progression, de nombreuses tribus turques ont quitté leurs terres d'Asie centrale avec leurs tentes et leurs troupeaux pour s'installer en Anatolie, alors morcelée en petites principautés autonomes et rivales appelées *beylicats*. Un de ces clans

REPÈRES

– 1299 : indépendance du royaume d'Osman (fondateur de la dynastie ottomane)
– 1361-1389 : règne du sultan Mourad Ier
– 1389 : défaite des Serbes au champ des Merles
– 1389-1402 : règne du sultan Bayezid Ier, dit Bajazet
– 1453 : chute de Constantinople
– 1520-1566 : règne de Soliman Ier, dit « le Magnifique »
– 1571 : bataille de Lépante

s'est posé tout à l'ouest, non loin de la frontière avec le vieil Empire byzantin. Son chef devient célèbre comme *ghazi* – tel est le nom que l'on donne aux guerriers valeureux qui combattent les ennemis de l'islam. Sa vie, mêlée de légende, est peu connue. Son nom l'est davantage : Osman (ou Othman). En 1299, en déclarant l'indépendance de son petit royaume, il fonde une dynastie qui régnera pendant six siècles après lui : les « osmanlis », les « gens d'Osman », ce qui, par déformation, a donné dans la plupart des langues européennes « ottomans ». Heureuses conjonctures, alliances bien choisies, puissance militaire et ambition démesurée de ses souverains : le minuscule royaume croît d'une façon vertigineuse. En 1354, grâce à un tremblement de terre qui a détruit les fortifications de la ville de Gallipoli, située sur les rives du détroit des Dardanelles, notre tribu turque prend pied en Europe. Sa première capitale était Brousse (aujourd'hui Bursa), la deuxième est désormais Andrinople (aujourd'hui Edirne), la grande ville de la riche province de Thrace. En un gros demi-siècle, le petit clan nomade et pastoral a fait place à un État centralisé, bien administré, à l'organisation militaire redoutable. Mourad Ier est sultan de 1361 à 1389, c'est le grand homme de la période. Il dote son armée des deux cartes maîtresses qui forgent pendant deux siècles sa réputation d'invincibilité : les *sipahi*, la cavalerie, puissante, mobile, et le corps des *janissaires*, formé de jeunes chrétiens enlevés à leurs familles dont on fait des soldats d'élite, sobres, courageux, intrépides, dévoués au sultan, leur seul maître, et prêts à tout pour arracher la victoire.

Les Ottomans conquièrent des territoires du côté de l'Asie Mineure en mangeant l'un après l'autre les petits beylicats qui étaient jadis leurs rivaux. Ils avancent aussi côté européen. Mourad bouscule les Bulgares, s'attaque aux Serbes, qu'il vainc définitivement en 1389 au cours d'une rencontre restée célèbre : la bataille de Kosovo, appelée aussi bataille du champ des Merles, car c'est ainsi que se nomme l'endroit où elle s'est déroulée. Le prince qui commande les Serbes y meurt. Le sultan aussi, mais on ne sait trop comment : soit pendant les combats, soit après, assassiné par un noble chrétien que l'on venait de faire prisonnier. Lui succède son fils Bayezid, que l'Occident appelle Bajazet. Ses sujets le surnomment Yildirim, « la foudre », tant l'emportement de son caractère et sa rapidité à tétaniser l'ennemi sont légendaires. Avec lui, l'irrésistible ascension ottomane continue. La domination turque sur les Balkans sera bientôt totale. En 1396, l'Occident effrayé envoie une croisade entière pour contrer le péril. Le roi de Hongrie, le vice-roi de Croatie, soutenus par des centaines de nobles chevaliers venus du royaume de France et des troupes d'Allemands, affrontent le sultan sur le Danube, à Nicopolis (aujourd'hui située en Bulgarie). La « foudre » frappe fort, une fois encore. Bajazet est vainqueur.

Le moment le plus célèbre de cette histoire survient en 1453. Le vieil Empire byzantin n'est plus alors que l'ombre de lui-même. Pris en tenaille à l'est et à l'ouest entre les possessions ottomanes, il est réduit à sa capitale et à un petit morceau de Péloponnèse. Mais il reste un symbole immense. Depuis le début de leur progression, les Ottomans rêvent surtout de Constantinople, la ville des villes, joyau entre les joyaux. Bajazet, au début du XVe siècle, en a fait le siège plusieurs fois, sans succès. Son arrière-petit-fils Mehmet II en entreprend un nouveau au printemps 1453. Il faut six semaines de combat difficile et plusieurs assauts vaillamment repoussés pour que tombe dans le jeu des janissaires l'atout qui change la donne. Le 29 mai au matin, ils découvrent par hasard dans le rempart une petite porte laissée fatalement ouverte. Elle leur permet d'investir la ville, dont le sort est cette fois scellé.

Le *basileus* Constantin XI, perdant héroïque, meurt les armes à la main. Si l'on en croit le comptage effectué par l'historien anglais Philip Mansel[1], il était le 92e empereur à régner après Constantin le Grand, fondateur de la ville. Il est le dernier des empereurs romains. Son vainqueur, qui a gagné ce jour-là le surnom de Mehmet Fatih, « Mehmet le conquérant », ouvre une page nouvelle de l'histoire du monde. Le soir même, il se rend dans l'église Sainte-Sophie, la perle de la chrétienté, la plus grande basilique du monde, érigée neuf siècles

---

1. Philip Mansel, *Constantinople : la ville que désirait le monde. 1453-1924*, Seuil, 1997.

auparavant par l'empereur Justinien, et assiste à la prière musulmane. Sur le toit du pieux édifice, le croissant désormais remplace la croix.

Iskander Bey

Bien sûr, la réalité des faits est plus sinueuse. L'histoire n'obéit jamais à des mouvements aussi rectilignes. Au cours de ce siècle et demi, la montée en puissance ottomane connaît des moments de stagnation et des revers. Au tout début du XVe siècle, un autre ennemi puissant s'est levé de l'autre côté de l'horizon, rebattant le jeu. Voici venir Tamerlan le cruel. Après avoir semé la mort partout où il passait, saccagé Bagdad, Alep, Damas, il prend le chemin de l'Anatolie. Notre Ottoman l'affronte à Ancyre (l'actuelle Ankara) en 1402. Stupeur ! La « foudre » se brise, l'invincible est vaincu. Bajazet est fait prisonnier, et son vainqueur, pour l'emmener avec lui, le fait enfermer dans une litière grillagée qui ressemble fort à une cage de fer. Le Turc en meurt quelques mois plus tard, sans doute de honte et de chagrin. Un de ses fils est tombé à la bataille. Les quatre autres se déchirent pour prendre le pouvoir. Le jeune empire n'a déjà plus de tête. Il est pendant dix ans en proie à une terrible guerre fratricide. Il en connaîtra d'autres.

Forts de leurs cavaliers et de leurs janissaires, les Ottomans sont des combattants hors pair. Il leur arrive, lors de leurs conquêtes, d'avoir à affronter des ennemis qui ne le sont pas moins. L'Albanais Georges Kastriote (1405-1468) est le plus célèbre. Les Turcs le nomment Iskander Bey. L'Occident le connaît sous une déformation de ce nom, Skanderberg. Fils d'un petit seigneur de la côte, vassal des Ottomans, il est, selon la coutume inventée par les maîtres pour s'assurer la fidélité de leurs alliés, envoyé comme otage à Andrinople. Converti à l'islam, il y reçoit une brillante éducation à l'école des pages du palais. Revenu dans sa région natale comme gouverneur, il retourne à la religion chrétienne de sa naissance, s'enfuit dans les montagnes avec une poignée de cavaliers et lance la guerre contre l'oppresseur. Toutes les forces du sultan ne pourront rien contre l'armée de partisans qu'il a réussi à lever. Il faudra attendre douze ans après sa mort (de maladie) pour que l'Albanie soit enfin reprise. La vaillance de Skanderberg en a fait le héros national de ce pays, où on le célèbre toujours.

L'union chrétienne

Face au péril, l'Europe chrétienne ne reste pas inactive. Pour tenter de le stopper, les papes successifs se démènent. Ils prêchent des croisades. Il y en aura trois. La première en 1366, est conduite par le comte de Savoie, cousin de l'empereur byzantin, qui réussit un temps à reprendre Gallipoli. La deuxième, qu'on a déjà mentionnée, se brise en 1396 à Nicopolis. En 1444, enfin, sur les côtes de la mer Noire, à Varna (aujourd'hui située en Bulgarie), une immense troupe de chevaliers hongrois, roumains, polonais affronte les janissaires et leur chef. Le jeune Ladislas, roi de Hongrie et de Pologne, qui les mène, est tué dans la bataille. C'est encore une défaite.

Les pontifes de Rome ont surtout à cœur de résorber cette vieille plaie qui rend les choses si complexes. Pour être fort, il faut réussir enfin à unir le camp chrétien sous une même bannière. Ce n'est pas simple. Depuis des siècles, Byzance et Rome, l'Église grecque et l'Église latine, comme on les appelle, sont des sœurs ennemies. Au XIe siècle, sous d'obscurs prétextes théologiques, on a même vu pleuvoir force excommunications et anathèmes entre le pontife romain et le patriarche de Constantinople. Alors que le Turc menace, on tente donc officiellement, en 1437-1439, d'effacer ce sombre passé en posant tout sur la table lors d'un grand concile. Il se tient à Ferrare, puis déménage à Florence quand la peste surgit. Y assiste tout ce que les deux Églises comptent de prélats, cardinaux d'un côté, métropolites et patriarche de l'autre, en compagnie de l'empereur byzantin lui-même, qui a tenu à être présent de bout en bout. Après moult discussions théologiques, les vieilles haines sont jetées à la rivière, l'union est scellée, la vieille famille chrétienne réconciliée. L'empereur pense que le temps du redressement est enfin venu et que tous les chrétiens, unis, vont pouvoir défendre sa capitale et écraser les Turcs. Dès son retour, la ville de Constantinople, enflammée par des prédicateurs, se soulève contre cette initiative, qui la scandalise. L'affreux souvenir de la quatrième croisade est encore dans tous les esprits[1] – le traumatisme du pillage auquel les « Latins », sortis des bateaux armés par Venise, avaient soumis la ville. Plus de deux siècles plus tard, la haine contre l'Occident est intacte. Même face au pire des périls, on ne pliera pas le genou devant l'imposteur qui parade à Rome, dont on pense qu'il ne cherche qu'à profiter de la faiblesse de l'Orient pour l'écraser de son pouvoir impie. La chronique prêtera plus tard à un haut dignitaire byzantin une formule sans doute inventée mais célèbre, qui résume cet état d'esprit : « Plutôt le turban que la mitre ! ». C'est-à-dire plutôt les Turcs que les cardinaux romains.

Les choses, en effet, sont toujours plus complexes sur le moment qu'elles ne nous paraissent après coup. On relit toujours l'Histoire d'une façon simple et manichéenne. Ainsi, comme on vient de le faire, on la présente clairement séparée en deux camps que tout oppose, celui des chrétiens, celui de l'islam. Les frontières qui les séparent sont moins marquées qu'on ne le croit. Les Turcs sont présents en Anatolie à côté des Grecs depuis des siècles. Les deux mondes se côtoient depuis si longtemps qu'ils ont eu le temps de se mélanger, de nouer des alliances et des contre-alliances. Celles-ci continuent plus que jamais, dès les débuts de l'épopée ottomane. À l'époque d'Orhan, le deuxième sultan, Byzance se perd dans une des guerres de succession dont elle a le secret. Un préten-

1. Voir chapitre 6.

dant au trône impérial, Jean Cantacuzène, s'allie au Turc pour qu'il l'aide à assurer le pouvoir qu'il vient de prendre, et il le remercie en lui donnant sa fille Théodora pour épouse. Cela n'est que le début d'une longue série : les cas de princesses chrétiennes épousant des princes ottomans sont innombrables.

On a parlé de la bataille de Kosovo (1389), dont l'importance symbolique est si grande que les nationalistes serbes, encore aujourd'hui, en célèbrent la mémoire[1] : cette défaite marque à leurs yeux la fin de la glorieuse indépendance de leur peuple et le début de la « nuit ottomane ». Il ne faut pas oublier pour autant les conséquences directes et bien moins tranchées qui se font jour dès les lendemains de cette confrontation. Pour sceller le nouvel accord de vassalité qui lie désormais les Serbes vaincus aux vainqueurs ottomans, le nouveau sultan Bayezid épouse la fille du prince serbe tué au combat, tandis que le frère de celle-ci devient son plus précieux allié. Les Turcs n'auront pas à s'en plaindre. Lors des batailles qui suivent, à Nicopolis, face à la croisade, et à Ancyre, face à Tamerlan, les Serbes forment leurs meilleures troupes.

Tous les rapports d'alliance sont infiniment complexes. En cette fin de Moyen Âge, deux puissances rivales sont maîtresses du commerce en Méditerranée – et même en mer Noire : Gênes et Venise. Les Génois ont leur propre colonie dans un faubourg de

1. C'est lors de la commémoration du 600e anniversaire de cette bataille, le 28 juin 1989, que le dirigeant Slobodan Milosevic a prononcé un discours violemment nationaliste considéré comme un des éléments déclencheurs de la guerre de Yougoslavie.

Constantinople, Galata, appelé également Pera. Venise est présente dans la capitale et dispose surtout d'une imposante guirlande de comptoirs et d'îles de l'Adriatique à la mer Égée. Les deux cités sont chrétiennes. Tout cela devrait les inciter à se battre pour sauver l'antique Byzance. Le font-elles ? Le moins que l'on puisse dire, c'est qu'elles ne s'engagent sur ce terrain que de façon très ambiguë. Officiellement neutres, elles se contentent d'accepter que leurs sujets se battent pour défendre la ville assiégée. Nombreux sont ceux qui le font, d'ailleurs. Mais, sitôt la chute annoncée, les deux rivales s'empressent de traiter avec les nouveaux maîtres.

Soliman le Magnifique

Comment faire autrement ? Solidement installé dans sa nouvelle et prestigieuse capitale de Constantinople, gouverné d'une main de fer par le puissant Mehmet II, implanté en Europe, en Asie Mineure et bientôt de l'autre côté de la mer Noire (le khanat de Crimée et les comptoirs génois installés sur la côte deviennent un protectorat en 1475), l'Empire ottoman est désormais la puissance avec laquelle il faut compter. Au milieu du XVe siècle commence son âge d'or. La plupart des historiens s'entendent à le faire durer de la prise de Constantinople jusqu'à la fin du règne de Soliman le Magnifique, le plus prestigieux des sultans, un peu plus d'un siècle plus tard. Entre les deux, il y aura encore des querelles de succession,

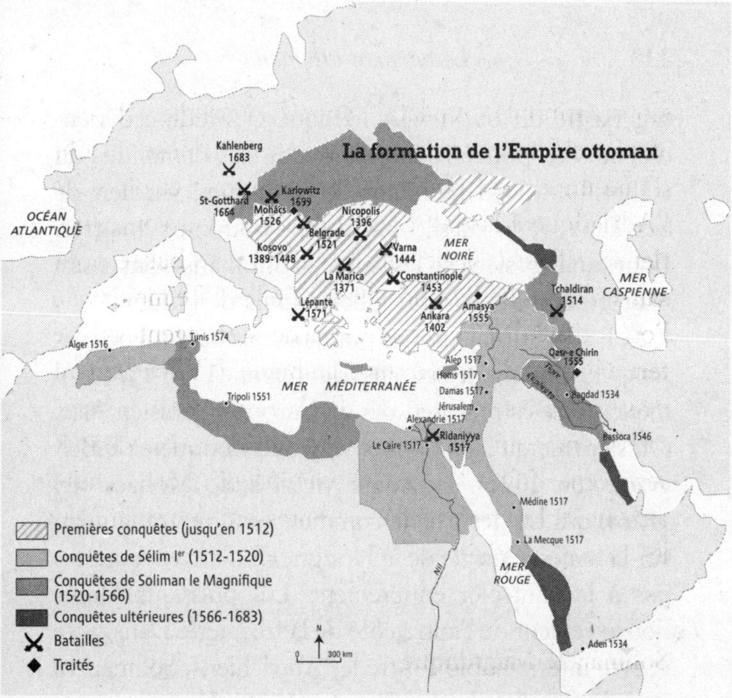

des guerres fratricides : Sélim Ier, dit le Terrible ou le Cruel, n'hésite pas, pour prendre le pouvoir (en 1512), à pousser son père à l'abdication et à tuer frères et neveux. Il renoue aussi avec cette expansion spectaculaire dont on ne voit toujours pas la fin. En 1514, sous prétexte de troubles qui seraient fomentés par les Perses au sein des populations chiites, il déclare la guerre à leur roi, Shah Ismail, qu'il vainc. Puis il occupe Tabriz, sa capitale. En 1516, il s'attaque aux Mamelouks, qui tiennent la Syrie et l'Égypte. Sa puissante artillerie a très vite raison de leur cavalerie. En 1517, Sélim est au Caire. Le dernier sultan mamelouk est exécuté, la puissante Égypte est ottomane. Voici l'empire établi en Afrique. Le joyau le plus sacré faisait partie du butin : La Mecque et Médine dépendaient du pouvoir du Caire. À la demande du « chérif » – le descendant de Mahomet, gardien de ces lieux –, la tutelle passe aux nouveaux maîtres. Pour quatre siècles, les sultans ottomans sont aussi protecteurs officiels des villes saintes de l'islam.

Soliman le Magnifique poursuit ce chemin conquérant. En quarante-six ans de règne (1520-1566), il mène treize campagnes, dix en Europe et trois en Asie. On s'épuiserait à en donner le détail. Conquête de Belgrade (en 1521). Éclatante victoire de Mohács (en 1526), qui lui permet de commencer à mettre la main sur la majeure partie de la Hongrie. Il n'arrive toutefois pas à la contrôler entièrement. Les puissants Habsbourg veillent de l'autre côté de la frontière. Dans cette guerre interminable contre les Autrichiens, Soliman va jusqu'à faire le siège de Vienne (1529). Le manque de vivres, de munitions et la rigueur du climat l'obligent à le lever. Qu'importe, à l'est de son empire, il a d'autres victoires à remporter : conquête de l'Anatolie orientale, de l'Azerbaïdjan, prise de Bagdad (1534).

À l'extrême ouest, les lignes ont bougé. Des corsaires d'origine albano-grecque, les frères Barberousse, ont mis la main sur Alger et sur la côte nord de l'Afrique. Ils se rapprochent bientôt des Turcs. En 1533, Soliman nomme Khair ed-Din, le cadet de la fratrie, « grand amiral de la flotte ottomane ». L'Algérie et la Tunisie deviennent des « régences ottomanes ». Tripoli, avec la Libye, est annexée. L'empire fait désormais le tour de la Méditerranée, depuis le milieu de l'Adriatique jusqu'aux frontières du Maroc.

Homme de guerre, le brillant sultan est capable aussi de la plus habile diplomatie. Son alliance la plus célèbre est celle qu'il contracte avec le roi de France, François Ier. Elle n'a rien d'un mariage de papier. Les deux puissances organisent à plusieurs reprises des campagnes communes, en particulier sur mer. En 1543, leurs flottes bombardent Nice, que le Français voulait conquérir. Vu d'Europe, le scandale est immense : comment un chrétien ose-t-il traiter avec un infidèle ? On dénonce l'« alliance impie ». Aujourd'hui, on l'explique toujours par des raisons de Realpolitik, comme on ne disait pas encore. François est prêt à s'allier avec le diable pour contrer son ennemi Charles Quint, qu'il affronte dans les interminables guerres d'Italie et dont les possessions – Espagne au sud-ouest, Pays-Bas au nord, empire germanique à l'est – étouffent son royaume. Le Grand Turc, ainsi qu'on commence à appeler le sultan, a le même ennemi et le même intérêt à faire cette alliance de revers. Mais la rivalité qui l'oppose à l'empereur chrétien relève d'autre chose que de la stricte stratégie militaire. Tous deux partagent le même rêve de domination universelle, l'un au nom de la Croix, l'autre du Croissant. François Ier est un roi, il veut affermir son État. Soliman et Charles sont des empereurs, ils rêvent du monde entier. L'ambition du chrétien se brise de l'intérieur. Le schisme protestant, déclenché par la rébellion de Luther, l'épuise. Charles Quint fait tout pour y mettre un terme, et n'y parvient pas. En 1555, à bout de forces, il abdique et scinde son héritage en deux : à son fils,

Philippe II, il lègue l'Espagne et ses possessions ; à son frère Ferdinand de Habsbourg, le Saint Empire. L'Empire ottoman est solidement assis sur trois continents. Il est sans conteste, alors, la plus grande puissance du vieux monde. L'est-il pour longtemps ?

Les historiens partagent ce constat avec les alpinistes : arrivé au sommet, on ne peut plus que redescendre. Le premier signe du déclin ottoman survient juste après la fin du règne de Soliman. Son successeur se lance à la conquête de Chypre, alors possession de Venise et dont l'importance stratégique est énorme. Tout le contrôle de la Méditerranée est en jeu. Pour les puissances européennes, c'en est trop. Le pape donne l'alarme. Avec l'Espagne et Venise, Gênes et la Savoie, il forme la « sainte ligue ». Sa flotte, gouvernée par Don Juan d'Autriche, un fils bâtard de Charles Quint, rencontre la flotte ottomane dans le golfe de Patras, en Grèce, au large de la ville de Lépante. Celle-ci donne son nom à une défaite à plate couture des Turcs, hier tout-puissants. La majorité de leurs bateaux sont coulés par le fond en une journée. La chrétienté triomphe, jubile, fait sonner les cloches dès la nouvelle connue : l'invincible Turc est enfin vaincu ! La chrétienté est optimiste. Au regard de la longue histoire, oui, on peut considérer que l'empire a commencé son déclin. Sur le moment, à Istanbul, nul ne le voit ainsi. Nos bateaux ont coulé ? Nous en construirons d'autres, déclare le grand vizir. Les Ottomans forment, pour longtemps encore, une puissance gigantesque et fascinante. Tâchons d'en comprendre le fonctionnement.

11

La vie dans l'empire

Dans la façon traditionnelle dont l'Europe raconte l'histoire, l'Empire ottoman apparaît deux fois. Tout d'abord, aux XVe et XVIe siècles – chute de Constantinople, siège de Vienne –, il surgit comme cette menace venue de l'est qui fait trembler la chrétienté. Plusieurs chapitres plus loin, nous voici déjà au XIXe siècle. On ne le considère qu'à peine. Le malheureux empire, en son déclin, n'est plus qu'une vieille dépouille que les rivaux occidentaux s'arrachent. Curieusement, on omet toujours le moment central de cette affaire. Que s'est-il donc passé entre ces deux bornes ? N'est-ce pas le plus fascinant, pourtant ? Entre les XVe et XVIe siècles et le début du XXe a existé et prospéré un

REPÈRES

– Mehmet II le Conquérant (1432-1481)
– Soliman le Magnifique (1494-1566)
– Ibrahim Pacha, grand vizir de Soliman (1493-1536)
– sultanat des femmes (v. 1550-1656)
– Mehmet Köprülü, grand vizir, sauveur de la dynastie ottomane (1583-1661)

État gigantesque courant des confins de la Pologne aux rivages de la mer Rouge, de la Perse aux frontières du sultanat du Maroc. À l'époque de Soliman, il est peuplé de deux cents millions de sujets[1]. Il représente, écrit Albert Hourani, la « dernière grande expression de l'universalité du monde de l'islam[2] ». Il réussit à coudre, pendant quatre siècles, un des plus étonnants patchworks de peuples, de provinces, de cultures et de religions que l'humanité ait connus.

Les sultans

Pour comprendre comment fonctionne l'empire, partons du haut. Cet édifice composite tient grâce à une clé de voûte, le sultan, ou le « souverain des souverains », ou encore le « distributeur de couronnes aux monarques de la surface de la Terre », comme chacun d'eux se désigne dans les interminables formules introduisant les courriers diplomatiques qu'ils envoient parfois aux princes, rois et autres vermisseaux à qui ils daignent s'adresser. Celles-ci nous donnent une idée de la représentation qu'ils se font d'eux-mêmes. À la Renaissance, pour désigner ce nouveau venu dans le paysage géopolitique, l'Occident parle du « Grand Turc ». La formule est réductrice. Les sultans ottomans sont turcs, en effet, et surtout – condition *sine qua non* de leur aptitude à régner –

1. Chiffre donné par Thérèse Bittar in *Soliman. L'empire magnifique*, Gallimard, coll. « Découvertes », 1994.
2. Albert Hourani, *Histoire des peuples arabes*, *op. cit.*

descendants en droite ligne d'Osman, le fondateur de la dynastie. Ils sont bien plus que cela. Empereurs universels, ils ne doutent jamais du destin qui leur a été promis par Dieu de régner sur le monde entier. En attendant ce moment, qui adviendra forcément, ils se vivent comme la synthèse des trônes qu'ils ont déjà conquis et en portent tous les titres à la fois. Ils sont *khan sultan*, comme dans la tradition turco-mongole. Ils sont *padichah*, rois des rois dans la tradition perse. Ou encore *kayser-i-Rum*, littéralement « César des Romains », ainsi que Mehmet II s'est proclamé dès la prise de Constantinople. On oublie trop souvent cet aspect de l'affaire du côté occidental du monde. La chute de l'antique Rome d'Orient, en 1453, sous les assauts des Turcs – autant dire des barbares – est toujours lue comme marquant la fin d'un monde. Les Ottomans y voient au contraire une continuation, une sublimation. Sitôt installé dans ses nouveaux palais, Mehmet adopte le protocole et les habitudes luxueuses des empereurs byzantins qu'il vient de chasser et fait de leur ville sa somptueuse capitale.

Dans la langue quotidienne turque, celle-ci est couramment appelée Istanbul[1]. Dans tous les textes officiels de la période ottomane, elle est Kostantiniyye, la ville de Constantin, l'homme qui l'a fondée onze siècles auparavant. Les nouveaux empereurs qui y règnent au nom de l'islam se vivent comme ses successeurs.

---

1. Peut-être une déformation du grec *istimbolin*, « à la ville ».

Le pouvoir du sultan est absolu. Il est « l'ombre de Dieu sur terre ». Tout lui appartient. Quiconque travaille un lopin de son immense territoire n'a droit qu'à l'usufruit. Il possède droit de vie et de mort sur chacun. À partir du XVIIIe siècle, l'Europe des Lumières s'indigne de cette démesure. Elle fait des souverains ottomans l'archétype des « despotes orientaux », ces psychopathes à turban, imprévisibles et colériques, toujours flanqués d'un cruel bourreau et prêts à faire voler les têtes au gré de leurs caprices. Pour la plupart d'entre eux, la critique n'a rien d'infondé. Mais la logique interne qui conduit à une telle autocratie est autre. Le sultan ne se vit nullement comme un tyran, plutôt comme l'instrument suprême à qui Dieu a confié la lourde charge de protéger et conduire ses millions de sujets, quelle que soit leur religion. Il doit le faire avec prodigalité, ce qui implique, à l'occasion des diverses fêtes, de grandes distributions de cadeaux, d'argent ou de nourriture. Il doit aussi témoigner d'un sens de la justice faisant fi de toutes les hiérarchies. Si les têtes tombent en effet, y compris parfois les plus hautes, c'est qu'il faut montrer à tous qu'il n'y a qu'un seul maître, et qu'il est impartial.

Le pouvoir suprême n'est limité en principe que par la charia, la loi de Dieu. Les Ottomans disposent toutefois d'une législation qui permet, de façon subtile et complexe, de la doubler, le *kanun*, un ensemble de lois séculières censées régir les domaines qui n'auraient pas été couverts par la loi religieuse[1]. Meh-

1. Le mot est dérivé du grec *kanôn*, qu'on retrouve dans le latin *canon*, « la règle ».

met II les a compilées en un code, pour partie seulement. Soliman parachève ce travail, ce qui lui vaut son surnom dans le monde turc. Pour l'Occident, ce prince fastueux est le « Magnifique ». Pour ses propres sujets, il est *al-Kanuni*, le « Législateur ».

Le sultan vit dans son immense palais de Topkapi, la « porte aux canons », dominant la Corne d'Or, la mer de Marmara et le Bosphore. Il y habite en compagnie de ses milliers de serviteurs, cuisiniers, barbiers, menuisiers, domestiques, palefreniers, chirurgiens, et de ses femmes, ses quelques épouses et ses centaines de concubines, gardées par leurs eunuques dans le célèbre harem. Il est, selon la formule, le seul « homme complet » à pouvoir y pénétrer.

Il sort peu de Topkapi. Pour faire la guerre, pour aller en pèlerinage et aussi, une fois par semaine, de façon rituelle. Tous les vendredis, le sultan, en grand équipage, se rend à la mosquée pour la prière afin que le peuple puisse venir l'acclamer et constater qu'il est bien vivant. Il règne en envoyant aux quatre coins de l'empire ses « firmans », les décrets royaux. Il gouverne grâce à son conseil, qu'on appelle le *divan*[1]. Jusqu'au milieu du XVIe siècle, il participe physiquement à ses réunions. Puis les sultans font aménager une petite pièce attenante fermée par un rideau d'où ils peuvent assister, ou pas, aux délibérations. Les malheureux vizirs qui discutent des affaires de l'État

1. Ce vieux mot perse signifie à l'origine « bureau ». Il en est venu, dans les langues européennes, à désigner un meuble, par allusion aux banquettes disposées le long des murs de ces pièces.

ne peuvent jamais savoir si, dans leur dos, le prince les écoute ou non.

On a déjà mentionné maintes fois les deux sultans les plus connus, Mehmet II le Conquérant et Soliman « le Magnifique » ou « le Législateur ». Peu d'autres noms valent qu'on les retienne. Le problème délirant auquel est rapidement confronté le système est celui de la succession. Dans un monde où chaque prince a plusieurs épouses et des centaines de concubines, les prétendants ne manquent jamais. Au XVe siècle, Mehmet II a prévu de régler cet inconvénient d'une façon radicale. Il édicte la « loi du fratricide ». « Pour le bien du monde », chaque nouveau sultan a pour devoir, à son avènement, de faire étrangler ses rivaux. Soliman devance l'appel. Manipulé par des intrigants qui accusent les malheureux de fausses tentatives de complot, il fait étrangler deux de ses fils pour laisser la voie à un seul. Ce sera Sélim II, dit l'Ivrogne. Son surnom souligne quelle catastrophe a représentée ce choix. Incapable, débauché et cruel, le successeur de Soliman inaugure une longue série de princes incompétents et nuisibles. Un certain Mehmet III (1566-1603) est resté célèbre pour avoir fait assassiner dix-neuf de ses frères et demi-frères ainsi que vingt sœurs lors de son accession au pouvoir en 1595. Pour éviter de tels excès, on passe quelques décennies plus tard à un autre système, celui du *kafes* – « cage » en turc. On ne tue plus, on boucle. Les prétendants éventuels sont enfermés dès leur plus jeune âge dans un appartement secret du palais impérial, avec pour seule compagnie les esclaves chargés de les divertir. Si on les en sort, ce n'est que pour les faire monter sur le trône. On imagine leur équilibre psychologique au moment où ils s'apprêtent à exercer leur fonction.

Les vizirs

Pour ces raisons, très vite l'empire repose sur les épaules du second personnage le plus important de l'État : le chef du conseil, le premier des ministres, en quelque sorte, c'est-à-dire le grand vizir[1]. À partir du milieu du XVIIe siècle, ces éminents personnages sont installés dans un palais situé non loin de Topkapi et dont l'entrée est spectaculaire. C'est là que sont reçus les visiteurs, ambassadeurs, dignitaires étrangers. Ils vont prendre l'habitude de désigner le gouvernement, puis le pays tout entier, par une allusion à ce seuil monumental et prestigieux. Jusqu'au début du XXe siècle, dans la langue diplomatique, l'Empire ottoman est appelé « la Porte » ou encore « la Sublime Porte ».

Le premier des grands vizirs nous ramène à Soliman. Il se nomme Ibrahim Pacha (1493-1536). Jeune captif d'origine albanaise fait page du palais, il doit, dit-on, à sa grande beauté, à sa grâce, à son intelligence et à ses talents musicaux d'avoir été repéré par le futur souverain. Il devient son inséparable favori, puis, au terme d'une ascension spectaculaire, le plus grand dignitaire de l'empire. Chef des armées, « bey-

1. En turc, *sadrazam* ou *vezir-i azam*. Le vizir (de *vezir*, *wazir*, « ce qui alourdit le dos ») est ainsi appelé car il porte sur ses épaules la charge d'administrer le royaume.

lerbey de Roumélie » (littéralement, le « seigneur des seigneurs »), c'est-à-dire gouverneur des provinces européennes, les plus riches de toutes les possessions du sultan, il est l'ombre de l'ombre de Dieu. Dans ce monde périlleux, le sommet n'est jamais loin du précipice. Compromis par des médisances peut-être colportées par Roxelane, l'épouse du sultan, folle de jalousie envers ce rival, il est étranglé sur ordre de Soliman. Au XVIIe siècle, les intrigues de harem atteignent leur paroxysme. Les sultans sont des marionnettes entre les mains de leurs mères, les puissantes *sultanes validé*. Elles gouvernent le pays depuis le sérail et manquent de le faire courir à sa perte. Il faut attendre 1656 et l'arrivée des Köprülü, une famille d'origine albanaise dont les membres se succèdent au poste de grand vizir durant un demi-siècle, pour voir se redresser la barque.

Les esclaves

Dans le monde dont nous parlons, comme dans toutes les autres sociétés musulmanes, très égalitaires dans leur principe, il n'existe aucun « ordre », ni clergé ni noblesse protégés par leurs privilèges, contrairement à ce qu'on observe dans l'Europe d'Ancien Régime. La division est autre. Il existe un corps à part, celui des *asker*, appelés aussi « esclaves du sultan ». En langue moderne, on parlerait de fonctionnaires. Ils ont la lourde tâche de faire tourner la gigantesque machine impériale. Ils sont recrutés selon un processus qui nous paraît incroyable aujourd'hui et qui a pourtant fonctionné du XVe siècle au début du XVIIIe, le *devchirmé*, c'est-à-dire le « ramassage », la « récolte ». Tous les six ou huit ans, les soldats du sultan se rendent dans les villages chrétiens des terres conquises (essentiellement les Balkans) pour faire une provision de garçons âgés de 8 à 14 ans, si possible sains, bien formés et prometteurs. Ils sont enlevés à leur famille pour entrer au service de l'État. L'idée est de les couper de toute racine pour faire d'eux des serviteurs absolus. Ils sont donc circoncis, convertis, puis placés et éduqués dans des familles turques jusqu'à ce qu'on détermine, selon l'aptitude qu'ils ont développée, vers quelle carrière on va les orienter.

Les plus physiques entrent dans l'armée. Ils deviennent janissaires. On a parlé déjà de ces troupes qui furent si glorieuses aux temps épiques des grandes conquêtes. Fermées sur elles-mêmes, accrochées à leurs privilèges, indisciplinées et rétives au moindre changement, elles se transforment vite en une épine plantée au cœur même du pouvoir. En 1622, le jeune Osman II (1603-1622), mécontent de leur comportement déplorable lors d'une campagne militaire, décide de les réformer en profondeur. Les janissaires apprennent son intention, se révoltent et assassinent le sultan pour le remplacer par un pantin qui leur est acquis. Ils viennent d'inaugurer une série d'émeutes et de rébellions qui ne cessera qu'avec leur propre fin, au XIXe siècle.

Les autres produits de la « récolte » entrent dans l'administration. Les plus brillants peuvent y monter très haut. La plupart des grands vizirs sont d'anciens enfants du *devchirmé*. Les autres rejoignent ces innombrables secrétaires qui ont fait la grandeur de la bureaucratie ottomane. La qualité de ses archives est légendaire. Les historiens, paraît-il, peuvent encore y retrouver, parfaitement tenues et soigneusement rangées, les factures de telle commande de denrées passée par le harem trois siècles plus tôt. Une partie de ces secrétaires s'occupe des questions réglementaires, l'autre des questions fiscales, évidemment essentielles. Il faut beaucoup d'argent pour entretenir l'armée, la fastueuse maison du sultan, et tout l'empire. Hormis les *asker*, exemptés, tous les autres sujets, qui forment le *reaya*, le « troupeau », sont assujettis à l'impôt, même si, comme les taxes varient selon les métiers et la religion, personne ne paie les mêmes montants.

Dans cet incroyable manteau d'arlequin qu'est l'Empire ottoman, il est vrai, tout fonctionne toujours et partout de façon différente. Seules deux choses importent, qui définissent le sujet ottoman, l'allégeance au sultan et le paiement de l'impôt. Pour le reste, tous les cas de figure existent. La diversité et le brassage des coutumes et des peuples sont le trait dominant de ce monde qui tranche radicalement sur ce qui se passe ailleurs, en particulier dans le monde chrétien.

Officiellement, l'empire est divisé en provinces, chacune dirigée par un gouverneur général, le beylerbey. La plupart d'entre elles ont gardé des pratiques, des lois, des usages préexistants que les nouveaux maîtres n'ont jamais cherché à abolir ni à transformer. En outre, certaines possessions, plus éloignées du centre, ne sont que des États vassaux qui conservent leur autonomie, comme la Crimée ou encore la Valachie et la Moldavie (qui formeront la Roumanie). Les lointaines « régences barbaresques », qui ont d'abord à leur tête des gouverneurs envoyés par la Porte, acquièrent bien vite une quasi-indépendance. À partir du XVIIe siècle, les milices de janissaires turcs d'Alger obtiennent le droit d'élire leur propre chef, le « dey ». Au début du XVIIIe siècle, le bey de Tunis fonde sa propre dynastie. Le rattachement à Istanbul ne tient plus qu'au paiement d'un tribut.

Au sein de l'empire se côtoient donc pendant des siècles des Grecs, des Serbes, des Bulgares, des Roumains, des Arméniens, des Turcs, des Arabes, des Tatars, des Kurdes, des Tsiganes et l'on en passe, eux-mêmes répartis en communautés religieuses diverses, les musulmans, bien sûr, sunnites, chiites ; les chrétiens des Églises orthodoxe, grecque, nestorienne, arménienne, catholique ; les juifs, eux-mêmes subdivisés. Tous vivent dans les campagnes ou dans les nombreuses grandes villes dont est parsemé l'empire. La plus illustre est Constantinople, la capitale. Les tristes dernières années de l'Empire byzantin lui ont fait du tort : elle est en ruine, vidée de la plupart de ses habitants. Mehmet II y déporte de force des paysans d'Anatolie, des artisans juifs ou chrétiens, pour la repeupler, la faire vivre, l'embellir. Vingt-cinq ans après la conquête, nous dit Thérèse Bittar[1], elle compte

1. Thérèse Bittar, *Soliman. L'empire magnifique*, *op. cit.*

70 000 habitants. Ils sont 400 000 au début du règne de Soliman, 700 000 au tout début du XVIIe siècle.

Sabir

La langue utilisée dans les textes impériaux peut être le turc ottoman, une langue savante, complexe, enrichie d'emprunts au persan et à l'arabe. Ces deux dernières langues sont utilisées aussi. Elles sont prisées par l'élite à cause du prestige de la culture perse et du poids de la tradition coranique. On parle également le roumain, les langues slaves, le grec, l'arménien et même l'espagnol, apporté par les juifs fuyant l'Inquisition, sous une forme appelée le judéo-espagnol. Grâce à l'alliance accordée par Soliman à François Ier, les sujets du royaume de France ont obtenu d'être protégés par les « capitulations », une législation qui leur garantit de pouvoir commercer tranquillement sous la protection de leurs propres consuls. Il faut donc ajouter à la liste le français, parlé partout où ces commerçants travaillent. Bientôt les Hollandais, les Anglais, les Génois obtiennent à leur tour leurs capitulations et investissent l'empire, y apportant leurs langues à eux. Pour se débrouiller dans cette volière linguistique, certains en viennent même, peu à peu, à inventer une langue nouvelle. Dans les ports de Méditerranée, que les Français appellent parfois « échelles du Levant » par référence aux petites jetées qui permettent de débarquer les marchandises, les marchands, les marins, les esclaves échangent dans un patois composé de mots empruntés à l'espagnol, à l'italien, au turc, à l'arabe, au français. On le nomme, au choix, la *lingua franca* – la langue franque – ou le sabir, ce qui, dans cet idiome, signifie « savoir ».

C'est qu'il y a à vendre et à acheter dans cet immense espace qui va de la Pologne au Yémen. Ce grand marché intérieur est protégé pendant plusieurs siècles par sa stabilité politique et par les fonctionnaires impériaux, qui exercent un contrôle scrupuleux sur la régularité des échanges, la qualité de l'approvisionnement de l'immense capitale et des grandes villes, ainsi que la bonne organisation de toutes les guildes et corporations qui encadrent l'industrie et l'artisanat. Avant que la concurrence du Nouveau Monde ne lui fasse trop de mal, l'Empire ottoman bénéficie de sa position. Dans le Vieux Monde, il est au centre du grand commerce entre l'Orient et l'Occident.

L'ère des tulipes

Les conquêtes ont beaucoup rapporté. Il y a suffisamment de richesses pour pouvoir importer les biens produits par l'Europe chrétienne, les soieries d'Iran, les peaux précieuses et les esclaves venus du Nord, l'or et d'autres esclaves venus du Soudan. Il y a de quoi vendre, aussi : les savons d'Alep, le verre de Hébron et de Damas, les faïences d'Iznik, le drap de Salonique.

Dopé par cette richesse humaine et matérielle, le grand empire, enfin, produit une civilisation qui lui est propre. Elle est souvent oubliée. L'Occident, relisant l'Histoire par la fin, regarde toujours avec une certaine condescendance ce monde qu'il juge à l'aune de son déclin. L'Orient, voyant les choses dans l'autre sens, n'est pas moins méprisant. Pour les Arabes ou les Perses, quelle culture pourrait succéder à celle qu'ils ont portée au plus haut durant les siècles précédents ? Pour tous, les Turcs n'ont été, au mieux, que des conquérants et des administrateurs. Contentons-nous de rappeler aux uns et aux autres quelques noms. Celui de Sinan (1489-1588) est le plus célèbre. Le grand architecte du temps de Soliman a construit quelques-unes des plus belles mosquées du monde – comme la Süleymaniye, érigée en l'honneur de Soliman, à Istanbul – et en a fixé les canons pour longtemps. La Mosquée bleue, joyau de la capitale ottomane, est construite par un de ses élèves dans le respect scrupuleux de son esthétique. Le siècle d'or, le XVIe, connaît quelques immenses poètes qui, à l'instar des autres maîtres arabes, chantent l'amour du vin, des éphèbes et des plaisirs, dans une langue dont la splendeur éblouit toujours. Fuzuli (1483-1556), né et mort à Bagdad, ou encore Baki (1526-1600) sont les plus connus. L'art de vivre, enfin, est porté au plus haut. Au début du XVIIe siècle, l'élite de l'empire, à l'image de son grand vizir, se toque de tulipes. L'art de cultiver ces fleurs, d'en marier les couleurs, d'en organiser les parterres devient l'art suprême. Les historiens parlent même de l'« ère des tulipes » pour désigner cette période. Au XVIe siècle, on commence à boire du café, ce breuvage amer, subtil et revigorant qui vient du Yémen. Le premier établissement qui en sert ouvre à

Constantinople en 1554. Les religieux hésitent. Le café est-il licite ? Certains envisagent de l'interdire, puis on se ravise, il est autorisé. Il devient vite si populaire qu'on se demande ce que serait devenu l'empire sans lui. L'historien Frédéric Hitzel, dans un livre merveilleusement écrit qui détaille les aspects les plus divers de la vie quotidienne dans le monde ottoman[1], cite enfin comme activité essentielle ce délice parmi les délices, la pratique du *keyf*, c'est-à-dire l'art de ne rien faire d'autre que de goûter, dans la douceur du soir ou la fraîcheur du matin, le lent écoulement du temps.

Profitons de ce paisible moment pour nous échapper, durant quelques chapitres, loin du fracas des conquêtes, des batailles et de la chronologie. L'Empire ottoman a ses traits propres. Il en partage d'autres avec la longue histoire musulmane. Nous allons nous pencher sur trois d'entre eux.

1. Frédéric Hitzel, *L'Empire ottoman, XVe-XVIIIe siècle*, Les Belles Lettres, 2002.

12

Minorités religieuses

L'hétérogénéité est le trait dominant de l'Empire ottoman. Les peuples y abondent. On a parlé des Grecs, des Serbes, des Bulgares, des Roumains, des Arméniens, des Turcs, des Arabes, des Tatars, des Kurdes et des Tsiganes. On aurait pu citer aussi les Berbères, qui vivent dans les lointaines régences de Méditerranée, les Hongrois ou encore les Albanais. Pour nos lecteurs désireux d'enrichir leur vocabulaire, on pourrait encore ajouter les *Lazes*, une population caucasienne, les *Aroumains*, des romanophones des Balkans, ou encore les *Pontiques*, descendants des

REPÈRES

Au XVIe siècle, les non-musulmans représentent :
- 13 à 18 % de la population de Damas
- 42 % de celle d'Istanbul
- 75 % de celle de Salonique (parmi lesquels 55 % sont juifs)
- 90 % de celle d'Athènes

Sur 84 grandes villes des Balkans, 21 sont majoritairement non musulmanes (selon Frédéric Hitzel, *L'Empire ottoman, XVe-XVIIIe siècle*, *op. cit.*).

Grecs de l'Antiquité installés le long de la mer Noire (alors nommée Pont-Euxin). Dans sa biographie de Constantinople[1], le Britannique Philip Mansel affirme que l'empire compta jusqu'à 72,5 nationalités différentes, le demi correspondant aux Tsiganes, victimes de préjugés qui n'ont pas cessé.

Druzes, alévis, bektashi

À cette diversité ethnique s'ajoute une diversité religieuse. L'islam lui-même n'est pas d'un bloc, même si, dans un univers où le sultan a repris *de facto* le rôle de calife, seul le courant de l'islam sunnite orthodoxe est appuyé et défendu. La longue succession de schismes et de subdivisions qui a touché l'islam a laissé des traces. Le vaste territoire compte un grand nombre de minorités, plus ou moins acceptées. Les druzes, par exemple, appartiennent à une secte ésotérique dont le culte est fondé sur la lente et secrète initiation de ses membres. Elle est née au cours des querelles de succession qui ont suivi la disparition d'Al-Hakim, le fantasque calife fatimide du Caire, au XIe siècle. On peut donc dire qu'elle est issue du chiisme, mais elle s'en est éloignée et a puisé des éléments dans les doctrines ayant précédé l'islam, comme la philosophie platonicienne ou le gnosticisme. Les druzes dominent le

1. Philip Mansel, *Constantinople : la ville que désirait le monde*, *op. cit.*

cœur du mont Liban, où ils sont en situation de quasi-autonomie.

En Anatolie, les alévis forment le groupe minoritaire le plus connu. Ils prônent un islam lui aussi ésotérique, mais imprégné de traditions chamaniques turques remontant au temps des steppes. Parmi les alévis, certains courants se rapprochent des chiites et, au XVIe siècle, jouent le jeu dangereux de soutenir l'ennemi perse, ce qui leur vaudra de nombreuses persécutions. Un autre courant est lié à une confrérie religieuse puissante et mystique, inscrite dans la tradition du soufisme et très ouverte sur les autres cultes : il s'agit des bektashi. Certains membres de cet ordre vivent en célibataires dans des monastères, comme cela se fait chez les chrétiens. Le bektashisme est influent dans l'empire, car de nombreux janissaires y appartiennent ou en sont proches.

La grande caractéristique de cet empire dont le pouvoir est musulman tient au nombre impressionnant de sujets qui ne le sont pas. Le cas n'est pas si fréquent dans l'histoire du monde, et tranche sur ce qui se passe à pareille époque en Europe occidentale. « Au temps ottoman, écrit le professeur Gilles Veinstein, il n'y a pas d'opposition entre une Europe chrétienne et une Europe musulmane, mais entre une Europe chrétienne et une Europe multiconfessionnelle[1]. »

1. *In* Henry Laurens, John Tolan et Gilles Veinstein, *L'Europe et l'Islam : quinze siècles d'histoire*, *op. cit.*

Si l'on pousse jusqu'à la Mésopotamie – Bagdad a été conquise par Soliman –, on trouve parmi ces minoritaires quelques zoroastriens, fils de l'ancienne Perse. Ici et là, on fait connaissance avec des sabéens, petite minorité d'adorateurs du prophète Jean Baptiste, qu'ils tiennent pour le vrai messager de Dieu. La masse de ces groupes est composée de chrétiens et, en plus petit nombre, de juifs.

Millets

Les Ottomans ne cherchent pas à unifier ce patchwork. Au contraire, ils en font leur système de pouvoir. L'empire est organisé en divers *millets* (« communautés ») auxquels chaque sujet est tenu d'appartenir en fonction de sa religion. Les musulmans ont le leur, qui a, évidemment, la prééminence. À sa tête est symboliquement placé le sultan lui-même, puisqu'il joue le rôle de calife, c'est-à-dire de chef religieux, même si les Ottomans n'ont porté ce titre que très tardivement, au XIXe siècle. La majorité des chrétiens orthodoxes appartiennent au millet des *rums* (les « Romains »), placé sous l'autorité du patriarche de Constantinople. Les Arméniens ont le leur, sous la houlette de leur *catholicos*, chargé également des autres Églises issues des lointains schismes des débuts du christianisme, les nestoriens, les coptes d'Égypte, etc. Enfin, il existe un millet pour les juifs, eux-mêmes subdivisés selon leur provenance. Les *romaniotes* sont, comme les rums chrétiens, les anciens sujets byzantins, les *ashkénazes* viennent d'Allemagne ou d'Europe centrale, les *séfarades* d'Espagne.

Chaque communauté gère son propre système judiciaire, en particulier pour ce qui concerne le « statut personnel » (les questions d'héritage, de mariage, etc.). Souvent, le millet organise son propre système éducatif. Son chef est responsable du bon ordre au sein de sa communauté, et surtout de la collecte de l'impôt, qui diffère selon la religion. Les non-musulmans en paient plus. On voit bien l'idée pour le pouvoir central. Je ne veux voir qu'une tête, ou plutôt je ne veux voir qu'une calotte ou une kippa, pour le reste débrouillez-vous entre vous. On comprend aussi que ces corps intermédiaires puissants placés entre les individus et leur monarque confèrent à l'Empire ottoman une nature particulière, puisqu'ils réussissent à faire de la diversité religieuse un élément essentiel de l'ossature de l'État.

Pour autant, si la structure en millets est une invention ottomane, la situation religieuse générale de l'empire ne lui est pas propre. Les grands États musulmans contemporains dont nous avons parlé en introduction de cette deuxième partie comptent beaucoup de non-musulmans. De nombreux juifs vivent depuis très longtemps dans le sultanat du Maroc. Ils voient leurs rangs grossir au XVIe siècle avec l'afflux des réfugiés chassés de l'Espagne redevenue catholique. D'autres juifs, mais aussi des chrétiens et des zoroastriens sont sujets du shah de Perse. Beaucoup d'hindous habitent l'Inde du Nord des Grands Moghols. Et l'on pourrait bien sûr trouver semblable situation en remontant les siècles jusqu'au début de l'histoire musulmane. Depuis la conquête arabe du VIIe siècle, l'ensemble des régions qui sont devenues musulmanes abritent leurs minorités religieuses. Le moment est donc idoine pour élargir notre propos et revenir sur cette question qui court depuis le début de ce livre : comment l'islam les a-t-il traitées ?

Tolérance et désarmement

Dans notre XXIe siècle crispé et obsédé par les rapports entre l'Occident et l'islam, le sujet fait couler beaucoup d'encre, il est sensible et souvent manipulé dans un sens ou dans l'autre. Comme cela est fréquent, on a tendance à l'aborder en relisant l'histoire par la fin, et cela brouille tout. Le déclin du monde ottoman au XIXe siècle et les épouvantables exactions à l'égard de nombreuses minorités qui ont scandé cette agonie ; la création de l'État d'Israël et les guerres judéo-arabes qui s'en sont suivies ; ou encore l'explosion d'un islamisme haineux et intolérant au XXIe siècle brouillent le regard et poussent chacun, selon ses convictions politiques, sa propre mémoire ou ses blessures, à réécrire l'Histoire. On se trouve le plus souvent face à deux excès inverses. Le premier consiste à tisser une légende rose faisant de l'islam classique une religion qui n'a été que tolérance et ouverture. Le second n'a de cesse de repeindre cette légende dans le noir de l'exclusion, du sectarisme et de la domination. Comme toujours, l'un et l'autre sont vrais et faux à la fois, puisque l'un et l'autre prétendent s'appuyer sur une réalité dont ils ne font qu'extraire des éléments pour la distordre. Tâchons donc d'être plus juste en synthétisant les choses sans trahir la vérité.

Au-delà de leurs différences de système politique, toutes les sociétés musulmanes ont usé, pour gérer leurs relations avec les non-musulmans, du même cadre général, leur proposant le statut de *dhimmi* – « protégés », ou plutôt « tributaires »[1] –, que nous avons déjà évoqué. Il a été mis en place par la « convention » ou le « pacte d'Omar » et remonte au début des conquêtes arabes, même si l'on ne sait pas exactement à quand, puisqu'on ignore si le nom d'Omar désigne le fameux calife conquérant de Jérusalem, comme la tradition le pose toujours, ou plutôt l'un de ses successeurs. Il formalise la place particulière que réserve le Coran aux « peuples du Livre » en tant que fils d'Abraham et monothéistes. Plus tard, il est étendu aux zoroastriens et aux hindous. Tous ont le droit de pratiquer librement leur culte, tous sont protégés en tant que communauté, mais, en échange, ils doivent accepter de se soumettre à la seule religion reconnue comme étant dans la Vérité, l'islam. L'idée, écrit Michel Abitbol dans le long et passionnant livre qu'il a consacré aux rapports entre juifs et Arabes depuis le VIIe siècle, est qu'ils sont « tolérés et désar-

1. Littéralement, celui qui doit payer un tribut.

més[1] ». Cette tolérance se paie. Les *dhimmi* doivent verser aux nouveaux maîtres des impôts particuliers, un impôt de capitation (c'est-à-dire payé par individu) et un autre sur la terre. Et cette soumission doit être marquée dans la vie quotidienne. Des lois de comportement sont censées rappeler à chaque instant qui est l'inférieur. Le *dhimmi* ne peut porter d'arme, n'a pas le droit de monter à cheval, doit arborer des vêtements de couleurs distinctes, ne peut épouser une musulmane. Son témoignage ne pèse rien face à celui d'un musulman. Et il lui faut pratiquer son culte de façon discrète, ne pas faire de bruit dans les processions, ne pas sonner les cloches trop fort, et le faire depuis des clochers qui ne peuvent être plus hauts que les minarets.

On comprend mieux, sans doute, la possibilité qu'a chacun de relire cette histoire comme ça l'arrange. Elle contient tout à la fois. Nos peintres en rose insisteront sur l'idée première, celle de la « protection » offerte par l'islam aux gens du Livre. N'est-ce pas la preuve de sa générosité ? Leurs adversaires ne retiendront que le corollaire du même texte, insistant sur les marques de soumission imposées aux minoritaires. Il arriva d'ailleurs qu'elles le soient de façon mesquine. À certains moments de l'histoire du Maroc, rappelle Abitbol, on exigea des juifs de se déchausser chaque fois qu'ils passaient devant une mosquée. Ou

---

1. Michel Abitbol, *Le Passé d'une discorde*, Perrin, coll. « Tempus », 2003.

encore en Perse, jusqu'au XIXe siècle, on interdisait aux mêmes juifs de sortir par temps de pluie, car on estimait qu'ils souillaient l'eau.

Seulement, on pourrait tout autant, pour faire pencher la balance du côté de la première thèse, tenir le compte des longues périodes de l'histoire musulmane pendant lesquelles ces mesures tombèrent en désuétude sans choquer quiconque, permettant à chacun de vivre tranquillement le culte qui était le sien. Seules l'interdiction pour un non-musulman d'épouser une musulmane et l'impossibilité faite à un musulman d'*apostasier*, c'est-à-dire d'abandonner l'islam au profit d'une autre religion, ont été constamment appliquées, nous rappelle Albert Hourani[1], ainsi que les mesures fiscales, évidemment. Rares sont les pouvoirs qui oublient un impôt.

★
★★

Chrétiens et juifs d'Orient et d'Occident

Si l'on veut tenter de comprendre, sans préjugés, l'histoire des minorités religieuses en Méditerranée, il convient d'éviter deux écueils. Le premier consiste à la considérer d'un bloc. Le cadre législatif d'ensemble a été fixé très tôt. On vient de le voir, son application a varié au cours des siècles. Selon les temps se sont

1. Albert Hourani, *Histoire des peuples arabes*, *op. cit.*

succédé les moments d'ouverture et de fermeture. On a cité dans les chapitres précédents quelques-uns de ces derniers : les folies du calife fatimide du Caire, Al-Hakim, peu avant les premières croisades, ou encore le rigorisme des Almohades qui, après avoir envahi Al-Andalus, ont persécuté les chrétiens et les juifs et chassé le tout jeune Moïse Maïmonide.

Ce dernier, on l'a vu, devint juge au Caire, médecin à la cour du sultan, et marqua l'histoire universelle de la pensée. Il est considéré comme le plus grand génie de la pensée juive : « De Moïse à Moïse, disait-on, il n'y a que Moïse. » N'oublions pas de signaler, pour compléter l'hommage, qu'il vécut dans une société majoritairement musulmane et écrivit la plupart de ses ouvrages – comme le célèbre *Guide des égarés* – en arabe.

La seconde erreur consiste à juger ce système à l'aune de valeurs qui ne sont pas de son temps. Pourquoi tenter d'y plaquer les notions de tolérance ou de liberté religieuse qui sont les nôtres aujourd'hui mais qui ne firent leur apparition qu'au XVIIIe siècle dans un contexte occidental ? D'un côté et de l'autre de la Méditerranée, elles sont inconnues à toutes les époques dont on parle. Même cordiales, même pacifiques, les relations entre toutes ces religions n'exclurent jamais un profond mépris mutuel et la certitude absolue de chacune d'être la seule à détenir la Vérité.

Il est plus raisonnable, pour éviter le piège de l'anachronisme, d'appliquer à cette affaire un traitement simple. Nous allons comparer la façon de se comporter de chaque société avec ses minorités religieuses et les pratiques en vigueur dans les sociétés qui lui sont contemporaines.

Les juifs, de Tunis à Salonique

Commençons par les traitements réservés aux juifs. Contrairement à une idée reçue, ils connurent, en Occident, des siècles de relative tranquillité[1]. Les temps mauvais commencent au début du XIIIe siècle, après le quatrième concile de Latran, qui entend leur imposer des mesures discriminatoires : vêtements particuliers, relégation dans des quartiers distincts, etc. Rapidement, elles aboutissent à des mesures plus radicales encore. On les chasse. En deux ou trois cents ans, les malheureux doivent quitter l'une après l'autre toutes les villes, toutes les terres qui étaient les leurs depuis des siècles. Les édits d'expulsion promulgués par les rois et princes d'Europe se succèdent : Angleterre en 1290 ; France en 1394 ; Vérone en 1421 ; Cologne en 1424 ; Bavière en 1442, Florence en 1494 ; sans oublier le fatal décret signé en 1492 par Isabelle de Castille et Ferdinand d'Aragon pour expulser les juifs d'une Espagne « reconquise » et enfin « purifiée ». Le texte est tristement célèbre. Pour autant, on n'arrive toujours pas à en comprendre les motivations profondes. Pourquoi les rois d'un

1. Voir François Reynaert, *Nos ancêtres les Gaulois et autres fadaises*, *op. cit.*, chapitre 10.

pays nouvellement conquis et unifié se privent-ils d'un coup d'une population industrieuse, formée, entre autres métiers, d'artisans, de petits ou de gros commerçants, qui auraient contribué à la richesse de leur royaume comme ils avaient participé à la fortune des maîtres précédents ? La seule explication est à chercher dans l'obsession religieuse, dans la crainte que tous ces juifs ne « contaminent » les nombreux *conversos* que comptait le pays, c'est-à-dire les anciens juifs qui s'étaient convertis.

Tous apprennent donc au printemps de 1492 qu'ils ont quelques mois pour quitter leur patrie. Ils le font durant l'été, dans de grandes souffrances morales et physiques. Il leur faut laisser derrière eux leur foyer et la plupart de leurs biens, vendus à la hâte, partir sur les routes pour entreprendre à pied un voyage harassant jusqu'aux ports, où des bateaux doivent les conduire vers des destinations lointaines. Selon l'estimation faite par un ouvrage de référence[1], 100 000 juifs quittent alors l'Espagne et débarquent au Maroc, à Alger, à Tunis (qui n'appartiennent pas encore aux Turcs), mais aussi dans l'Empire ottoman, qui semble se montrer le plus accueillant. Le sultan Bayezid II, écrira un siècle plus tard un rabbin de Crète relatant cette histoire, a eu « l'œil qui s'est attendri sur eux ». Peut-être l'expression, forgée après coup, tient-elle de la légende. Les sultans sont rarement de grands sentimentaux. Celui-là avait sans doute un meilleur sens de son intérêt

1. Antoine Germa, Benjamin Lellouch, Évelyne Patlagean (dir.), *Les Juifs dans l'histoire*, Champ Vallon, 2011.

que les princes d'Europe. Il avait bien compris la chance que représentait pour son économie l'arrivée de cette population. Elle trouva sa place, et la garda jusqu'aux grands bouleversements du XXe siècle.

Il ne s'agit pas, là non plus, de transformer ce versant oriental de l'histoire en un long chemin parfumé d'encens et parsemé de pétales de rose. Elle est mouvementée et varie selon les moments et les endroits. Dans les régences de Tunis ou d'Alger, comme dans le sultanat du Maroc, où ils sont cantonnés aux *mellahs*, les quartiers qui leur sont réservés, de nombreux juifs connaissent des situations d'extrême misère. Ailleurs dans l'empire, d'autres juifs, à l'inverse, deviennent célèbres pour leur pouvoir et leur fortune. Le plus connu d'entre eux est Joseph Nassi (1524-1579). Né au Portugal, converti au christianisme avant de revenir au judaïsme, ce riche banquier qui a étudié à Louvain, vécu en Hollande, puis à Venise, s'installe à Istanbul, où il se rapproche du sultan. Sa connaissance des deux mondes fait de lui un agent d'influence parfait, au service de la diplomatie ottomane. Soliman l'utilise beaucoup pour traiter avec l'Europe. Son successeur Sélim II le fait duc de Naxos.

Dès le début du XVIe siècle, la plus grande ville juive de l'empire est Salonique. On y fabrique un drap solide et réputé, qui sert entre autres à confectionner les uniformes des soldats. Safed, dans le nord de la Palestine, où de nombreux érudits s'installent, devient un des centres de la vie religieuse.

L'épisode le plus controversé de l'histoire du judaïsme ottoman survient au XVIIe siècle. Un juif de Smyrne, Sabbataï Tsevi (1626-1676), déclare être le messie. Timide à ses débuts, le mouvement qui se crée autour de lui prend bientôt des proportions considérables et fait des adeptes partout dans le monde juif, en Europe comme en Orient. Les pauvres gens voient dans le nouveau prophète celui qui mettra fin à leurs souffrances. Les rabbins ne le jugent que comme un imposteur dont il faut arrêter la folie dévastatrice. Déféré à la justice du sultan, Tsevi est emprisonné à Istanbul. À l'effarement général, il se convertit à l'islam, avant de mourir en exil dans une lointaine province albanaise. L'immense majorité de ses soutiens, consternée, l'a abandonné. Seuls quelques-uns de ses partisans suivent son exemple et forment une branche religieuse nouvelle, le sabbatéisme, un islam mâtiné de pratiques juives qui, de nos jours, subsiste en Turquie.

Diaspora

À la fin du XVe siècle, en Europe, seule la Pologne accueille les juifs. Les autres pays les ont expulsés. Dieu a-t-il voulu les punir de cette folie ? Au tout début du XVIe siècle, avec le schisme de Luther, arrive le temps de la haine fratricide entre chrétiens. Guerres, massacres ou tentatives de compromis pour les faire cesser débouchent bientôt sur un nouveau paysage religieux : chaque pays choisit un camp, protestant ou catholique, et chasse de chez lui ceux qui n'y appartiennent pas. L'Europe du Nord passe globalement à Luther et Calvin. Celle du Sud reste fidèle à Rome. Le vaste empire de Charles Quint est divisé en son sein. Selon le principe édicté lors de la « paix d'Augsbourg » (1555), chaque prince d'un des petits États qui le composent décide d'une appartenance, et le peuple qui y habite doit s'y plier ou partir. « *Cujus regio, ejus religio* », tel prince, telle religion. Dans le dernier tiers du XVIe siècle, seuls deux pays ont réussi à échapper à cette logique d'exclusion : la Pologne, où vivent des croyants des deux familles, et la France, qui, grâce à l'édit de Nantes, garantit aux protestants la possibilité d'habiter dans certaines villes. Moins d'un siècle après sa promulgation, Louis XIV le révoque et les protestants sont chassés sans ménagement, ce qui provoque au passage une catastrophe économique dans le royaume.

Continuons notre jeu des comparaisons. Une fois encore, il est clairement à l'avantage du monde ottoman. Du XVe au XVIIIe siècle, nulle guerre de religion n'y est envisageable. Les confessions diverses réussissent à cohabiter au sein de cette construction complexe, inimaginable ailleurs. En règle générale, les institutions religieuses se plient au jeu. Ainsi, dans les Balkans, écrit Gilles Veinstein, l'Église devient « un des rouages de l'Empire ottoman[1] », et l'on prend l'habitude de parer le sultan, dans les textes ecclésiastiques, du titre de *basileus*, celui des empereurs byzan-

1. *In* Robert Mantran (dir.), *Histoire de l'Empire ottoman*, Fayard, 2003.

tins. Toutefois, selon les époques, les lieux et les appartenances sociales, la situation est contrastée.

Dans l'Europe ottomane, les paysans pauvres souffrent de voir leurs fils enlevés au nom du *devchirmé*, et les impôts trop lourds imposés aux *dhimmi* finissent par avoir raison de leurs convictions. Nombreux sont ceux qui se convertissent. Les musulmans qui vivent, aujourd'hui encore, en Albanie, en Bosnie ou en Bulgarie – où on les nomme les « pomaks » –, sont le témoignage de cette histoire.

Tout aussi difficile est la situation de nombreux Arméniens. Au tout début du IVe siècle, leur antique royaume, évangélisé par Grégoire l'Illuminateur, est le premier au monde à devenir chrétien. Au Moyen Âge, dans les périodes fastes, il forme une puissance, puis décline. Au XIVe siècle, conquis par les Mamelouks, il perd pour longtemps son indépendance. Son cœur historique a le malheur d'être situé aux confins des Empires perse et ottoman, lesquels n'ont de cesse d'écraser sa population pour être sûrs qu'elle ne sera jamais reprise de velléités d'indépendance. Au début du XVIIe siècle, le shah de Perse déporte plusieurs dizaines de milliers d'Arméniens pour leur faire construire sa capitale, Ispahan. Côté ottoman, on décapite la noblesse arménienne, on distribue les terres à des musulmans, nombre de paysans ou de citadins partent ailleurs dans l'empire, c'est la diaspora.

Beaucoup d'entre eux retrouvent des vies simples et modestes. Quelques-uns, installés à Istanbul, font des fortunes éblouissantes et ont les faveurs des sultans. Les grands financiers de l'empire ou les architectes qui s'occupent des palais impériaux sont souvent arméniens. Des membres d'autres minorités les côtoient dans les hautes sphères du pouvoir. L'existence d'une importante élite de non-musulmans prospérant à l'abri du croissant est là encore une caractéristique inconnue, tout au moins à ce niveau, dans le monde chrétien. Les riches Grecs qui en font partie se doivent de demeurer, avec leur famille, non loin du patriarcat orthodoxe, à côté du phare d'Istanbul (c'est pourquoi on les désigne sous le nom de « phanariotes » – « phare », en grec, se dit *phanar*). Ils occupent diverses fonctions. Leur goût pour les langues et leur connaissance du monde chrétien les font devenir, aux XVIIe et XVIIIe siècles, à l'époque où, peu à peu, l'empire s'ouvre sur l'extérieur, les grands *drogmans*, les traducteurs et interprètes par qui passe toute communication avec l'Occident.

13

Les femmes

Où sont les femmes ? se demandent sans doute les lecteurs de ce livre, et plus encore ses lectrices. Notre voyage a commencé il y a un bon millénaire. Il est plus que temps de se retourner sur le chemin parcouru et de se poser la question. Où se trouve donc la moitié de l'humanité ? On a si peu eu l'occasion de l'évoquer jusqu'ici. Chacun a une idée de la réponse, tout au moins pour ce qui concerne le monde des princes et des souverains à l'époque de l'Empire ottoman. Qui ignore où Mehmet, Soliman et les autres

REPÈRES

– La riche veuve et première croyante **Khadija** (v. 555-619)
– La fille préférée **Fatima** (v. 606-632)
– L'épouse préférée **Aïcha** (v. 614-678)
– La princesse berbère **Kahina** (VIIe siècle)
– La grande mystique **Rabia** (714-801)
– La mère de Haroun al-Rachid **Al-Khayzuran** (morte en 789)
– La femme de Haroun al-Rachid **Zubayda** (morte en 832)
– La favorite du sultan d'Égypte **Chajar ad-Durr** (morte en 1257)
– La rivale d'Ibrahim Pacha et la favorite de Soliman **Roxelane** (1506-1558)

mettaient leurs femmes ? La réponse tiendrait donc en un mot : le harem. Nous reviendrons sur ce lieu chargé de tant de fantasmes. Épuise-t-il le sujet ? Rester confinées dans un endroit séparé serait donc le seul destin de la plupart des femmes dans cet Orient dont nous avons vu qu'il est, par ailleurs, si civilisé ? Ce constat désolant n'est pas si loin de la vérité.

Femmes de pouvoir

Il est équitable d'appliquer au sort réservé aux femmes l'exercice auquel nous venons de nous livrer à propos des minorités. Pour le coup, la comparaison est clairement favorable au monde occidental. Comment nier cette évidence ? Il ne s'agit pas de faire de la chrétienté un paradis de parité et de féminisme. Bien évidemment, ce monde est fondé sur la domination masculine. Mais celle-ci n'implique nullement une exclusion totale des femmes de la vie publique : à tous les échelons de la société, dans les rues des villes, les champs, les châteaux et les cours princières, les deux sexes se côtoient. Il suffit de tourner les pages de n'importe quel livre d'histoire de l'Europe pour constater que, à toutes les époques, la loi réservant aux seuls mâles le droit de régner sur autrui souffrit des exceptions. Nombreuses furent les femmes de pouvoir, de Brunehilde, puissante reine des temps mérovingiens, à Isabelle la Catholique, dont on a vu avec quelle poigne de fer elle entendait faire triompher le catholicisme castillan ; de Jeanne d'Arc, la guerrière française, à Marie-Thérèse d'Autriche et à Catherine la Grande de Russie, ces deux impératrices qui marquèrent le siècle des Lumières. On pourrait en trouver bien d'autres chez les intellectuelles ou encore parmi les grandes figures de la religion. Le fait est là. On aura bien plus de mal à dénicher autant d'équivalents dans l'univers musulman que nous venons de parcourir.

Contrairement à une idée communément admise, il n'est pas si facile de faire remonter cette misogynie aux fondements de la religion. On pourrait trouver plutôt, dans les textes, une philosophie tout à fait opposée. Le Prophète lui-même, d'innombrables récits de sa vie en donnent acte, aimait les femmes, leur compagnie, leur beauté, mais aussi leurs conseils et leur appui. Aucun musulman n'a oublié que le premier croyant fut une croyante, Khadija, la riche veuve que Mahomet a épousée alors qu'elle était de quinze ans son aînée et qui fut son premier soutien après la révélation.

La base de la religion musulmane, nous explique le *Dictionnaire du Coran*, est que « tous les êtres humains sont égaux dans leur rapport à Dieu », et le livre saint « insiste autant sur l'identité des devoirs et des droits de l'homme et de la femme que sur la précellence du premier sur la seconde dans certains domaines précis[1] ».

Dans ses aspects pratiques, la loi religieuse place en effet la femme dans une situation de subordination

1. Mohammad Ali Amir-Moezzi (dir.), *Dictionnaire du Coran*, Robert Laffont, coll. « Bouquins », 2007, article « Femme ».

vis-à-vis de l'homme, et ce dans nombre de domaines, jusqu'aux plus intimes : « Vos femmes sont pour vous un champ de labour, disent les célèbres versets de la deuxième sourate. Allez à votre champ comme vous voulez. » Cela touche de nombreux sujets. Le témoignage d'une femme vaut la moitié de celui d'un homme. Elle touche la moitié de l'héritage qu'auront ses frères. Son mari peut la répudier en prononçant trois fois une simple formule, tandis qu'elle a besoin, pour se séparer de lui, d'engager une lourde procédure judiciaire. Cependant, il peut être intéressant une fois de plus, pour les comprendre autrement, de resituer ces normes dans le contexte dans lequel elles ont été pensées. Elles sont inégalitaires, c'est un fait. Mais elles améliorent considérablement le statut de la femme par rapport à ce qu'il était dans les sociétés antéislamiques. Tous les musulmans savent que Mahomet mit fin à la pratique barbare de l'infanticide des petites filles, courante jusqu'alors. Le reste va dans le même sens. Percevoir la moitié de l'héritage, par exemple, paraît scandaleux à un esprit paritaire d'aujourd'hui. Cela paraissait probablement scandaleux aussi à d'autres esprits du temps, pour des raisons inverses. Dans bon nombre de sociétés, les filles, considérées comme de simples objets, n'avaient droit à rien. L'autre exemple classiquement utilisé pour appuyer cette démonstration est celui de la polygamie. Le Coran l'autorise, mais en la limitant. Auparavant, elle était sans frein. Elle demeure permise, jusqu'à quatre épouses, avec une condition *sine qua non* : un homme ne peut prendre ces femmes que s'il est à même de les traiter de façon égale – ce qui rend la chose matériellement très difficile pour la plupart des individus.

Gynécée

L'islam, dès sa naissance, a donc créé une dynamique d'amélioration du sort des femmes. Pourquoi ne pas poursuivre dans cette voie ? Tel est aujourd'hui le raisonnement des nombreux penseurs du féminisme musulman. Ce type de réflexion n'est apparu qu'à partir du XIXe siècle, quand, comme nous le verrons, a commencé un immense travail de réforme de la pensée[1].

Avant cela, on en reste le plus souvent à une lecture littérale. La ségrégation entre les sexes est totale. La femme est donc, pendant des siècles, l'éternelle mineure, une ombre discrète que nous n'avons vue passer que par exception dans nos pages. Comment aurait-il été possible de l'apercevoir plus souvent ? Cantonnée à la sphère domestique, elle sort si peu. Cela ne signifie nullement qu'elle ne compte pas. Son pouvoir, quand elle est mère, s'étend à toute la maisonnée, mais il n'en dépasse pas le seuil.

Là encore, il convient de faire entrer des nuances dans le tableau. L'orientaliste féministe américaine Nikki R. Keddie nous explique par exemple que la réclusion des femmes est beaucoup plus marquée

1. Voir chapitre 17.

dans les hautes classes que dans les basses, ne serait-ce que parce que, dans ces dernières, les épouses doivent travailler[1]. Elle insiste aussi sur le fait que ces pratiques ne sont pas propres à l'islam. Les califes ne commencent à enfermer leurs épouses et concubines dans des harems qu'à partir de la fin du VIIIe siècle, et ils le font par imitation de ce qui se passait dans les aristocraties des deux grands régimes qui les ont précédés, l'empire sassanide zoroastrien de Perse et l'empire chrétien de Byzance. On pourrait ajouter que le second, d'une certaine manière, prenait le relais de la société grecque de l'Antiquité, elle aussi prompte à reléguer les épouses au « gynécée », l'appartement des femmes.

Au cours de l'histoire, il existe des moments de plus large ouverture. Il arrive parfois que de grands esprits se désolent du sort réservé à l'autre moitié de l'espèce. « Notre société ne fait pas de place au talent des femmes, écrit Averroès, le philosophe andalou du XIIe siècle. Elles semblent n'être destinées qu'à porter des enfants et à s'en occuper, et cet état de servitude a détruit leur capacité à entreprendre des choses plus ambitieuses[2]. » Dans l'Égypte des Mamelouks, vers le XIIIe siècle, des femmes exercent certaines professions, comme celles touchant à l'immobilier, le prêt d'argent ou encore la vente de produits féminins. Pour autant,

---

1. Nikki R. Keddie, *Women in the Middle East*, Princeton University Press, 2007.

2. Cité *in* John Freely, *Lights from the East. How the Science from Medieval Islam Helped to Shape the Western World*, I. B. Tauris, 2011.

ce n'est pas la règle générale. Albert Hourani cite un théologien du XIVe siècle qui se réfère à ses « pieux prédécesseurs » pour affirmer qu'une femme ne devrait avoir que trois occasions de quitter le domicile : « Quand elle est conduite à la maison de son époux, le jour de la mort de ses parents, et le jour où on l'emporte à sa dernière demeure[1]. » Il faut croire qu'il a longtemps été entendu. Les deux éléments qui frappaient le plus les visiteurs occidentaux à Istanbul au XVIe ou au XVIIe siècle, nous rappelle Frédéric Hitzel, étaient le silence – dû aux babouches des marcheurs, car il était impossible de faire circuler les charrettes tirées par des chevaux dans une ville aussi pentue – et l'absence de femmes dans les rues[2].

Fatima, Aïcha, Rabia et les autres

Heureusement, il existe, dans ce monde comme dans tous les autres, des exceptions à la règle, quelques grandes figures féminines qui ont marqué les siècles que l'on vient de parcourir et qui comptent beaucoup pour les musulmans, et sans doute plus encore pour les musulmanes.

Du temps même du Prophète, outre Khadija, sa première épouse, deux personnalités féminines ont été et restent marquantes. La première est Fatima, sa

1. Albert Hourani, *Histoire des peuples arabes*, *op. cit.*
2. Frédéric Hitzel, *L'Empire ottoman*, *op. cit.*

fille. Elle est admirée pour sa pureté par tous les musulmans. En tant que femme d'Ali, mère de Hassan et de Hussein, elle est vénérée par les chiites. La seconde est Aïcha, l'« épouse préférée », dont le caractère trempé est légendaire. Aïcha est la fille d'Abu Bakr, l'ami de Mahomet qui devient son premier successeur. Cette parenté l'entraîne dans les terribles guerres qui s'engagent sur ces affaires de succession. Femme d'énergie, véritable chef de clan, elle y prend une part active. Ne va-t-elle pas jusqu'à participer à la « bataille du chameau », ainsi nommée parce qu'elle y assista perchée sur le dos de cet animal ? Elle espérait applaudir la victoire de son camp contre son ennemi Ali, le gendre du Prophète. Il y survécut. Aïcha, dépitée, fut reconduite à Médine et l'on n'entendit plus parler d'elle.

Pendant la conquête de l'Afrique du Nord, à la fin du VIIe siècle, les Arabes voient se dresser contre eux une princesse berbère, que l'on dit parfois d'origine juive, la Kahina. Fille d'un chef local, elle parvient, à la mort de ce dernier, à prendre la tête des tribus qu'il a fédérées et mène la résistance. Après des années de lutte, elle est vaincue, mais elle fait aujourd'hui encore au Maghreb figure d'héroïne.

Au VIIIe siècle, Rabia, une fille de Bassora peut-être issue d'une famille d'esclaves, devient l'une des plus célèbres mystiques de son temps. Comme tous ses pairs, elle n'a que faire des règles de l'ici-bas, sa seule obsession est de se fondre dans l'amour absolu voué à Dieu. Elle compte bientôt de nombreux disciples. Elle en a encore beaucoup aujourd'hui. Rabia est considérée comme une des principales figures du courant mystique musulman, le soufisme.

On peut citer aussi, au titre des personnalités politiques, Al-Khayzuran, mère de Haroun al-Rachid, qui parvint à manœuvrer habilement pour placer son fils sur le trône et, avec le vizir Yahya, dirigea l'empire abbasside pendant les toutes premières années de son règne.

Plus incroyable est le destin de la joliment nommée « forêt de perles », Chajar ad-Durr. Cette esclave dont l'origine est inconnue, favorite du sultan d'Égypte, joue un rôle clé dans les moments troubles de la fin de la dynastie ayyoubide, celle des descendants de Saladin. À la mort du sultan en titre, les généraux mamelouks la poussent sur le trône. On fait battre monnaie à son effigie, on prononce son nom à la mosquée. Le lointain calife de Bagdad s'en offusque. Quelques mois plus tard, la sultane est contrainte d'épouser un de ses généraux, qui prend le titre de sultan. Elle continue à gouverner quand il est absent, et finit par le faire tuer, avant d'être assassinée par les partisans du Mamelouk défunt. Bien que pendant très peu de temps, elle aura donc été, comme Cléopâtre, reine d'Égypte. Elle aura aussi été l'une des rares femmes à gouverner une terre musulmane. Seules une sultane en Inde durant ce même XIIIe siècle, une poignée de reines mongoles et quelques rares autres femmes disséminées au long des siècles eurent ce privilège.

En Europe, à défaut de détenir le pouvoir en leurs mains propres, beaucoup de femmes se sont fait connaître par leur proximité avec lui. On sait l'influence qu'ont eue sur les rois d'innombrables reines ou maîtresses. Dans un monde où la vie privée ne doit exister que cachée au regard d'autrui, sous l'épais voile du tabou social, même les épouses ou les favorites des califes ou des sultans ne sont guère connues. Outre Zubayda, la femme de Haroun al-Rachid, révérée pour les fondations pieuses qu'elle fit établir de Bagdad à La Mecque, un seul contre-exemple vient à l'esprit. Il nous ramène au XVIe siècle ottoman. C'est celui de Roxelane, comme on appelle en Occident celle que l'Orient nomme Hürrem, « la joyeuse », le surnom qu'elle reçut au harem. Son destin a fasciné. À juste titre. Fille d'un pope des régions correspondant aujourd'hui à la Pologne et à l'Ukraine, elle est capturée alors qu'elle est encore adolescente, vendue comme esclave, puis placée dans le harem impérial. À l'issue d'une ascension spectaculaire, ayant réussi à se faire remarquer, aimer et épouser par Soliman, elle devient la femme la plus influente d'une des plus grandes puissances du monde. L'affection qu'éprouve le sultan pour elle, l'intérêt qu'il trouve dans ses conseils se lisent dans leur correspondance. Les sommets portent au vertige. La belle sultane est prête à tout pour rester à la place où elle est montée. Le grand vizir Ibrahim Pacha, le favori de toujours de Soliman, l'autre être qui partage son cœur, est son principal rival. Les fils qu'a eus le sultan avec une autre épouse sont les rivaux de ses fils à elle. Si l'on en croit nombre d'historiens, elle réussit, grâce à un sens hors pair de l'intrigue et de la manigance, à pousser son impérial époux à se débarrasser de tous.

Sérail

Roxelane domine et règne depuis le lieu assigné à son sexe : le harem. Nous revoici face à ce mot tout parfumé d'Orient et si chargé de fantasmes. De fantasmes masculins, il va de soi. On voit mal quelle femme rêverait d'un univers aussi étouffant. Le nom lui-même est d'une pieuse austérité. Ce qui est *haram*, c'est ce qui est interdit par la loi religieuse. À Istanbul, le harem se trouve dans un palais. En turc, le mot, dérivé du persan, est *saray*. C'est pourquoi, en français, on parle aussi de « sérail ». La référence est plus élégante. La réalité ne l'est pas tant. Le but officiel de l'endroit est d'assurer le divertissement du sultan, et surtout sa reproduction dans les meilleures conditions. Le harem tient du haras, en somme. Y vit une société innombrable de femmes, la plupart d'origine servile, le plus souvent achetées dans le Caucase. Elle est organisée en catégories subtiles, mais toujours définies par rapport au seul être qui compte, le sultan. On distingue celles qui ont seulement été remarquées par lui, celles qui ont déjà été honorées, celles qui lui ont donné un fils, etc. L'ensemble forme une sorte de pyramide de l'honneur au sommet de laquelle on trouve les deux principaux personnages – outre le maître suprême – admis dans les lieux et gouvernant tous les autres, la *sultane validé*, mère du sultan au pouvoir, et le chef des eunuques, qui règne sur les seuls hommes. Officiellement, le temps se passe à parfaire l'éducation des pensionnaires, dans une atmosphère qui tient plus du couvent que de la maison de plaisirs : bonnes manières, musique, langue ottomane, etc. Au quotidien, cet univers confiné se révèle un capharnaüm où tous les moyens, de l'intrigue au poison, sont permis pour se débarrasser des autres. Du temps de Roxelane, un incendie se déclare dans le palais éloigné où se trouve le harem et lui permet de plaider en faveur d'un déménagement. La voilà installée au cœur même de Topkapi, centre du pouvoir. Son goût pour celui-ci est tel qu'elle inaugure cette période de l'histoire ottomane connue sous le nom de « sultanat des femmes ». Durant plus d'un siècle, toutes les grandes questions liées à la succession se règlent depuis un endroit clos transformé en nid de vipères dont les habitantes ne peuvent sortir et doivent communiquer avec l'extérieur à coups de messages transmis par les eunuques. Tout s'y décide dans un raffinement d'intrigues qui se révèle évidemment dévastateur. Seule l'arrivée d'un véritable homme d'État, le premier des grands vizirs de la famille Köprülü, au milieu du XVIIe siècle, parvient à sauver l'empire de la catastrophe. Comme le règne de la Pompadour en France, le sultanat des femmes a enraciné dans les esprits l'idée qu'un pouvoir laissé entre leurs mains aboutissait forcément au pire. Dans l'histoire de l'Empire ottoman comme dans celle du monde, cent exemples de pouvoir strictement masculin ayant conduit à des désastres plus grands encore peuvent être cités sans que personne en ait jamais déduit grand-chose sur l'incapacité naturelle des hommes à conduire un pays.

★
★ ★

Homosexualité

Ajoutons à ce chapitre un codicille. Outre les fantasmes qu'il projetait sur le harem, l'Occident a longtemps nourri une autre obsession à propos du monde turc, et plus généralement du monde musulman. Dans les prêches enflammés des bons prêtres qui promettaient l'enfer aux infidèles, dans les récits rapportés par les voyageurs ou les captifs, elle revient sans cesse. Tous les « mahométans » sont sodomites. On remarquera qu'ils ne sont pas les seuls à subir ce préjugé et que nous sommes là face à un classique de la xénophobie. Les sociétés accusent les autres de ce qui leur fait le plus peur. Ainsi, au XVIe et au XVIIe siècle, les Français désignent couramment comme le « vice italien » celui que les Italiens prêtent plutôt aux Allemands, dont les mercenaires sont soldats de par l'Europe, tandis que les Anglais se persuadent que cette pratique est française, et ainsi de suite. Sur un plan anthropologique, ces préjugés géographiques sont évidemment sans fondement. Tous les spécialistes en conviennent, toutes les études le prouvent, l'homosexualité d'une partie de la population, selon des degrés qui vont du désir exclusif à la pratique exceptionnelle, est un invariant de l'ensemble des sociétés humaines. Reste que, comme n'importe laquelle de ces sociétés, le monde musulman a manié cette réalité d'une façon qui lui appartient.

À l'instar de la Bible, qu'il reprend sur ce point, le Coran condamne sans appel le « peuple de Loth », c'est-à-dire les gens de Sodome, que Dieu aurait puni pour son commerce « contre nature ». De même que dans les mondes chrétien et juif, l'homosexualité est strictement interdite en principe. De même que chez les chrétiens et les juifs, elle a toujours été pratiquée, de façon plus ou moins cachée selon les époques, par les musulmans, mais en vertu de normes spécifiques. On peut, à ce titre, s'interroger sur le mot même que l'on emploie ici. Le terme d'« homosexualité » a été forgé en Occident à la fin du XIXe siècle. Par son étymologie, il renvoie à l'idée d'une sexualité entre semblables (*homos*, « le même »), bâtie parallèlement à l'hétérosexualité, le désir pour l'« autre ». Dans un univers strictement patriarcal comme celui que nous venons de décrire, reposant sur la domination masculine, les choses sont posées différemment. Le grand tabou ne réside pas dans le sexe de la personne avec qui l'on pratique la sexualité, mais dans le rôle que l'on tient : le vrai transgresseur est le passif, puisqu'il accepte d'abandonner symboliquement son rôle de « mâle » pour prendre celui de la femme. L'actif, lui, ne fait qu'exercer sa virilité, ce qui ne suscite nul opprobre et peut même éventuellement lui valoir des compliments.

Une telle structure mentale explique ce phénomène que l'on a déjà évoqué et qui court, dans tout le monde musulman, des temps premiers de la conquête au XVIe siècle : le goût pour les éphèbes. Dans un monde où le désir pour les femmes est si dangereux et si compliqué, il est admis que l'on se reporte sur les jeunes hommes dès lors qu'on les choisit dans les populations considérées comme socialement inférieures – les esclaves ou les minorités. Au sein de l'Empire ottoman sont prisés les jeunes Grecs, Juifs ou Tsiganes. La plupart des poètes arabes ont chanté la beauté des adolescents. Fuzuli ou Baki, grands poètes ottomans classiques, ont maintenu cette tradition. Tout au long de l'histoire de l'empire, deux personnages importants sont liés à cette fantasmatique que l'on qualifierait aujourd'hui d'homoérotique, le *köcek*, qui se farde et danse à la taverne devant les hommes, et le *tellak*, le garçon de bain du hammam, qui pratique les massages et, à l'occasion, vend ses faveurs sexuelles. On trouve trace ici et là de l'histoire d'un *tellak* qui rendit fou de jalousie un commandant des janissaires en se donnant à un autre gradé, déclenchant une véritable guerre entre régiments. Malgré nos recherches, nous n'avons pas réussi à déterminer si cette histoire était forgée ou réelle. On notera que, en faisant grand cas de l'amour pour les adolescents, le monde ottoman renouait avec la longue tradition de l'Antiquité gréco-romaine qu'en Occident le christianisme avait interdite.

14

L'esclavage

Comme le christianisme, l'islam a produit une grande civilisation. Comme le monde chrétien, le monde musulman a acquis une large part de sa prospérité grâce à l'esclavage. On pourrait écrire la même chose de la plupart des grandes civilisations du monde. Qu'elles soient grecque, chinoise, aztèque ou africaines, toutes ont été fondées sur l'asservissement d'une partie des humains par une autre. Le premier parallèle que nous avons établi revêt toutefois, pour notre ouvrage, un sens particulier. Depuis la fin du XXe siècle, il revient comme un leitmotiv lourd de reproches dans la bouche des autoproclamés « défenseurs de l'Occident chrétien », lequel serait menacé par les excès de culpabilisation que des esprits pleurnichards voudraient lui imposer. Dès qu'est abordée la question de l'esclavage occidental, il se trouve toujours, désormais, des voix venues de ce camp pour lancer une question qui se veut une contre-offensive : « Pourquoi ne parle-t-on jamais de l'esclavage chez les Arabes ? »

Étrangeté des mauvais procès. Qui a jamais interdit que l'on aborde ce sujet ? Qui a jamais refusé d'en parler ? Il faut croire que ceux qui l'instruisent ne savent pas lire. On ne peut manquer de leur conseiller quelques-uns des nombreux excellents ouvrages qui traitent de la question[1].

Le fait est que, depuis leur origine et même jusqu'au XIXe siècle (date des premières abolitions), les sociétés musulmanes dans leur ensemble ont pratiqué l'esclavage à très grande échelle. Elles ne l'ont pas inventé. L'esclavage était présent dans toutes les sociétés de l'Antiquité. Pas plus que la Bible des juifs et des chrétiens, le Coran ne l'a interdit. Comme l'Ancien Testament, il l'a néanmoins codifié pour aboutir à une amélioration de la situation qui préexistait, selon un mécanisme similaire à celui que l'on vient d'évoquer pour la condition des femmes. Le Livre donne un statut à l'esclave, qui n'en avait aucun. Celui-ci, nous explique le *Dictionnaire historique de l'islam*, est à la fois une chose qui peut faire l'objet d'une transaction commerciale, ce qu'il était déjà par définition, et – ce qui constitue une nouveauté radicale – une personne qui jouit de certains droits, doit être traitée sans violence et, aux yeux de Dieu, est l'égale des autres musulmans[2]. Bilal, un des plus proches compagnons de Mahomet, était un ancien esclave éthiopien. Il devint le premier muezzin de l'islam. Le Prophète ne cessa d'encourager l'affranchissement, un acte ver-

1. Voir la bibliographie en fin de volume.
2. Janine et Dominique Sourdel (dir.), *Dictionnaire historique de l'islam*, PUF, coll. « Quadrige », 2004.

tueux parmi tous. L'anthropologue et historien Malek Chebel, en introduction de la somme qu'il a consacrée au sujet, cite ce hadith *authentique*, comme on appelle les dits de Mahomet certifiés par les érudits : « Dieu n'a rien créé qu'il aime mieux que l'émancipation des esclaves et rien qu'il ne haïsse plus que la répudiation[1]. » Si le Coran loue celui qui libère les captifs, il ne punit pas pour autant celui qui en possède. C'est toute l'ambiguïté de cette histoire. Abu Bakr, le premier calife, nous explique Chebel, dépensa sa fortune en rachetant des esclaves qu'il affranchit. Le suivant, Omar, revint aux grandes traditions antéislamiques. Les immenses conquêtes arabes fournissaient d'énormes stocks de prisonniers. On en fit des esclaves.

Le marché des esclaves

Les empires successifs qui s'établissent – Omeyyades de Damas, Abbassides, Omeyyades de Cordoue, etc. – ont de gros besoins. On s'approvisionne de toutes les façons possibles. Soit, comme on vient de le voir, grâce aux guerres. Soit tout simplement par l'achat de captifs razziés ailleurs par d'autres, comme cela se pratique depuis la nuit des temps. Les esclaves de la société musulmane sont de toute provenance et de toute race. Pendant les premiers siècles, on se fournit beaucoup en Europe centrale et du Nord. Peuplé de païens, le monde slave semble constituer une source

1. Malek Chebel, *L'Esclavage en terre d'islam*, Fayard, 2007.

inépuisable de réserves humaines. Les Romains s'y fournissaient déjà, Byzance continue de le faire, les Arabes prennent le relais. Les langues elles-mêmes s'en ressentent. Alors que le latin, pour désigner le bétail humain, utilise le mot *servus*, qui a donné service, serviteur, serf, etc., le Moyen Âge occidental passe au mot « esclave » ou encore « esclavon », c'est-à-dire celui qui vient des pays peuplés de « slaves ». Le même phénomène s'observe en Espagne. En arabe, esclave se dit *abd*, mais en Andalousie, qui en fait une grande consommation, ils deviennent des *saqaliba*, c'est-à-dire des gens du pays slave.

Le commerce est très bien rodé. L'esclave est, pour l'Occident du haut Moyen Âge, un article d'exportation courant. Aux temps carolingiens, la plaque tournante en est la ville de Verdun, d'où la marchandise est acheminée vers le sud par des négociants juifs qu'on appelle les radhanites.

L'Asie centrale est un autre foyer d'approvisionnement. On se souvient que les premiers Turcs entrèrent dans le monde abbasside de Bagdad comme esclaves militaires des califes[1]. Les Mamelouks d'Égypte – dont le nom, en arabe, signifie précisément « la chose possédée » – sont razziés ou achetés parmi les Géorgiens, les Circassiens ou les Coumans, des peuples qui habitent dans le Caucase, entre la mer Noire et la mer Caspienne.

Et puis il y a l'Afrique, ravagée par le fléau de la traite. À partir du XVIe siècle, les Européens mettent en place sur toute la côte ouest le « commerce d'ébène »,

1. Voir chapitre 4, p. 95 et suivantes.

comme on appelle par euphémisme la déportation de millions d'êtres humains affectés à la coupe de la canne ou du coton dans les plantations outre-Atlantique – Antilles, Amérique latine, puis Amérique du Nord. Bien avant cela déjà, les marchands arabes pillaient le continent par le centre et l'est. Les routes sont diverses. L'île de Zanzibar est la plate-forme d'où partent les bateaux qui rejoignent la mer Rouge ou l'océan Indien. On peut aussi faire remonter les captifs par le Nil pour les acheminer jusqu'aux marchés du Caire ou d'Alexandrie. De là ils sont revendus tout autour de la Méditerranée. On peut enfin suivre les grandes pistes transsahariennes, qui voient donc périodiquement passer, durant des siècles, ces troupeaux de pauvres hères accablés de peur et de soleil, marchant sur le sable brûlant en direction des centres de Tripoli, de Tunis ou d'Alger, ou encore du sultanat du Maroc, qui en fut un énorme consommateur.

À quoi sert un esclave ?

Contrairement à ce qui se passe de l'autre côté de l'Atlantique, ou à ce qui se passait dans l'Empire romain, les esclaves du monde arabo-musulman ne sont pas massivement utilisés pour les travaux agricoles, bien que cela puisse arriver. Les historiens connaissent tout particulièrement l'exemple des Zanj. Ces esclaves noirs qui travaillaient dans les marais du bas Irak ont marqué la chronique par leur incroyable révolte qui, à la fin du IXe siècle, fit trembler l'empire abbasside pendant près de quinze ans. Menés par un prédicateur chiite enflammé, ils réussirent à prendre des villes et à menacer Bagdad, avant d'être écrasés par une répression féroce.

Pour l'essentiel, les esclaves ont d'autres fonctions que celles liées à l'agriculture. D'abord, ils sont soldats. Des Turcs à la mythique « cavalerie noire » du sultan du Maroc Moulay Ismail (qui a régné de 1672 à 1727), des Mamelouks d'Égypte aux janissaires ottomans, pratiquement toutes les troupes d'élite sont d'origine servile. Les esclaves sont aussi artisans, fonctionnaires, domestiques, et astreints à tous les travaux de la maison. Ils, ou plutôt elles, servent aussi à la satisfaction sexuelle du maître. Le Coran limite le nombre d'épouses à quatre, on l'a vu, mais il ne limite pas celui des concubines. Ceux qui en ont les moyens s'en offrent à foison.

La mansuétude que réclame le Coran dans le traitement qu'un maître doit réserver à ses serviteurs a-t-elle atténué leur malheur ? « De manière générale, écrit Frédéric Hitzel, la condition de l'esclave dans l'Empire ottoman est nettement meilleure que celle de l'esclave dans le monde grec ou romain[1]. » Il va de soi que le jugement n'est que relatif. Le paysage est protéiforme. Les esclaves remplissent tant de fonctions différentes qu'il est bien difficile d'établir une généralité. Comment comparer la vie d'un captif affecté à un travail abrutissant dans une palmeraie de

1. Frédéric Hitzel, *L'Empire ottoman*, *op. cit.*

la péninsule Arabique et celle d'un autre qui aurait accédé aux plus hautes fonctions de l'empire, comme on a vu que cela pouvait se produire ?

Au chapitre des violences, qui sont en réalité communément admises, il faut mentionner le recours massif à la castration. Comme le furent les Romains, puis les Byzantins, comme l'est à la même époque la Chine, les grands empires arabo-musulmans sont d'énormes consommateurs d'eunuques. Ils sont utilisés comme gardiens du monde des femmes, mais aussi, plus généralement, comme serviteurs dans les palais. La castration est interdite dans l'islam. La tâche est donc laissée aux non-musulmans. Durant le haut Moyen Âge, Verdun est un des centres où on la pratique. En Haute-Égypte, non loin de la ville d'Assiout, en existe un autre, tenu par des coptes, qui fonctionnera jusqu'au XIXe siècle. Partout, on ne sélectionne que des individus encore enfants. Les plus chanceux n'ont droit qu'à l'ablation des testicules. Ceux qui sont destinés à servir dans les harems subissent en outre l'amputation du pénis, remplacé par un petit tuyau en métal par lequel se fait la miction. L'opération s'effectue dans des conditions sanitaires si déplorables, nous apprend Malek Chebel[1], qu'on atteint des taux de seulement 10 survivants pour 100 opérés. D'où le prix considérable des eunuques, marchandise de grand luxe.

Les marchés aux esclaves d'Orient n'ont rien à envier à ceux de la Louisiane, du Brésil ou de Saint-

1. Malek Chebel, *L'Esclavage en terre d'islam*, *op. cit.*

Domingue où les planteurs achetaient leurs « nègres ». Les voyageurs européens en ont laissé d'amples descriptions. Les hommes sont à moitié nus pour qu'on puisse les jauger. Les femmes sont habillées, mais, tout au moins à Istanbul, on peut exiger de les examiner à loisir dans une pièce fermée à proximité. Quand les empires sont bien administrés, les choses se passent sous le contrôle de fonctionnaires qui veillent à la bonne marche des transactions et à la qualité de la marchandise. Mais ils ne contrôlent pas tout. Selon la loi, seuls les musulmans ont le droit de posséder des esclaves. Grâce à quelques subterfuges fort peu élaborés, par exemple en utilisant des prête-noms complaisants, tous les *dhimmis*, chrétiens et juifs, qui en ont les moyens réussissent facilement à s'en procurer.

★

★★

La pyramide sociale

Dans ses grandes lignes, le système que nous venons de décrire a fonctionné pendant près de mille cinq cents ans. Au temps de l'Empire ottoman, il présente quelques spécificités. On a déjà mentionné le *devchirmé*, la « cueillette » des enfants, cette sorte d'impôt du sang que les chrétiens des Balkans devaient verser au sultan, leur protecteur et maître, en lui donnant leurs fils. Il prend fin au début du XVIIIe siècle, mais le souvenir en reste vivace. Un siècle plus tard, au temps de la lutte pour l'indépendance, le mot *paidomazoma* (« collecte des enfants ») revient sans cesse dans les discours des Grecs pour attiser un peu plus la haine qu'ils éprouvent envers les Turcs.

Corso

Une autre forme d'esclavage caractéristique de la période eut cours en Méditerranée lors de ce qu'on appelle la « guerre de course », ou plus précisément le « corso ». Les spécialistes préfèrent désormais utiliser le mot italien de l'époque pour décrire la chasse acharnée que se livrèrent mutuellement pendant trois siècles les navires des puissances chrétiennes et ceux des corsaires des « régences barbaresques » – Tripoli, Tunis, Alger – vassales de Constantinople, auxquelles il faut adjoindre les marins du sultanat du Maroc, fort habiles à ce jeu[1].

L'arrière-plan géopolitique est évident. Turcs et chrétiens se disputent le contrôle de la Méditerranée, en particulier sa partie occidentale. Au XVIe siècle, les Espagnols jettent toutes leurs forces dans la bataille. Ils réussissent à conquérir bien des places sur la côte d'Afrique du Nord. Charles Quint lui-même entre à Tunis (en 1535), puis fait le siège d'Alger (en 1541), qu'il échoue à prendre. Deux décennies plus tard, Tunis repasse dans le camp ottoman. Les positions se figent. Le flambeau de la lutte est repris par un ordre

1. Les corsaires de Salé (à côté de Rabat) deviennent si puissants qu'ils réussissent au XVIIe siècle à fonder une petite république qui dure soixante ans (de 1666 à 1727).

religieux militaire comme ceux qui gardaient la Terre sainte au moment des croisades. À celui-là, qui vient d'être chassé de Rhodes par les Turcs (en 1522), le même Charles Quint a donné l'île de Malte. L'ordre des chevaliers de Saint-Jean de Jérusalem devient celui des chevaliers de Malte. Ce sont eux qui mènent le « corso maltais », la guerre maritime à outrance contre les successeurs de Barberousse, ces farouches corsaires au service du « grand seigneur », comme on appelle là-bas le sultan de Constantinople.

Pendant trois siècles on se pourchasse, on s'arraisonne, on se bombarde, pour des motifs qui tiennent apparemment de la confrontation entre deux univers mais qui relèvent aussi beaucoup du brigandage pur et simple. Le jeu en vaut la chandelle, les gains peuvent être énormes. Celui qui met la main sur un navire a pour lui la marchandise qu'il transporte, mais aussi sa cargaison humaine, qui peut rapporter bien plus. En échange des prisonniers, on demande des rançons. Si, par bonheur, ils sont de haute extraction, elles seront colossales. Les bénéfices de ce commerce sont tels que, bientôt, les Barbaresques ne se contentent plus de prendre les bateaux. Ils organisent des razzias sur les côtes. Toutes celles de la Méditerranée seront touchées par ce fléau.

Renégats

On a peu idée, aujourd'hui, de l'ampleur du trafic. L'historien américain Robert Davis estime à un million le nombre de chrétiens qui, en trois cents ans, croupirent dans les geôles infectes (que l'on appelle « bagnes », car l'un des premiers avait jadis été un bain) de Tunis ou d'Alger[1]. Le jour, ils servent des maîtres et sont affectés à divers travaux. De nombreux monuments en Afrique du Nord, surtout au Maroc, ont été construits en partie grâce à cette main-d'œuvre bon marché. Un ordre religieux installé sur place, les Trinitaires, s'occupe de leur éventuel rachat. Celui-ci peut intervenir vite, ou jamais. Dans ce dernier cas, la seule solution pour s'en sortir est de se convertir à l'islam, de se « faire turc », comme on dit, ou de s'enfuir. On peut aussi essayer de faire les deux, mais alors il faut tenir son récit bien prêt avant de retrouver l'Europe. Les historiens Bartolomé et Lucile Bennassar ont consacré un livre aux minutieux procès que l'Inquisition, en Espagne, au Portugal et en Italie, a intentés à ces revenants, réapparus subitement ou repris sur des bateaux ennemis. Étaient-ils des renégats qui méritaient la mort pour avoir abjuré la vraie foi, ou bien de braves chrétiens qui n'avaient renié leur dieu que sous la contrainte[2] ?

À cette époque, innombrables également sont les musulmans devenus, pour les mêmes raisons, captifs des Européens. Leur sort est moins documenté. Certains servent dans les galères, d'autres rejoignent la

1. Robert C. Davis, *Esclaves chrétiens, maîtres musulmans. L'esclavage blanc en Méditerranée (1500-1800)*, Éditions Jacqueline Chambon, 2006.
2. Bartolomé et Lucile Bennassar, *Les Chrétiens d'Allah*, Perrin, coll. « Tempus », 2006.

cohorte des esclaves domestiques qui sont alors utilisés dans toute l'Europe du Sud. Contrairement à une idée répandue, en effet, à l'époque moderne dont nous parlons (du XVIe au XVIIIe siècle) l'esclavage pratiqué par les Européens n'est pas circonscrit à la traite négrière vers les Amériques. Pour le coup, voilà un aspect très largement oublié. Qui se souvient spontanément que, bien après la Renaissance, Venise, Gênes avaient des marchés aux esclaves florissants ? Cela prouve qu'il y a toujours à creuser dans ce sujet passionnant et encore méconnu, tant pour sa face orientale que pour sa face occidentale[1].

Seul le royaume de France fait exception dans le paysage. Louis X le Hutin, en 1315, prend le nom de son peuple au pied de la lettre. Quiconque pose le pied sur les rivages des Francs devient « franc », c'est-à-dire libre. Les Français font grand usage de *nègres* dans leurs possessions des Antilles, mais ils prennent bien garde de n'en amener aucun dans le royaume. Ils seraient contraints de les libérer. Les provinces voisines, la Catalogne, les grandes îles méditerranéennes, les cités italiennes et jusqu'à la papauté utilisent force esclaves, des hommes provenant du corso ou d'ailleurs, et également des femmes, achetées aux mêmes marchands fournissant le monde musulman et qui arrivent de l'autre côté de la mer Noire.

---

1. Certains historiens commencent à s'intéresser à la question. Voir par exemple Roger Botte et Alessandro Stella (dir.), *Couleurs de l'esclavage sur les deux rives de la Méditerranée (Moyen Âge-XXe siècle)*, Karthala, 2012.

On ne sait pas grand-chose des « Turcs » que leur destin a menés en Europe. Leurs vies se sont perdues dans l'anonymat. On connaît mieux celles des captifs européens emmenés sur l'autre rive de la Méditerranée. En particulier ceux qui se firent « renégats », c'est-à-dire qui « renièrent » le christianisme. La littérature les a abondamment dépeints. On en croise beaucoup, par exemple dans le *Don Quichotte* de Cervantès, ou dans ses nouvelles. Le génie espagnol, fait prisonnier par les Barbaresques alors qu'il revenait de la bataille de Lépante, où il avait combattu, passa cinq ans dans les bagnes d'Alger. Il eut l'occasion de servir quelques-uns de ces renégats. Certains d'entre eux, après avoir choisi la conversion, montèrent très haut dans la nouvelle société où le sort les avait jetés. Au milieu du XVIIe siècle, Mourad Bey, ancien esclave devenu patron de Tunis, était si puissant qu'il fonda une dynastie et réussit à faire de son pays, toujours officiellement vassal de la Sublime Porte, un État quasi indépendant. Il était né corse et chrétien.

Un corps d'élite

C'est la principale différence entre nos deux univers, la grande spécificité du monde musulman à propos de la question qui nous occupe. Moralement, l'esclavage, dans son principe même, est une horreur. Le monde entier aujourd'hui s'accorde sur ce point, au moins officiellement, puisque toutes les nations l'ont aboli. Il ne s'agit donc pas de le justifier ou de l'excuser, mais de constater qu'il a acquis, dans les sociétés arabo-musulmanes, une place qui ne cesse de fasciner l'esprit occidental. Reprenons quelques-uns des éléments dont nous avons parlé. Dès les Abbassides, les armées sont massivement composées d'esclaves. Cela signifie que la protection de l'empire et son bras armé leur sont confiés. Les harems où les souverains ou les princes vont satisfaire leurs besoins sexuels, mais aussi leur besoin de descendance, sont peuplés d'esclaves. Cela signifie que la plupart des mères des plus grands dirigeants sont des esclaves. Nous avons vu que certaines pouvaient d'ailleurs avoir un rôle prépondérant dans la définition de la politique. Les deux personnages les plus importants de l'Empire ottoman du temps de Soliman le Magnifique sont son favori Ibrahim Pacha et sa femme Roxelane, deux anciens esclaves. Dans ce même empire, du fait du système du *devchirmé*, tout le corps administratif est d'origine servile, et ce jusqu'au plus haut niveau. L'immense majorité des grands vizirs en proviennent. En général, les historiens expliquent ce phénomène par la loyauté absolue que ces corps d'élite vouent forcément au prince à qui ils doivent tout. Coupés de leurs racines, de leur famille, de leur terre, ils n'ont que lui. Ainsi le monarque dispose-t-il d'une armée de civils qui lui permet de se placer au-dessus des intérêts des grandes familles et de déjouer les jeux de rivalités qui pourraient être préjudiciables à l'empire ou menacer son pouvoir. Nombreux, dira-t-on, sont les dirigeants qui ont cherché pareil appui. Louis XIV s'en alla chercher quelques-uns de ses plus fameux ministres, comme Colbert, parmi les bourgeois pour contourner l'influence des grands seigneurs. Les « jésuites » se sont constitués pour être une « armée du pape » qui, dans tous les pays, échappe aux pesanteurs des hauts clergés locaux.

Oui, on peut toujours, si l'on veut, faire des parallèles entre les systèmes de pouvoir. Lequel est allé aussi loin que le monde arabo-musulman dans l'opportunité offerte à certains de grimper, en une vie, jusqu'au sommet de l'échelle sociale ? En Occident, qui a jamais pu imaginer un esclave ministre ou haut fonctionnaire ? Qui, *a fortiori*, peut imaginer un esclave chef d'État ?

Le fait, incroyable pour un esprit européen, n'a rien d'exceptionnel dans le monde musulman. Au Xe siècle, Kafur, un eunuque noir, est gouverneur d'Égypte. On ignore s'il fut ou non un bon dirigeant. Il n'est resté célèbre qu'à cause des méchants vers qu'Al-Mutanabbi, un des plus grands poètes arabes, écrivit sur lui. Il avait d'abord été son courtisan. Après une brouille terrible, il se vengea en salissant la mémoire de son ancien protecteur de la pire des façons. Comment un peuple pouvait-il être asservi par un esclave ? se demandait-il en substance, assortissant ses railleries de maintes attaques physiques déplaisantes. Ce même peuple aura pourtant l'occasion de se reposer longuement la question. Entre le XIIIe et le XVIe siècle règnent au Caire les Mamelouks. Le mot même, on l'a dit, est l'un des multiples synonymes d'esclave. Ceux-là sont achetés, ou razziés enfants, parmi les Turcs coumans ou kiptchaks qui peuplent le nord du Caucase. Ils sont ensuite intégrés à cette troupe d'élite, qui était censée servir les sultans et qui finit, au milieu du XIIIe siècle, par leur ravir le pouvoir[1]. À cette époque, en Inde du Nord, le sultanat de Delhi est dirigé par la « dynastie des esclaves ». Deux siècles auparavant, au moment de l'éclatement de l'Andalousie musulmane en taïfas, plusieurs de ces petites principautés avaient été conduites par des *saqaliba*.

Tous ces exemples sont connus, répertoriés, disséqués. À ces études, il ne manque que la dimension psychologique, pourtant fascinante. Que pouvait bien penser, en finissant sa vie perché sur un trône, un être qui l'avait commencée en étant acheté comme un objet ? Cela reste un mystère, que nos lectures n'ont pas réussi à percer.

---

1. Le journaliste et historien André Clot a écrit sur eux un livre qui se lit avec un grand plaisir : *L'Égypte des Mamelouks. L'empire des esclaves (1250-1517)*, Perrin, coll. « Tempus », 1999.

15

L'Europe domine le monde

En juillet 1798, avec les 40 000 hommes et les 160 savants et artistes qu'il a emmenés avec lui, Bonaparte débarque à Alexandrie et se lance à l'assaut de l'Égypte. Il s'agit, pour le Directoire qui gouverne la France, d'éloigner ce jeune général trop ambitieux, mais aussi de conquérir un territoire stratégique qui peut bloquer la route des Indes à l'ennemi anglais. Le but officiel de l'expédition, annoncé par proclamation aux populations, est autrement plus noble. Les Français sont là pour aider le sultan de Constantinople à débarrasser les Égyptiens des Mamelouks, le vieil ordre militaire qui les oppresse depuis des siècles. Les Mamelouks sont vaincus en trois semaines, mais les Égyptiens

REPÈRES

– 1798-1801 : campagne d'Égypte
– 1805 : Mehmet Ali est nommé vice-roi d'Égypte
– 1814-1815 : congrès de Vienne et Sainte-Alliance
– 1830 : indépendance de la Grèce
– 1853-1856 : guerre de Crimée

et le sultan restent sourds aux amabilités des envahisseurs. Dès octobre 1798, une violente insurrection éclate au Caire. Et les Ottomans préparent leurs positions en Syrie et en Palestine pour attaquer les Français.

Comme partout ailleurs, Bonaparte fonce, même s'il ne sait pas très bien vers où. Il laissera dire plus tard qu'il se serait bien vu en nouvel Alexandre le Grand partant à l'assaut de l'Orient, après avoir entamé une carrière à Constantinople en « prenant le turban » pour s'y faire sultan. Les aléas militaires en décident autrement. Après quelques victoires, les Français butent sur Saint-Jean-d'Acre, vaillamment défendue par les Turcs. La peste décime leur armée. L'Égypte ne convient plus à l'impétueux général. Il la quitte sans beaucoup de gloire, réembarque en secret. La propagande fait son travail. À son arrivée au pays, Napoléon Bonaparte est accueilli triomphalement. Fin des rêves orientaux, un meilleur dessein l'attend. Deux ans plus tard, les derniers lambeaux de son ex-glorieuse armée sont évacués.

Sur le plan scientifique, la campagne est une réussite. Elle rapporte à l'Europe l'*égyptologie*, la science de l'Égypte ancienne, et aussi l'*égyptomanie*, le goût des pyramides, des hiéroglyphes et des pharaons, qui ne l'a pas quittée depuis. Sur le plan militaire, elle est un désastre. Seulement, celui-ci ne doit pas grand-chose au peuple que Bonaparte voulait conquérir. Les Anglais sont les véritables vainqueurs. Ce sont eux qui ont bloqué les Français en coulant leur flotte à Aboukir un mois après leur débarquement. Eux qui, avec leur marine, ont appuyé les Ottomans lors des batailles de Syrie-Palestine et leur ont permis de tenir Saint-Jean-d'Acre. Eux qui ont dénoué l'affaire, en 1801, en organisant la piteuse évacuation des dernières troupes françaises pour les rapatrier.

Insurrections

En 1804, les Serbes, dominés depuis le XIVe siècle par les Ottomans, se révoltent. S'enclenche un cycle infernal qu'on verra se reproduire souvent durant ce siècle : insurrection chrétienne, massacre de musulmans, féroce répression ottomane, massacres de chrétiens. Les insurgés ont d'abord été poussés dans le dos par les Russes, mais ceux-ci abandonnent assez vite. Comme toute l'Europe, prise dans la tourmente des guerres napoléoniennes, ils ont la tête ailleurs. Le mouvement patriotique est donc écrasé. Les Ottomans gardent le contrôle. Il faudra plusieurs autres révoltes pour qu'en 1830 la Serbie obtienne simplement l'autonomie vis-à-vis de la Porte.

En 1821, les Grecs, mus par le même sentiment national, répondent à l'appel insurrectionnel de l'archevêque de Patras. Ils se dressent à leur tour contre les Turcs. Un semblable mécanisme sanglant se met en marche. En 1822, les Turcs du Péloponnèse sont massacrés et l'indépendance grecque est proclamée à Épidaure. Constantinople, pour toute réponse, lance une violente contre-offensive, émaillée de massacres de chrétiens. L'Europe est en paix. Elle peut donc s'occuper de ce qui se trame au pied du Parthénon. Une vague de sympathie pour les insurgés l'enflamme. En Allemagne, en Angleterre, en France, le « philhellénisme » s'empare des grandes consciences, Shelley, Chateaubriand, Hugo, Delacroix. Lord Byron se lance dans la bataille et meurt à Missolonghi, ville grecque assiégée. Il succombe à la maladie avant d'avoir eu le temps de se battre. Qu'importe, la cause tient son grand martyr. Comme en Serbie, les Russes sont dans le jeu depuis le début. Cette fois, les Anglais et les Français s'y mettent aussi. Ils envoient leurs bateaux et coulent la flotte turque à Navarin en 1827. La Russie fait monter la pression d'un cran. En 1828, elle déclare la guerre à l'Empire ottoman. Le sultan est obligé de céder. En 1830, la Grèce est indépendante.

La même année, un autre fléau s'abat sur la vieille régence d'Alger, province la plus occidentale de l'Empire ottoman. Le dey, le gouverneur qui y règne au service de la Porte, trépigne. Il voudrait bien que les Français lui paient une vieille facture de livraison de blé remontant à l'époque de la Révolution. En 1827, lors d'une énième entrevue avec le consul de France, qui ne veut rien entendre, il perd ses nerfs et lui assène un petit coup de chasse-mouches. Mal lui en a pris. Le chasse-mouches provoque ce que l'on appelle aujourd'hui un effet papillon. Cause minuscule, conséquence gigantesque. Le roi Charles X, haï de ses sujets, cherchait une occasion pour redorer son trône. Quoi de mieux qu'une petite guerre extérieure ? Le coup d'éventail sera son prétexte. Nous sommes en 1827. Il faut attendre trois ans pour que Paris se décide à affirmer qu'un tel affront ne saurait rester impuni. Le 14 juin 1830, 50 000 soldats et marins débarquent à Sidi-Ferruch et se lancent à l'assaut d'Alger. Ils commencent, sans le savoir, une aventure qui va durer cent trente-deux ans. Bien des soldats et bien des violences seront encore nécessaires pour que la France réussisse à vaincre la résistance héroïque des populations de l'intérieur du pays, conduite par le charismatique émir Abd el-Kader. En cet été 1830, pour venir à bout des Turcs, une pichenette a suffi. Début juillet, les milices janissaires prennent la fuite et le dey s'exile. En trois semaines, la Sublime Porte, décidément très branlante, a perdu une nouvelle province.

Grand corps malade

Telle est l'histoire. Elle se répète ainsi *ad nauseam* pendant un siècle. De la fin du XVIIIe siècle (perte de la Crimée au profit des Russes) à 1914, l'Empire ottoman se démembre petit à petit. Tous les dix ou vingt ans, il subit de nouveaux coups, perd de nouvelles portions de territoire, s'effiloche un peu plus. À la veille de la Première Guerre mondiale, il a dû céder toutes ses provinces d'Afrique, devenues des colonies ou des protectorats européens. À cette même date, à l'exception d'un petit bout de la Thrace, il a perdu l'ensemble de ses possessions d'Europe. Elles se sont transformées en autant de pays indépendants dont chacun connaît les noms, la Serbie, la Grèce, le Monténégro, la Roumanie, la Bulgarie, l'Albanie, etc. Les peuples, saisis de la fièvre nouvelle du nationalisme, qui vient d'être inventé par les Révolutions américaine puis française, n'en pouvaient plus de la domination du vieux maître turc. Chaque fois, ils l'ont combattue avec courage. Notons toutefois qu'ils n'ont dû leur émancipation qu'au bon vouloir des puissances européennes. Elles ont décidé de tout : le calendrier des événements, le tracé des nouvelles frontières et le nom des princes qui devaient régner sur eux.

Du temps de Mehmet ou de Soliman, l'Empire ottoman faisait trembler la chrétienté. Au XIXe siècle, c'est un vieillard dont les États chrétiens se disputent les restes de fortune. Chez les diplomates, dans les chancelleries, on ne le désigne plus que comme l'« homme malade de l'Europe », métaphore qu'a employée un jour de 1853, à Saint-Pétersbourg, le tsar Nicolas Ier devant l'ambassadeur du Royaume-Uni.

Les autres puissances du continent sont en pleine forme. Jusqu'au siècle précédent, divers pays – la Chine, la Perse ou ce même Empire ottoman – pouvaient parler d'égal à égal avec elles. Le XIXe siècle est *le* siècle de l'Europe. Pourquoi ce petit « cap de l'Asie[1] » a-t-il connu pareil destin ? Chacun l'explique en fonction de son propre angle de vue. Cela tient, disent les chrétiens, au génie du christianisme, seule religion assez humaine et assez souple pour porter des

1. On doit l'expression au poète français Paul Valéry.

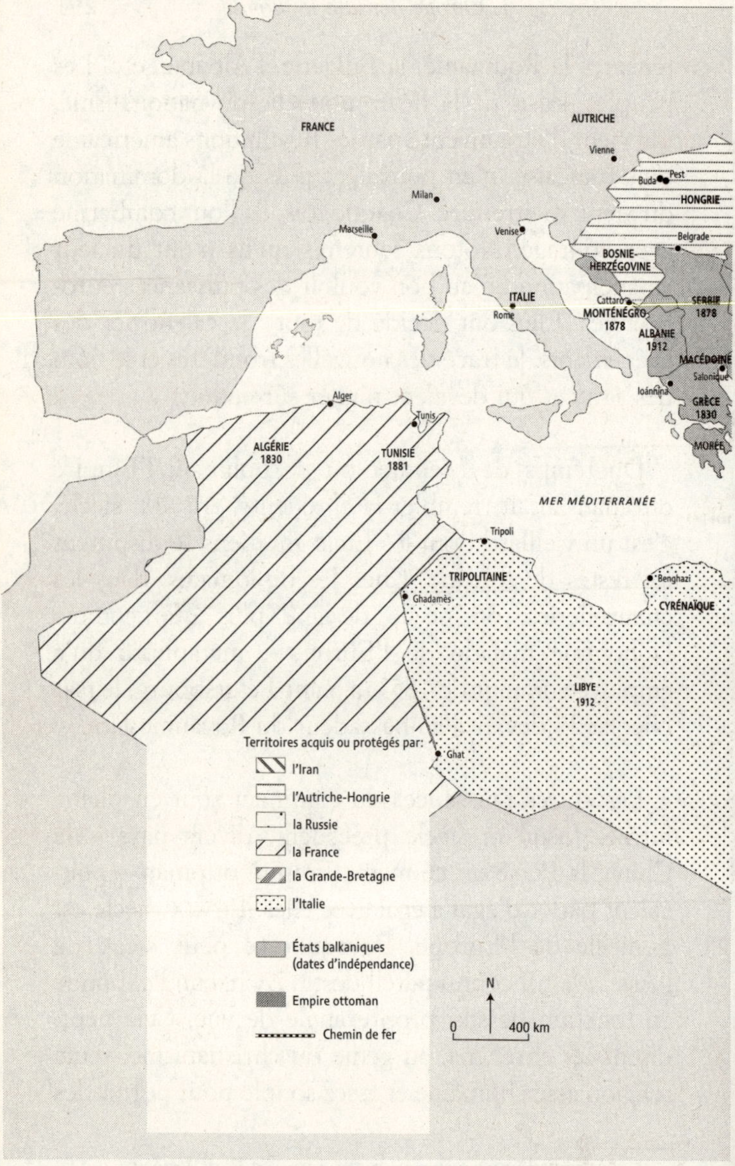
FRANCE
AUTRICHE
Vienne
Buda
Pest
HONGRIE
Milan
Marseille
Venise
Belgrade
BOSNIE-HERZÉGOVINE
ITALIE
Rome
Cattaro
MONTÉNÉGRO 1878
SERBIE 1878
ALBANIE 1912
MACÉDOINE
Salonique
Ioánnina
GRÈCE 1830
MORÉE
Alger
Tunis
ALGÉRIE 1830
TUNISIE 1881
MER MÉDITERRANÉE
Tripoli
TRIPOLITAINE
Benghazi
CYRÉNAÏQUE
Ghadamès
LIBYE 1912
Ghat
Territoires acquis ou protégés par:
l'Iran
l'Autriche-Hongrie
la Russie
la France
la Grande-Bretagne
l'Italie
États balkaniques (dates d'indépendance)
Empire ottoman
Chemin de fer
N
0
400 km

Le démembrement de l'Empire ottoman

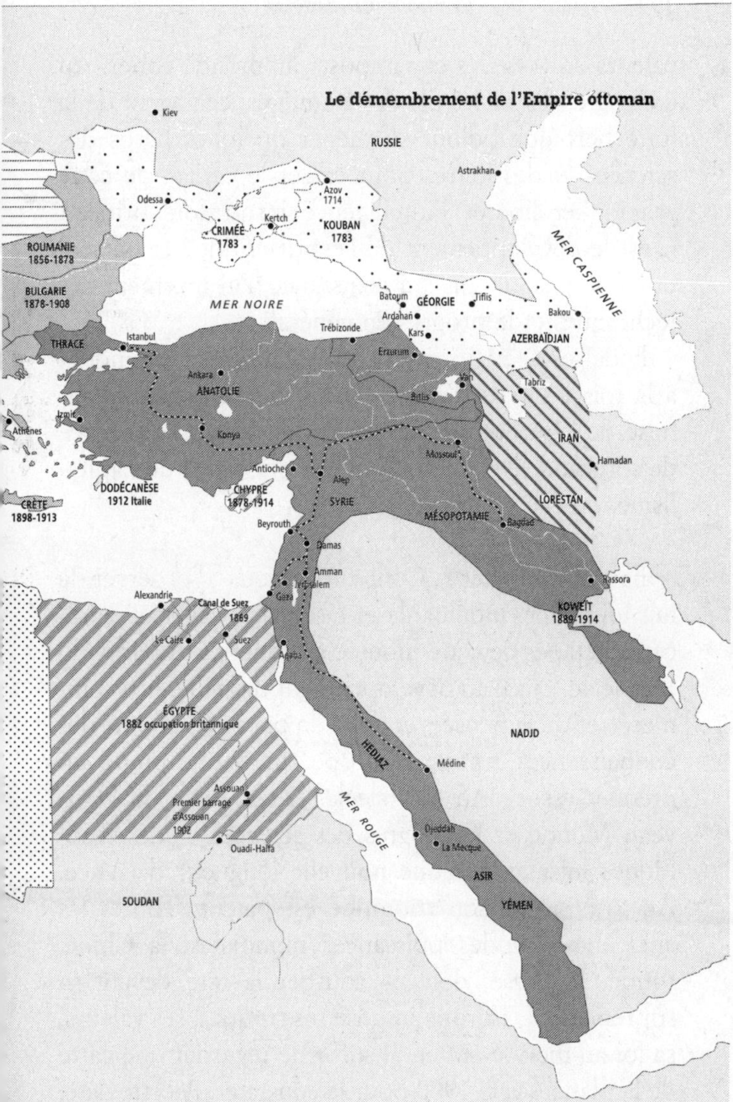

valeurs universelles et s'imposer au monde entier. Au contraire, disent les fils des Lumières, cela vient de la lutte héroïque qu'ont su mener quelques héros des sciences et des lettres pour casser le carcan de cette religion et libérer l'intelligence jusqu'alors bridée ! C'est le développement de l'esprit critique et lui seul qui a permis, depuis la Renaissance, l'avancement des techniques et le progrès en général.

Fadaises de petits-bourgeois voltairiens ! répondent à la fois les gens d'argent et les marxistes. La mainmise de l'Europe sur le monde ne tient qu'à la force de son modèle économique, à la puissance du capitalisme, qu'elle a inventé.

Faut-il trancher ? Contentons-nous d'observer le fait lui-même, indéniable et fascinant. On peut retracer les étapes de cette montée au sommet. À partir du XIIe siècle, grâce au développement des villes, du commerce et de la pensée, et aussi en partie à l'apport des connaissances arabes, l'Europe chrétienne prend un premier essor[1]. Au XVIe siècle, la conquête du Nouveau Monde et le progrès des sciences et des techniques lui assurent une nouvelle longueur d'avance. Au XIXe siècle, son triomphe est patent. Toutes les anciennes grandes puissances mondiales, la Chine, l'Inde, la Perse, doivent courber la tête devant sa suprématie. L'Europe impose ses troupes, ses valeurs, sa loi au monde entier. Il suffit de regarder une carte de la planète vers 1900 pour le constater. À cette date,

1. Voir chapitre 7.

seuls sept pays[1] ont échappé à la colonisation par l'une ou l'autre des puissances européennes, et ils n'ont dû cette très relative liberté qu'aux rivalités entre elles, chacune empêchant les autres de mettre la main sur les butins qu'elle convoite. Mais tous les pays sont soumis à l'influence de l'Europe. Le monde du XIXe siècle ressemble à un grand jeu de société. Les nations européennes sont les joueurs. Toutes les autres sont des pions qu'elles se disputent.

★
★★

Le grand jeu

Notre homme malade est un de ces pions. Il reste, durant plus d'un siècle, l'enjeu d'un nombre infini de parties, toutes plus complexes les unes que les autres. Oublions-en les détails, il faudrait une bibliothèque pour en rendre compte. Ne cherchons pas non plus à suivre toutes les manœuvres mises en place, même les diplomates d'alors avaient du mal à s'y retrouver. Pour comprendre ce qui se trame, commençons par faire le tour des joueurs qui sont assis autour du grand tapis vert en cette première moitié du XIXe siècle, et tentons de saisir leurs buts ainsi que la stratégie qu'ils entendent mettre en œuvre pour les atteindre.

1. Le Japon, la Corée, le Siam (qu'on appelle aujourd'hui la Thaïlande), la Chine, l'Afghanistan, la Perse et l'Empire ottoman.

L'Autriche

Le plus vieil ennemi des Ottomans est l'Autriche[1]. Les deux empires sont voisins en Europe. Nul n'a oublié la rivalité entre Soliman et Charles Quint ni l'héroïsme avec lequel, par deux fois, Vienne a repoussé un siège des Turcs. L'Autriche, comme n'importe quelle puissance, lorgne sur les provinces qui lui sont frontalières. Elle a repris toute la Hongrie. Elle rêve de s'avancer dans les Balkans, mais elle sait que ce rêve est dangereux et qu'il ne faut y céder qu'avec la plus grande circonspection. Le grand Autrichien de la première moitié du siècle est Metternich (1773-1859), ministre des Affaires étrangères, chancelier. Réactionnaire au plus haut degré, il est l'homme qui, lors du congrès de Vienne (1814-1815), après la tourmente révolutionnaire, a imposé la « Sainte-Alliance » entre les souverains chrétiens et le retour des princes et des rois. Diplomate habile, il a aussi mis au point un système – le fameux « système Metternich » – qui repose sur le subtil équilibre entre puissances égales. De son point de vue, il est donc essentiel de ne rien bousculer de l'autre côté de la frontière, et surtout de ne rien faire qui pourrait échauffer les fièvres nationalistes qui y couvent. Il a déjà assez de travail pour éteindre celles qui sont en germe ailleurs dans les possessions de l'Autriche, en Italie ou dans les États allemands.

---

1. On ne parle d'Empire austro-hongrois qu'après le compromis qui réunit les deux couronnes en 1867.

La Russie

La Russie est l'autre « ennemi héréditaire » de la Porte. Elle n'a pas les préventions de Metternich, bien au contraire. Durant les multiples crises qui jalonnent notre histoire, on la retrouve toujours à la manœuvre, poussant ses pions, enivrée par une puissance qui ne cesse de croître. À partir du XVIIe et surtout du XVIIIe siècle, grâce aux grands tsars que furent Pierre le Grand ou Catherine II, la Russie est devenue ce vaste empire qui joue la balance entre l'Europe et l'Asie. Depuis, elle avance inexorablement dans les deux directions, grignotant des territoires aux dépens de la Chine, du Japon, des vieux khanats d'Asie centrale, de la Perse ou des Ottomans, le long de la mer Noire et dans le Caucase. L'historien anglais Norman Davies a calculé qu'entre 1683 et 1914 le pays des tsars a grossi de près de 90 km^2 par jour[1] !

La Russie est dopée par un messianisme que sa force nouvelle ravive. Depuis la chute de Constantinople en 1453, elle se voit en sainte patronne du christianisme orthodoxe. Moscou se veut la « troisième Rome » et le tsar se vit comme le successeur des empereurs romains, comme son titre l'indique – le mot tsar est la forme russe de césar. Reconquérir Constantinople, réaliser le « rêve byzantin » est son aspiration profonde. En attendant de pouvoir la réaliser, elle joue sa carte en se posant, tour à tour ou en

1. Norman Davies, *Europe : A History*, Harper Perennial, 1998.

même temps, en protectrice de tous les chrétiens orthodoxes que compte le monde ottoman, ou de tous les Slaves, nombreux dans les provinces européennes. Elle cherche aussi avec obstination à mettre la main sur les détroits – le Bosphore et les Dardanelles – qui lui permettraient, via la mer Noire, de donner un coup de fouet à son commerce et d'étendre sa sphère d'influence jusqu'à la Méditerranée.

Le Royaume-Uni

Cette seule perspective est impensable pour le Royaume-Uni. Troisième joueur à apparaître dans ce tour de table, il est, et de loin, le plus important. Première puissance maritime du monde et bientôt première puissance coloniale, l'Angleterre, au XIXe siècle, est première en tout. Elle compte bien calmer quiconque oserait lui voler cette prééminence. Depuis l'Inde, elle lorgne sur l'Asie centrale, où la Russie s'avance dangereusement. De la Perse à l'Afghanistan, les deux pays s'opposent dans ce qu'un espion britannique a baptisé « *the great game* », le grand jeu. Il est inenvisageable pour Londres de le voir s'étendre à la Méditerranée. Maintenir l'Empire ottoman pour barrer la route aux Russes et, plus généralement, maintenir un contrôle absolu sur toutes les routes qui mènent aux Indes est pour les Anglais une nécessité impérieuse et vitale.

La France

La France a une diplomatie plus fluctuante. Elle se cherche. Il n'est pas facile de prétendre à une politique étrangère quand on succède à Napoléon, qui a mis le feu au monde et laissé les plus épouvantables souvenirs à toute l'Europe. La présence en Algérie donne à Paris des envies de mettre la main sur le reste de l'Afrique du Nord, mais ce rêve colonial ne se développe vraiment qu'à partir du dernier tiers du XIXe siècle. En attendant, le pays s'imagine bien en grand allié du sultan de Constantinople. Il est toujours disposé à lui envoyer ses conseillers militaires et ses contrats d'équipement pour l'aider à se moderniser. Seulement, la nation de Bonaparte entend tenir le même rôle à l'égard de la cinquième et dernière puissance à prendre part au premier acte de notre grand jeu, la seule non européenne, mais assez forte pour faire partie du club.

L'Égypte

On aurait tort de l'oublier. Durant la première moitié du XIXe siècle, l'Égypte est un acteur essentiel de la géopolitique méditerranéenne. Après le piteux départ des Français en 1801, elle est officiellement redevenue une province vassale de l'Empire ottoman. L'extraordinaire personnage qui y prend le pouvoir devient le plus dangereux rival de ce dernier. Il se nomme Mehmet Ali. Fils d'un marchand de tabac albanais, né et élevé à Kavala (aujourd'hui ville grecque) et se cherchant un destin, il arrive au Caire en tant que militaire. À force d'intelligence et d'intrigues, il réussit en quelques années à y devenir l'homme fort et se fait nommer gouverneur au service de la Porte. Une sorte de fonctionnaire, donc, mais que l'on n'appellera bientôt plus que « vice-roi d'Égypte », ce qui dit bien son pouvoir. Il a compris la leçon de l'invasion française. Il a perçu la puissance nouvelle dont est capable l'Occident. Il lui semble évident que la meilleure solution pour être aussi fort que lui est d'appliquer ses méthodes. D'une main de fer, il bouleverse son pays d'adoption de fond en comble, développe l'industrie, bouscule l'agriculture, modernise l'administration, réforme l'impôt et surtout métamorphose l'armée, à laquelle il applique le principe de la conscription. Grâce à cela, ses forces deviennent considérables et, avec ses fils comme généraux, il se trouve à la tête de l'incontournable puissance régionale. Dans les années 1810, les troupes égyptiennes écrasent la révolte des *wahhabites*, une secte ultra-puritaine qui met l'Arabie à feu et à sang depuis vingt ans, a réussi à contrôler les villes saintes de Médine et de La Mecque et dont Constantinople n'arrivait pas à venir à bout. En 1820, elles se lancent à la conquête du Soudan.

La question d'Orient

Au cours de ces années-là, c'est tout naturellement à ces mêmes troupes que l'Empire ottoman fait appel pour mater la rébellion des Grecs. L'armée égyptienne, moderne et efficace, fait merveille dans la répression, mais les Européens entrent dans l'affaire, coulent sa flotte et mènent la Grèce à l'indépendance. Mehmet Ali est furieux. Le sultan lui a promis le Péloponnèse en échange de son intervention, et voilà qu'il se retrouve sans rien. Il se console en envoyant son fils Ibrahim Pacha annexer la Syrie. Il a en tête le but à peine dissimulé de constituer un grand royaume arabe dont l'Égypte serait le centre. Forcément, cela n'est pas du goût d'Istanbul. Les relations s'enveniment. Première guerre égypto-ottomane en 1832. Paix relative. Reprise des hostilités en 1839, avec une telle force que l'armée égyptienne menace la capitale de l'empire elle-même. La ligne rouge est franchie. Seulement, comme chaque fois désormais, c'est en Europe qu'on cherche à régler la question. C'est la nouvelle loi du siècle. Il n'y a plus d'affaires intérieures à l'Empire ottoman. La « question d'Orient », comme on désigne maintenant dans les ministères européens tout ce qui a trait de près ou de loin à ce dernier, est une question occidentale. Et, comme toujours, les puissances ne s'entendent pas sur la façon de la régler. L'Angleterre et l'Autriche veulent sauver le sultan. La France joue la carte de l'Égypte. La question d'Orient devient la crise d'Orient. Elle dégénère très vite. Paris est sur le point de mobiliser contre les Anglais. Le roi Louis-Philippe calme le jeu. L'Angleterre l'emporte. Mehmet Ali abandonne la Syrie et rentre en Égypte. Il obtient l'autorisation d'y fonder une dynastie héréditaire, ce qui le rend quasiment indépendant, mais l'Empire ottoman est sauf.

Pour combien de temps ? La crise suivante éclate dans les années 1850, sur un motif apparemment fort mince. À Jérusalem, les moines orientaux et latins se disputent les clés du Saint-Sépulcre. La France défend les catholiques, la Russie les orthodoxes. Cette dernière est également ravie d'avoir un bon prétexte pour défier Istanbul. Prétendant laver l'affront fait aux chrétiens, le tsar fait occuper la Moldavie et la Valachie, les « principautés danubiennes », comme on les appelle, vieilles vassales de la Porte. L'Empire ottoman n'a d'autre choix que de déclarer la guerre à la Russie, mais il n'est pas seul dans l'entreprise. Pour parer à son écrasement probable, l'Angleterre et la France volent à son secours. Elles déclarent la guerre à la Russie et envoient une flotte en mer Noire. C'est la guerre de Crimée (1853-1856). Trois cent mille morts plus tard, on arrive à un nouveau traité qui sauve une fois de plus l'empire, prévoit la neutralisation de la mer Noire et aussi la semi-autonomie de la Moldavie et de la Valachie. Réunies, les deux provinces prennent bien vite le chemin de l'indépendance pour former un nouveau pays, la Roumanie.

16

L'Europe invente l'Orient

Nous voici dans les années 1870 et les événements se précipitent. Le paysage n'a plus rien à voir avec ce qu'il était au début du siècle. La Grèce est indépendante depuis longtemps. La Roumanie est en cours de constitution. La Serbie n'est toujours officiellement qu'autonome, mais elle agit comme un pays à part entière. L'exemple de ces pays fait des émules. Tous leurs voisins partagent désormais les mêmes rêves

REPÈRES

– 1824 : Delacroix expose les *Massacres de Scio*
– 1829 : Victor Hugo publie *Les Orientales*
– 1832-1833 : voyage en Orient de Lamartine
– 1849-1851 : voyage en Orient de Flaubert
– 1853 : l'explorateur britannique Richard Burton, déguisé en pèlerin, visite La Mecque
– 1878 : traité de San Stefano ; congrès de Berlin
– 1881 : protectorat français sur la Tunisie
– 1882 : occupation militaire de l'Égypte par les Britanniques
– 1885 : Burton publie la traduction non expurgée des *Mille et Une Nuits*
– 1912-1913 : première et deuxième guerres balkaniques

d'émancipation. En 1875 éclatent conjointement des révoltes dans trois provinces balkaniques, la Bosnie, la Herzégovine et la Bulgarie. Retour du cycle infernal action-répression. Les insurrections commencent par des massacres de musulmans, suivis, en représailles, par d'épouvantables massacres de chrétiens. Les bachi-bouzouks, auxiliaires de l'armée turque envoyés par Constantinople pour faire le sale boulot, y gagnent une réputation mondiale de barbares. Les « atrocités bulgares » dont ils se rendent coupables font, selon les sources, de 10 000 à 20 000 victimes. Gladstone, le leader de l'opposition libérale britannique, tonne pour mettre un terme à la vieille politique de rafistolage du Foreign Office : on ne peut plus soutenir les Turcs après ce qu'ils ont fait ! La Serbie, aidée par le Monténégro, attaque les Ottomans. Ceux-ci répliquent et écrasent les deux impudents. La Russie se jette dans le jeu. En 1877, elle déclare la guerre à l'Empire ottoman, attaque à l'est, dans le Caucase, et au nord, sur le Danube, et progresse si vite qu'Istanbul est menacée. Nous sommes en 1878, année de cauchemar pour l'Empire ottoman. Mis à genou, le sultan signe avec les Russes le traité de San Stefano, une humiliation de plus qui prévoit la constitution d'une immense Bulgarie, allant du Danube à la mer, qui serait en quelque sorte la vassale de Moscou, avec un prince nommé par lui. Nouvelle onde de choc dans les chancelleries européennes. Ni les Anglais ni les Autrichiens ne peuvent accepter ce cadeau gigantesque fait à leur rival russe. Va-t-on refaire la guerre ? Bismarck, l'homme fort du tout nouvel empire d'Allemagne, se présente en « honnête courtier » pour sauver la paix[1]. Il convoque toutes les puissances dans sa capitale.

Congrès de Berlin

Moment clé de notre histoire, ce congrès de Berlin de 1878 redessine tout. Il remodèle les Balkans. La Serbie, la Roumanie sont officiellement indépendantes. La Bosnie-Herzégovine est occupée par l'Autriche-Hongrie. La « grande Bulgarie » chère aux Russes est coupée en deux provinces distinctes, dont l'une reste soumise à Constantinople. Le congrès s'arrange pour accorder l'indépendance à des pays assez grands et assez équivalents en puissance pour devenir de nouveaux rivaux. Il permet à l'Autriche-Hongrie de s'étendre dangereusement. Il brise les espoirs des Bulgares et humilie les Russes. Il est censé stabiliser le jeu. Il crée les conditions parfaites pour que les parties à venir soient explosives. Plus incroyable encore, ce congrès qui traite des Balkans réussit par contrecoup à redistribuer les cartes de l'autre côté de la Méditerranée.

À Berlin, Londres a obtenu de pouvoir occuper Chypre, ce qui lui permet officiellement d'être mieux à même d'aider son allié ottoman. Dans le jeu de marchandage classique de la période coloniale, faire un cadeau à l'un oblige à rendre la pareille à un autre.

1. L'ensemble des États allemands ont décidé, en 1871, de leur réunion en un « empire d'Allemagne » dirigé par le Kaiser Guillaume Ier. Bismarck est son chancelier.

Puisque les Anglais ont Chypre, ils ne s'opposent plus à ce que la France mette la main sur la Tunisie, dont elle rêve depuis longtemps. Un prétexte suffit – de vagues troubles au sein des tribus situées à la frontière algérienne. En 1881, les Français sont à Tunis et imposent leur protectorat au bey.

Durant ces mêmes années, mais sans rapport avec ce qui vient de se passer, le sort de l'Égypte change lui aussi du tout au tout. La puissance qui en imposait à la région du temps de Mehmet Ali n'est plus que l'ombre d'elle-même. Les successeurs de ce dernier, qu'on appelle les khédives, ont poursuivi les réformes, mais à un tel rythme qu'ils ont asséché leurs finances. Le train, le télégraphe, l'aménagement du Caire et surtout l'ouverture du canal de Suez ont vidé les caisses. Le pays se déclare en banqueroute. Les créanciers français et anglais exigent leur dû. Le khédive tente de résister. La France et l'Angleterre le déposent au profit de son fils. Écrasé d'impôts, le peuple est excédé. Urabi Pacha, un brillant officier égyptien, tente de rétablir la situation. Il prend le pouvoir et entend chasser les étrangers. Face à Alexandrie, les flottes française et britannique pointent leurs canons. La France hésite. Doit-elle y aller ou pas ? Elle juge qu'elle a assez à faire au Maghreb et se retire. Les Britanniques restent. En 1882, leurs troupes débarquent. Urabi Pacha est démis et exilé, l'Égypte occupée militairement. En droit, elle reste une vassale de la Porte. Dans les faits, c'est un protectorat anglais.

Nous voici au tournant du XXe siècle. Tous les pays que nous avons vus apparaître successivement nourrissent à leur tour des haines et des ambitions. Ce sont autant de nouveaux joueurs qui rendent la complexité du jeu plus délirante encore. La Grèce, par exemple, voit comme une évidence qu'on lui rattache la Crète. Surtout, elle se berce d'un rêve encore plus grandiose, la *Megali Idea*, la « grande idée », consistant à réunir tous les Grecs, y compris ceux d'Asie Mineure, dans une très grande Grèce dont la capitale serait Constantinople. Les Bulgares enragent de n'être plus le grand État uni prévu par le traité de San Stefano. Ils ne pensent qu'à le reformer. Les Serbes se considèrent comme les chefs de tous les Slaves du Sud, le long de l'Adriatique. Ils maudissent l'Autriche-Hongrie pour avoir pris pied en Bosnie. Et l'Empire ottoman est plus fragile que jamais. De la glorieuse Roumélie, sa partie européenne, il ne lui reste plus qu'une longue bande de territoire allant de la Thrace à l'Albanie. On l'appelle la Macédoine. Extraordinaire mélange de populations, de communautés, de religions, de tendances politiques, elle est le chaudron où tout marine, le butin que tous convoitent. Les divers groupes séparatistes, au service des pays voisins de façon plus ou moins déguisée, y entretiennent un climat d'une grande violence. Les *comitadjis*, qui travaillent pour les Bulgares en fomentant attentats et assassinats, sont les plus célèbres de ces sociétés secrètes à la triste réputation.

En 1908, c'est à Salonique, capitale de cette province de Macédoine, qu'éclate la révolution des Jeunes-Turcs, dont on reparlera bientôt. Contentons-nous pour l'instant d'observer les contrecoups que ce choc interne déclenche. La Bulgarie se déclare indépendante. L'Italie profite du vacillement de l'empire pour se tailler un bout de domaine colonial. Ce serait trop bête. Tout le monde a le sien, pourquoi pas elle ? Elle met la main sur la vieille régence de Tripoli, dernière possession ottomane en Afrique, pour en faire la Libye. Il est vrai que personne n'est à l'abri de la grande braderie coloniale. Le Maroc, qui avait su garder son indépendance face à l'Empire ottoman, est devenu un enjeu. L'Allemagne le voulait, la France aussi. La crise marocaine de 1905 entre les deux pays a failli déboucher sur une guerre. On a calmé l'Allemagne en lui donnant un bout du Congo. La France peut se partager le Maroc avec l'Espagne, qui obtient sa partie nord et son extrême sud. En 1912, l'Albanie se déclare indépendante. Les autres petites puissances de la région pensent que le moment est venu de sonner l'hallali pour dévorer les restes européens de l'« homme malade ». La Serbie, le Monténégro, la Grèce et la Bulgarie s'unissent et déclarent la guerre à l'Empire ottoman. Ils la gagnent facilement. On nomme ce conflit la « première guerre balkanique ». Dès qu'elle est achevée, les alliés se disputent le butin. Qui doit avoir la Macédoine ? Ils retournent leurs armées et leurs canons les uns contre les autres. C'est la « deuxième guerre balkanique ». Les Balkans méritent bien le surnom de « poudrière de l'Europe » que leur ont donné les diplomates. Nous sommes en 1913. Dans un an, le monde entier va exploser.

★
★★

Le temps de la mission civilisatrice

Avant ce moment fatal, accordons-nous un instant pour résumer les événements compliqués que nous venons d'évoquer en quelques idées simples.

La grande affaire européenne du XIXe siècle, c'est le « principe des nationalités ». Il concerne l'ensemble du continent. Les Polonais, les Belges, les Hongrois, les Tchèques, les Italiens, les Allemands se battent en son nom, avec plus ou moins de fortune selon les cas, pour obtenir le droit de vivre libres et unis à l'intérieur des frontières qu'ils estiment être les leurs. Ce principe est très récent. L'idée même de nationalité, qui nous paraît si évidente aujourd'hui, n'est apparue qu'à la fin du XVIIIe siècle. Jusque-là, les individus se rassemblaient par famille, par clan, par classe sociale – les ordres de l'Ancien Régime –, par province, par dialecte ou par religion. La Révolution américaine puis la Révolution française, en donnant, les premières, le pouvoir à la « nation », c'est-à-dire à l'ensemble des citoyens nés dans le pays, ont montré une autre façon de penser qui devient dominante au XIXe siècle.

Chaque fois, avant de se transformer en combat politique, cette prise de conscience commence par un intense travail de réappropriation culturelle et linguistique. Avant de se souvenir qu'ils étaient un peuple, les Grecs, les Serbes, les Bulgares, les Roumains se sont mis à redécouvrir leur langue et leur histoire, laquelle a, le plus souvent, été copieusement réécrite et mythifiée. Après les indépendances, la tendance à la réécriture a continué. Personne ne sort d'une lutte ardente sans la penser comme une épopée. Tous les nouveaux pays ont donc donné de leurs luttes de libération une vision romantique et figée – les peuples héroïques se libérant de l'horrible oppression turque –, comme ces toiles de style pompier qu'on peut toujours admirer dans les grands musées de leurs capitales. Le symbole le plus parlant de cette façon de voir est l'inusable cliché dont nombre de commentateurs se servent encore, le « joug ottoman ». On en attribue l'invention au romancier bulgare Ivan Vazov dans son roman *Sous le joug* (1890), qui raconte un épisode de cette lutte de libération. « L'expression mérite qu'on l'interroge[1] », nous rappelle pourtant Georges Castellan, grand spécialiste des Balkans. Peut-on être sous un joug pendant cinq siècles ? N'y a-t-il pas quelque chose de trompeur à résumer cette longue période à un face-à-face entre « gardiens des ténèbres » (les Turcs) et « héros des Lumières » (les peuples balkaniques) ? En tout cas, les populations ne l'ont pas ressenti ainsi pendant des siècles. Comme on l'a expliqué dans les chapitres précédents, la période ottomane a

1. Georges Castellan, *Histoire des Balkans. XIVe-XXe siècle*, Fayard, 1999.

fonctionné, dans l'est de l'Europe, grâce à un équilibre assez subtil entre domination et vivre ensemble, un équilibre qui n'a paru invivable que tardivement. Il ne s'agit pas de contester le bien-fondé de ce refus de la domination turque, porté par le légitime droit des peuples à disposer d'eux-mêmes. Il s'agit simplement d'éviter de le relire en tombant dans le piège de l'anachronisme.

Grandes consciences

L'histoire est toujours plus complexe que ne le laissent croire les vers ronflants des poèmes romantiques. Cette épopée, comme toutes les autres, a sa part d'ombre. On a évoqué les nombreuses horreurs commises par les Turcs. Les livres européens sont souvent plus discrets sur les exactions commises contre eux ou les populations considérées comme leurs alliées. Le principe des nationalités est noble en théorie, mais il est délicat à manier dans la pratique. En France, il s'est développé dans le cadre particulier d'un État patiemment forgé par les rois. Devinrent des citoyens français, au moment de la Révolution, tous ceux qui habitaient dans le royaume de France. Comment déterminer pareille chose quand aucun État n'existe ? Sur quelle base fallait-il définir un Serbe, un Bulgare, un Grec, un Roumain ? En général, les critères choisis furent linguistiques et religieux. Malheur à ceux qui n'entraient pas dans ces cases. Quand des « peuples » se libèrent, d'autres connaissent à leur tour l'oppression ou l'exil. À partir du dernier tiers du XIXe siècle, l'Empire ottoman regorge de centaines de milliers de réfugiés, chassés de terres qui étaient les leurs depuis des siècles parce qu'ils n'appartenaient plus à la bonne ethnie ou ne priaient pas le bon dieu. Il est juste de ne pas les oublier.

Dans toute cette histoire, on vient de le voir également, les grands pays européens ont joué un rôle moteur. Ils étaient poussés par la défense de leurs propres intérêts. Cela n'a rien de très original. Depuis que le monde est monde, les rois, les princes ou les États ne sont mus que par ce motif. Il peut être un très mauvais conseiller. Le congrès de Berlin de 1878 est censé apporter la paix dans les Balkans. Or, en humiliant la Bulgarie, en créant autant de puissances rivales, il crée les conditions des guerres à venir. On pourrait citer aussi le respect très relatif par les Européens de la liberté qu'ils prétendent avoir donnée aux nouveaux peuples balkaniques. En général, ils n'ont aucun scrupule à leur imposer les rois qui plaisent à leurs chancelleries, même si leurs sujets les détestent. Les Grecs en lutte avaient formé une république. Sitôt qu'elle est déclarée indépendante, l'Europe lui impose un roi venu d'Allemagne, Othon de Bavière. Incompétent, toujours flanqué de sa cour de « Bavarois » qu'il a amenée avec lui, il réussit, écrit Norman Davies, à être en quelques années plus impopulaire que les musulmans[1]. Les Bulgares, les Roumains vivront de semblables mésaventures.

1. Norman Davies, *Europe : A History*, *op. cit.*

Très important enfin, le soutien apporté par les grandes consciences européennes, poètes, écrivains, publicistes, aux mouvements nationaux. Tous, Serbes, Roumains, Bulgares, y ont droit tour à tour, comme d'ailleurs les Polonais quand ils se battent contre les Russes, ou les Hongrois contre les Autrichiens. La plupart de ces noms appartiennent au camp « libéral », c'est-à-dire à la gauche. Le nationalisme ne devient une valeur de droite qu'à la toute fin du XIXe siècle. Au début, il est le plus souvent de l'autre bord, puisqu'il invite à se lever contre l'Europe des rois ou, dans le cas ottoman, contre le despotisme des sultans. Le plus célèbre de ces mouvements de solidarité est le philhellénisme, dont on a parlé, qui fut au plus haut dans les années 1820. Il a un ressort profond : aider la Grèce du temps, c'est aider Athènes, Sparte ou Delphes, c'est venir au secours de la Grèce antique, dont l'Europe se vit désormais comme la seule héritière. Il est aussi sous-tendu par un noble sentiment de compassion pour les opprimés, et produit d'ailleurs de grandes œuvres. *Scène des massacres de Scio*, un tableau peint par Delacroix en 1824 et représentant les exactions turques commises deux ans plus tôt dans cette petite île de la mer Égée, est édifiant. Tout comme le célèbre poème « L'enfant » des *Orientales* de Victor Hugo, écrit lui aussi après Scio pour conspuer les oppresseurs (« les Turcs ont passé là, tout est ruine et deuil ») et chanter l'héroïsme de « l'enfant grec, l'enfant grec aux yeux bleus ».

Tout juste se permet-on de s'étonner que d'autres enfants, ailleurs, faute d'avoir les yeux de la bonne couleur, n'aient pas droit à pareille sollicitude. L'année où la Grèce obtient son indépendance commence la conquête de l'Algérie par la France, c'est-à-dire le début d'une nouvelle grande phase de l'impérialisme européen (après la conquête des Amériques au XVIe siècle). Pendant des décennies, alors même que les peuples des Balkans se libèrent avec l'aide des Européens, d'autres peuples sont asservis par ces derniers. Quel Victor Hugo, quel Delacroix s'en préoccupe ?

Orientalisme

L'empereur français Napoléon III est l'un des très rares hommes d'État à faire le lien. À peine arrivé au pouvoir, il reçoit en grande pompe l'émir Abd el-Kader, que l'on avait exilé en France après sa défaite face aux soldats français. Plus tard, il lui propose même un vaste « royaume arabe » comprenant l'Algérie, qui ne serait pas une colonie, mais une puissance alliée de la France. Il exprime clairement l'idée qu'on ne peut défendre le principe des nationalités pour les chrétiens tout en le bafouant quand on est face à des musulmans. Son projet est un échec. Personne n'y croit. Pour la plupart des consciences du XIXe siècle, les situations n'ont rien à voir, il ne faut pas tout confondre. Les non-Européens ne sont pas des hommes comme les autres, ils sont des indigènes. De quoi pourraient-ils se plaindre ? On ne les opprime pas. On leur apporte la civilisation.

Voilà l'autre grand principe du XIXe siècle. L'Europe domine le monde dans les faits, elle entend aussi l'écraser par ce qu'elle estime être son immense supériorité intellectuelle.

L'impérialisme européen, comme on l'appelle, a pris selon les lieux et les circonstances des formes diverses. Alger a été conquise en une semaine. Mais pour « pacifier » l'Algérie, comme on disait, c'est-à-dire écraser la résistance des tribus et les chasser des terres où l'on entendait installer les colons, il a fallu des décennies de violence. Les « enfumades », consistant à asphyxier des populations entières en mettant le feu devant les grottes où on les avait coincées, sont restées tristement célèbres. Les Russes, pour conquérir le Caucase, font également preuve d'une grande sauvagerie. Ailleurs, la conquête peut advenir sans qu'il soit besoin de faire un usage immodéré de la force. L'Égypte, la Tunisie sont si affaiblies financièrement qu'elles cèdent sans beaucoup combattre.

Les régimes qui assoient la colonisation prennent des formes très différentes. Ils vont de l'administration directe au protectorat, qui maintient la fiction d'un régime local souverain. Le comportement des nouveaux maîtres dans les terres soumises varie du tout au tout. Il y a un monde entre le petit fonctionnaire colonial arrogant et raciste et le médecin qui ouvre son dispensaire aux plus pauvres. Tous partagent la plus parfaite bonne conscience. L'Europe est au sommet parce que son système est le meilleur, et elle a pour mission de le répandre sur la Terre. Le ministre français Jules Ferry, cet apôtre de la colonisation, l'a théorisé dans un discours souvent repris : « Les races supérieures ont un droit vis-à-vis des races inférieures parce qu'il y a un devoir pour elles. Elles ont un devoir de civiliser les races inférieures. » Le Britannique Rudyard Kipling, chantre de l'empire, en a fait un poème dont le titre, très célèbre, dit la même chose. La colonisation est le « fardeau de l'homme blanc ». Il est bon enfin de ne pas oublier le corollaire de cette idéologie. Non seulement est-on convaincu de sa propre supériorité, mais encore réussit-on à bâtir de toutes pièces l'infériorité de l'autre.

Le XIXe siècle est aussi celui qui procède à la savante reconstruction de l'identité de ceux qu'on entend dominer. L'intellectuel américain et palestinien Edward Said est le premier à avoir analysé et théorisé ce mécanisme dans *L'Orientalisme*, un livre considéré comme une référence depuis sa publication en 1978[1]. En décortiquant quelques grands récits de voyageurs occidentaux, en particulier *Le Voyage en Orient* de Gustave Flaubert, il montre comment l'Occident a « créé » l'Orient, un monde hors de l'histoire, figé comme un chromo dans un passé éternel et mythifié. C'est l'Orient lointain et mystérieux auquel le titre de

1. Edward Said, *L'Orientalisme. L'Orient créé par l'Occident*, Seuil, 1996.

ce livre fait écho[1], celui que l'on voit toujours sur les toiles des peintres « orientalistes », avec les fiers Arabes à turban, les odalisques dans les harems, les bazars… Le XIXe siècle européen ne pense l'autre que sous cette forme. Il le fait d'ailleurs partout. Comme le monde arabe, les mondes chinois, indien, africain sont soigneusement claquemurés dans leur case à clichés. Cela induit une grave erreur de jugement. Dans aucun de ces endroits l'histoire ne s'est arrêtée. Plus que jamais, elle est en marche.

1. Cet ouvrage a paru initialement sous le titre *L'Orient mystérieux et autres fadaises* (Fayard, 2013).

17
Réveil et réformes

Au tournant des XVIIIe et XIXe siècles, le monde ottoman sent virer le vent de l'histoire. Il ne va pas rester sans réagir. De nos jours encore, la plupart des Occidentaux n'ont aucune conscience de cet aspect des choses. L'orientalisme, sur lequel s'est refermé le chapitre précédent, continue à sévir. Dans les esprits, l'Empire ottoman du XIXe siècle et ses provinces arabes sont toujours ces pays sortis de l'histoire, des fruits secs tombés de la branche depuis si longtemps que l'Occident, fort de son *progrès*, n'a eu qu'à se pencher pour les ramasser. Cette idée est fausse.

REPÈRES

– 1789-1807 : règne de Sélim III, sultan ottoman
– 1808-1839 : règne de Mahmoud II, sultan ottoman
– 1839 : début de l'ère des Tanzimat
– 1863-1879 : Ismail Pacha, khédive d'Égypte
– 1873-1877 : Kheireddine Pacha, grand vizir auprès du bey de Tunis
– 1876 : première Constitution ottomane
– 1908 : révolution jeune-turque

L'arbre a toujours de la sève. Les défaites militaires de l'empire, son démembrement progressif ou encore le débarquement des Français à Alexandrie sont autant de chocs qui le réveillent et le stimulent. Le XIXe siècle de l'Orient n'est pas un siècle mort, bien au contraire. D'Istanbul au Caire, de Tunis à Salonique, on assiste à un bouillonnement à tous les échelons des sociétés, du plus haut au plus modeste.

Nizam-i cedid et Tanzimat

Ainsi, la plupart des sultans qui se succèdent à Istanbul à partir de la fin du XVIIIe siècle comprennent la nécessité de changer les choses. Le premier est Sélim III, qui règne de 1789 à 1807. Puisque son empire accumule les revers militaires, il pense que la solution passe par le remodelage de son armée. Il lance une série de réformes dites du « Nouvel Ordre » (Nizam-i cedid). Menées par divers conseillers militaires européens, elles consistent à créer un corps radicalement nouveau. Cela n'est pas du goût du plus traditionnel des ordres militaires impériaux. Les janissaires, qui furent le glorieux instrument des victoires, ne forment plus qu'une corporation sclérosée et inefficace sur les champs de bataille. Mais elle détient toujours, à l'intérieur de l'empire, une grande force de nuisance. En 1807, vent debout contre l'impudent qui a osé les menacer, les janissaires se révoltent, déposent Sélim III, placent un pantin à sa place et le font assassiner un an plus tard. Arrivant juste après, Mahmoud II (qui règne de 1808 à 1839) a compris la leçon.

Il laisse mûrir sa vengeance, mais règle la question de la façon la plus radicale. En 1826, il ordonne le bombardement de la caserne des fauteurs de troubles. Six mille tués, cinq mille exilés. Fin du problème janissaire.

Sous son patronage, les réformes prennent de l'ampleur et s'étendent aux domaines les plus divers. Mahmoud II développe l'école, modifie le système judiciaire et cherche à en écarter progressivement les oulémas, qui forment un bastion du conservatisme. Le changement le plus visible est celui qui touche au vêtement. Lui-même décide de porter l'uniforme à l'européenne, avec veste à épaulettes. À partir de 1826, les fonctionnaires doivent abandonner le turban pour le fez, ce cône de feutre rouge si caractéristique, à nos yeux, du monde turc du XIXe siècle.

Son fils, Abdülmecit Ier, poursuit et amplifie le mouvement. En turc ottoman, réorganisation se dit *tanzimat*. C'est ce nom qui est toujours accolé à son règne et à la période qui s'ouvre. À partir de 1839, nous voici dans l'« ère des Tanzimat ». L'intensification des réformes est encadrée par deux édits essentiels promulgués par ce monarque. On les appelle en français des « rescrits », vieux terme juridique désignant un texte impérial. Le premier est le « rescrit de Gülhane » (1839), du nom de la roseraie du palais de Topkapi. Il définit les chemins qui doivent être suivis. On va réformer les impôts, l'armée, garantir la sécurité et la propriété à chaque sujet de l'empire, quelle que soit son appartenance communautaire. Le second rescrit, édicté en 1856, va plus loin encore sur cette voie. Le sultan proclame solennellement l'égalité de tous ses sujets, quelle que soit leur religion. Il n'y a plus de musulmans et de « protégés » qui leur sont soumis. Il n'y a plus que des « Ottomans », tous ayant les mêmes devoirs et les mêmes droits. L'armée, devenue une armée de conscription, est encore modernisée, l'administration réorganisée de fond en comble. On ouvre les premiers grands lycées (comme le célèbre lycée de Galatasaray). On introduit un code civil. À cet édifice patiemment échafaudé, il ne manque que la clé de voûte. Elle est sur le point d'être posée.

En 1876 monte sur le trône Abdülhamid II (qui régnera jusqu'en 1909), un jeune homme que l'on pense acquis aux idées nouvelles. Cette même année, il consacre ce siècle réformateur en promulguant la première Constitution ottomane. C'est la fin de siècles d'autocratie, un adieu aux « despotes orientaux » raillés par l'Occident. Le pouvoir du sultan sera désormais équilibré par celui d'un parlement, lequel se réunit aussitôt. L'Empire ottoman, sur le point de devenir une monarchie constitutionnelle, marche dans les pas de l'Angleterre.

Le khédive et le bey

Durant cette même période (du début du siècle aux années 1870), deux autres pays conduisent une énergique politique de réformes. Le premier et le plus important est l'Égypte. Mehmet Ali, de sa poigne de fer, la conduit sur le chemin de la modernisation. En 1806, vingt ans avant que le sultan ne fasse de même avec ses janissaires, il convoque les chefs mamelouks à la citadelle du Caire sous prétexte d'un festin et les fait mitrailler par les siens sitôt qu'ils sont entrés. Plus personne ne peut lui résister, il a les mains libres pour réformer à tout-va. École, régime de la propriété foncière, administration, tout y passe. Ses fils et petits-fils qui lui succèdent, puisque son pouvoir est devenu héréditaire, poursuivent sur cette voie[1]. Le plus célèbre des vice-rois d'Égypte, de 1863 à 1879, est Ismail Pacha, à qui l'on donne le titre prestigieux de *khédive*. Son règne commence sous d'heureux auspices. Les États-Unis, en pleine guerre de Sécession, ne sont plus en mesure d'exporter leur coton. Le cours de celui d'Égypte explose, les caisses se remplissent.

Fervent partisan de l'occidentalisation, Ismail, qui a étudié en France, envisage de transformer l'Égypte en l'équivalent d'un pays européen. En attendant, il entend faire du Caire le « Paris de l'Orient ». Comme le préfet Haussmann au bord de la Seine, il fait démolir des quartiers entiers, perce places et avenues pour rénover sa capitale. On développe les chemins de fer, le télégraphe, les ports. Et Ferdinand de Lesseps parachève l'ouvrage le plus spectaculaire, le plus emblématique de la période, le percement du canal de Suez, qui permet de relier la mer Rouge à la Méditerranée et de réaliser un rêve que nourrissaient déjà,

1. Voir chapitre 15.

dit-on, les pharaons. Les Anglais, mécontents de voir les Français s'implanter à un emplacement aussi stratégique sur la route des Indes, font beaucoup pour empêcher les travaux. La volonté franco-égyptienne tient bon. Le canal est inauguré en 1869, en présence de l'impératrice Eugénie, l'épouse de Napoléon III. Pour le khédive, l'événement vaut couronnement.

Plus à l'ouest, une autre très lointaine province ottomane connaît un destin similaire. Depuis longtemps, l'allégeance de Tunis à la Porte n'est plus qu'une formalité, et les beys de Tunis considèrent leur régence comme leur propre pays. Ceux qui y règnent, au XIXe siècle, sont des admirateurs de Mehmet Ali. Ils entendent faire de la Tunisie l'Égypte du Maghreb et usent, pour y parvenir, des mêmes méthodes. Réforme de l'armée, de l'administration, développement d'un début d'industrie, large appel aux capitaux européens pour doter le pays du chemin de fer et du télégraphe. Les ruptures sont de divers ordres. En 1846, le bey proclame le droit de tout esclave à être affranchi s'il le demande. L'esclavage, rappelons-le, n'est aboli en France que deux ans plus tard, en 1848. En 1861, quinze ans avant Istanbul et pour la première fois dans le monde arabe, le pays est doté d'une Constitution. Derrière ce mouvement, il y a les beys, mais aussi un grand homme d'État : Kheireddine Pacha (1822-1890). Il est l'âme de la période. Enlevé tout enfant dans son Caucase natal, vendu sur un marché d'Istanbul, il entre comme esclave au service du bey. L'instruction qu'il reçoit au palais fait de lui un polyglotte et un érudit. Militaire, bientôt général, il se hisse au sommet de l'État. Voyageant souvent, il rapporte d'Europe les idées qui servent sa politique quand il est aux commandes et nourrissent ses écrits durant ses périodes de disgrâce. Son tempérament tranché et son intransigeance rendent celles-ci longues et fréquentes. Son talent lui ouvre d'autres portes. En 1878, le sultan l'appelle pour faire de lui un de ses éphémères grands vizirs.

Il ne réside donc pas à Tunis quand a lieu l'humiliation. En 1881, le bey signe le traité de protectorat qui livre la régence aux Français. En 1882, l'Égypte connaît à son tour l'occupation militaire. Dans les deux cas, de façon quasi concomitante, le grand rêve de modernisation s'est refermé comme un piège. Dans l'espoir de rattraper le retard accumulé par rapport à l'Occident, l'Égypte et la régence de Tunis ont lancé d'énormes investissements. Ce sont ces dépenses qui, les mettant entre les mains des financiers européens, ont fini par les livrer à l'Europe.

À Istanbul, les comptes ne sont guère plus riants. En 1875, l'Empire ottoman est en banqueroute. Les créanciers européens exigent de pouvoir récupérer leur dû et instituent la « Dette publique ottomane », un établissement bancaire qu'ils administrent et qui a tout pouvoir pour contrôler les finances du pays. Durant ces mêmes années, le démembrement continue. La Constitution de 1876 a été promulguée au beau milieu de la tempête provoquée par les soulèvements de Bosnie, de Herzégovine et de Bulgarie. La guerre déclenchée par les Russes dans la foulée mène l'empire au bord de l'anéantissement et précipite les événements. En 1878, Abdülhamid II décide d'en finir avec ces chimères libérales qui ne servent qu'à accélérer la ruine de l'État et à affaiblir le pays au profit des étrangers. Il renvoie le parlement, suspend la Constitution et rétablit son pouvoir autocratique. Le jeune sultan dont on espérait tant tombe le masque et devient celui dont l'histoire a gardé l'image, un despote paranoïaque calfeutré dans son nouveau palais de Yildiz, d'où il tiendra pendant trente ans son empire d'une main de fer, aidé par ses censeurs et ses espions.

Istanbul, Le Caire, Tunis. Nos trois histoires de redressement ont bien commencé. Toutes finissent mal. Les solutions choisies pour tenter de contrer le déclin étaient-elles vouées à l'échec ? Ce réformisme était-il vain ? Plutôt que d'apporter une impossible réponse à cette question – comment savoir si les choses n'auraient pas été pires sans ces réformes ? –, livrons-nous à un autre exercice. Relisons les trois exemples de modernisation que nous venons de présenter en apportant les nuances qui manquaient à notre récit. Nous venons de les dépeindre sous un jour optimiste. Progrès technique et économique, égalité entre les citoyens, constitution. Cent cinquante ans plus tard, ces mots sonnent heureusement à nos oreilles. Bien des contemporains ne les ont pas entendus ainsi.

D'abord, les gouvernants qui les imposèrent ne furent pas tous les philanthropes désintéressés que l'on imagine. Mehmet Ali fut un grand réformateur, il fut aussi un redoutable prédateur, réussissant, en trente ans, à accaparer une part importante des terres égyptiennes et à constituer une immense fortune au profit des siens. Alors même que son pays s'enfonçait dans la crise financière qui allait lui être fatale, son petit-fils, le khédive Ismail, conservait un train de vie fastueux, digne d'un prince des *Mille et Une Nuits*. Les beys de Tunis, enfin, rêvaient d'imiter l'Europe, mais cette admiration impliquait chez certains des obsessions dont leur peuple se serait passé. Ahmed Ier Bey (qui régna de 1837 à 1855) lança le chantier exorbitant du palais de la Mohammedia parce qu'il voulait avoir son Versailles.

Dans ces années de boom économique, les milieux d'affaires prospèrent. Le peuple n'en retire pas grand-chose. Pour un paysan, qu'il habite en Anatolie ou au bord du Nil, la modernisation ne signifie le plus souvent rien d'autre que l'enrichissement des plus riches, accompagné de choses désagréables telles que l'obligation de faire son service militaire et des impôts encore plus lourds qu'ils ne l'étaient. Éternelle haine de l'impôt. En 1864, c'est une révolte fiscale qui fédère toutes les tribus de Tunisie, et c'est à cause d'elle que le pays met fin à son éphémère expérience constitutionnelle.

Comment, enfin, oublier le contexte international dans lequel prennent place ces tentatives et la contradiction qui les étrangle dès le départ ? Les réformes ont pour but de redresser l'Empire ottoman et de lui permettre de rattraper les Européens, qui ont pris de l'avance. Mais toutes sont initiées sous la pression d'une Europe de plus en plus dominatrice, de plus en plus décidée à imposer ses valeurs au monde. Elles apparaissent à la majorité des populations comme autant de cadeaux faits à l'Occident. Cette vision des choses n'a rien de faux.

Le texte qui inaugure les Tanzimat, le rescrit de 1839, arrive au moment où le sultan a besoin de l'aide des puissances européennes dans la guerre qui l'oppose à l'Égypte en Syrie. Il le promulgue afin de leur montrer sa bonne volonté. Celui de 1856 coïncide avec le traité scellant la fin de la guerre de Crimée, qui n'a été gagnée que grâce à la France et à l'Angleterre. Il est très inspiré par ces puissants alliés. L'idée de créer une identité ottomane commune à tous paraît excellente : quoi de mieux, pour rendre son pays plus fort, que d'unir tous ses sujets ? Elle n'est pas ressentie ainsi. Les mosquées grondent pour des raisons religieuses : ce texte n'est pas conforme à la charia, qui pose la supériorité absolue et éternelle de l'islam. La majorité des musulmans pensent que ce n'est qu'un geste de plus en direction des chrétiens et des juifs pour faire plaisir à leurs frères chrétiens et juifs européens. À cela s'ajoute un autre mécanisme pervers. Ce siècle est aussi celui de l'effondrement économique de l'empire. L'Europe a réussi à lui imposer des accords commerciaux très déséquilibrés qui l'ouvrent aux intérêts étrangers. Quand elles viennent faire leurs affaires, les entreprises européennes se tournent naturellement vers ceux dont elles se sentent les plus proches, chrétiens et juifs, dont un certain nombre obtiennent une nationalité européenne. Ils peuvent ainsi bénéficier du vieux régime des capitulations mis en place au XVIe siècle et qui leur permet de se ranger sous la protection des consuls européens. Les marchands musulmans se sentent lésés. Toutes les bonnes affaires leur échappent, et aucun consul ne les protège, eux. Ils voient dans ces faveurs faites aux minorités la cause de leur ruine. La concurrence se mue en jalousie, la jalousie en haine. À Damas, en 1860, la pire violence explose. Des incidents dégénèrent. Plusieurs milliers de chrétiens sont massacrés. Quelques mois plus tard, autour du mont Liban, des rixes entre chrétiens maronites et villageois druzes, une minorité chiite, se finissent dans un bain de sang. On dénombre près de 300 000 victimes chez les maronites. L'émir Abd el-Kader, le vieux combattant algérien, en exil à Damas avec quelques milliers de partisans, a fait ce qu'il a pu pour protéger les chrétiens. Il n'a pas pu grand-chose. La France, dans la foulée, envoie des troupes pour venir à leur secours. Elle arrive après la bataille. Le sultan a demandé que les coupables des exactions soient punis. Quelques-uns le seront. La France en profite pour s'ériger en protectrice éternelle des maronites, et le mont Liban devient une région autonome sur laquelle elle garde un œil.

Après son virage autoritaire, le sultan Abdülhamid II n'a pas ce genre de scrupules. Contrairement à ses prédécesseurs, il n'a nullement l'intention de se montrer bienveillant à l'égard de ces minorités qu'il voit comme des fauteurs de troubles. Il a une autre idée. Puisque les chrétiens se prétendent les protecteurs de leurs coreligionnaires qui se trouvent dans son empire, il va se présenter comme le protecteur des musulmans qui se trouvent dans les leurs, en Inde britannique, en Russie, dans les colonies françaises. C'est l'idée « panislamique », ce que le sultan appelle son « arme califale »[1]. Dans le principe, elle est imparable. Dans les faits, il ne sait trop comment l'utiliser et ne la mettra jamais en pratique. En revanche, il sait attiser la haine quand elle se manifeste chez ses sujets. Pendant les années 1890, une autre minorité fait parler d'elle. Les paysans arméniens, depuis leur foyer du centre de l'Anatolie, n'en peuvent plus des exactions dont ils sont victimes de la part des Kurdes, lesquels, entre autres activités, sont chargés de lever l'impôt. Leurs protestations pacifiques restent sans effet. Des mouvements révolutionnaires comme on en voit partout dans le monde à cette époque apparaissent en leur sein, bien décidés à employer des méthodes plus radicales. Comme tous les mouvements semblables, ils en appellent au soulèvement, à l'explosion, commencent à parler d'une nation arménienne indépendante, à l'image de celles dont les luttes ont payé, en Europe. Les rapports se tendent, la paranoïa monte. Elle explose en 1894 : premiers massacres d'Arméniens à grande échelle. S'ensuivent à Constantinople des manifestations de protestation organisées par d'autres Arméniens. Puis une prise d'otages à la Banque otto-

1. Pour reprendre l'expression de l'historien Hamit Bozarslan, *Histoire de la Turquie. De l'Empire à nos jours*, Tallandier, 2013.

mane. Les révolutionnaires entendent frapper un grand coup pour attirer le regard du monde sur ces injustices. Tout sert de prétexte à leurs ennemis. En 1896, de véritables pogroms sont commis, avec la complicité des autorités et l'aide active des sinistres « cavaleries hamidiennes », les nouvelles troupes levées au service du sultan. On estime qu'entre 1894 et 1896 il y a eu de 100 000 à 300 000 morts[1]. L'Europe s'indigne mais ne bouge pas. Abdülhamid II gagne, en France, son nouveau surnom. Il est le « Grand Saigneur ».

★
★★

La Nahda

Les réformes libérales sont donc freinées, bloquées, et aboutissent à une impasse. Les idées qui les portent ne cessent d'évoluer, d'avancer, de se modifier. On vient de raconter ce temps sous l'angle des lois, des pouvoirs, de la façon dont les dirigeants ont entendu faire bouger les lignes. Il est essentiel de considérer l'effervescence intellectuelle qui a accompagné ce mouvement.

Le monde arabo-musulman du XIXe siècle est un creuset fascinant de penseurs, de théologiens, d'écrivains, de poètes. Ce n'est pas son aspect le moins passionnant. Les grandes réformes du système sco-

1. *Ibid.*

laire, dans l'empire, suscitent l'émergence d'une nouvelle élite de lettrés, lecteurs ouverts aux cultures étrangères et avides de redécouvrir la leur. L'imprimerie, interdite depuis sa création, a enfin fait son entrée : on dévore les livres, mais aussi la presse. À Istanbul, à Beyrouth et surtout au Caire, la capitale intellectuelle du temps, les grands journaux font leur apparition. Après des siècles où ce monde s'était refermé sur lui-même, on prend goût au voyage. Et quand on ne voyage pas de son plein gré, on le fait parce qu'on y est contraint. Les princes qui se succèdent sont rarement de grands démocrates. Les exils sont fréquents. La plupart aboutissent à Paris, qui devient, dans la seconde moitié du XIXe siècle, le bain bouillonnant du renouveau arabo-islamique. On y fonde des revues, on y réunit les partis d'opposition, on s'y fréquente entre exilés de toutes tendances.

Et partout on lit, on discute, on se frotte à cet Occident qu'on admire, qu'on jalouse, qu'on craint ou qu'on déteste, mais dont la puissance pousse chacun à se poser ces questions fondamentales : quelle est notre identité ? Comment repenser notre religion dans ce monde nouveau ?

Jeunes-Ottomans et réveil arabe

L'Empire ottoman est un des épicentres de cet univers en mouvement. Les penseurs y abondent. Le nom le plus connu de la seconde moitié du XIXe siècle est celui de Namik Kemal (1840-1888), homme politique, mais aussi poète, publiciste, écrivain et même dramaturge. Comme tant d'autres, il a une vie que le contexte rend tumultueuse. Le pouvoir parfois le chérit (il fait partie des groupes qui préparent la Constitution), parfois cherche à le briser et l'envoie en prison ou en exil. Très critique à l'égard des Tanzimat, qu'il perçoit comme une machine à produire de la bureaucratie, il tente, comme ses amis du groupe des « Jeunes-Ottomans », de repenser le monde nouveau dans le cadre de l'islam, ou plutôt de moderniser l'islam en lui faisant digérer les notions de progrès et de démocratie. Exilé en Europe, il fonde un journal nommé *Hürriyet*, « Liberté ». Il se rend célèbre grâce à une pièce intitulée *Vatan*, « Patrie ». Il reste, dit l'*Encyclopédie Universalis*, comme l'homme qui a fait entrer ces deux concepts dans la langue et le monde turcs.

À cette époque, le monde arabe est travaillé par de semblables interrogations. Lui aussi connaît une spectaculaire renaissance intellectuelle. On associe souvent cette période réformatrice au nom arabe qui lui a été donné, la « Nahda », c'est-à-dire l'essor, le réveil. L'idée sous-jacente est qu'il est temps de se relever, après des siècles de sommeil. Le cœur du mouvement est situé en Égypte. Comme il veut rivaliser avec l'Occident, Mehmet Ali comprend la nécessité d'aller faire étudier sur place les méthodes qui l'ont rendu si puissant. Il confie cette besogne à Rifaa al-Tahtawi (1801-1873), un jeune et brillant imam d'Al-Azhar, la vieille et prestigieuse université du Caire. En 1826, celui-ci arrive à Paris à la tête d'une délégation de vingt-cinq étudiants en théologie, chargée notamment d'étudier le système éducatif, jugé, à juste titre, essentiel. L'imam est curieux et malin. Il note tout. Il lit les auteurs classiques, s'intéresse aux techniques, aux sciences, aux mœurs, à la façon d'être en société, à l'habillement, à la nourriture. Il est tout particulièrement fasciné par la grande liberté dont jouissent les femmes et par la déférence dont les hommes font preuve à leur endroit.

Pendant les six ans que dure son séjour, il a même le temps d'assister à la révolution de 1830. Il ne trouve rien de plus réussi politiquement que la charte sur laquelle promet de s'appuyer Louis-Philippe, le nouveau roi de la monarchie constitutionnelle. Il apprend, consigne, ne juge pas. Jamais il ne remet en cause ses propres croyances. Il est convaincu que l'islam est la plus grande des religions. Mais il admire le stade de développement où est parvenue l'Europe. Le récit de voyage qu'il publie après son retour au Caire, *L'Or de Paris*, est considéré comme le texte fondateur de la Nahda.

Al-Afghani

L'autre grand nom arrive plus tard, et de bien plus loin, même si on ne sait pas précisément d'où. Aujourd'hui encore, l'Iran et l'Afghanistan se disputent le privilège d'avoir abrité son lieu de naissance. Toujours est-il que notre homme se fait appeler Jamal al-Din al-Afghani (1838-1897), c'est-à-dire Jamal al-

Din l'Afghan. Rares sont les intellectuels à avoir eu une vie aussi aventureuse. Son charisme et son intelligence le font réclamer partout, son intrépidité et son incroyable liberté de ton le font chasser tout aussi vite. Tout jeune, il est expulsé d'Inde pour avoir dit ce qu'il pensait de l'occupation britannique. Le voici conseiller du roi en Afghanistan, puis du shah de Perse, qui finit par le congédier en raison de son activisme intransigeant. Le sultan lui trouve un poste à l'université d'Istanbul, mais sa vision de la religion est trop moderne et trop libre pour ne pas irriter les conservateurs, qui réclament sa tête. Il débarque alors au Caire, où il s'établit un temps, avant d'être viré par le khédive, dont il a eu le malheur de critiquer l'insolente opulence. De place en place, il approfondit la même recherche, celle qui tenaille son siècle. La solution, pour contrer l'Occident, se trouve dans l'islam, à condition de le moderniser enfin et de le sortir de la sclérose. Il faut rouvrir les portes de l'*ijtihad*, stupidement fermées depuis des siècles. « L'islam attend son Luther ou son Calvin, et Jamal al-Din al-Afghani est le candidat tout trouvé pour cette fonction[1] », écrit Henry Laurens. L'homme hait la tyrannie et les despotes, rêve de rendre sa voix au peuple, et il sait qu'il y a une voie musulmane pour arriver à ce résultat. Il est de ceux, nombreux, qui cherchent dans la religion les bases des notions dont l'Occident prétend avoir le monopole. Ainsi voit-il le fondement de l'idée de

1. *In* Henry Laurens, John Tolan et Gilles Veinstein, *L'Europe et l'Islam : quinze siècles d'histoire*, *op. cit.*

constitution dans la notion de *choura*, le conseil de compagnons que le Prophète aimait à réunir avant les grandes décisions. Dans les années 1880, il se trouve en exil à Paris avec son disciple égyptien, Mohamed Abduh. Le philosophe Ernest Renan est au faîte de sa gloire. Anticlérical, chantre de la nation française, il est l'un des grands hommes de la République qui s'installe. Il est aussi le héraut de la supériorité de l'Europe. Aucune autre « race », dit-il dans le vocabulaire de l'époque, ne peut rivaliser avec son génie, et surtout pas les Arabes, qui connurent la science il y a fort longtemps mais que l'« esprit sémite » et l'islam contraignent au fanatisme et à l'obscurité. En 1883, après que Renan a donné une conférence en Sorbonne sur ce thème, Al-Afghani relève le gant et ferraille dans la presse – en français – pour montrer l'inanité de ces propos. Non, l'islam n'est pas voué aux ténèbres ; oui, l'islam sera capable d'absorber la science de l'Occident. Il a toute la force nécessaire pour le rattraper et, un jour, le dépasser.

L'identité arabe

Art, poésie, système politique, tous les domaines les uns après les autres sont passés au crible du renouvellement. La question des femmes compte parmi les plus importantes. Déjà, Al-Tahtawi, en rentrant de Paris, avait beaucoup fait pour que l'Égypte développe enfin la scolarisation des filles. Le Turc Namik Kemal est convaincu lui aussi qu'il faut aller dans ce sens. Qasim Amin (1865-1908), un autre Égyptien, se fait le héraut de ce combat. Pour lui, la seule vraie régénérescence, qui permettra à l'islam de redevenir une grande et puissante civilisation, passe par la libération des femmes.

L'autre interrogation qui parcourt le monde arabo-musulman, et que l'on a vue se poser de façon cruciale lors de la montée des nationalismes balkaniques, tourne autour de l'identité : qui sommes-nous ? Sur quelle base doit-on s'unir pour redresser la tête ? Comme dans les Balkans quelques décennies plus tôt, elle est neuve. Jusqu'alors, on définissait son identité par rapport à sa famille, son clan, sa ville de naissance ou sa communauté. L'invention nationale, qui surgit en Europe, pousse à reformuler les choses. La seule réponse possible à l'Occident passe-t-elle par l'union de tous les musulmans, du Caire à l'Inde et d'Istanbul à la Perse, comme le pense un Al-Afghani ? Dans les provinces arabes, une autre conception se forme peu à peu. À Beyrouth, par exemple, Boutros al-Boustani, chrétien, linguiste éminent, crée ce qui sera l'identité arabe, c'est-à-dire le sentiment d'une même appartenance, au-delà de la religion, autour d'une langue et d'une culture communes. Au cœur de l'Empire ottoman, ces questionnements sont plus brûlants que jamais. Progressivement y apparaît une nouvelle identité qui elle non plus, jusque-là, n'avait jamais fait parler d'elle : l'appartenance à la nation turque.

Jeunes-Turcs

À la fin du XIXe siècle émerge un nouveau mouvement politique, celui des Jeunes-Turcs. Nombre d'entre eux sont des militaires progressistes, très ouverts sur l'Europe, très influencés par la France en particulier, son histoire, sa Révolution, ses penseurs. Ils lisent Rousseau et Zola, admirent Taine et Durkheim. Nombre d'entre eux sont aussi de grands admirateurs de la franc-maçonnerie et s'organisent, comme elle, en sociétés secrètes. La plus importante recrute chez les officiers de l'école militaire de médecine de Salonique, en Macédoine. En 1908, elle est sur le point d'être découverte par les espions d'Abdülhamid. Ses membres jouent le tout pour le tout. Ils lancent un régiment sur Istanbul avec un mot d'ordre adressé au sultan : il faut rétablir la Constitution de 1876. L'opération réussit au-delà de leurs espérances. Tout le peuple se joint à eux, le sultan cède, on convoque un parlement. C'est la révolution jeune-turque de 1908, un moment de liesse après trente années de tyrannie. Les haines sont enterrées. Dans une atmosphère « digne de Mai 68 », écrit le spécialiste François Georgeon, les communautés fraternisent. Les Arméniens, les juifs, les Turcs s'embrassent dans des transports de joie[1]. L'empire est-il donc sauvé ? La démocratie va-t-elle advenir ?

---

1. In *L'Histoire*, numéro spécial « D'où viennent les révolutions arabes », août 2011.

Un an plus tard, le vent tourne déjà. Une contre-révolution menée par des soldats et des étudiants en théologie est étouffée. Le sultan, soupçonné de l'avoir fomentée, est déposé au profit de son frère, une marionnette à qui l'on retire tout pouvoir. Mais le climat change. Le Comité Union et Progrès, comme on appelle le parti jeune-turc, prend prétexte des événements pour amorcer un virage autoritaire et nationaliste. De nouveaux massacres d'Arméniens se produisent à Adana. La fraternité est déjà loin. Les guerres balkaniques durcissent encore les choses. En 1913, le trio de Jeunes-Turcs au pouvoir qui, hier, ne jurait que par les droits de l'homme décrète la fin du pluralisme et le règne du parti unique. La liesse a été de courte durée.

Troisième partie

LE XXe SIÈCLE

18

La Première Guerre mondiale

Le 28 juin 1914, alors qu'ils paradent en voiture découverte dans Sarajevo, capitale de la Bosnie-Herzégovine, l'archiduc François-Ferdinand, prince héritier d'Autriche-Hongrie, et sa femme Sophie sont assassinés par Gavrilo Princip, un jeune Bosniaque exalté membre d'une société secrète proserbe. Encore

REPÈRES

– 28 octobre 1914 : en bombardant les ports russes de la mer Noire, l'Empire ottoman entre en guerre aux côtés de l'Allemagne
– février 1915-janvier 1916 : bataille des Dardanelles opposant les pays de l'Entente et les Ottomans
– 25 avril 1915 : début du génocide arménien
– 16 mai 1916 : signature entre la France et la Grande-Bretagne, avec l'aval des Russes et des Italiens, des « accords Sykes-Picot », qui prévoient le partage du Moyen-Orient
– 2 novembre 1917 : publication de la « déclaration Balfour », qui marque la première étape dans la création de l'État d'Israël
– 30 octobre 1918 : l'Empire ottoman signe l'armistice de Moudros
– 29 octobre 1923 : Mustafa Kemal est élu président de la République de Turquie

une de ces incompréhensibles crises balkaniques comme on en a tant vu, pense l'Europe. Elle a raison. En soi, l'« attentat de Sarajevo », comme on l'appelle désormais, n'est qu'un nouveau rebondissement de l'interminable feuilleton qui dure depuis des décennies[1], la manifestation tragique d'une des sombres rivalités qui empoisonnent ces terres lointaines.

Au congrès de Berlin de 1878, l'Autriche avait obtenu d'occuper les ex-provinces ottomanes de Bosnie et de Herzégovine. En 1908, elle les avait purement et simplement annexées. La visite de juin 1914 avait pour but, entre autres, de signifier clairement qui était le maître de ce petit territoire. Depuis ce même congrès de Berlin, la Serbie, devenue une des nouvelles puissances régionales et se rêvant en patronne de tous les « Slaves du Sud », estimait que ces provinces lui revenaient de droit et fournissait un discret soutien aux agitateurs bosniaques travaillant dans ce sens.

« Les Balkans, écrivit Winston Churchill, produisent plus d'histoire qu'ils ne peuvent en absorber. » En un mois, l'étincelle jaillie d'un coup de revolver au cœur d'une ville grande comme une sous-préfecture réussit à embraser le monde.

En ce début de XXe siècle, l'idéologie nationaliste est à son comble. Chaque nation européenne se pense supérieure à toutes les autres. Chacune se juge unique héritière de la *civilisation*, seul instrument du progrès et seule à même de dominer le monde entier. Et

1. Voir chapitres 15 et 16.

toutes, pour se protéger de rivales qu'elles haïssent encore plus que les autres, ont noué des alliances avec d'autres rivales qu'elles craignent un peu moins. D'un côté, la Triple-Entente : France, Royaume-Uni, Russie. De l'autre, la Triplice : empire d'Allemagne, empire d'Autriche-Hongrie, Italie.

Ce système, qui se veut garant de l'équilibre, se transforme en un peu plus de trente jours en une mécanique infernale. Début juillet, l'Autriche-Hongrie veut des coupables, elle exige que Belgrade lui en fournisse et pose un ultimatum assorti de multiples conditions. Selon l'une d'elles, les policiers autrichiens pourront enquêter eux-mêmes en Serbie afin d'y démanteler les éventuels réseaux des assassins. La Serbie n'est pour rien dans l'attentat, mais, par principe, elle ne peut accepter un tel viol de sa souveraineté. Elle passe outre l'ultimatum. Le 28 juillet, l'Autriche-Hongrie déclare donc la guerre à la Serbie. Les Russes, en soutien à leurs frères serbes, mobilisent contre l'Autriche-Hongrie. Le 1er août, l'Allemagne, alliée de cette dernière, mobilise contre les Russes, puis, le 3 août, déclare la guerre à la France, car celle-ci refuse de se désolidariser de son allié russe. À ce stade, l'Angleterre rechigne encore à entrer dans ce jeu délirant. Les 3 et 4 août, sans attendre, l'Allemagne décide d'appliquer le plan secret qui doit lui permettre de bousculer la France par le nord-est. Elle envahit la Belgique. Pour l'Angleterre, le viol de la neutralité belge est un *casus belli*. Elle entre dans la ronde infernale. Seule l'Italie, sur nos six pays de départ, reste neutre. Quelques mois plus tard, elle rompt son alliance austro-allemande et se range du côté des Franco-Anglais.

Les trois pachas

La guerre de 1914 commence donc à cause d'une crise balkanique qui aurait pu n'être que la énième d'une série enclenchée des décennies plus tôt. Celle-ci présente toutefois une différence notable avec la plupart des précédentes : l'Empire ottoman n'y a pas part. La Bosnie n'est plus une de ses provinces depuis trente-six ans. Les toutes récentes guerres balkaniques (1912 et 1913) ont fini par le chasser presque entièrement d'Europe, où il ne garde que la petite Thrace orientale. Comment ne pas penser aujourd'hui à la sage solution à laquelle cette configuration aurait dû conduire ? Pendant des décennies, l'Empire ottoman a été peu à peu dévoré par les puissances. Au moment même où les fauves vont se déchirer entre eux, pourquoi ne pas se contenter de regarder le combat en spectateur, en savourant cyniquement sa vengeance ?

Ses dirigeants ont pris un autre chemin. Officiellement, en 1914, l'empire est toujours dirigé par un sultan et un grand vizir, comme aux temps héroïques. Dans les faits, ils ne servent plus à rien. Le pouvoir est entre les mains de trois hommes du Comité Union et Progrès (CUP), le parti issu de la révolution jeune-turque de 1908, dont ils représentent la frange la plus autoritaire et la plus nationaliste. On les nomme les trois pachas :

Enver Pacha (1881-1922), Talaat Pacha (1874-1921), Djamal Pacha (1872-1922). Depuis leur coup d'État de 1913, ils règnent en quasi-dictateurs. Pour eux, écrit Hamit Bozarslan, la guerre qui s'ouvre présente « l'occasion ou jamais d'effacer la honte de 1877-1878 et de 1912-1913[1] ». Ils lancent ainsi leur pays dans la mêlée et choisissent de le faire aux côtés de Berlin.

Le Reich a des intérêts dans l'Empire ottoman. Depuis son voyage à Constantinople, Damas et Jérusalem en 1898, le Kaiser Guillaume II n'a jamais caché l'attention qu'il portait au sultanat turc et au monde musulman en général. Le spectaculaire Bagdad Bahn, un chemin de fer reliant la capitale impériale à celle de la Mésopotamie, est l'emblème de ce rapprochement. Pour autant, contrairement à Paris, Londres ou Saint-Pétersbourg, Berlin n'a de visées impérialistes sur aucun des territoires ottomans, ce qui, aux yeux des dirigeants jeunes-turcs, présente un avantage certain. Par ailleurs, tous trois ont une grande admiration pour l'Allemagne, surtout pour son armée, qu'Enver connaît bien. Il y a servi quand il faisait ses études. Confiants dans cette puissance, les pachas parient sur une victoire facile du Reich.

Fin octobre 1914, sans sommation, depuis deux navires de guerre qui leur ont été cédés par les Allemands, les Ottomans bombardent les villes russes de la mer Noire. C'est l'acte d'entrée en guerre. Elle est déclarée officiellement le 1er novembre. Le 11, le vieux

1. Hamit Bozarslan, *Histoire de la Turquie*, *op. cit.*

sultan Mehmet V se souvient qu'il est aussi calife et pose le seul acte significatif qu'il prendra durant toute cette guerre. Il proclame le djihad, la guerre sainte, contre les puissances impies de l'Entente. L'Allemagne est ravie. Elle comptait sur ce geste, dont elle espère beaucoup. Ne servira-t-il pas à soulever contre leurs maîtres les millions de sujets musulmans qui dépendent de leurs ennemis, dans les empires coloniaux français et anglais et dans l'Asie centrale russe ?

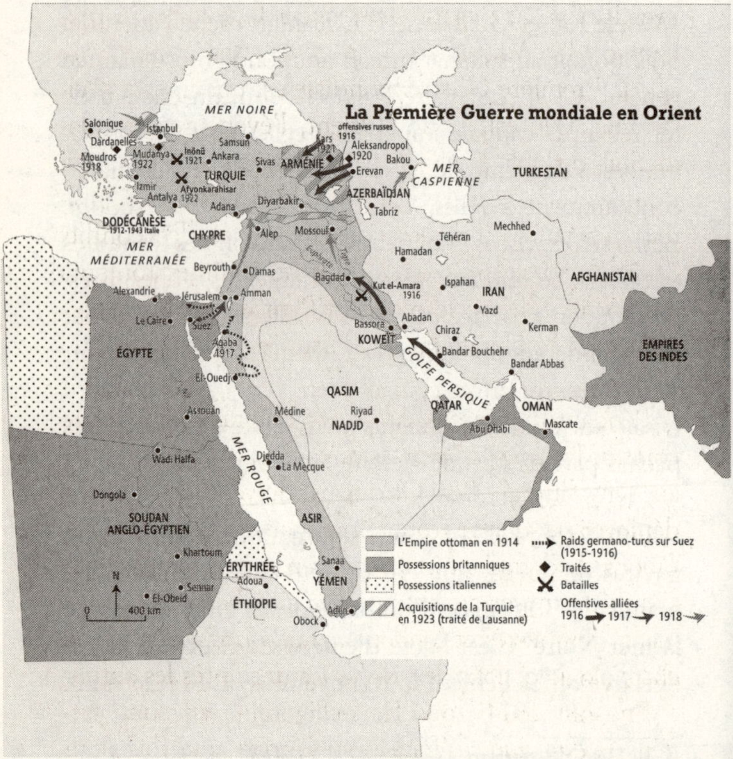

Dardanelles

Les « unionistes », comme on appelle les dirigeants du CUP, sont certains que leur choix est le bon et qu'il permettra à l'Empire ottoman de revivre des heures glorieuses. Ils viennent de lancer la machine infernale qui, ayant explosé, fera sombrer à jamais le monde qui est le leur. Chaque Européen voit 1914-1918 par le prisme des grandes batailles qui ont marqué son propre pays. Les Français et les Allemands pensent Verdun, les Anglais la Somme, les Italiens ou les Autrichiens Caporetto. Aucun ne doute que la Première Guerre mondiale est une guerre occidentale. Elle est, pour l'Orient, l'événement fondamental du XXe siècle, le tremblement de terre qui bouleverse les cartes, redessine les frontières, remodèle les pays. Elle sème des haines et des conflits dont, un siècle plus tard, nous ne sommes toujours pas sortis. Elle est le plus terrifiant et le plus formidable des accélérateurs de l'Histoire.

Pendant quatre ans, la guerre fait rage aux quatre coins de l'empire. L'expression est quasiment à prendre au sens littéral. Les Ottomans doivent en effet se déployer sur quatre fronts principaux. Toutes les opérations s'y déroulent à peu près en même temps. Pour tâcher d'exposer au lecteur avec simplicité ces événements complexes et fondamentaux, oublions la stricte chronologie et considérons-les les uns après les autres.

En août 1914, tous les belligérants en sont certains : cette guerre, faite pour purger une fois pour toutes les vieilles querelles, doit être une affaire de semaines. Dès l'automne, les offensives éclairs prévues par les états-majors se brisent sur la force du camp opposé. Les fronts se figent. Bientôt, les combats s'enlisent dans la guerre de tranchées, cet enfer immobile de boue, de sang, de froid, que nul n'a envisagé et qui durera quatre ans. Faute de pouvoir percer le front européen, il faut, pour débloquer la situation, lancer des opérations de revers. Cela devient l'obsession. Winston Churchill, lord de l'Amirauté britannique – c'est-à-dire ministre de la Marine –, a une idée qu'il trouve géniale. Il entend appuyer sur ce qu'il estime être le point faible de l'ennemi, ce vieillard vermoulu d'Empire ottoman. Il pense qu'il faut le frapper à la tête et prévoit d'attaquer les Détroits, ce qui permettra de prendre Istanbul et de faire la jonction avec les Russes, qui attaqueront depuis la mer Noire. Début 1915, l'Entente envoie des navires sur les Dardanelles, le détroit qui se situe côté mer Égée, pour cingler sur la capitale ottomane. Les bateaux sont bloqués par des mines. On décide de passer par la terre. Français et Anglais, dont les forces sont composées principalement de troupes venues des lointaines possessions d'Australie et de Nouvelle-Zélande, débarquent sur les plages de Gallipoli, la presqu'île qui avance le long du détroit. Les défenseurs sont sur les hauteurs, ils tirent. Dès le départ, l'opération est un carnage. Pendant des mois, les assaillants, depuis leurs plages, cherchent à prendre un terrain que les Turcs, aidés par un brillant général allemand, défendent avec héroïsme. Le vieil empire se bat bien. Les mitrailleuses et le typhus font des ravages. Les cadavres s'accumulent. Début 1916, les alliés rembarquent les survivants de cet enfer. La bataille des Dardanelles (février 1915-janvier 1916), que les Anglo-Saxons appellent la bataille de Gallipoli, se révèle une catastrophe pour les attaquants. Elle fait un grand vaincu. Après cet échec cinglant, Churchill est désavoué par tous et considère qu'il a atteint la fin de sa carrière.

Génocide arménien

Au nord-est de l'empire, derrière le Caucase, il y a l'ennemi russe. Les Ottomans veulent profiter de cette guerre pour lui reprendre les territoires qu'il a conquis au XIXe siècle. Certains veulent même aller au-delà et tenter de joindre les terres immenses de l'Asie centrale, où vivent depuis des siècles d'autres Turcs, toutes ces populations qui parlent des langues dites *touraniennes* et remontent plus ou moins aux Mongols. Le nationalisme turc, qui grandit dans l'empire depuis le début du XXe siècle, se berce parfois de ce rêve *pantouranien*. Il s'agit de créer un immense pays qui pourrait fédérer tous les Turcs d'Asie, de la mer Égée à la Chine. Exalté par cette perspective, Enver Pacha, nous dit Hamit Bozarslan, pense sa victoire imminente[1]. C'est dans cet esprit qu'il lance ses armées à l'assaut du Caucase. Le froid y est l'ennemi

1. *Ibid.*

le plus redoutable. Les Ottomans, sous-équipés, vêtus d'uniformes en mauvais état et bien trop légers pour résister aux températures extrêmes, meurent par milliers. Les Russes prennent bientôt le relais des conditions climatiques et, fin décembre 1914, infligent une terrible défaite aux Ottomans.

Dans ce contexte a lieu la tragédie dans la tragédie, l'horreur de l'extermination dans l'horreur de la guerre. À l'est de l'Anatolie se situent les territoires de l'Arménie historique. Son peuple, dont la patrie est éclatée entre de multiples États depuis des siècles, est réparti entre les deux belligérants. Une fraction du côté turc, une fraction du côté russe. Tous les Arméniens ont décidé de servir loyalement l'armée du pays dans lequel ils habitent. Mais, à Istanbul, on doute de cette loyauté. Le soupçon enfle tant qu'il confine bientôt à la folie paranoïaque. Ces Arméniens sont des traîtres, ils font tout pour favoriser la victoire des Russes. Telle est, en tout cas, la toile de fond qui sert aux dirigeants d'Istanbul à justifier les mesures censées prévenir cette forfaiture auprès de ceux qui seront chargés de les mettre en œuvre. Dès le début de 1915, on désarme les soldats arméniens qui servent dans l'armée ottomane pour les affecter à des bataillons de travail et les éloigner des combats. Chaque avancée russe renforce la certitude du péril. Une révolte d'Arméniens survient à Van. En fait, ils se défendent contre des exactions dont ils sont victimes. Le prétexte est tout trouvé. Ces Arméniens se révoltent ? C'est la preuve que bientôt *tous* les Arméniens vont se soulever. Il faut les empêcher de nuire.

Le 25 avril 1915, plusieurs centaines de notables et d'intellectuels arméniens sont arrêtés et exécutés à Istanbul. Cette date est considérée comme le point de départ de ce que la majorité des historiens appellent aujourd'hui le génocide arménien. Les soldats désarmés qui font partie des bataillons de travail sont sommairement liquidés. Et Talaat Pacha, ministre de l'Intérieur, donne l'ordre de « déplacer » l'ensemble des populations arméniennes qui se trouvent à l'est de l'Anatolie. Il s'agit officiellement de les éloigner du front pour éviter qu'elles n'aident les Russes. Cela consiste à les éliminer physiquement. Les hommes le sont en général immédiatement. Les femmes, les vieillards, les enfants sont jetés à pied sur les routes, quasiment pas nourris, harcelés par des mercenaires kurdes ou les nervis de l'« Organisation spéciale » – l'administration secrète chargée de la besogne –, eux-mêmes épaulés par des droits communs qu'on a sortis de prison. Les cadavres jonchent le parcours. Les rares survivants de cette géhenne sont acheminés dans les déserts de Syrie, où on les laisse mourir de soif et de faim. L'opération se solde par un bilan qui oscille, selon les sources, entre 800 000 et 1,5 million de victimes.

Quelle est la nature de l'horreur qui a eu lieu ? Aujourd'hui encore, l'histoire officielle turque s'appuie sur ce récit pour en donner une explication particulière. Elle ne nie pas les massacres, mais les attribue au terrible contexte de la guerre, qui aurait créé cette folie. Elle refuse aussi qu'on les isole des multiples souffrances qu'ont dû endurer d'autres populations civiles durant cet abominable conflit. Pour la plupart des historiens qui ont étudié de près l'ensemble des documents, les faits ne sont pas ceux-là[1]. Ils soulignent que les massacres d'Arméniens sont d'une nature spécifique. Ce crime dépasse le crime de guerre, car il a été prémédité de longue date. Cette folie était en germe avant le conflit dans l'esprit des dirigeants unionistes, dont le nationalisme s'est peu à peu déplacé sur des bases strictement ethniques. Hamit Bozarslan cite maints exemples de ce qu'il nomme le « darwinisme social » des dirigeants jeunes-turcs, qui se mirent à considérer les peuples de l'empire comme des espèces vouées à se livrer une lutte à mort[2]. La seule solution pour sauver les Turcs était, selon eux, de procéder à l'élimination physique des autres minorités occupant le territoire. La guerre a fourni un contexte propice à la réalisation de ce projet, qui peut donc être qualifié de génocidaire. De nombreux parlements de grands pays – la France, l'Argentine, la Pologne, l'Italie, des assemblées d'États américains, le Conseil fédéral suisse ou encore le Parlement européen – ont voté la reconnaissance officielle du génocide arménien depuis les années 1980-1990.

1. Parmi les spécialistes de cette question, on peut citer le Français Yves Ternon, un des premiers à avoir travaillé sur le sujet, ou Taner Akçam, universitaire germano-américain d'origine turque. Son livre *Un acte honteux. Le génocide arménien et la question de la responsabilité turque* (Denoël, 2008), est considéré comme un ouvrage de référence.

2. Hamit Bozarslan, *Histoire de la Turquie*, *op. cit.*

Au début du XXIe siècle encore, le gouvernement turc, la majorité de l'opinion turque et de nombreux historiens de ce pays refusent le mot de génocide, qu'ils jugent injurieux et inapproprié. Le nationalisme joue son rôle dans ce blocage, les circonstances de l'histoire aussi. On le verra à la fin de ce chapitre, au moment de l'agonie de l'Empire ottoman, la Turquie naissante a failli disparaître elle aussi. Mustafa Kemal fut son sauveur. Lui-même n'a eu aucune part dans les massacres, qu'il a qualifiés d'« acte honteux ». Mais il a eu besoin, au plus fort des périls, de l'appui de tous les courants, y compris celui des unionistes, battus. Couverts par le sauveur suprême, ils devinrent inattaquables. La guerre qui eut lieu alors se fit, entre autres, contre les anciennes minorités de l'empire, dont les Arméniens. Dans la représentation turque de cette histoire, reconnaître le martyre arménien, cela revient à accepter de donner raison à un peuple toujours considéré comme un ennemi. Notons toutefois que, lentement, les choses évoluent. Malgré les pressions officielles et la censure, quelques historiens turcs travaillent à faire éclore la vérité de cette histoire[1].

---

1. Lire l'interview accordée au *Monde* (29 décembre 2001) par l'historien français Vincent Duclert au sujet du génocide arménien et du groupe de travail qu'il a fondé avec d'autres historiens pour promouvoir « la liberté de recherche et d'enseignement en Turquie ». Rappelons aussi que, juste après la guerre, les Turcs eux-mêmes décidèrent de juger les crimes contre les Arméniens dans des procès qui se tinrent à Istanbul. Les circonstances firent qu'ils n'allèrent pas au terme du processus, mais ils réunirent une masse documentaire qui est aussi une masse de preuves.

*
**

La Première Guerre mondiale et le monde arabe

Les autres grandes opérations de la Première Guerre mondiale se sont déroulées au sud-est et au sud de l'empire, dans ses provinces arabes.

Fin 1914, les Anglais envoient des troupes, majoritairement recrutées aux Indes, à Bassora, le port du sud de la Mésopotamie. Il s'agit de tenter d'ouvrir un front de ce côté, mais aussi de sécuriser les champs pétrolifères qu'on a découverts dans la région. Avec une marine qui fonctionne désormais au mazout, avec les tanks et les avions qui font leur apparition, l'or noir devient une matière première d'importance stratégique. Les Britanniques ont pour objectif d'entrer dans Bagdad. Cela se révèle bien plus difficile qu'espéré. Une fois encore, contrairement au préjugé que tous les états-majors plaquaient sur lui, le vieil empire se défend vaillamment. Fin 1915, l'armée anglaise se retrouve coincée dans la ville de Kut el-Amara, dont les Ottomans font le siège pendant cinq mois avant de réussir à la prendre. Treize mille soldats britanniques, pour la plupart indiens, sont faits prisonniers. Une grande partie d'entre eux mourront de faim et de mauvais traitements dans les camps. Il faut une puissante offensive britannique pour que Bagdad chute en mars 1917.

Au Proche-Orient, enfin – que les Français nomment aussi le Levant –, l'initiative vient des Turcs. En 1915, depuis les provinces ottomanes de Syrie et de Jérusalem, Djamal Pacha, membre du triumvirat, lance ses armées dans le Sinaï pour tenter de conquérir l'Égypte, ou du moins pour prendre le contrôle du canal de Suez, si essentiel à l'Empire britannique. Il est rapidement repoussé. Les Anglais peuvent donc mettre au point la contre-offensive. Ils sont prêts à tout pour obtenir la victoire, y compris à nouer des alliances en faisant aux uns et aux autres les promesses les plus contradictoires. On en dénombre trois, et elles sont toutes si importantes, si engageantes pour l'avenir, que leurs conséquences continuent, un siècle plus tard, de peser sur le monde.

Les Allemands rêvaient, grâce au calife d'Istanbul et à sa proclamation du djihad, de voir se soulever contre leurs maîtres les musulmans des empires français, anglais et russe. De même, les Britanniques cherchent l'allié qui les aidera à vaincre l'Empire ottoman de l'intérieur. Les Arabes semblent tout indiqués pour tenir ce rôle. Depuis la fin du XIXe siècle est né chez certains un sentiment identitaire qui les pousse à rejeter la tutelle ottomane[1]. La guerre l'exacerbe. En Syrie, des nationalistes arabes fomentent des complots contre les Turcs, mais les meneurs sont découverts. Au printemps 1916, ils sont pendus, à Beyrouth

1. Voir chapitre 17.

et à Damas, sur ordre de l'implacable Djamal, qui y gagne le surnom d'Al-Saffah, le Sanguinaire.

Qui pourra reprendre le flambeau ? Aux yeux des Britanniques, deux candidats sont possibles. Le premier est Ibn Séoud, un émir puissant qui, depuis le Koweït où il est né, a réussi à se tailler un fief au cœur des déserts de l'Arabie. Il est contacté, mais préfère rester neutre. Le second se nomme Hussein (1856-1931), il appartient à la famille hachémite qui remonte au Prophète. Il se trouve être le chérif de La Mecque, une fonction prestigieuse pour les musulmans. Il est tenté par la proposition d'alliance des Anglais. Il y voit la possibilité de réaliser un rêve. Il voudrait constituer un grand royaume fédérant tous les Arabes, un royaume qui irait des frontières du monde turc, au nord, au Yémen, au sud, et de la Méditerranée, à l'ouest, à la Mésopotamie, à l'est.

Après s'être entretenus par écrit, Hussein et le patron de l'état-major britannique du Caire concluent le marché. En échange de l'entrée en guerre, les Anglais promettent le royaume. En juin 1916, depuis sa ville sainte de La Mecque, le chérif déclare la guerre aux Turcs. Au nom de la lutte contre les dirigeants impies qui règnent à Istanbul, il donne le signal de la « grande révolte arabe ». Ses quatre fils se tiennent à ses côtés. Deux sont restés célèbres, Abdallah (1882-1951) et Fayçal (1883-1933), le combattant intrépide, le prince du désert. Avec lui combat son ami Thomas Edward Lawrence, l'inséparable officier de liaison que l'Angleterre lui a envoyé et que chacun connaît sous son nom légendaire de Lawrence d'Arabie.

Sykes-Picot

Les Britanniques cherchaient de nouveaux partenaires dans les déserts d'Arabie. Ils ont aussi leurs alliés d'Europe. Qui aura quoi une fois la victoire acquise ? Comment partager le butin ? Telle est l'éternelle question qui agite ceux qui font la guerre ensemble. En 1915-1916, de nombreuses rencontres clandestines ont lieu entre François Georges-Picot, un diplomate français, et Mark Sykes, un parlementaire britannique, tous deux fins connaisseurs du Moyen-Orient. Ils sont mandatés par leurs gouvernements respectifs pour préparer le partage de cette zone dès que les Ottomans en seront chassés. En clair, ils appliquent des couleurs sur une carte : le bleu sera à toi, le rouge à moi, et là on va mettre un peu de marron pour faire plaisir aux Russes. Ces « accords Sykes-Picot » sont cosignés secrètement le 16 mai 1916 par Paris et Londres, avec l'approbation de Saint-Pétersbourg. Ils attribuent à l'administration directe de la France une large zone côtière dans la province de Syrie et dans le sud de la Turquie, et à celle de la Grande-Bretagne la Mésopotamie. Ils divisent tout le reste en deux sphères d'influence et prévoient un contrôle international sur la région de Jérusalem. Les Russes tiennent à ce statut pour la ville des Lieux saints. Début 1918, l'empire des tsars est aux mains des bolcheviks, sortis d'une guerre qui, selon eux, ne les concernait pas. Avides de révéler la perfidie des gouvernements bourgeois qui y participent, ils décident de rendre public ce traité secret.

Stupeur et colère des Arabes, qui se sentent dupés. Londres les rassure. Pas du tout, les accords Sykes-Picot ne remettent rien en question, ne vous inquiétez pas, vous aurez votre grand royaume. Peu de temps auparavant, la Grande-Bretagne a pourtant promis une partie de ce vaste territoire à un troisième partenaire.

Sionisme

Dans les années 1880, un nouveau nationalisme a éclos en Europe. Il fait suite aux épouvantables pogroms qui se sont déroulés en Russie, c'est-à-dire au pillage de villages et aux massacres fomentés par le tsar et sa police contre les juifs, boucs émissaires idéaux pour détourner les colères du peuple. Les juifs en ont assez d'être les éternelles victimes de cette injustice et de cette barbarie. Nombre d'entre eux s'engagent dans les mouvements révolutionnaires qui, pensent-ils, résoudront le problème en rendant tous les hommes enfin frères, quelles que soient leurs différences de naissance ou de religion.

D'autres, bien moins nombreux au départ, nourrissent un projet très différent. Ils rêvent de fuir cet éternel malheur et de revenir sur la terre d'où les juifs sont partis des siècles plus tôt. Ils veulent se rendre au pied de Sion, une colline de Jérusalem. On les appelle pour cela les *sionistes*. Dans les années 1890-1900, Theodor Herzl, un journaliste autrichien, reprend cette idée et l'amplifie. Selon lui, la seule solution pour que les juifs connaissent enfin la paix après toutes ces persécutions et retrouvent la dignité qu'on leur dénie, c'est qu'ils aient enfin un État à eux, comme tous les peuples de la Terre. Où l'installer sinon en Palestine, la patrie lointaine pour laquelle on ne cesse de prier, qui fut promise par Dieu aux Hébreux ?

Elle est aussi en passe de l'être pour la troisième fois par les Anglais. La Première Guerre mondiale fait rebondir la cause sioniste. Au début des hostilités, la Fédération sioniste est neutre, même si de nombreux juifs ont tendance à soutenir l'Allemagne et l'Autriche en raison de leur aversion pour la Russie du tsar. Chaïm Weizmann, chimiste et dirigeant sioniste d'origine russe devenu anglais, fait pencher la balance du côté de son pays d'adoption. Rendu célèbre par ses travaux, qui ont permis d'accomplir des progrès déterminants dans le domaine des explosifs, il est un interlocuteur apprécié et écouté du gouvernement de Sa Majesté. Il négocie sans relâche pendant des mois pour obtenir un geste en faveur de la cause qui lui tient à cœur. Diverses raisons incitent Londres à aller dans ce sens. Comme nombre de chrétiens de l'époque, le Premier Ministre Lloyd George, tout imprégné de récits de la Bible, est persuadé que le retour des juifs en Terre sainte est essentiel pour accélérer le retour tant espéré du Messie. À l'heure où l'on cherche le secours des États-Unis, il est important aussi de séduire l'opinion juive de ce pays. Il faut noter toutefois que c'est après l'entrée en guerre des

Américains que lord Balfour, ministre des Affaires étrangères, fait le signe attendu. Le 2 novembre 1917, il envoie à lord Rothschild, président de la Fédération sioniste britannique, une courte lettre. On l'appelle la « déclaration Balfour ». Elle stipule ceci : « Le gouvernement de Sa Majesté envisage favorablement l'établissement en Palestine d'un foyer national pour le peuple juif, [...] étant clairement entendu que rien ne sera fait qui puisse porter atteinte aux droits civils et religieux des collectivités non juives vivant en Palestine [...]. » En une phrase l'honorable ministre a serré les nœuds d'un problème qui n'est toujours pas démêlé. La « déclaration Balfour », écrivent Vincent Cloarec et Henry Laurens, est appelée à devenir le « document le plus célèbre de l'histoire du Moyen-Orient au XXe siècle[1] ».

Vers l'automne 1917, le parfum de la victoire commence à se faire sentir. Les alliés russes, après la révolution bolchevique de novembre, font défection, mais les Américains déversent sur le front européen les centaines de milliers d'hommes qui permettent de venir à bout de la résistance allemande. Les Anglais, alignant enfin les victoires, remontent tout le Proche-Orient. Sur leur aile orientale, les Arabes leur apportent une aide considérable en faisant sauter les trains, en harcelant les troupes turques, en obligeant l'ennemi à mobiliser une énergie qu'il ne peut ainsi

---

1. Vincent Cloarec et Henry Laurens, *Le Moyen-Orient au XXe siècle*, Armand Colin, 2003.

plus déployer ailleurs. En décembre 1917, le général Allenby, commandant britannique, conquiert Jérusalem, offrant par là à son pays et à son très pieux Premier Ministre un cadeau de Noël de prix. En octobre 1918, les Anglais prennent Damas, où arrivent Fayçal et Lawrence. Le 30 de ce même mois, les Ottomans, vaincus, signent un armistice dans le port de Moudros, situé sur une île grecque.

★
★★

Mort d'un empire

Dès le lendemain d'une défaite dont ils sont largement responsables, les trois pachas s'enfuient. Enver gagne le Caucase, où, toujours hanté par son pantouranisme, il espère lever une armée innombrable. Il finit à la tête d'un groupe misérable, liquidé par les bolcheviks quelque part en Asie centrale. Talaat, réfugié à Berlin, et Djamal, parti pour Tiflis (aujourd'hui Tbilissi, en Géorgie), s'écroulent tous deux sous les balles de jeunes Arméniens de l'opération Némésis, celle qui n'oublie pas[1].

1. Talaat, principal responsable du génocide, fut tué en pleine rue, à Berlin, par un jeune homme nommé Soghomon Tehlirian (1897-1960). Celui-ci fut jugé par une cour allemande, c'est-à-dire un tribunal du pays qui avait été le grand allié des Ottomans. Pour expliquer le geste du tireur, la défense s'appuya sur de nombreux témoignages faisant état des massacres. Tehlirian fut acquitté.

Les trois pachas ont laissé leur pays à l'agonie. Le cauchemar redouté depuis des décennies est en train de se réaliser. Les puissances dépècent le cadavre. Seul le vieil ennemi russe est absent, puisque les communistes sont sortis de la guerre en janvier 1918. Les autres sont partout. Les Anglais paradent à Istanbul. Les Français, comme le prévoient les accords Sykes-Picot, s'installent dans la riche région de Cilicie, au nord de l'ex-province syrienne. Les Italiens, qui possèdent déjà depuis 1912 les îles du Dodécanèse, se sont réservé la zone d'Antalya et de Konya. Bientôt les Britanniques ajoutent à la punition une humiliation suprême. Ils demandent aux Grecs, déjà présents en Thrace, d'occuper une partie de l'Asie Mineure. Ceux-ci ont beaucoup hésité à entrer en guerre. Ils ne l'ont fait que tardivement, poussés par le Premier ministre Venizélos, nouveau promoteur de la « grande idée », ce vieux rêve de reformation d'un Empire byzantin qui retrouverait Constantinople pour capitale. En attendant cette apothéose, qui semble désormais à portée de main, les Grecs sont à Smyrne.

Comme ils le font avec tous les empires vaincus, les alliés formalisent ce démantèlement par un grand accord signé en région parisienne. Le traité de Sèvres règle le compte de l'Empire ottoman. Il le règle durement. Les provinces arabes lui sont retirées et sont placées sous les tutelles française et britannique. L'Anatolie est amputée pour faire place à deux nouveaux pays, une vaste Arménie retrouvant son assise médiévale et un Kurdistan destiné à donner une patrie aux Kurdes, ces musulmans ni turcs ni arabes. La Thrace et la région de Smyrne vont aux Grecs. Les Européens conservent leurs zones d'influence. Gifle ultime, les « capitulations », ces avantages commerciaux délirants qui ont permis à l'Occident de ruiner peu à peu l'empire, sont rétablies[1]. La mort dans l'âme, le vieux sultan accepte cet acte de décès.

Mustafa Kemal le refuse. L'homme est loin d'être un inconnu. Militaire brillant, il a été un des héros de la bataille des Dardanelles et fut dûment célébré après cette victoire. Dès la fin de 1918, il lutte contre l'armistice, qu'il juge honteux. Devenu inspecteur de l'armée et appelé, en tant que tel, à parcourir le pays, il cherche en même temps à mobiliser l'opinion contre la défaite. En 1919 commence ce qu'il appelle la « guerre d'indépendance turque ». Depuis Ankara, cette petite ville située au cœur de l'Anatolie, loin des occupants, Kemal monte un gouvernement révolutionnaire opposé à celui du sultan. Il en assoit la légitimité en inaugurant en avril 1920 la « grande assemblée de Turquie », futur parlement. Le peuple, effondré par la défaite, ravagé par les misères de la guerre, est d'abord partagé. Il bascule du côté kémaliste après l'humiliation de Sèvres. Kemal devient le Ghazi, le combattant qui rappelle les plus glorieux ancêtres. Chef militaire à l'énergie incomparable, il sait aussi se montrer habile diplomate. Tout en rassurant les courants les plus divers du pays, des ex-unionistes aux

1. Voir chapitre 17, pages 327-328.

plus conservateurs des oulémas, il négocie pour obtenir le soutien des bolcheviks. Grâce à leurs armes et à leur appui, il parvient à battre les Arméniens, qui voulaient faire entendre leurs revendications depuis leur petite république caucasienne. Il défait les Italiens et les chasse. Puis réussit à se débarrasser des Français, qui, las de ces interminables guerres, décident de se retirer de Cilicie. Il peut alors se lancer dans la bataille ultime contre les Grecs, l'ennemi juré et offensif. La partie est difficile. Les Grecs sont plus nombreux. De nouveau, batailles sanglantes, épouvantables massacres de civils de part et d'autre, avancées, reculs. En quelques victoires spectaculaires, les Turcs retournent la situation et repoussent l'ennemi. Les soldats grecs finissent littéralement rejetés à la mer, comme des centaines de milliers de civils, contraints, en septembre 1922, de fuir la terre de leurs ancêtres dans un climat d'apocalypse, alors que Smyrne est en feu.

Kemal a gagné sur le terrain. Les vainqueurs d'hier cèdent. En 1923, les alliés acceptent d'effacer Sèvres pour le remplacer par le traité de Lausanne, infiniment plus favorable à la Turquie. Celle-ci se retrouve à peu près dans ses frontières actuelles, sans contrôle extérieur, sans zone d'influence ni capitulations. Fini la grande Arménie. C'est désormais un pays vaincu qui doit se replier sur un territoire réduit dans le Caucase, et qui tombe bien vite sous la coupe du tyran soviétique. Fini le Kurdistan. Son peuple, partagé entre les États environnants (Turquie, Syrie, Irak, Iran), est contraint d'enfouir le rêve de créer une nation. Cent ans plus tard, celui-ci n'est toujours pas réalisé. Enfin, par une mesure qui est aussi une première dans les traités internationaux, Lausanne trouve une façon spectaculaire de régler la question des minorités : un échange de populations. Un million trois cent cinquante mille Grecs quittent l'Asie Mineure, où vivaient des Grecs depuis trois millénaires[1]. La « grande idée » est devenue la « grande catastrophe », comme l'histoire hellène désigne ce désastre. Elle aboutit à Athènes à des coups d'État et à la chute de la monarchie. De leur côté, 430 000 musulmans font le chemin inverse. Ils viennent notamment de Macédoine. L'Empire ottoman, qui s'y était établi aux XIVe et XVe siècles, est définitivement mort. Avec lui s'éteint la monarchie universelle des sultans, qui entendait faire vivre ensemble les peuples les plus divers. La Grèce n'est plus peuplée que de Grecs. Et la Turquie de Turcs, à 98 %.

Le 1er novembre 1922, Mustafa Kemal prend un décret qui commence ainsi : « L'Empire ottoman, basé sur l'autocratie, est renversé. » Le 17 novembre, Mehmet VI, dernier sultan, qui avait succédé à son frère en juillet 1918, part pour un exil sans gloire sur un navire anglais qui le conduit à Malte. Le nouveau régime est proclamé en octobre 1923. Mustafa Kemal devient président de la République de Turquie. Il en est le fondateur et le sauveur suprême. En 1934, une loi spéciale lui attribue le surnom officiel d'Atatürk, le père des Turcs.

1. Source : *Atlas historique*, Perrin, 2006.

19

La création du Moyen-Orient

Victoire ! En novembre 1918, à Paris, à Londres, on exulte. À Damas, on espère. L'émir Fayçal, fils de Hussein, le chérif de La Mecque, s'y trouve depuis la prise de la ville aux Ottomans, quelques semaines plus tôt. Il pense que le moment est enfin venu pour concrétiser le rêve d'un grand royaume arabe, pour lequel son père a appelé à se révolter contre les Turcs. Les Anglais ne l'ont-ils pas promis ? Au début de 1919, il se rend même à Paris pour faire entendre sa

REPÈRES

– 1920 : inauguration à Genève de la Société des Nations (SDN) ; dans ses mandats au Levant, la France crée le « Grand Liban »
– 1922 : l'Égypte devient une monarchie ; officiellement indépendante, elle est étroitement contrôlée par la Grande-Bretagne
– 1925-1927 : révolte syrienne
– 1926 : Reza Khan est couronné shah de Perse (le pays est renommé Iran en 1935)
– 1930 : indépendance de l'Irak
– 1932 : fondation du royaume d'Arabie Saoudite
– 1936 : la France accorde leur indépendance à la Syrie et au Liban ; le traité n'est jamais ratifié

voix lors de la gigantesque conférence de paix qu'y tiennent les vainqueurs pour réorganiser le monde. Il n'est pas le seul. D'innombrables délégations de peuples venus de tous les points du globe cherchent à y faire valoir leurs requêtes. Toutes estiment avoir de bonnes raisons d'espérer.

Les Alliés viennent de remporter ce qu'ils appellent la « guerre du droit », celle qui doit triompher à jamais de la barbarie, c'est-à-dire des vaincus. Les Américains, derniers arrivés dans un conflit où leurs 2 millions de soldats ont joué un rôle décisif, y sont entrés au nom de principes généreux. Le président Wilson les a résumés dans les « 14 points » qu'il a présentés au Congrès des États-Unis en janvier 1918. Le douzième concerne les nations sous domination ottomane. Elles devront avoir « la pleine possibilité de se développer de façon autonome ». Dès le printemps 1919, une commission américaine se rend au Moyen-Orient afin d'interroger les populations sur leurs souhaits pour l'avenir. Elle aura même le temps de rédiger un épais rapport. Personne ne le lira. À l'heure où il est terminé, quelques mois plus tard, l'Amérique n'a plus envie de s'intéresser au sort du monde. Wilson a signé le traité de Versailles, mais le Congrès ne le ratifie pas. Le président a également inventé un outil merveilleux pour en finir avec les conflits, les haines et la diplomatie secrète qui ont fait tant de mal à l'humanité. Désormais, quand ils voudront vider leurs querelles et régler leurs différends, les peuples devront le faire pacifiquement dans l'enceinte de la Société des Nations (SDN). Elle est inaugurée à Genève. Les parlementaires américains n'en veulent pas non plus. Les États-Unis n'y entreront jamais. Ils retournent à leur Nouveau Monde. Les deux grands vainqueurs de l'Ancien, la France et l'Angleterre, peuvent donc agir comme ils le font depuis plusieurs siècles et se disputer les dépouilles des vaincus sans se préoccuper des peuples qui y vivent.

Pour ce qui concerne le Moyen-Orient, la SDN leur est d'une grande utilité. Elle fournit l'habillage juridique de l'opération. Le « mandat » est inventé pour permettre aux vainqueurs d'administrer les territoires pris aux empires écrasés. Après la « guerre du droit », il ne s'agit évidemment plus de dominer, du moins pas de façon trop visible. Il s'agit – nuance subtile – d'aider les peuples « non encore capables de se gouverner eux-mêmes » à marcher vers l'indépendance. Il va de soi que le brevet de capacité à se gouverner soi-même est décerné par les seules nations qui estiment avoir des droits sur toutes. Dûment mandatées, la France et la Grande-Bretagne mettent la main sur les anciennes provinces arabes de l'Empire ottoman. Lors de la conférence de San Remo, elles décident d'appliquer *grosso modo* les découpages prévus secrètement par les accords Sykes-Picot et réussissent ainsi à créer de toutes pièces la région que nous connaissons aujourd'hui. La plupart des pays qui s'y trouvent ne remontent nullement à la plus haute antiquité, comme leurs noms le laissent croire parfois. Ils ont été purement et simplement dessinés par le jeu des intérêts et des rivalités entre Paris et Londres.

Côté français : Liban, Syrie

Qui pour y résister ? À Damas, Fayçal a eu le temps de comprendre le jeu dont il était la dupe. Ses partisans décident de forcer le destin. En mars 1920, le Congrès syrien proclame Fayçal Ier roi du royaume arabe de Syrie, un vaste État s'étendant, comme le voulait Hussein, de la Turquie au Sinaï. L'enfant ose se rebeller ? Il va savoir ce qu'il peut lui en coûter. Depuis la fin des hostilités, la France a des troupes sur la côte méditerranéenne. Au printemps 1920, elle reçoit son mandat de la SDN. Ses soldats sont donc prêts à récupérer ce qu'elle estime être son dû. Un gros millier de partisans arabes se mettent courageusement sur le chemin. L'artillerie française les balaie. En juillet 1920, Fayçal sait que le combat, trop inégal, est perdu d'avance. Il part se réfugier à Londres. La France peut remodeler son Levant comme elle l'entend.

Elle y crée deux pays. Le premier est le Liban. Paris entretient une vieille relation avec une partie de sa population. Les chrétiens maronites sont ses protégés depuis le Second Empire[1]. Cas rare dans l'histoire de l'impérialisme, la plupart d'entre eux sont demandeurs de la protection de la puissance tutélaire. À l'intérieur de quelles frontières ? Les maronites sont ultra-majoritaires dans la région du mont Liban, qui jouit d'ailleurs d'un statut d'autonomie depuis le XIXe siècle. C'est une base territoriale évidente, mais elle est très pauvre. La terre y est si ingrate, la misère si grande, que

1. Voir chapitre 17.

depuis le début du XXe siècle près de 100 000 Libanais ont été contraints d'émigrer pour tenter leur chance ailleurs, en Afrique ou aux États-Unis. Au début de la guerre, une terrible famine s'est abattue sur le pays et y a fait un demi-million de victimes. Quelques années après, on peine à imaginer un État viable sans l'agrandir aux riches plaines environnantes, au Sud-Liban et aux grands ports de la côte, Beyrouth, Tripoli. Dans les nouvelles limites de ce que l'on nomme alors le « Grand Liban », les chrétiens sont toujours majoritaires, mais de façon beaucoup moins marquée. C'est pour pouvoir continuer de les protéger que la France met progressivement en place un système confessionnel consistant à regrouper les individus par communauté religieuse. Elle crée ainsi cet imbroglio dans lequel, cent ans plus tard, le Liban se débat toujours.

Le reste du mandat devient la Syrie. Le nom remonte à l'Antiquité romaine. Ce n'est pas le cas des frontières. La Syrie que nous avons maintes fois évoquée dans cet ouvrage, de l'époque des croisades à celle de Mehmet Ali, est bien plus vaste. Sous son nom arabe de Bilad el-Cham, elle correspond toujours plus ou moins au Levant tout entier, c'est-à-dire à la grande zone bordée par la Méditerranée qui court de l'Anatolie au Sinaï. La nouvelle Syrie, remodelée à la sauce Sykes-Picot, garde la capitale de Damas, mais elle est beaucoup plus réduite. Pour y régner, les Français tentent d'abord de la rediviser. Ils viennent déjà d'extraire le Liban. Ils espèrent jouer sur les tensions communautaires en découpant dans le territoire restant deux autres petits États, un pour les alaouites, un pour les druzes, deux branches minoritaires du chiisme implantées là depuis des siècles. Le projet échoue vite. La tactique éculée de la division ne prend pas. Les maladresses, la brutalité, l'arrogance des mandataires et le sentiment profond d'injustice que suscite leur présence réussissent surtout à dresser contre eux la majorité de la population. Partie de la montagne druze, une révolte embrase la Syrie en 1925-1927. Elle est réduite selon les vieilles méthodes coloniales. La France envoie la troupe et bombarde.

Côté britannique : Irak, Transjordanie

Aux Britanniques est donc échue la Mésopotamie. Celle-ci s'est même agrandie depuis les accords secrets. Au cours de leur progression, les Anglais ont occupé Mossoul, qui devait revenir aux Français. Ils la leur rétrocèdent en échange d'une importante participation dans les sociétés pétrolières. La région est disparate, là encore. Du temps des Ottomans, elle était partagée en trois provinces, centrées chacune sur une métropole : Bassora, le grand port de l'estuaire du Tigre et de l'Euphrate ; Bagdad ; et Mossoul, donc. La population y est répartie entre Arabes chiites, Arabes sunnites et Kurdes. Les hasards de la victoire font de ce patchwork un seul et même pays. On le baptise Irak. Dès le lendemain de la guerre, des rébellions y naissent contre l'occupant européen. Les Anglais y font face et cherchent à mettre au point une solution qui puisse sauver leurs intérêts sans mobiliser trop de troupes. Celle qu'ils trouvent leur permet même de tenir une ancienne promesse. Fayçal est réfugié chez eux. Ils décident de faire du pays une monarchie et lui proposent le trône. Voici Fayçal le Hachémite couronné premier roi d'Irak.

Les Anglais ont aussi reçu mandat sur une vaste région que l'on désigne sous le nom de Palestine mandataire. Pour tenter, là encore, de rester un tant soit peu fidèles à leur parole d'hier, ils en font deux pays, séparés par le Jourdain. À l'est, la Transjordanie, nommée d'après sa position géographique par rapport au fleuve, devient un émirat. Fayçal a un frère aîné, Abdallah. On lui en offre la couronne, tout en continuant à le contrôler de près. On l'espère tranquille. Le pays situé sur l'autre rive, qui garde seul le nom de Palestine, l'est moins. Il doit servir à accueillir le « foyer national juif » promis aux sionistes par lord Balfour. Ceux-ci arrivent par bateaux entiers, achètent des terres, fondent des colonies agricoles. Lord Balfour a promis aussi que les Anglais respecteront les « droits de non-juifs » habitant cette terre, en l'occurrence les Arabes, musulmans ou chrétiens. Ils n'acceptent pas que d'autres s'y installent. Dès 1920, des violences éclatent, des colons sont assassinés, d'autres répondent par des meurtres d'Arabes. Ces heurts sanglants ne cessent de se multiplier et de s'aggraver.

Turquie et Iran

Dans les années qui suivent la Première Guerre mondiale, l'Europe semble tellement puissante qu'elle est capable, on vient de le voir, de modeler le monde à sa main. Quand elle ne règne pas elle-même, ses valeurs triomphent.

Songeons à ce qui se passe en Turquie. Mustafa Kemal, que nous venons de quitter en Atatürk sauveur de la patrie, a donc réussi à chasser les puissances occidentales de son pays. Cela ne l'empêche pas de l'engager aussitôt dans une marche forcée vers l'occidentalisation. Il ne l'interrompra jamais, jusqu'à sa mort en 1938. Tout ce qui rappelle les temps ottomans est rejeté. Ankara doit faire oublier Istanbul. Le sultan était à la fois chef d'État et calife, c'est-à-dire chef religieux. Lors de l'abolition du sultanat en 1922, la grande assemblée de Turquie a, dans un premier temps, sauvegardé le califat. On en a confié la charge à un certain Abdülmecit II, un prince ottoman resté surtout célèbre pour son indéniable talent de peintre et ses collections de papillons. En 1924, il doit prendre à son tour le chemin de l'exil. Mustafa Kemal abolit le califat. Symboliquement, la mesure est d'importance. Pour la première fois depuis la mort du Prophète, plus personne n'incarne son successeur. La religion n'a pas besoin d'un chef, estime Atatürk. Sa place est d'être soumise au strict contrôle de l'État, lui seul doit régner. C'est un modèle de laïcité autoritaire qu'il invente. Suppression des confréries soufies, suppression des formules religieuses dans la Constitution, refonte de la justice et introduction de codes civil, pénal, commercial inspirés de ceux de la Suisse, de l'Italie ou de l'Allemagne. Tout est reformé au moule de la *modernisation*, c'est-à-dire, dans l'idée du temps, de l'Europe. L'alphabet latin remplace l'alphabet arabe. Le turc est simplifié pour sortir de la préciosité de la vieille langue ottomane. Le dimanche remplace le vendredi comme jour de repos. Le fez est interdit, de même que tout couvre-chef autre que le chapeau européen. La femme, officiellement regardée comme l'égale de l'homme en 1926, obtient le droit de vote en 1934, même si ce droit, pour tous les citoyens quel que soit leur sexe, est d'un poids limité dans un régime de parti unique.

Ce chamboulement ne se passe pas sans heurt. Bronca des milieux traditionalistes, grande révolte kurde, tentatives d'attentat contre le chef de l'État se succèdent. Atatürk survit à tout, réprime durement, et en profite toujours pour renforcer un pouvoir qui tourne à la dictature. C'est l'autre face du kémalisme. Le leader suprême aime l'Europe. Il admire particulièrement les régimes autoritaires qui s'y mettent en place entre les deux guerres. Sa volonté de créer une Turquie puissante passe par un ultranationalisme qui confine parfois au délire. Hamit Bozarslan cite par exemple la réécriture forcenée de l'histoire universelle, censée prouver que les Turcs et leur langue sont à l'origine de tout[1]. Les derniers infimes minoritaires qui subsistent, juifs, Grecs ou Arméniens, qui ne cadrent décidément plus dans le tableau, font l'objet

1. Hamit Bozarslan, *Histoire de la Turquie*, *op. cit.*

de mesures qui visent à les marginaliser encore davantage.

L'exemple turc fait des émules. L'occidentalisation serait donc la solution pour redevenir puissant ? En Perse, dans le chaos de l'après-guerre, Reza Khan (1878-1944) apparaît comme le nouvel homme fort. Orphelin de père, mort au combat trop tôt, il a vécu dans la misère. On dit qu'il a été ânier et qu'il est analphabète. C'est aussi un grand militaire. Il a fait dans l'armée une carrière si brillante qu'il a réussi à devenir chef de l'état-major. Après une série de coups d'État, il finit par éjecter du trône le dernier shah de la dynastie kadjar, qui règne depuis la fin du XVIIIe siècle. En bon élève d'Atatürk, il songe aussitôt à établir une république. Finalement, il préfère donner des gages à la tradition et se ceint de la couronne de « roi des rois ». En 1925, il devient Reza Shah et donne à la nouvelle dynastie le nom de Pahlavi. Il demande aussi, un peu plus tard, que la Perse retrouve dans la langue internationale son nom d'*Iran*, qu'elle a toujours porté dans la langue locale. À sa façon autoritaire, il n'en suit pas moins la voie occidentale : industrialisation du pays, création d'universités, code civil et nouveau code vestimentaire, qui, comme toujours, n'est pas le plus aisé à faire passer. Sa loi de 1935 interdisant aux femmes de se voiler est appliquée avec une brutalité qui traumatise durablement les populations.

Le royaume d'Arabie Saoudite

Seul un pays, durant ces années 1920, prend une direction exactement opposée à celle que nous venons de décrire. Un pays qu'un certain Ibn Séoud (1880-1953) se constitue patiemment dans les sables de l'Arabie. On a mentionné le nom de ce grand personnage au chapitre précédent. Il était un des chefs auxquels les Anglais avaient pensé confier la tête de la révolte arabe avant de se tourner vers Hussein, le chérif de La Mecque. Pour comprendre le projet qui l'habite et la foi qui l'anime, il faut remonter bien plus loin dans le passé, jusqu'au milieu du XVIIIe siècle.

Dans les années 1740, dans un village situé non loin de Riyad, un prédicateur nommé Abdelwahhab (1703-1792) se fait connaître par son exaltation et son intransigeance. D'une certaine manière, il préfigure les grands réformateurs de l'islam qui vont apparaître au siècle suivant, sinon que sa réforme à lui refuse radicalement toute adaptation au monde moderne et va dans le sens d'un retour intégriste à la religion d'origine, ou à celle qu'il considère comme telle. Pour lui, la Loi est claire : seuls comptent Dieu l'unique et le saint Coran. Tout le reste – l'adoration des tombeaux, les pèlerinages traditionnels, les invocations des saints, les pratiques soufies –, tout ce qui, pour des millions de croyants, rend la religion proche et humaine, est une idolâtrie qui doit être châtiée avec la plus grande sévérité. Un jour, enivré par sa propre puissance, sans en référer à aucune autorité légitime, il fait lapider une femme convaincue d'adultère. Pour

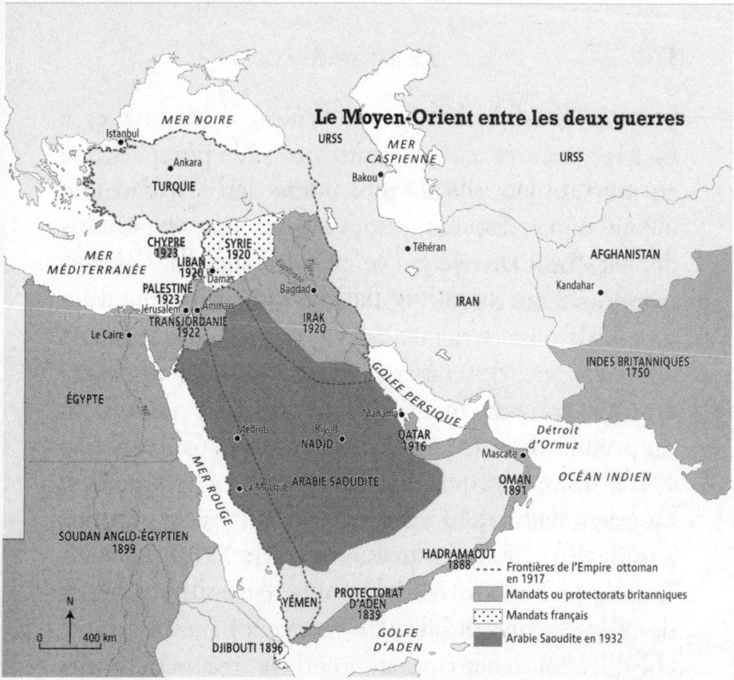

les notables, le désordre est manifeste et insupportable. Abdelwahhab est chassé sans ménagement. Il trouve refuge chez un émir régnant non loin de là, à Dariya. L'homme s'appelle Ibn Séoud, il est le fondateur de la dynastie qui porte toujours ce nom. Il offre l'asile au fuyard, lui donne sa fille et conclut avec lui un pacte qui dure encore. L'émir possède des hommes, son protégé le carburant religieux propre à enflammer leurs cœurs. L'alliance du cimeterre et de la doctrine est scellée, et elle va faire des miracles. Les soldats fous de Dieu partent à l'assaut de la péninsule Arabique. En deux générations, ils y bâtissent le premier des « États saoudiens ». Au passage, ils réussissent à dévaster quelques grands sanctuaires chiites de Mésopotamie, puis à détruire et brûler, à Médine et à La Mecque, tout ce qui contrevient à la pureté divine au nom de laquelle ils prétendent agir. Ils décident même d'interdire les pèlerinages à quiconque leur déplaît, fût-il envoyé par le calife d'Istanbul. C'en est trop. Au début du XIXe siècle, les Ottomans s'émeuvent de ces affronts et demandent à Mehmet Ali, leur vassal d'Égypte, de corriger Ibn Séoud. La puissante armée égyptienne met fin à l'aventure. Le descendant du premier Ibn Séoud est décapité à Constantinople.

L'histoire n'est pas finie pour autant. Un autre État saoudien voit le jour au milieu du XIXe siècle puis disparaît. En 1902, la troisième manche commence. Depuis le Koweït, où sa famille a trouvé refuge, le nouvel Ibn Séoud, avec la même foi intransigeante chevillée au corps, entreprend la reconquête des terres de son ancêtre. Il y arrive peu à peu, d'oasis en émirat. Prudent, il ménage les Anglais. Il refuse leur offre d'entrer en guerre contre les Ottomans, mais traite avec eux. Son grand ennemi n'est pas européen, mais arabe. C'est Hussein le Hachémite, le chérif de La Mecque, père de Fayçal et d'Abdallah, l'homme de la grande révolte arabe. Dès 1918, il est en guerre contre lui. En 1924, au lendemain de l'abolition du califat à Istanbul, l'impudent chérif ose se déclarer calife. Ibn Séoud, furieux, entend châtier cette folie. Il conquiert La Mecque et Médine et contraint le vieux Hussein à s'exiler à Amman, chez son fils Abdallah. En 1926, il se proclame roi du Hedjaz. En 1932, ayant unifié ses possessions, il fonde un nouveau pays. Son idéologie est toujours le strict wahhabisme qui avait tant plu à l'ancêtre fondateur. Son nom est celui de sa famille : le royaume d'Arabie Saoudite.

★
★★

Apogée et déclin de la puissante Europe

Au lendemain de la Première Guerre mondiale, l'impérialisme européen paraît être à son zénith. En réalité, il entame déjà son déclin.

Jusqu'en 1914, l'Égypte, occupée par les soldats de Sa Majesté, était toujours officiellement une province ottomane. Au début du conflit, l'Angleterre met fin à cette situation devenue surréaliste et en fait un protectorat. Dès la fin de la guerre se succèdent, au Caire et dans d'autres grandes villes, des manifestations monstres demandant l'abolition de cette tutelle jugée humiliante. Les Égyptiens désignent ces événements sous le nom de « révolution de 1919 ». Une délégation de notables et d'élus représentant les manifestants se rend à Londres pour plaider la fin du protectorat. En arabe, délégation se dit *wafd*. C'est le nom que prend le nouveau parti nationaliste qui va mener ce combat. Son leader est le charismatique Saad Zaghloul (1859-1927), le grand homme d'État de la période. L'Angleterre répond à la demande populaire par la brutalité habituelle et déclenche un cycle d'événements qu'on verra se reproduire maintes fois à la fin de la période coloniale. Zaghloul est arrêté et exilé, ce qui entraîne de nouvelles manifestations, encore plus massives. L'occupant cherche à y répondre par une répression accrue. Il y a des morts, la colère populaire est attisée et provoque l'essor d'autres mouvements. La puissance coloniale finit par céder. Zaghloul est libéré. En 1922, l'Angleterre accepte de signer un traité.

L'Égypte devient une monarchie officiellement indépendante. Les Britanniques placent sur le trône Fouad, arrière-petit-fils de Mehmet Ali. Mais l'indépendance n'est que de façade. Londres garde la mainmise sur les ministères les plus importants, continue d'occuper le pays et refuse de céder sur la question du Soudan – un territoire censé, depuis sa conquête par Mehmet Ali, être une possession égyptienne mais encore contrôlé par les Britanniques. Les troubles reprennent. Zaghloul est à nouveau brièvement exilé, puis il revient en héros et permet à son parti de remporter un triomphe aux élections parlementaires. Il est nommé Premier ministre par un roi qui semble respecter son rôle de monarque constitutionnel. Quelques années plus tard pourtant, en proie à une crise d'autoritarisme, ce même Fouad Ier prend le parlementarisme en horreur et décide de gouverner par décret.

C'est tout le jeu de l'entre-deux-guerres en Égypte. Cette période est marquée par une forte instabilité politique due à cette éternelle partie à trois entre le Wafd, fort de sa légitimité populaire, le roi, fort de la puissance de sa couronne, et l'Angleterre, forte de sa puissance tout court, qui prétend toujours libérer le pays sans jamais le quitter. En 1936 encore, elle concède un nouveau traité d'indépendance qui ménage ses intérêts stratégiques et maintient ses troupes sur le canal de Suez, réussissant à mécontenter une nouvelle fois les Égyptiens. Reste que, bien que tenue en laisse par Londres, l'Égypte connaît aussi durant ces deux décennies son « âge libéral ». Il se traduit par une grande effervescence intellectuelle, un débat démocratique animé par des journaux puissants, une vraie liberté de parole et une ouverture considérable sur le plan des mœurs.

Houda Sharawi, l'une des mères du féminisme arabe, est le grand nom féminin de la période. Fille de la bonne société, orpheline de père, elle est mariée très jeune à un cousin qu'elle n'aime pas. La politique finit par les unir. C'est un proche de Zaghloul. Tandis qu'il se retrouve exilé avec ce dernier, Houda prend sa place et devient une dirigeante reconnue du Wafd. Déçue de ne pas voir son parti défendre davantage la cause des femmes, elle le quitte en 1923 pour fonder l'Union féministe égyptienne. Cette même année a lieu une scène restée dans les mémoires. De retour d'un congrès féministe international qui s'est tenu en Europe, Houda Sharawi et son amie et collaboratrice descendent du train à la gare du Caire, cheveux au vent. Elles ont retiré leur voile, sous les applaudissements de la foule de leurs amies venue les accueillir.

La politique britannique est retorse. Elle cherche avant tout à préserver les intérêts de la Couronne, mais elle prétend, au moins en façade, prendre en compte les aspirations des peuples qu'elle domine. L'Égypte a eu ses vrais-faux traités d'indépendance en 1922, puis en 1936. L'Irak obtient le sien en 1930. Là aussi, l'Angleterre garde ses bases militaires et sauve ses précieux intérêts économiques, en particulier dans le pétrole, mais elle lâche du lest sur le reste. Fayçal et son Premier ministre peuvent gouverner comme ils l'entendent. En 1932, ils font adhérer leur pays à la SDN. La Transjordanie est très contrôlée. Sa petite armée, la « Légion arabe », est dirigée par des officiers britanniques. Mais elle suit son chemin. Seule la Palestine demeure une épine plantée dans le pied de son impériale majesté. Les relations ne cessent de s'envenimer entre juifs et Arabes. La Grande-Bretagne se révèle de moins en moins capable de résoudre un problème qu'elle a elle-même créé.

En 1936, les émeutes se transforment en une grande révolte arabe qui embrase tout le mandat. L'Angleterre engage une répression féroce, terrible, employant tous les moyens, même les pires. Eugene Rogan, dans sa remarquable *Histoire des Arabes*[1], fait un récit détaillé des exactions d'une armée qui n'hésitait pas, entre autres horreurs, à faire fouetter les enfants. Environ un homme arabe adulte sur dix, explique-t-il, fut alors tué, blessé, torturé ou parqué dans un camp par les Britanniques. Ne voulant pas donner l'impression qu'ils favorisent une partie plutôt qu'une autre,

1. Eugene Rogan, *Histoire des Arabes de 1500 à nos jours*, Perrin, 2013.

les Anglais proposent en 1939 un « Livre blanc » qui restreint drastiquement l'immigration juive, au moment même où, fuyant les persécutions nazies, tant de juifs cherchent un refuge.

L'Exposition coloniale

De son côté, la France semble évoluer dans une bulle. La décolonisation française a lieu dans les années 1950. Pour la plupart des Français d'alors, gouvernants ou opinion publique, elle survient comme une tempête imprévue dans un ciel sans nuage. Nul n'a voulu voir venir un phénomène qui, pourtant, s'est annoncé depuis longtemps. Dès le lendemain de la Première Guerre mondiale, on l'a vu, les peuples se révoltent partout, de Bagdad au Caire. Certains le font dans les possessions françaises. On a parlé de la grande révolte syrienne de 1925. Juste avant, en 1921, a éclaté dans la partie espagnole du nord du Maroc une rébellion menée par Abd el-Krim, un Berbère charismatique, grand lettré musulman et ancien étudiant en droit en Espagne. Il rêve d'établir une « république du Rif » indépendante. L'affaire ne concerne au départ que les Espagnols, mais ils sont rapidement submergés. Les Français leur viennent en aide, d'autant plus volontiers que la rébellion est sur le point de se répandre dans la zone du pays qu'ils contrôlent. Les deux armées colonisatrices totalisent près de 500 000 hommes et n'hésitent pas à employer les gaz pour détruire les villages.

Il leur faut pourtant combattre jusqu'en 1926 avant d'obtenir la reddition du chef rebelle.

Aujourd'hui, la guerre du Rif est considérée comme une des premières grandes luttes anticoloniales, et Abd el-Krim célébré comme un pionnier de la résistance, annonçant les indépendances. À l'époque, à Paris, personne ne voit les choses ainsi. Pour l'armée, pour la classe politique, pour les journaux, le soulèvement n'est qu'une nouvelle manifestation de fièvre d'une de ces tribus indociles qu'il convient de « pacifier », et son chef un indigène attardé qui n'a pas compris qu'on n'est plus au Moyen Âge.

Dans ce même Maroc, comme en Algérie ou en Tunisie, apparaissent les premiers partis politiques réclamant soit l'indépendance, soit, au moins, une certaine autonomie. Hormis peut-être les communistes, qui tentent de les récupérer, nul ne considère ces égarés. Être indépendant ? Allons ! Quel indigène serait assez bête pour réclamer cela, avec tout ce que l'on fait pour eux ? À l'heure où les peuples colonisés secouent le joug, à l'heure où le monde arabe croit venu le temps de retrouver sa grandeur, la France porte au sommet son idéologie coloniale fondée sur la croyance très enracinée que sa supériorité sera éternelle. On dira que cette illusion est partagée alors par l'Europe entière. Bien peu de Britanniques, par exemple, remettent en cause leur vocation à régner sur la planète. Mais les traités accordés à l'Égypte ou à l'Irak montrent que leur modèle impérial supporte une certaine souplesse. Dès lors que ses intérêts économiques et stratégiques sont préservés, Londres veut bien octroyer des indépendances de façade. La conception française ne permet rien de semblable. La France, fille de 1789, se vit comme la dépositaire universelle des droits de l'homme. Puisqu'elle agit au nom de la liberté, il lui est tout simplement impossible de prendre conscience qu'elle ne fait, dans son empire, qu'asservir.

Deux manifestations successives donnent une illustration spectaculaire de cet aveuglement. En 1930, on fête en Algérie le centenaire de la conquête. En 1931 s'ouvre au bois de Vincennes, à Paris, l'Exposition coloniale. Il ne s'agit jamais d'afficher une domination, mais de chanter « les bienfaits de l'action colonisatrice de la France ». Les journaux, les actualités filmées regorgent de reportages détaillant les ponts magnifiques, les chemins de fer admirables, les campagnes de vaccination miraculeuses que la métropole a « offerts » à des peuples dont quelques humbles et polis représentants ont été mandatés pour la remercier. Au moins, pour une fois, on les entend. Si irréel que cela nous paraisse aujourd'hui, c'est rarissime. Tout le monde sait bien qu'il y a des indigènes dans l'empire, personne ne semble au courant qu'il leur arrive aussi d'être des individus. C'est l'autre trait dominant de l'idéologie coloniale. Généreuse, elle prétend aider les peuples, les masses. Dans la réalité, elle fait tout pour effacer celles et ceux qui les composent. Il suffit de visionner quelques-uns des grands films coloniaux, qui font tant rêver alors, pour le constater. *Pépé le Moko*, de Julien Duvivier, qui se passe à Alger, ou *Le Grand Jeu*, de Jacques Feyder, dont l'action se situe dans le « bled » lointain, sont considérés par les cinéphiles comme des chefs-d'œuvre. Sur le strict plan cinématographique, ils le sont. Pour autant, ils n'échappent pas à la règle commune. Dans leur scénario abondent les personnages qui forment ce folklore exotique dont le public raffole, prostituées au grand cœur, beaux légionnaires mélancoliques, marlous aux mœurs suspectes, coloniaux pétris d'idéal. Ils sont attachants ou troublants, héroïques ou pervers. Et toujours européens. Le point est frappant, aujourd'hui. À l'époque, il ne frappait personne. Les Arabes n'apparaissent jamais dans ces films, ils ne font qu'y passer. Ils sont des ombres donnant une couleur au fond de champ, serveurs discrets en veste blanche, foule bigarrée se bousculant au souk, maudits rebelles venus faire la razzia et tirant parfois des coups de feu au loin, derrière les dunes de sable. Les habitants des pays conquis ne sont pas des hommes. Ils sont un décor.

Rares sont les gouvernements qui tentent de faire évoluer les choses. En 1936, sachant les mandats intenables sur le long terme, le Front populaire signe les traités d'indépendance avec la Syrie et le Liban. La chute du gouvernement et l'approche de la guerre empêchent le Parlement de les ratifier. Ils restent lettre morte. Dans la plupart des colonies, les peuples conquis sont soumis à un humiliant Code de l'indigénat qui les maintient dans un statut de sujets de seconde zone. Dans l'objectif d'améliorer leur condition en Algérie, Maurice Viollette, ancien gouverneur, prépare avec le chef du gouvernement, Léon Blum, un projet de loi qui permettra d'augmenter le nombre d'indigènes aptes à devenir des citoyens français de plein droit. Il concerne uniquement les Arabes dits « évolués », ceux qui ont fait des études supérieures, qui sont fonctionnaires, qui se sont battus pour la France, etc. Les colons rejettent ce blasphème avec violence. Le projet est enterré.

20

La décolonisation

Par le nombre de victimes, par l'étendue de la barbarie qu'a organisée le régime nazi, par sa nature même, celle non plus d'un conflit entre nations, mais d'un combat des démocraties contre le totalitarisme national-socialiste, la Seconde Guerre mondiale est encore plus terrible, plus fascinante, plus tragique que la Première.

Pour l'Orient arabo-musulman, elle est d'une

REPÈRES

– 1940 : Mussolini tente de conquérir l'Égypte et lance une offensive contre la Grèce
– 1941 : aidés par les soldats de la France libre, les Britanniques attaquent le Levant français ; ils contrôlent ainsi Beyrouth et Damas
– 1942 : victoire britannique d'El Alamein ; débarquement américain en Afrique du Nord
– 1946 : les Français quittent définitivement la Syrie et le Liban ; indépendance du royaume de Transjordanie
– 1951 : indépendance du royaume de Libye
– 1952 : révolution égyptienne contre les vestiges de l'occupation britannique
– 1954-1962 : guerre d'Algérie
– 1956 : indépendance de la Tunisie et du Maroc ; crise de Suez

importance moindre. Le conflit s'est joué pour la plus grande part en Europe, puis dans l'immensité russe et en Extrême-Orient, puis à nouveau en Europe. Contrairement à celui de 1914-1918, il n'a pas rebattu les cartes dans la région, ni chamboulé les frontières, ni bouleversé du tout au tout l'état des choses. Il entérine les mécanismes en cours, que nous venons de décrire, c'est-à-dire la volonté des peuples de se débarrasser de la tutelle des vieilles puissances coloniales européennes et l'inexorable déclin de celles-ci.

Quelques grandes opérations ont lieu, toutefois, sur le « théâtre Moyen-Orient – Méditerranée », comme l'appellent les états-majors anglo-saxons. Rappelons-les brièvement.

Afrika Korps

Vingt-cinq ans après 1914, en Europe, les mêmes ennemis se font face : France et Angleterre contre Allemagne. En Orient, la distribution des rôles a changé. La Turquie, prudente, ne s'est pas risquée dans l'aventure. Les Alliés ont fait beaucoup de concessions pour s'assurer sa neutralité. Au grand scandale des Syriens, la France lui a cédé en 1939 un petit territoire de son mandat, que revendiquait Ankara parce qu'il était peuplé par une minorité turque, le sandjak[1] d'Alexandrette, aujourd'hui Iskenderun.

1. « Sandjak » est le nom donné aux anciennes circonscriptions administratives ottomanes.

Cette fois, tout se joue d'abord en Italie. Mussolini se prend pour le nouvel empereur des Romains. Il veut reconstituer la Méditerranée en *Mare nostrum* antique. Cela tombe bien, la zone intéresse fort peu Hitler. Il laisse donc son allié lancer les hostilités. Le 13 septembre 1940, depuis leur colonie de Libye, les Italiens se ruent sur l'Égypte, protectorat britannique, avec l'objectif de mettre très vite la main sur le précieux canal de Suez. En octobre, depuis l'Albanie, qu'ils occupent, ils lancent l'offensive contre la Grèce, dont le Duce entend refaire une possession romaine. Le plan est grandiose, son application calamiteuse. Sur les deux fronts, au bout de quelques mois, l'armée italienne accumule les défaites les plus humiliantes. Les Allemands doivent venir à son secours. Ils fondent sur les Balkans, occupent la Yougoslavie, puis la Grèce et enfin, en juin 1941, la Crète. De son côté, Rommel, un des meilleurs généraux allemands, a atterri à Tripoli en février. À la tête de l'Afrika Korps, il reprend l'offensive dans le désert libyen avec une efficacité redoutable.

Cette même année 1941, dans la lointaine Bagdad, un coup d'État porte au pouvoir un gouvernement clairement sympathisant des puissances de l'Axe. C'est inacceptable pour les Anglais. Ils débarquent à Bassora et, après une courte guerre, reprennent la capitale en avril-mai. Les Allemands, voulant porter secours à leur allié, obtiennent l'autorisation du gouvernement français de Vichy d'utiliser les bases de Syrie, qui sont sur le chemin. Les Britanniques

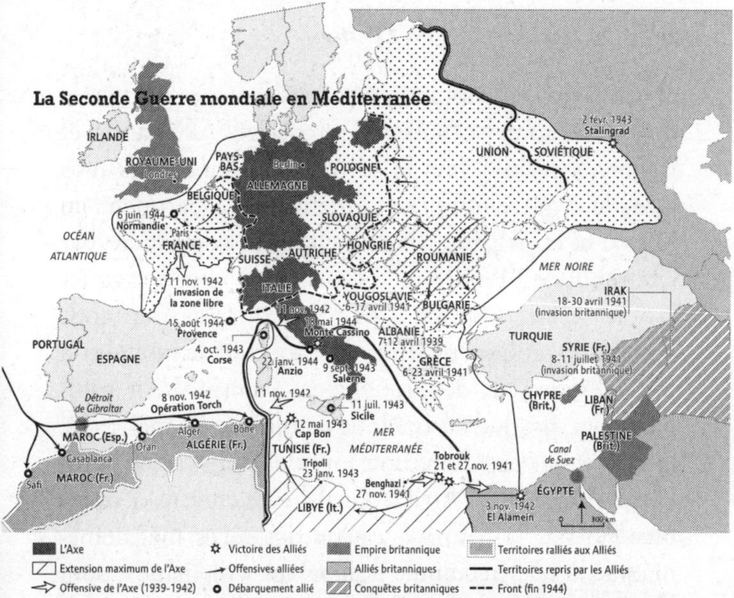

attaquent donc le Levant français. Ils sont aidés par les soldats de la France libre, l'armée que le général de Gaulle reconstitue peu à peu depuis son exil de Londres. Après quelques combats meurtriers restés gravés dans les mémoires en France, parce qu'ils ont opposé des Français à d'autres Français, les gaullistes l'emportent. Beyrouth et Damas sont désormais contrôlés par la France libre et son allié britannique.

À l'automne 1942, la situation africaine se retourne. Les troupes apparemment invincibles de Rommel, le « renard du désert », ont tant progressé qu'elles se trouvent à moins de cent kilomètres d'Alexandrie. Mais les Britanniques parviennent enfin à les stopper. Grâce à la victoire d'El Alamein, à la fin d'octobre, le général anglais Montgomery réussit à déclencher la puissante contre-offensive qui oblige Allemands et Italiens à refluer vers la Libye. Quelques jours plus tard, le 8 novembre, les Américains débarquent au Maroc et en Algérie. Ils se sont laissé convaincre par Churchill de prendre pied en Afrique afin d'attaquer la « forteresse Europe » par le sud. Les Allemands tentent de répliquer. Après avoir occupé la moitié sud de la France, ils débarquent en Tunisie. Leur campagne est perdue en quelques mois. Le 12 mai 1943, la défaite du cap Bon, non loin de Tunis, signe la fin des aventures de l'Afrika Korps. Elle enterre définitivement, par la même occasion, les rêves mégalomaniaques de Mussolini. Italiens et Allemands sont éjectés d'Afrique. Le 10 juillet, les Alliés débarquent en Sicile avant de se ruer sur l'Italie. Le théâtre de la guerre se déplace. La pièce est finie pour ce qui concerne la rive sud de la Méditerranée.

Les derniers feux

L'Europe aura jeté ses derniers feux dans cette guerre. Une ultime fois, elle aura pu croire à sa toute-puissance. L'Allemagne n'est pas présente dans la région, mais elle y fait résonner aux oreilles des populations les sirènes d'une propagande habile. Elle espérait détourner la haine de l'occupant britannique à son profit, comme l'Angleterre avait réussi à le faire au temps de la lutte contre les Ottomans. Amin al-Husseini (1895-1974), grand mufti de Jérusalem, est resté célèbre pour s'être fourvoyé dans cette aventure. Leader palestinien enragé pendant la grande révolte de 1936, il est expulsé par les Britanniques, se retrouve au Liban, puis en Irak, auprès de ce gouvernement sympathisant avec l'Axe. Il s'enfuit à l'arrivée des Alliés et atterrit un peu plus tard en Allemagne, où il rencontre Hitler lui-même. Il ne cache pas sa sympathie profonde pour le chef nazi. Il se sent proche de lui à cause de « leurs trois ennemis communs, les Britanniques, les juifs et le bolchevisme[1] », précise Christian Destremau dans la somme remarquable qu'il a consacrée à la période. L'historien note aussi que cet atout, que les nazis avaient cru majeur, fut en fait d'une utilité toute relative. La majorité des Palestiniens ne tombèrent pas dans le piège, et les Allemands ne réussirent jamais à fomenter une réplique de la grande révolte arabe de 1916.

Il est juste de rappeler que la haine des Britanniques était partagée par d'autres. À la veille de la guerre, raconte Eugene Rogan, des membres du groupe Stern, un groupuscule sioniste d'extrême droite, eurent eux aussi l'idée folle de proposer une alliance aux nazis. Ils s'adressèrent à leur ambassade à Beyrouth, mais la proposition resta sans réponse[2].

Durant le conflit, les Anglais surent à l'occasion renouer avec les réflexes du temps de leur splendeur impériale, par exemple, on l'a vu, lors de leur rapide

1. Christian Destremau, *Le Moyen-Orient pendant la Seconde Guerre mondiale*, Perrin, 2011.
2. Eugene Rogan, *Histoire des Arabes de 1500 à nos jours*, *op. cit.*

intervention irakienne. Il ne fallut pas deux semaines à Londres pour débarrasser Bagdad d'un gouvernement sur le point de s'allier avec ses ennemis. L'Égypte connut pareil épisode. Au début du conflit, le pays, censé être indépendant depuis le traité de 1936, s'était déclaré neutre. Le roi Farouk (1920-1965), le playboy prodigue qui avait succédé à Fouad en 1936, passait pour avoir des sympathies germano-italiennes. Au commencement de 1942, alors que Rommel se trouvait à moins de cent kilomètres d'Alexandrie, il refusa de céder aux Britanniques, qui voulaient lui faire nommer un gouvernement favorable aux Alliés. L'ambassadeur de Sa Majesté employa les grands moyens pour avoir gain de cause. Dans la nuit du 4 février 1942, il fit cerner de chars et de soldats le palais de Farouk. Celui-ci plia. Les Anglais avaient leur gouvernement. Ils purent se consacrer pleinement à la lutte contre Rommel.

Pour l'Europe entière, la Seconde Guerre mondiale est un chant du cygne. En 1945, le Royaume-Uni est victorieux, mais à terre. La France a du mal à se relever du désastre de 1940. Elle s'est déshonorée aux yeux du monde, et plus encore à ceux des peuples qui sont censés lui être soumis. La colonisation est fondée largement sur la force du colonisateur. La défaite humiliante des Français face à l'Allemagne change à jamais le regard porté sur eux. L'Italie est hors jeu. L'Allemagne est en cendres. L'Europe s'est suicidée une première fois en 1914. La récidive l'achève. Elle a fait son temps. Deux nouvelles puissances sont prêtes à se partager le planisphère. L'URSS occupe la moitié de l'Asie et la moitié de l'Europe. Les États-Unis sont présents presque partout ailleurs. Comme d'autres peuples du monde colonisé, les Arabes placent en eux les plus grands espoirs. « En 1945, résument Cloarec et Laurens, le prestige des États-Unis est au plus haut dans le monde musulman, alors que les puissances européennes paraissent appartenir au passé[1]. » Roosevelt est entré en guerre en revivifiant les généreux principes de Wilson. Dans la Charte de l'Atlantique de 1941 – un texte qui servira de base à la charte fondatrice de l'ONU – a été rappelé « le droit pour chaque peuple de choisir sa forme de gouvernement ». Cela revient à encourager la décolonisation. Celle-ci est le grand principe moteur de l'après-guerre. Les soumis n'acceptent plus le joug des conquérants. En quelques décennies, parfois de façon pacifique et concertée, mais le plus souvent dans la violence, l'aspiration à la liberté se propage de peuple en peuple et s'étend sur les cartes presque aussi vite que l'Europe, pendant le siècle précédent, y avait déposé ses couleurs.

Dans le monde arabe, le mouvement a été amorcé par les Anglais, quoique de façon assez ambiguë, on l'a vu. La plupart du temps, les Britanniques annoncent qu'ils partent et ne partent pas vraiment. L'Irak était supposé pleinement indépendant depuis le traité

1. Vincent Cloarec et Henry Laurens, *Le Moyen-Orient au XX*^e^ *siècle*, *op. cit.*

de 1930. Les derniers soldats britanniques, revenus pendant la guerre, le quittent finalement en 1947. La Transjordanie voit la fin du mandat en 1946. L'émirat, toujours dirigé par Abdallah, devient le « royaume hachémite de Transjordanie », mais il reste très lié à Londres. Le commandement de sa Légion arabe est d'ailleurs confié au lieutenant général John Glubb, un officier anglais surnommé Glubb Pacha par tous. Il n'y a qu'en Palestine que la rupture est nette et brutale. Le 14 mai 1948, le résident général anglais à Haïfa fait ses adieux aux communautés de la ville, abaisse l'Union Jack, rembarque ses troupes et met ainsi fin en vingt-quatre heures à un mandat de vingt ans, en laissant derrière lui un indescriptible chaos. La guerre israélo-arabe qui s'ensuit puis les défaites arabes auxquelles elle donne lieu déstabilisent la région[1]. De fil en aiguille, elles aboutissent à une révolution en Égypte en 1952. Celle-ci a commencé par des manifestations contre les derniers vestiges d'une occupation militaire britannique qui n'a toujours pas cessé. Après avoir tenté, comme tant d'autres fois, la voie de la répression violente, les Britanniques décident de s'en aller. Depuis le milieu du XIXe siècle, leur drapeau flottait aussi sur une partie du Yémen. Ils quittent ce pays en 1967. Restent à la Couronne de vieilles possessions dont nous n'avons guère parlé jusqu'ici. Ce sont les petits émirats situés le long du golfe Persique, Dubaï et Abu Dhabi étant les plus connus. Pour mettre fin à la piraterie, les Anglais, au

1. Voir chapitre 21.

XIXe siècle, en avaient fait des protectorats rassemblés sous le nom collectif d'« États de la trêve » – en anglais, Trucial States. En 1971, ils s'affranchissent de leur tuteur et deviennent les Émirats arabes unis. En tant que puissance coloniale, le Royaume-Uni a quitté la région.

L'Italie est partie de Libye après sa défaite. Le pays est occupé par les Français et les Anglais. Idris, émir de Cyrénaïque et chef d'une puissante confrérie religieuse, est appuyé par les Britanniques. En étendant son pouvoir aux provinces de la Tripolitaine et du Fezzan, il réussit à former le pays qui devient indépendant en 1951 sous le nom de royaume de Libye.

★
★★

Vers le drame algérien

Reste le cas de la France. Elle s'engage dernière dans ce grand mouvement, avec lequel elle a un rapport compliqué. Dans le climat de l'après-guerre, au sortir du cauchemar nazi, tous ses gouvernements ont le mot « liberté » à la bouche. À quel moment la donner aux peuples qui n'en disposent pas ? C'est une question à laquelle ils tardent à trouver la réponse.

À son arrivée en Syrie et au Liban en 1941, le général Catroux, commandant des forces de la France libre au nom du général de Gaulle, a déclaré solennellement l'abolition des mandats. Les Libanais et les Syriens le croient. Seulement, dans l'esprit des Français, cette abolition est entendue dans le principe. Il faut attendre pour qu'elle entre dans les faits, et le moment n'est jamais le bon. En 1943, les hommes politiques libanais, toutes tendances confondues, prennent les choses en main. Ils mettent au point le fameux « pacte national », adopté par consensus et qui fonctionne toujours. Selon ce compromis, les chrétiens reconnaissent le caractère arabe du pays à condition que les musulmans acceptent qu'il reste indépendant de la Syrie, dont les Français l'avaient détaché. Tous se mettent aussi d'accord sur un partage des postes établi de façon immuable en fonction des communautés. Le président de la République sera un chrétien maronite, le Premier ministre un musulman sunnite, le président de l'Assemblée un musulman chiite, etc. C'est toujours le cas. Décidé à se gouverner parfaitement seul, le pays s'apprête à couper les liens qui le lient encore à son mandataire. En réponse, celui-ci, le 11 novembre 1943, fait placer le président de la République élu et une partie du gouvernement en forteresse. Ils ne sont libérés quelques jours plus tard que sur pression anglaise.

La Syrie attend elle aussi sa liberté. Le général de Gaulle retarde sans cesse l'échéance, sous prétexte qu'il faut du temps pour établir un traité en bonne et due forme. En 1945, à bout de patience, les Syriens décident de secouer le joug. Paris reprend les vieilles habitudes et fait bombarder Damas et son Parlement. Il faut une fois de plus une forte pression britannique pour qu'enfin, en 1946, les soldats français quittent définitivement la Syrie et le Liban.

Tunisie, Maroc

Depuis longtemps, la Tunisie nourrit des rêves d'émancipation. Dès les années 1920 a vu le jour le parti Destour (« Constitution »), qui entend retrouver la liberté d'avant le protectorat sur une base constitutionnelle. Habib Bourguiba (1903-2000), un jeune et brillant avocat formé en France, rompt dans les années 1930 avec ce mouvement de notables trop traditionnel pour fonder avec d'autres le Néo-Destour, plus moderniste, plus radical, qui se transforme en parti de masse pour défendre la cause indépendantiste. Bourguiba en est le chantre. La métropole en fait donc l'homme à abattre. Il est maintes fois emprisonné ou exilé. Dans les années 1950, le mouvement s'emballe et déclenche ce cycle que l'on revoit sans cesse et que l'on a déjà décrit à propos de la révolution égyptienne qui a eu lieu trente ans plus tôt. Émeutes, grèves, manifestations, attentats, répression violente, nouvelles manifestations, plus suivies, dans un climat toujours plus violent. En 1954, Pierre Mendès France, un des seuls véritables hommes d'État français de la IVe République, brise ce cercle infernal en annonçant, à Carthage, l'autonomie interne de la Tunisie. Deux ans plus tard, en 1956, l'indépendance est actée et Bourguiba devient Premier ministre. Le chef de l'État est toujours le vieux bey de la dynastie husseinite, celui qui règne sur le pays, mais si peu en réalité, depuis le XVIIIe siècle. Il apparaît comme l'étrange survivance d'un passé qui n'a plus lieu de se perpétuer. En 1957, Bourguiba proclame la république de Tunisie et en devient le président.

Au Maroc se joue le même scénario. Il y existe aussi un parti dont le nom exprime la raison d'être : Istiqlal (« Indépendance »). Mais là c'est le sultan qui tient le rôle principal. L'alliance officieuse qu'il noue avec ce parti, qu'il appuie plus ou moins discrètement, est le moteur de la réussite. Mohammed ben Youssef (1909-1961), qui n'est que le deuxième sultan depuis le début du protectorat, est sur le trône depuis 1927. L'effondrement de la puissance coloniale en 1940, le débarquement des Américains à Casablanca en 1942 et le bouleversement par la guerre des rapports de puissance mondiaux le convainquent qu'il est temps de changer. En 1947, il profite d'un passage à Tanger, ville bénéficiant alors d'un statut international, pour prononcer un discours dans lequel il réclame l'adhésion de son pays à la Ligue des États arabes, récemment créée. En clair, au scandale de la France, il demande l'indépendance. Les relations avec les autorités coloniales ne cessent, dès lors, de se tendre. En 1953, par un coup de force à l'ancienne, ces dernières décident de déposer le sultan, qui est arrêté et exilé à Madagascar. C'est le départ de ce qui s'appelle toujours au Maroc la « révolution du roi et du peuple ». Attentats, émeutes, bombes, manifestations. En 1955, la France cède. Elle commence par reconnaître l'autonomie et accepte le retour du sultan. Le 16 novembre, il est accueilli triomphalement par ses sujets. En mars 1956, les traités de protectorat sont abolis. Mohammed ben Youssef devient Mohammed V, roi du Maroc. La présence française aura duré à peine plus de quarante ans.

Aveuglement

Plus passionnelle, plus douloureuse, plus inextricable est l'affaire algérienne. Dès les années 1840, sous l'impulsion de Bugeaud, la France décide de faire de l'Algérie une colonie de peuplement. L'unique autre cas dans tout l'empire français est celui de la Nouvelle-Calédonie. Jusqu'à la fin, l'histoire coloniale de l'Algérie est déterminée par ce que Benjamin Stora, un des plus grands spécialistes de la question, appelle « la volonté folle d'en faire une terre française[1] ». L'Algérie ne dépend pas du ministère des Colonies, mais de celui de l'Intérieur. Elle est composée de trois départements. Même à l'œil du voyageur, elle cherche à rappeler à chaque instant qu'elle est toujours la France. Il suffit de regarder les jolis films touristiques des années 1940 ou 1950, que l'on trouve encore facilement sur Internet. Ils nous promènent dans ces charmantes bourgades baignées de soleil et semblables en tout point aux aimables sous-préfectures de la métropole, avec leur mairie, leur grand café, leur belle

1. Entretien au *Nouvel Observateur*, 1er mars 2012.

école publique sur laquelle flotte le drapeau tricolore, et leur église, dont monsieur le curé, revêtu de sa soutane, ouvre le portail. Tout juste nous emmène-t-on, en fin de bobine, faire un tour sur les hauteurs, non loin de là, pour observer ces pauvres villages arabes ou kabyles où des femmes en fichu et des hommes enturbannés grattent une terre sèche en effectuant des gestes ancestraux.

C'est le problème. Dès le départ, la France a mis en place, dans le pays qu'elle venait de conquérir, ce qui nous apparaît aujourd'hui comme un véritable système d'apartheid. Après avoir été refoulés de plus en plus loin vers le sud, souvent avec une extrême violence, afin que les colons puissent s'installer sur les meilleures terres, les habitants du pays n'eurent plus qu'à courber la tête. Leur dernière grande révolte, en 1871, fut réprimée avec une telle brutalité qu'ils se résignèrent à accepter leur statut d'inférieurs. Seuls parmi eux, les juifs reçurent la citoyenneté française grâce au décret du ministre Crémieux, en 1871. Il y avait sans doute dans ce geste une part de philanthropie. Selon les préjugés européens de l'époque, les juifs étaient plus à même d'être « régénérés » par le contact avec la « civilisation » que les musulmans, voués *ad aeternam* à leur « retard ». Il y avait sans doute aussi la volonté plus cynique de diviser les populations que l'on entendait dominer. Les juifs payèrent d'ailleurs chèrement la faveur qui leur avait été faite par des manifestations d'un antisémitisme des plus effrayants de la part des Européens d'Alger, d'Oran ou de

Constantine à la fin du XIXe siècle. Au moins étaient-ils pleinement français. Les autres, non.

Avant la guerre, comme partout ailleurs dans le monde colonial, les gens que nous appelons aujourd'hui des Algériens n'avaient même pas droit à ce nom. Dans la France coloniale, un « Algérien » désignait un Français d'Algérie. Les autres étaient d'abord des « indigènes ». Puis, avec le nouveau statut accordé à la colonie et à ses habitants en 1947, ils devinrent des « musulmans ». Ils eurent un droit à part, et aussi un collège électoral à part, ce qui permit une arithmétique démocratique particulière. Si l'on compare les représentants auxquels chaque communauté avait droit, on s'aperçoit que la voix d'un musulman comptait à peu près sept fois moins que celle d'un colon. Contrairement à ce que l'on croit souvent, ceux que l'on commença à la fin de la période à appeler des pieds-noirs n'étaient pas forcément de lointaine origine française. La plupart descendaient des immigrés espagnols ou italiens arrivés au XIXe siècle pour chercher fortune, ou tout simplement pour fuir la misère de leurs terres natales. Ils avaient été naturalisés en masse dans les années 1880, quand la France avait besoin de bras. Et, contrairement à ce que l'on s'imagine parfois encore, nombre de ces « colons » n'avaient que peu à voir avec la caricature que ce mot peut faire venir à l'esprit. Tous n'étaient pas de gras exploiteurs en costume blanc faisant « suer le burnous » pour récolter les bénéfices. Cette population était diverse. Elle comprenait des très riches, mais aussi un petit prolétariat. Elle comprenait des gens de droite et des gens de gauche. Elle comprenait des racistes patentés, mais aussi des idéalistes généreux, fous d'amour pour leur pays natal. Mais elle oubliait presque toujours l'autre population, qui vivait à côté d'elle et qu'elle ne voyait pas.

Dans l'après-guerre, le pays ne compte donc pas 10 millions d'habitants, comme un recensement normal le ferait croire. Il en compte un plus neuf. Tout le drame algérien, d'une certaine manière, vient de là. Dans les années 1930, quelques intellectuels pensent qu'il peut être résolu en abolissant cette ségrégation. Ferhat Abbas (1899-1985), un pharmacien instruit, ouvert et admirateur des Lumières françaises, n'a de cesse de demander que la France applique enfin à chacun ses principes d'égalité. En 1943, après le débarquement américain, il pose un jalon de plus en rédigeant son *Manifeste du peuple algérien*. Parler du peuple algérien ? Folie. Abbas est placé en résidence surveillée.

FLN, OAS

Le 8 mai 1945, alors que le monde fête la victoire sur le nazisme, surviennent les massacres de Sétif et Guelma. Lors d'un défilé, un gendarme tue un enfant qui tient un drapeau algérien à la main. S'ensuit une émeute violente au cours de laquelle une centaine d'Européens sont atrocement massacrés. La répression est d'une férocité épouvantable. Les historiens ne s'entendent pas sur le nombre de victimes qu'elle fait parmi les Algériens. Les plus prudents parlent de plusieurs milliers[1]. L'engrenage sinistre est enclenché. La succession de promesses non tenues et de mensonges organisés aussi. Les musulmans, avec leur collège, ont enfin le droit de voter aux élections de 1948. Les résultats sont favorables aux nationalistes. Ils sont donc sciemment truqués sur ordre du gouverneur.

Le jour de la Toussaint 1954, un nouveau mouvement, le Front de libération nationale (FLN), déclenche en même temps plusieurs bombes et attentats dans divers endroits du pays. La guerre a commencé. Elle est terrible, de tous les côtés. De nombreux Algériens meurent au combat contre ceux qu'ils voient maintenant comme des occupants. Beaucoup sont tués par d'autres Algériens, au nom d'une lutte atroce entre factions. L'armée française, à laquelle des gouvernements de plus en plus débordés laissent de plus en plus de pouvoir, use de toutes les méthodes, surtout les pires, pour « maintenir l'ordre ». Presque tous les soldats envoyés en Algérie racontent avoir été confrontés à un moment ou à un autre à la torture. Le pouvoir politique alterne les réformes proposées trop tardivement et les coups de force, qui ne servent plus à rien. Les Français d'Algérie, aveuglés par leur attachement passionnel à un pays qu'il pense être le leur, dérivent d'année en année vers un jusqu'au-boutisme de plus en plus irréel.

1. C'est le chiffre, volontairement vague, que suggère le dictionnaire *L'Algérie et la France*, coordonné par Jeanine Verdès-Leroux, Robert Laffont, coll. « Bouquins », 2009.

En mai 1958, ils réussissent à organiser à Alger des journées insurrectionnelles si violentes qu'elles font chuter la IVe République et amènent au pouvoir le sauveur, le général de Gaulle. Lui va réaliser leur rêve, il va maintenir à jamais l'Algérie française et ne rien changer à ce monde qui est le leur. En juin, il leur lance, depuis le balcon du gouvernement général d'Alger, son célèbre « Je vous ai compris… », offrant là une des formules les plus creuses de l'histoire de France. Au vu de la politique qu'il a menée par la suite, personne en effet n'a jamais réussi à déterminer qui le grand homme avait compris ni quoi. Revenu aux affaires pour accrocher la colonie à la mère patrie, il est convaincu, un an plus tard, qu'il faut se débarrasser de ce « boulet » attaché aux pieds de la France. En mars 1962, les accords d'Évian, approuvés de manière écrasante par deux référendums de part et d'autre de la Méditerranée, entérinent l'indépendance de l'Algérie. Ils comportent aussi de nombreuses clauses qui ne seront jamais tenues. Les pieds-noirs, par exemple, devaient être autorisés à rester pendant plusieurs années dans ce pays qui était le leur depuis si longtemps. Une vague de terreur (attentats, assassinats, enlèvements), dont on ne sait toujours pas si elle a été le fait de l'OAS – Organisation de l'armée secrète, l'extrême droite pro-Algérie française – ou, au contraire, de militants algériens radicaux, crée la panique pendant l'été. Huit cent mille « rapatriés », comme on les appelle, laissent leur vie, leurs biens, leurs souvenirs, leur pays derrière eux et gagnent la métropole, que la plupart ne connaissent que par les livres et les films. Entre 200 000 et 300 000 Algériens, 27 500 militaires français, 2 800 Européens ont perdu la vie dans cette guerre longue de sept années, sans parler des centaines de disparus[1]. Fin d'une histoire de cent trente ans. Ouverture d'une plaie qui, pour nombre de Français et d'Algériens, n'est toujours pas refermée.

Épilogue

On s'en souvient, le surgissement de l'Europe dans le monde oriental date de l'expédition de Bonaparte en Égypte. Son effacement symbolique s'y passe aussi. En 1956, Nasser, le nouveau président, veut financer un gigantesque projet de barrage d'Assouan, sur le haut Nil, qui lui permettrait d'augmenter la surface de terres arables et de produire de l'électricité à foison. Les Occidentaux renâclent à l'aider. Pour marquer un grand coup, il annonce la nationalisation de la compagnie financière qui exploite le canal de Suez, dont les revenus, affirme-t-il, lui fourniront l'argent qui lui manque. Français et Anglais sont les premiers lésés. Ils préparent une riposte et décident de s'allier avec le jeune État d'Israël, qui voudrait que le canal soit rouvert à ses bateaux. Fin octobre, les soldats hébreux s'avancent dans le Sinaï. Conformément au plan secrètement établi avec Tel-Aviv, Français et Anglais

1. Source : Encyclopédie Larousse en ligne.

demandent un cessez-le-feu, que les Israéliens refusent. C'est le prétexte de l'intervention. Début novembre, comme au bon vieux temps de la politique de la canonnière, Londres et Paris bombardent la zone du canal et y parachutent leurs hommes. Dès le lendemain, les États-Unis, furieux d'avoir été tenus hors d'un jeu qu'ils trouvent stupide, sifflent la fin de la partie, tandis que l'URSS menace les imprudents de sa bombe atomique. Britanniques et Français, piteux, rembarquent leurs troupes. Le monde a changé. On sait maintenant, dans celui d'après 1945, qui sont les vrais grands. Ceux d'hier sont désormais des petits qui doivent apprendre à rester à leur place.

Évidemment, ni après la « crise de Suez », ni après la fin de la décolonisation, l'Europe n'a cessé d'avoir des rapports avec le monde arabo-musulman en général, ou avec ses anciennes colonies en particulier. On aura l'occasion d'en revoir de nombreux exemples. Mais le paysage a changé, et l'Histoire ne s'écrit plus de la même façon. Désormais sur les cartes, le sud de la Méditerranée ressemble à ce que nous connaissons aujourd'hui. Les frontières, souvent dessinées par l'Europe, ne bougeront plus tellement. Les États sont ceux dont nous savons les noms et dont nous entendons parler souvent, dans les actualités, depuis des décennies. Chacun a son histoire, connaît ses bonheurs et ses tragédies, ses coups d'État, ses guerres, ses héros, ses dictateurs. Il serait fastidieux, d'ici à la fin de ce livre, d'essayer de les raconter en détail. Procédons autrement. Au-delà des soubresauts de chaque destin national, l'Orient de cette seconde moitié du XXe siècle est confronté à quatre grandes questions, générales, centrales, essentielles. Toutes sont enchevêtrées les unes aux autres. Pour essayer de les exposer avec clarté, posons-les successivement.

21

Israël et les Arabes

Après la Seconde Guerre mondiale, la situation en Palestine n'a plus rien à voir avec celle qui prévalait au lendemain de la Première. En 1922, le mandat comp-

REPÈRES

– mai 1948 : création de l'État d'Israël et première des « guerres israélo-arabes »
– 1956 : « crise de Suez »
– 1964 : fondation de l'OLP (Organisation de libération de la Palestine)
– 1967 : guerre des Six-Jours ; résolution 242 de l'ONU visant à établir une « paix juste et durable au Proche-Orient »
– 1969 : Yasser Arafat devient président de l'OLP
– 1970 : « Septembre noir » : Hussein de Jordanie lance son armée à l'assaut des camps palestiniens
– 1973 : guerre du Kippour
– 1978 : accords de Camp David, négociés entre Begin, le Premier ministre israélien, et Sadate, le président égyptien, sous l'égide du président américain Carter
– 1982 : massacres dans les camps palestiniens de Sabra et Chatila
– 1987 : première Intifada (« guerre des pierres »)
– 1993 : accords d'Oslo entre Israéliens et Palestiniens

tait 85 000 juifs sur 750 000 habitants. En 1945, ils sont plus de 600 000 sur 1,8 million. La tentative pour détruire à jamais les juifs d'Europe, mise en œuvre par Hitler et les nazis, a bouleversé les données. Le projet sioniste était un rêve, il devient pour beaucoup de militants une nécessité vitale. Ils en ont assez d'attendre cet État que le Royaume-Uni leur a promis. Les plus extrémistes le font savoir dans la violence. Avant même la fin du conflit, les groupes de la droite nationaliste juive de Palestine se lancent dans le terrorisme pour faire entendre leur voix à la puissance coloniale, inaugurant dans la région une forme d'action appelée à une sinistre postérité. Le plus célèbre exemple en est l'attentat que commet l'Irgoun (une organisation armée sioniste) contre l'hôtel King David de Jérusalem, quartier général des forces anglaises, en juillet 1946. Il fait près de cent morts. Les Britanniques ne savent plus comment se sortir d'un piège qu'ils ont eux-mêmes fabriqué. Ils luttent contre le terrorisme sioniste avec fermeté, sans toutefois oser faire usage des mêmes moyens de répression que ceux utilisés dix ans plus tôt contre les Arabes. En même temps, ils entendent tenir la promesse faite à ces derniers en 1939 de limiter l'immigration juive. Les bateaux chargés de candidats à l'installation en Terre promise sont refoulés. Le navire baptisé *Exodus* par ses passagers, pour la plupart des rescapés des camps de concentration, est érigé en symbole de cette politique : à l'issue d'une interminable errance, il se voit contraint de les ramener en Allemagne, où ils sont débarqués. L'image est catastrophique pour les Anglais.

Ils annoncent en février 1947 qu'ils remettent leur mandat dans les mains de l'Organisation des Nations unies, qui vient de prendre la place de la défunte SDN. Juste après la victoire sur le nazisme et la découverte de ses horreurs, le regard du monde, et tout particulièrement de l'Occident, a changé lui aussi sur ce que l'on appelle alors la « question juive ». Malgré les réticences de certains de ses ministres – comme le secrétaire d'État George Marshall[1], qui pense que se précipiter pour satisfaire les revendications sionistes conduira à une rupture désastreuse avec les Arabes –, Harry Truman, le président des États-Unis, estime que, après la tragédie que viennent de vivre les juifs, le monde leur doit un État. Il tient aussi à ne pas mécontenter le fort électorat juif américain, traditionnellement lié au parti démocrate : « Il n'y a pas des centaines de milliers d'Arabes parmi mes électeurs », aurait-il dit un jour. Staline penche lui aussi en faveur des sionistes, pour des raisons évidemment différentes. Avec leurs kibboutz, ils lui paraissent plus proches de lui, sur un plan idéologique, que les régimes arabes, qu'il voit comme de vieilles monarchies féodales. Surtout, ils luttent contre l'Angleterre, puissance rivale et détestée.

1. Il a donné son nom au plan qui a aidé à reconstruire l'Europe, le « plan Marshall ».

Création et catastrophe

Le 29 novembre 1947, sur la base du rapport rédigé par une commission dépêchée sur place, l'Assemblée générale des Nations unies vote un plan de partage de la Palestine mandataire. Elle sera constituée d'un État pour les juifs et d'un autre pour les Arabes, tandis que Jérusalem formera un *corpus separatum*, une entité à part placée sous contrôle international. Les sionistes exultent. Les Arabes enragent. Dès le lendemain commence une guerre civile entre les deux communautés. L'Angleterre détourne les yeux et estime que sa mission est accomplie. Elle déclare qu'elle s'en ira le 15 mai 1948 au matin. Le 14, David Ben Gourion, président de l'Agence juive, la structure qui gère les intérêts sionistes en Palestine, proclame solennellement la création de l'État d'Israël. Immédiatement, sous l'égide de la toute nouvelle Ligue arabe[1], les États voisins attaquent. C'est la première des « guerres israélo-arabes ».

D'un côté, la Transjordanie, l'Égypte, l'Irak, le Liban, la Syrie. De l'autre, le tout petit État d'Israël nouvellement créé. Cinq contre un. Sur le papier, les choses paraissent pliées d'avance. La réalité est plus complexe. Les Israéliens se battent avec l'énergie du désespoir, il y va de leur survie. « Dans la lutte contre les Arabes, dira plus tard Golda Meir, future Premier ministre israélienne, nous avons une arme secrète : pas

1. Voir chapitre suivant.

le choix. » Ils disposent aussi d'un armement beaucoup plus conséquent, fourni en abondance par les Soviétiques via la Tchécoslovaquie. Leurs assaillants, eux, souffrent d'une impréparation militaire absolue. Le petit Liban préfère se retirer presque immédiatement. La Syrie vient à peine de décrocher son indépendance et son armée est misérable. Celle de l'Égypte est dotée d'un arsenal souvent défectueux, acheté à vil prix par les affairistes sans scrupules qui gravitent dans l'entourage du roi Farouk. Surtout, les alliés sont incapables de coordonner leurs actions. Leurs objectifs réels divergent. La Ligue arabe entend régler la question sioniste de façon radicale, en détruisant le nouvel État. Abdallah, le roi de Transjordanie, se contenterait parfaitement de lui laisser une partie de la Palestine, à condition qu'il puisse agrandir son royaume avec l'autre.

En quelques semaines, les Israéliens réussissent à renverser le cours du destin et gagnent la guerre. Ils en sortent avec un territoire bien plus vaste que celui que leur avait octroyé le plan de partage de l'ONU. Il court tout le long de la mer, descend dans le Néguev et comprend aussi la moitié ouest de Jérusalem. La moitié est a été conquise par les troupes d'Abdallah, qui occupent également la rive orientale du Jourdain, la « Cisjordanie ». Grâce à cette annexion, le souverain peut donner à son royaume son nom actuel de Jordanie. Cela lui vaut la haine mortelle de certains Palestiniens. Il meurt sous les balles de l'un d'entre eux, en 1951, alors qu'il se rend à la mosquée Al-Aqsa de la Ville sainte. Il devient le premier chef d'État assassiné lors de ce conflit. Il ne sera pas le dernier.

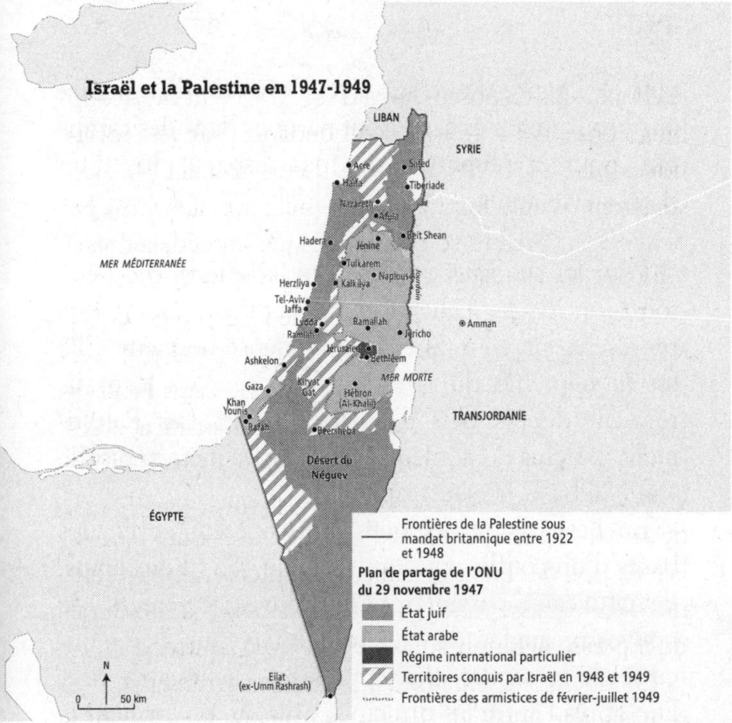

Le paysage humain de la Palestine a changé du tout au tout. Dès le début des hostilités, des centaines de milliers d'Arabes, fuyant les combats, incités à partir par les assaillants ou contraints de le faire par les forces sionistes de façon parfois sanglante, ont quitté dans la panique leur maison, leur terre, leur village[1]. Tous pensaient pouvoir revenir quelques jours plus

1. Le massacre d'une centaine d'habitants de Deir Yassin, hommes, femmes et enfants, reste l'épisode le plus tristement célèbre de ces événements. Il a eu lieu quelques semaines avant l'indépendance d'Israël et a été commis par les milices de l'Irgoun.

tard. À l'heure du cessez-le-feu, 750 000 d'entre eux se retrouvent en exil, souvent parqués dans des camps qui, pour la plupart, n'ont pas disparu plus d'un demi-siècle après.

Pour les sionistes devenus des Israéliens, cette victoire lors de la « guerre d'indépendance de 1948 » représente un triomphe et un immense bonheur. Elle est le baptême du feu réussi de ce pays dont ils rêvaient depuis plus d'un demi-siècle. Les Palestiniens, perclus de douleur, nomment ce même épisode « al-Nakba », la catastrophe.

En l'espace de quelques mois ont été posées les bases d'un conflit qui dure toujours. Au fil du temps, de nouveaux paramètres, de nouveaux acteurs, de nouveaux angles de vue sont intervenus qui n'ont cessé de le rendre plus complexe. Tâchons de tirer l'un après l'autre les principaux fils qui en forment la trame.

La question israélo-arabe offre une première grille de lecture de ce conflit.

Après la guerre de 1948 survient, en 1956, la crise de Suez, à laquelle nous avons déjà fait allusion[1]. Israël en a assez des incursions dans son territoire de petits commandos venus du Sinaï, la région désertique qui forme sa frontière avec l'Égypte. La France et l'Angleterre veulent punir Nasser de chercher à nationaliser la Compagnie universelle du canal. Les

1. Voir chapitre précédent, pp. 407-408.

trois États montent une opération. C'est une réussite sur le terrain, mais un fiasco diplomatique dès lors qu'États-Unis et URSS sifflent la fin de la partie. Nasser gagne dans l'affaire un prestige considérable. Il était officier en 1948 et n'a toujours pas digéré la défaite des armées égyptiennes. Maintenant que les événements ont fait de lui le grand héros du monde arabe, il rêve de la victoire qui effacerait cette honte. Israël a pleinement conscience de ce danger.

Durant toutes les années 1960, les deux camps se préparent. Qui tirera le premier ? Début 1967, Nasser obtient de l'ONU que les casques bleus se retirent du Sinaï, où ils étaient stationnés depuis 1956, et il y déploie son armée. Il ferme aussi à la navigation le golfe d'Aqaba, ce qui revient à asphyxier le commerce maritime de l'État hébreu du côté de la mer Rouge et constitue de fait un *casus belli*. Les Israéliens n'ignorent pas non plus qu'il a négocié secrètement des alliances avec les autres pays arabes de la région. Leurs généraux estiment donc que le seul moyen d'échapper à l'écrasement est de frapper les premiers. Ils mettent au point une action d'une grande audace. Le 5 juin au petit matin, après avoir volé en rase-mottes pour éviter les radars, leurs avions bombardent par surprise l'ensemble des aéroports égyptiens. C'était risqué, c'est payant. L'ennemi se retrouve littéralement paralysé. Sans appui aérien, les forces terrestres ne valent plus rien. Elles sont anéanties à leur tour, le Sinaï n'est plus qu'un cimetière de chars égyptiens en flammes. Sur la foi des communiqués mensongers diffusés par les radios arabes, les Jordaniens croient les

Égyptiens vainqueurs. Ils attaquent Jérusalem-Ouest. Les Israéliens, libérés sur le front égyptien, peuvent se retourner contre eux et les écraser. Les vaincus, chassés de leur partie de Jérusalem et de toute la Cisjordanie, repassent le Jourdain en débâcle, suivis d'un nouveau flot de réfugiés. Tsahal, l'armée de l'État hébreu, se déploie alors vers la frontière syrienne. Elle réussit à y conquérir le plateau du Golan, d'une importance capitale : de là, on contrôle tout l'approvisionnement en eau de la région.

La guerre de 1967 a duré six jours, ce qui lui a donné son nom. Pour le monde arabe, c'est un nouveau désastre, une deuxième Nakba ; pour Israël, une nouvelle victoire militaire spectaculaire. Le petit État a réussi à mettre la main sur le Sinaï, Gaza, le Golan, la Cisjordanie et, joyau parmi les joyaux, la vieille ville de Jérusalem. Il a ainsi, en moins d'une semaine, multiplié sa surface par quatre. Diplomatiquement et politiquement, l'affaire est plus compliquée. Aux yeux de nombreuses nations, Israël apparaît comme l'agresseur. La célèbre phrase – controversée – du général de Gaulle présentant les juifs comme « un peuple d'élite, sûr de lui-même et dominateur » est prononcée dans ce contexte[1]. Le jeune État est aussi confronté à un dilemme : que faire de toutes ces terres ? La question déclenche en son sein un débat qui dure encore. Pour la gauche, ces territoires doivent servir à assurer la sécurité du pays. C'est dans ce but qu'elle

1. Lors d'une conférence de presse tenue au palais de l'Élysée le 27 novembre 1967.

L'expansion israélienne après 1967

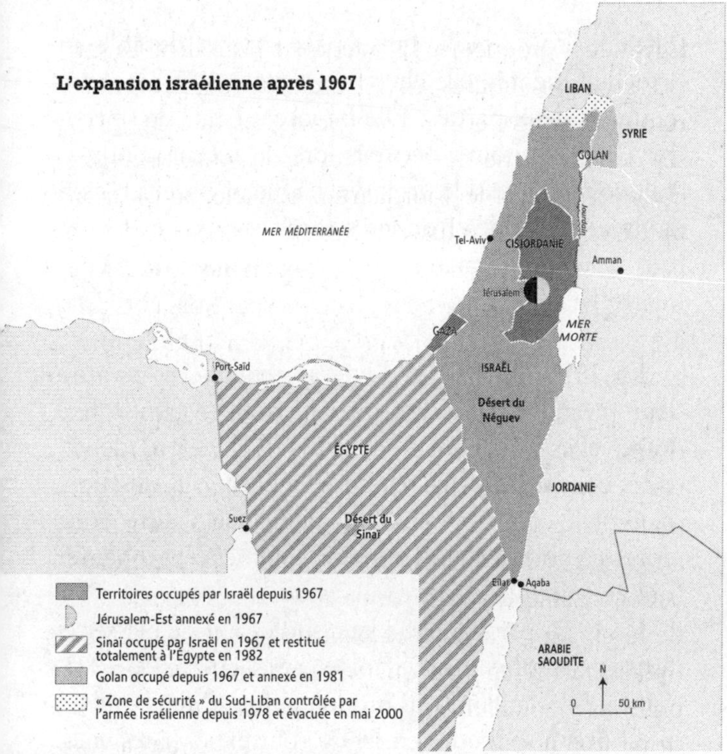

y implante les premières colonies. Ils sont aussi une monnaie d'échange qui peut être utile en cas de tractations avec les voisins. La droite, surtout sa frange la plus religieuse, considère la plupart de ces terres comme faisant partie d'Eretz Israël, le « Grand Israël », les terres promises par Dieu. Elles sont aux mains des juifs et doivent le rester.

La communauté internationale n'est pas de cet avis. En novembre 1967, l'Assemblée générale de l'ONU vote la résolution 242, une des plus célèbres de son histoire. Pour établir une « paix juste et durable au Proche-Orient », elle cherche à instaurer un équilibre entre les deux parties. Elle impose à Israël de se retirer des « territoires occupés lors du récent conflit ». Elle souligne aussi le droit de chaque pays de la région à vivre « dans des frontières sûres et reconnues », ce qui revient à demander aux pays arabes de reconnaître Israël.

En 1973, la Syrie et l'Égypte tentent de prendre leur revanche. Profitant du Kippour, la grande fête juive, elles attaquent l'État hébreu. D'abord défait, celui-ci se ressaisit et réussit à retourner la situation, mais il a compris sa vulnérabilité. De l'autre côté, après ce nouvel échec, certains commencent à penser que la voie militaire est sans issue.

En 1977, Anouar el-Sadate, successeur de Nasser et artisan des premières victoires de la guerre de 1973, fait une déclaration qui produit l'effet d'une bombe : il est prêt à se rendre en Israël pour exposer ses vues. La première visite d'un chef d'État arabe à la Knesset, le Parlement israélien, est un événement considérable qui brise un tabou. De ce geste spectaculaire s'ensuivent, en 1978, d'importants accords, longuement négociés entre Menahem Begin, le Premier ministre israélien, et le président égyptien, sous l'égide de Jimmy Carter, à Camp David, la résidence d'été de la présidence américaine. Israël accepte de rendre le Sinaï en échange de sa reconnaissance par l'Égypte et d'un traité qui enterre la hache de guerre. Les deux dirigeants y gagnent un prix Nobel de la paix la même année. Sadate récolte aussi une haine durable. Son pays est exclu de la Ligue arabe. Trois ans plus tard, lors d'une parade militaire, il est assassiné par des militants islamistes.

Israël-Palestine

Un traité avec le plus grand des pays arabes va-t-il résoudre tout le problème ? Ce serait trop simple. Durant ces mêmes années 1970, le conflit a un autre visage qui le relance sous une autre forme. D'israélo-arabe, il devient israélo-palestinien.

Depuis les années 1960, une conscience nationale s'est forgée chez les exilés de 1948. Elle a bien du mal à se faire entendre. Pendant longtemps, les Israéliens l'ont niée. Pour eux, ceux qui sont partis sont partis, et ceux qui sont restés sont, depuis 1952, des citoyens arabes israéliens. La communauté internationale, qui, par l'intermédiaire d'un office *ad hoc* créé par l'ONU en 1948[1], administre les camps où ils sont entassés, ne voit que des « réfugiés ». Et les dirigeants arabes tendent à fondre ce cas particulier dans un affrontement plus général entre eux et l'État hébreu. Ainsi l'OLP (Organisation de libération de la Palestine), cherchant à représenter cette population, est-elle fondée en 1964 au Caire, c'est-à-dire sous le strict contrôle de Nasser.

1. L'UNRWA : United Nations Relief and Works Agency for Palestine Refugees in the Near East.

Après l'effondrement de 1967, les convictions mûrissent. De nombreux militants estiment qu'il leur revient de mener la lutte. Depuis des camps installés en Jordanie, ils montent des opérations violentes visant les territoires occupés par les forces israéliennes de l'autre côté du Jourdain. Une des actions de représailles engagées par les Israéliens se solde par la destruction du camp de Karameh en 1968, mais les Palestiniens qui le tenaient ont réussi à opposer à leurs agresseurs une résistance farouche. Leur chef, Yasser Arafat (1929-2004), ancien ingénieur, dirigeant du Fatah – un des groupuscules moteurs de cette lutte –, y gagne une renommée dans tout le monde arabe. En 1969, il devient président de l'OLP. En ces années révolutionnaires, les moyens employés sont radicaux et spectaculaires : détournements d'avions, prises d'otages, attentats.

L'intensification de la lutte donne un retentissement mondial à la cause palestinienne. Elle aboutit aussi à la déstabilisation de la région tout entière.

En Jordanie, le roi Hussein se sait menacé par des révolutionnaires qui le considèrent comme une marionnette de l'Occident. Il ne supporte plus que son royaume soit leur base arrière. En 1970, il lance son armée à l'assaut des camps palestiniens. Ce « Septembre noir », comme le baptisent les Palestiniens, fait des milliers de morts dans leurs rangs. Aux yeux du roi, cette stratégie impitoyable vise à débarrasser la Jordanie du problème palestinien. Elle contribue à le déplacer dans le pays voisin. Les militants se replient au Liban. Son équilibre, bien fragile lui aussi, n'y résiste pas longtemps. En 1975, des heurts mortels opposent combattants palestiniens et milices chrétiennes, qui refusent leur présence sur le sol libanais. Commence une guerre civile qui durera quinze ans. Elle s'internationalise vite. La Syrie s'en mêle dès 1976 au prétexte de répondre à l'appel des chrétiens. Son véritable but est de mettre sous tutelle son voisin occidental. Israël, cherchant à anéantir les bases militaires qui menacent le nord de son territoire, investit le Sud-Liban en 1978. En 1982, les soldats de Tsahal recommencent sous le même prétexte, mais montent jusqu'à Beyrouth. L'idée est de nouer une alliance avec les chrétiens et d'éradiquer l'OLP. L'allié d'Israël, le président libanais Bachir Gemayel, est assassiné. En représailles, les Phalanges chrétiennes commettent d'épouvantables massacres dans les camps palestiniens de Sabra et Chatila, avec la complicité passive de l'armée israélienne. La nouvelle crée un choc terrible, autant dans l'opinion publique israélienne que dans le reste du monde.

Exfiltré du Liban, Arafat trouve refuge à Tunis. La guerre à mort reste ouverte. L'OLP veut toujours la fin d'Israël. Israël bombarde le quartier général de l'OLP pour tuer Arafat. Nous sommes en 1985. Trois ans plus tard, le vent semble enfin tourner…

Intifada

À l'intérieur même des zones occupées, à Gaza, en Cisjordanie, la lutte palestinienne prend une nouvelle forme. En 1987, après un accident de la route survenu à Gaza, une rumeur se propage selon laquelle des Israéliens auraient cherché sciemment à tuer des Arabes. De colère, les habitants se mettent à lancer des cailloux contre les forces d'occupation : c'est le début de la première Intifada, ou « guerre des pierres ». Militairement, elle ne peut être gagnée. En termes médiatiques, elle est dévastatrice pour Israël. À l'image du petit pays se battant courageusement contre tous ses voisins arabes se substitue peu à peu celle de soldats surarmés matraquant des adolescents qui les défient avec de simples cailloux.

De son côté, l'OLP évolue de façon spectaculaire. En 1988, elle déclare accepter la résolution de l'ONU de 1947 prévoyant un partage du territoire de la Palestine, ce qui revient à reconnaître un État juif. Elle assure aussi renoncer au terrorisme, même si cette promesse, sur le terrain, est plus ou moins bien tenue. Au début des années 1990, la guerre froide est terminée, l'URSS est morte, les États-Unis pensent que le moment est venu d'organiser une conférence de paix. Celle qui se tient à Madrid en 1991 avec les différents pays concernés n'aboutit à rien de très concret, mais prépare le terrain pour des négociations secrètes entre dirigeants palestiniens et israéliens. Elles se déroulent dans la capitale norvégienne. De ces pourparlers sortent en 1993 les accords d'Oslo, signés à Washington devant le président Clinton et scellés par une poignée de main historique entre Yasser Arafat et Yitzhak Rabin, un des généraux vainqueurs de la guerre de 1967, devenu Premier ministre travailliste. La méthode est originale. De façon volontaire, on n'a pas cherché à régler frontalement les différends les plus brûlants, comme le « droit au retour » dans leur ancienne patrie des réfugiés de 1948 ou le statut de Jérusalem, qu'Israël a proclamée en 1980 « capitale éternelle et indivisible » et dont les Palestiniens continuent à revendiquer une partie pour en faire leur propre capitale. Les accords se contentent d'instituer une Autorité palestinienne destinée à gérer une part de plus en plus importante des territoires occupés qui formeront un jour l'État de Palestine. Ils optent pour une démarche graduelle. C'est le principe de ce qu'on appelle le « processus de paix ».

Processus de paix, processus de guerre

En juillet 1994, pour la première fois depuis 1948, Arafat foule de nouveau sa terre natale. Son retour à Gaza est triomphal. Les Israéliens commencent à souffler. Dans le sillage d'Oslo, en 1994, ils ont signé un traité de paix avec la Jordanie, obtenant par là leur deuxième accord avec un pays arabe. Le monde est empli d'optimisme, persuadé que le cauchemar touche à sa fin.

Or, depuis plus d'une décennie, d'autres forces sont à l'œuvre qui doublent le processus de paix de ce que l'on pourrait appeler des processus de haine. Dès 1982, en réaction à l'invasion israélienne, certains chiites libanais ont créé le Hezbollah, un parti religieux dont un des buts est de détruire l'« entité sioniste », comme ils nomment Israël. Ils sont soutenus par l'Iran de l'imam Khomeini, nouveau venu dans le paysage, qui campe sur une ligne intransigeante, sectaire et belliqueuse.

En 1987, dans le petit territoire de Gaza – la « bande de Gaza » –, occupé par les Israéliens depuis 1967, est créé le Hamas, un parti proche de la confrérie égyptienne des Frères musulmans, qui entend bâtir un État musulman en Palestine, et prône donc lui aussi la destruction de l'État hébreu.

Le Hezbollah est chiite, le Hamas sunnite. Les deux formations ne sont pas semblables ni alliées, mais représentent chacune une facette de l'islamisme, une tendance extrémiste qui ne cesse alors de croître dans le monde musulman. Toutes deux veulent la fin d'Israël, et toutes deux ont recours au terrorisme. Elles reprennent en somme les positions que tenait l'OLP vingt ans plus tôt, donnant le sentiment d'un éternel retour du pire.

Dans l'autre camp, l'extrémisme ne désarme pas non plus. En 1995, Rabin, l'homme d'Oslo, est assassiné par un militant d'extrême droite israélien. Par son prestige, sa hauteur de vue, il était celui qui aurait pu imposer les conclusions des accords. Après sa disparition, l'opinion israélienne n'y croit plus. Et la droite déclare ouvertement qu'elle n'entend pas renoncer au Grand Israël, dont le principe même torpille les promesses faites. Dès qu'elle est au pouvoir, à coups de constructions de plus en plus nombreuses, en Cisjordanie ou dans la partie orientale de Jérusalem, elle poursuit une intense politique de colonisation de territoires qui sont censés revenir aux Palestiniens. En 2000, Ariel Sharon, un homme politique israélien de premier plan, alors député de droite, entend montrer qui est le maître dans tous les lieux occupés par les Israéliens. Il se rend sur l'esplanade des Mosquées, à Jérusalem, un lieu considéré comme sacré par les musulmans. Cette claire provocation déclenche la deuxième Intifada. Nouvelles flambées de violence, nouveau cycle de répression, nouveau durcissement de l'occupation militaire, toujours plus insupportable aux populations et dont nul ne voit quand elle prendra fin. En 2005, Israël décide unilatéralement d'évacuer la bande de Gaza. En 2006, le Hamas y gagne les élections. Pour répondre aux attaques du Hezbollah, menées depuis le Sud-Liban, Israël bombarde Beyrouth, comme vingt-quatre ans auparavant. En décembre 2008-janvier 2009, en représailles à des lancers de roquettes depuis la bande de Gaza, il bombarde aussi ce territoire palestinien, puis l'envahit. Nouveaux attentats. Nouvelles poussées de la colonisation. Le cauchemar semble parti pour durer jusqu'à la fin des temps.

Plusieurs réalités, plusieurs points de vue

Tel est le bref récit que l'on peut faire de cet interminable conflit. Ce compte rendu est-il juste, est-il honnête ? Il ne nous laisse qu'une certitude : tous les protagonistes, proches ou lointains, de cette histoire, à quelque bord qu'ils appartiennent, seront unanimes à le trouver consternant, scandaleux, partial, transpirant la haine de leur camp et le parti pris pour l'autre.

Sur beaucoup des épisodes marquant l'histoire du Proche et du Moyen-Orient, la plupart d'entre nous n'avons qu'une vague opinion. Sur le conflit israélo-palestinien, chacun en a mille. C'est un trait particulier de cette guerre de soixante ans. Ses moindres événements, ses plus petits faits sont disséqués, triturés, remâchés depuis à peu près aussi longtemps, venant appuyer une conception ou une autre. Et en aucun cas cette démarche ne sert à éclairer l'Histoire, puisqu'il en existe deux[1]. Dans cette affaire, c'est une souffrance contre une autre, chacune se renvoyant la balle en un ping-pong interminable qui se joue dans tous les débats, sur tous les forums Internet, dans tous les journaux, dès que l'on aborde la question. Et le terrorisme ? lancent les Israéliens aux Palestiniens. Et l'occupation militaire de nos territoires ? rétorquent ces derniers, avant d'ajouter : et le droit au retour de nos réfugiés ? Sur quoi les premiers reprennent : et les

1. On lira avec profit *Histoire de l'autre* (Liana Levi, 2004), qui présente face à face le récit de l'histoire d'Israël et de la Palestine écrit par des historiens israéliens et palestiniens. L'ouvrage est préfacé par le grand historien Pierre Vidal-Naquet.

800 000 juifs qui ont été chassés des pays arabes où ils vivaient depuis des siècles ?

En outre, chacun des deux camps est surinvesti par d'autres qui le dépassent et l'instrumentalisent. Depuis 1948, tous les dirigeants arabes, surtout les plus répressifs, ont su utiliser la haine d'Israël, souvent doublée d'un antisémitisme virulent, dès qu'il s'agissait de faire oublier à leur peuple leurs propres turpitudes. Comment ne pas percevoir le racisme qui suinte si souvent du soutien inconditionnel des ultraconservateurs occidentaux à Israël, présenté comme le fer de lance de la Civilisation et son bouclier face aux hordes musulmanes qui la menacent ?

La raison est de plus en plus impuissante à démêler quoi que ce soit dans un conflit où les forces irrationnelles s'imposent. D'un côté, l'islamisme et ses militants, kamikazes ceinturés d'explosifs, martyrs et fous de Dieu. En face, d'autres fous de Dieu, des colons juifs qui prennent des terres ne leur appartenant pas en brandissant la Bible. Ils sont pour cela soutenus activement aux États-Unis par les plus fanatiques des fondamentalistes chrétiens, persuadés que l'occupation de la prétendue Terre promise hâtera la venue sur terre du Messie, dont le premier geste sera d'ailleurs d'obliger les juifs à se convertir.

Cela explique les réactions viscérales, passionnelles, irréductibles que le sujet déclenche. Il est pourtant frappant de constater qu'après tant d'années on en revient toujours au même point de départ.

L'État des juifs, depuis le projet sioniste formulé par Herzl, a été pensé comme la réponse à deux millénaires d'antisémitisme et de persécutions. Il se veut le havre où, selon l'expression consacrée, « tous les juifs du monde peuvent enfin se sentir en sécurité ». Tout en lui a été pensé pour retourner les stéréotypes dont les juifs ont été victimes pendant bien trop longtemps. Les disait-on lâches, cupides, inaptes à travailler la terre ? Par son armée, son agriculture, Israël n'a eu de cesse de montrer au monde combien les juifs pouvaient être braves, solidaires, habiles à faire jaillir les fleurs et les blés d'un sol désertique. Tous les juifs du monde ne sont pas sionistes. Nombreux sont ceux qui se sentent, avant tout, citoyens du pays dans lequel ils vivent. Rares sont ceux qui, au fond d'eux-mêmes, sont insensibles à ces images, à cette philosophie, à cette musique. Compte tenu de l'histoire du judaïsme, le monde enfin doit le comprendre.

Du côté des Arabes, l'arrivée des juifs a été vécue, dès le début du XXe siècle, comme une manifestation supplémentaire de la mainmise de l'Europe sur le monde. Pour eux, la création d'Israël n'a été que la suite d'une longue histoire de domination, d'occupation, de colonisation, d'humiliation. « Dans le contexte européen, écrit Tamim Ansary, les juifs sont des victimes. Dans le contexte arabe, ils sont des colonisateurs[1]. » Israël n'est

1. Tamim Ansary, *Destiny Disrupted. A History of the World through Islamic Eyes*, Public Affairs, 2010.

évidemment pas une colonie au sens traditionnel du mot. Il n'est pas une terre conquise par une puissance européenne. Il est difficile de nier pour autant cette réalité. Sa création repose sur le transfert, sur une terre où vivaient des Arabes, d'une idée européenne faite pour résoudre une question européenne. Elle a abouti après la guerre parce qu'elle était sous-tendue par la terrible culpabilité de l'Occident d'avoir laissé s'opérer en Europe un crime épouvantable, dont le monde arabe n'était nullement coupable.

Faut-il trancher entre ces deux points de vue ? Les innombrables diplomates, hommes d'État, penseurs qui se sont penchés sur la question savent qu'il faut s'en abstenir à tout prix. Le dilemme ne peut se résoudre que si l'on respecte à la fois l'un et l'autre, tout simplement parce que tous deux sont respectables. Reste à savoir comment sortir de l'impasse. Depuis près d'un siècle, les plans les plus divers ont été envisagés. En 1919, lors d'une entrevue en marge de la conférence de la paix de Paris, Fayçal, l'homme à qui les Anglais avaient promis un grand royaume arabe, s'était entendu avec Chaïm Weizmann pour aménager une place aux juifs dès qu'il aurait obtenu son État. Les Anglais et les Français n'ont pas tenu leur promesse. Fin du plan. En 1947-1948, le partage de toute la vaste Palestine mandataire entre sionistes et Transjordaniens n'aurait pas déplu au roi Abdallah. Les Arabes l'ont pris comme une trahison. Encore une occasion ratée. L'idée d'un « État binational » regroupant les deux communautés dans une même structure plus ou moins fédérale a connu elle aussi son heure de gloire. La philosophe américano-allemande Hannah Arendt en fut une des plus célèbres partisanes. À partir des années 1980, la « solution à deux États » a fini par s'imposer, jusqu'à faire consensus dans la communauté internationale. Mais qui fait en sorte qu'elle se concrétise ? En 2008, l'élection de Barack Obama a fait naître de grands espoirs, vite déçus. Les Palestiniens ne parviennent pas à contenir la dérive islamiste d'une partie des leurs. Les Israéliens, contre toute légalité et contre toute raison, continuent à coloniser des terres qui sont censées revenir à d'autres, étouffant toujours davantage ceux qui y vivent dans le corset de l'occupation militaire. Où pensent-ils que cela peut mener ? Il n'est pas besoin d'être un expert en géopolitique pour comprendre qu'une telle situation est explosive. Les plus optimistes feront remarquer qu'elle l'est depuis bientôt un siècle.

22

Le nationalisme arabe

À son arrivée sur le trône en 1936, Farouk, jeune et beau roi de 16 ans, était l'enfant chéri de l'Égypte. En une décennie, il s'est transformé en un jouisseur obèse. Ses frasques révoltent le pays. Il passe ses nuits

REPÈRES

– 1936 : **Farouk Ier** (1920-1965) devient le deuxième et avant-dernier roi d'Égypte
– 1952 : **Hussein ben Talal** (1935-1999) devient roi de Jordanie
– 1956 : **Gamal Abdel Nasser** (1918-1970) devient président de la République d'Égypte
– 1957 : **Habib Bourguiba** (1903-2000) devient président de la République tunisienne
– 1969 : **Mouammar Kadhafi** (1942-2011) devient président du Conseil de commandement de la révolution en Libye
– 1970 : **Hafez el-Assad** (1930-2000) prend le pouvoir en Syrie. **Anouar el-Sadate** (1918-1981) succède à Nasser à la présidence égyptienne
– 1979 : **Saddam Hussein** (1937-2006) prend le pouvoir en Irak
– 1981 : **Hosni Moubarak** (né en 1928) succède à Anouar el-Sadate à la présidence égyptienne
– 1987 : **Zine el-Abidine Ben Ali** (né en 1936) devient président de Tunisie

à assouvir son appétit sexuel dans les cabarets du Caire ou à jouer aux cartes – et à gagner. Les courtisans qui l'entourent, dit-on, font exprès de perdre des sommes folles, sans doute pour faire oublier celles qu'ils volent au pays[1]. À la fin des années 1940, son incapacité à obtenir le départ définitif des Anglais et l'humiliante défaite de 1948 face à Israël achèvent de le déconsidérer. En 1952, la brutale répression de manifestations populaires contre le maintien des dernières bases britanniques déclenche une révolution. Les « officiers libres », un groupe de jeunes militaires mené par Gamal Abdel Nasser (1918-1970), chassent le roi et prennent le pouvoir. Alors que le dernier souverain d'Égypte vogue sur son yacht vers un exil doré et neurasthénique, Nasser, lieutenant-colonel de 34 ans, mince, énergique et séduisant, s'apprête à devenir le nouveau maître du pays. En moins de deux ans, il réussit à éliminer ses rivaux potentiels.

Nasser

Pour abriter leur conspiration derrière un visage connu, les conjurés ont placé à leur tête le général Naguib, un militaire plus âgé qu'eux, populaire, débonnaire et respecté. C'est lui qui abolit la monarchie en 1953 et devient le premier président de

---

1. Un volet remarquable de l'émission de France Culture « La Fabrique de l'Histoire », diffusé le 9 février 2011, restitue l'ambiance de l'Égypte à la fin de la monarchie. Il est accessible sur le site de la radio, www.franceculture.fr

la République égyptienne. Il est partisan d'un retour rapide au parlementarisme et à la Constitution. Nasser ne croit pas en ces balivernes. Pour lui, elles ne sont bonnes qu'à paralyser un pays. Après un court bras de fer, le jeune officier parvient à évincer le vieux général, démis de sa présidence et placé en résidence surveillée.

Depuis les années 1930, la confrérie des Frères musulmans, une nébuleuse d'associations prônant l'application à la société des principes d'un islam strict, est, à côté des partis traditionnels, une des plus grandes forces de la vie publique égyptienne. Farouches adversaires du roi débauché, les « Frères », comme on les appelle, ont soutenu la révolution, mais ils s'opposent bientôt à la ligne qu'elle emprunte, trop éloignée de la religion à leur goût. En octobre 1954, lors d'un meeting, un homme tire presque à bout portant sur Nasser, qui s'en sort indemne miraculeusement. Aujourd'hui encore, le calme incroyable du tribun durant l'événement et le fait qu'il ait à peine interrompu son discours alors que les balles sifflaient à ses oreilles font naître des doutes chez les historiens quant à l'origine de l'attentat. Quoi qu'il en soit, cette attitude crâne lui procure une immense popularité dans le pays.

Le tireur était proche des islamistes. L'occasion est trop belle de leur régler leur compte. La répression qui s'abat sur eux est terrible : près de 50 000 militants ou supposés tels sont arrêtés et souvent torturés, avant d'être envoyés moisir dans des camps de concentration[1]. Six de leurs chefs sont pendus. Le nouvel homme fort a le champ libre et peut devenir le maître absolu du pays – le Raïs (« chef »), comme on se plaît à l'appeler. Si l'on excepte le bref intermède Naguib, Nasser est le premier Égyptien à diriger l'Égypte depuis les pharaons. Il devient bien vite l'Égyptien le plus connu de son temps et l'une des plus grandes figures historiques du second XXe siècle.

À l'intérieur, il poursuit la voie tracée par la révolution. Parce qu'elle s'est faite contre une monarchie spoliatrice et corrompue, elle se veut intègre et sociale. On remplace – pour un temps – les limousines noires et le grand train des nababs de l'ancien régime par l'austérité des jeeps et les rudes mœurs militaires. Une vaste réforme agraire dépossède les grands propriétaires pour distribuer la terre aux plus petits. Des travaux d'ampleur doivent moderniser le pays, en premier lieu le barrage d'Assouan, un ouvrage gigantesque censé régler le problème des crues si souvent dévastatrices du Nil, accroître les surfaces agricoles et fournir de l'électricité au pays.

Pour ce qui concerne la politique extérieure, Nasser semble d'abord hésitant. La période est dominée par la confrontation entre le bloc de l'Est et celui de l'Ouest. Tout pays doit intégrer l'un ou l'autre. Pour sécuriser le Moyen-Orient, les Américains imaginent, en 1955, le pacte de Bagdad, une alliance militaire formant un véritable cordon sanitaire antisoviétique

1. Estimation tirée de Jason Thompson, *A History of Egypt. From Earliest Times to the Present*, Anchorbooks, 2009.

et dont font déjà partie l'Irak, la Turquie, le Pakistan et l'Iran. Le Raïs n'a pas d'*a priori* contre les Américains, surtout s'ils financent son barrage. Mais leur pacte a le défaut d'être patronné par les Britanniques, ce qui rappelle trop de mauvais souvenirs aux Égyptiens. Nasser refuse donc de le signer, au grand dam de Washington. Cette même année, il joue une carte inédite en se rendant à la conférence historique de Bandung, en Indonésie. Le président Soekarno et son ami Nehru, président de l'Inde, ont invité les dirigeants de pays nouvellement indépendants qui rejettent à la fois la domination des États-Unis et celle de l'URSS à constituer un groupe. C'est le début du « mouvement des non-alignés ». Ce rassemblement d'États qui retrouvent un visage et une autonomie au lendemain de la décolonisation représente aussi l'acte de naissance de ce que le démographe français Alfred Sauvy vient de baptiser le « tiers-monde[1] », en référence au tiers état de la Révolution française. Lors de la conférence, Nasser, par sa présence flamboyante, son charisme, son aisance devant les médias, conforte sa stature de nouvelle star mondiale. Il apparaît comme un des champions du « neutralisme », ce qui, d'ailleurs, ne l'empêche pas d'aller chercher auprès des Soviétiques les financements que les Américains ont trop tardé à lui accorder.

En juillet 1956, enfin, à Alexandrie, en proposant la nationalisation du canal de Suez lors d'un discours fleuve applaudi à tout rompre, il joue son atout maître.

1. Dans un article publié par *L'Observateur* en 1952.

Le pari est risqué. Peut-on vraiment s'opposer à ces vieilles puissances européennes qui ont fait si peur et ont dominé la région pendant un siècle ? Le fiasco de l'expédition des Israéliens, des Français et des Anglais est dû, on l'a vu, à l'intervention des Américains et des Russes. C'est Nasser, encore, qui en récolte les bénéfices. Il est l'homme qui a fait plier la Grande-Bretagne et la France.

Sa popularité délirante dépasse bien vite les frontières de son pays. Il devient un véritable héros, du Moyen-Orient à l'Afrique du Nord. Des foules émues écoutent religieusement ses discours, retransmis par Sawt al-Arab, « La Voix des Arabes », puissante station de radio qu'il a créée au Caire. Nasser devient à lui seul cette « voix des Arabes », l'homme qui porte leurs espoirs et tient leur avenir entre ses mains. Il est celui qui va laver les humiliations coloniales, restaurer la grandeur des temps anciens, et il va le faire, comme il le répète de tribune en tribune, de micro en micro, en réussissant l'union en une unique et puissante nation de ce grand peuple morcelé. On appelle ce rêve le nationalisme arabe ou encore le panarabisme. À partir du milieu des années 1950, il représente l'idéologie dominante dans tout le monde arabe. Nasser en est l'incarnation.

Panarabisme

Si surprenant que cela nous paraisse aujourd'hui, l'idée même d'une identité arabe est presque neuve[1]. Pendant des siècles, explique Eugene Rogan, un Égyptien, pas plus qu'un habitant de la province de Syrie, de Tripoli ou d'Alger, ne se considérait pas comme « arabe » et aurait plutôt mal pris qu'on le désigne ainsi[2]. Chacun se définissait par rapport à sa famille, son clan, son village d'origine ou son appartenance religieuse. Un Arabe, c'était un habitant de la péninsule Arabique, le descendant d'une famille de cette origine, ou encore un Bédouin du désert. À la fin du XIXe siècle, sur le modèle de ce qui s'est passé un peu plus tôt en Allemagne ou dans les Balkans, quelques intellectuels, en particulier à Damas et à Beyrouth, souvent issus de milieux chrétiens, théorisent le fait que la langue arabe et la culture qu'elle a créée au cours des siècles ont tissé des liens tels que tous ceux qui les ont en partage forment un même peuple, le peuple *arabe*. L'éphémère royaume unifié que Fayçal et ses partisans réussissent à édifier durant trois mois à Damas en 1920 est une première ébauche de traduction politique du concept. La Ligue arabe, fondée en 1945 au Caire par sept pays[3], sous l'égide de Farouk et avec la bénédiction de Londres, porte elle aussi officiellement ce rêve, même si elle se

1. Voir chapitre 17.
2. Eugene Rogan, *Histoire des Arabes de 1500 à nos jours*, *op. cit.*
3. L'Égypte, l'Arabie Saoudite, l'Irak, la Jordanie, le Liban, la Syrie et le Yémen du Nord.

contente plus modestement, dans les faits, de réunir périodiquement des États aux intérêts, aux alliances et aux régimes bien trop disparates pour qu'il leur soit possible d'accoucher d'une politique commune.

C'est à nouveau en Syrie que le concept prend de l'envergure. Pendant leurs études à la Sorbonne dans les années 1930, Salah Bitar, un Damascène issu d'une famille sunnite, et Michel Aflak, d'origine chrétienne orthodoxe, ont peaufiné leurs aspirations au nationalisme en se frottant aux concepts politiques européens de l'époque. Juste après l'indépendance, en 1947, ils fondent à Damas le parti Baas (« Résurrection »), qui relance l'idée arabe sur la base d'un nationalisme modernisé teinté de socialisme. Comme tous les nationalismes, il repose sur la conception un peu délirante d'une identité qui serait éternelle, une sorte d'*être arabe* sorti de la nuit des temps. Plus concrètement, il suppose que celui-ci ne pourra s'épanouir que dans un État moderne, fort, débarrassé des vieilles structures féodales, s'appuyant sur une mise en commun des moyens de production. Créé par un musulman et un chrétien, bientôt rejoints par un troisième compère, issu de la communauté alaouite[1], le baassisme prend bien garde de ne pas mettre la religion au centre du dispositif. Les trois fondateurs veulent donner à cette dernière la place qui lui revient. Ils reconnaissent à l'islam son importance dans la formation de l'*arabité*, mais pensent aussi que le spirituel doit être soumis à un État impartial supérieur aux communau-

1. Une branche dissidente du chiisme.

tés. Leur parti n'est pas alors un parti de masse, son nombre d'adhérents reste limité. Les idées qu'il défend, très en phase avec la façon de penser des années 1950 et 1960, sont déterminantes.

Une République arabe unie

Depuis son indépendance en 1946, la Syrie va mal. La vie politique y est agitée et instable, les tendances sont multiples. Les problèmes agraires, la complexité du puzzle communautaire, le malaise de l'armée, qui ne se remet pas de sa défaite face à Israël en 1948, créent un climat délétère. Les coups d'État se succèdent. Le panarabisme prôné par le Baas apparaît comme une solution. Le Raïs d'Égypte est celui qui le défend avec le plus de vigueur. À la fin des années 1950, des Syriens qui se sont entendus au préalable avec de grands militaires égyptiens se rendent au Caire et proposent tout bonnement à Nasser la fusion de leurs deux pays. Nasser accepte. En 1958, la Syrie et l'Égypte disparaissent officiellement pour faire place à la République arabe unie.

Les idées nationalistes arabes, plutôt marquées à gauche et très antioccidentales, sont alors au plus haut. Cette première traduction concrète des aspirations qu'elles portent crée une onde de choc qui déstabilise l'ensemble du Moyen-Orient. Les musulmans libanais sont en grande partie nassériens, ils rêvent que leur pays participe à la fusion. Les chrétiens, dans leur majorité, ont peur d'être noyés dans cette nouvelle configuration. La tension monte. L'assassinat d'un journaliste nassérien, imputé au camp chrétien, conduit les deux camps au bord de la guerre civile. Camille Chamoun, le président chrétien, fait appel aux États-Unis. Il faut le débarquement des marines à Beyrouth, à l'été 1958, et le remplacement de Chamoun pour mettre fin à la crise.

Le roi Hussein de Jordanie, resté proche des Britanniques, craint lui aussi pour son pouvoir, de plus en plus contesté. Aux yeux de beaucoup, ces monarchies créées par les Anglais et encore tellement liées à eux ont fait leur temps. Il a dû donner des gages aux nationalistes en acceptant par exemple de licencier Glubb Pacha, le célèbre officier britannique qui commande son armée, la Légion arabe. Début 1958, craignant, à juste titre, que les événements syriens ne déstabilisent son royaume, le souverain hachémite tente un coup de revers. Il propose à son cousin Fayçal II, roi d'Irak, une fédération de leurs deux pays. Le projet n'a pas le temps d'aboutir. Le 14 juillet 1958, de jeunes officiers irakiens pénètrent dans le palais royal de Bagdad, massacrent la famille royale à la mitraillette, liquident le puissant Premier ministre dans les jours qui suivent, abolissent la monarchie et proclament la république d'Irak dans un climat d'une rare violence. Le pouvoir est entre les mains des putschistes attachés à maintenir une identité irakienne, mais, dans les rangs des comploteurs comme dans la population en général, les panarabes sont nombreux. À Amman, Hussein est obligé de faire appel aux soldats britanniques pour ne pas subir le même sort que son infortuné cousin.

Il n'y a qu'à Damas que les nassériens déchantent vite. Au lieu de l'heureux mariage attendu, la Syrie se retrouve soumise à un mari autoritaire. Elle croyait gagner une puissance nouvelle dans l'union, la voilà ravalée au rang de « province du nord » de l'Égypte et contrainte d'accepter les diktats du Raïs. Il supprime le multipartisme pour imposer son propre parti unique, instaure la collectivisation des moyens de production et prie l'armée de rentrer dans ses casernes. L'administration égyptienne débarque avec ses habitudes paperassières et bureaucratiques qui exaspèrent les populations. Le climat est intenable. En 1961, un nouveau coup d'État organisé par des militaires antiunionistes met un terme à l'expérience.

La grande idée continue de surgir de temps à autre. En 1963, deux coups d'État successifs placent les baassistes au pouvoir à Bagdad et à Damas. Le moment semble idoine pour essayer une nouvelle union. Une tentative fédérale est envisagée. Elle s'englue bien vite, avant d'être enterrée. Les partis frères sont devenus, d'un pays à l'autre, des ennemis farouches. Chacun prétend défendre le monde arabe dans sa globalité, mais aucun n'accepte de dépasser ses intérêts. Le panarabisme butera toujours sur le même écueil.

Fin de Nasser

De nouveau replié sur sa seule Égypte – qu'il continue pendant un temps, comme par nostalgie, de nommer la République arabe unie –, Nasser poursuit son chemin. Mais, dans les années 1960, sa bonne étoile semble pâlir. Guidé par son anti-impérialisme, désireux de s'appuyer sur une alliance solide, il pousse loin le rapprochement avec les Soviétiques, qui submergent le pays de conseillers. Soucieux de tenir son rôle de leader du progressisme arabe, il se lance dans une opération extérieure qui va lui coûter cher.

Au Yémen, des républicains ont pris le pouvoir après avoir chassé le roi. Il entend les aider à se débarrasser des royalistes. L'intervention doit être simple et rapide. Le problème est que le roi, exilé à Riyad, est soutenu par l'Arabie Saoudite, elle-même défendue par l'Occident. Commence alors la « guerre du Yémen », une version orientale des conflits par procuration caractéristiques de la guerre froide. Peu connue en Europe, elle dure de 1962 à 1970 et se révèle meurtrière. Elle est un peu, écrivent les spécialistes de l'épisode, le « Vietnam de Nasser[1] ». Le conflit mobilise de nombreux soldats, qui manqueront lors de la guerre de 1967. La défaite à plate couture face à Israël, l'image de ses avions en feu, de son armée écrasée en deux jours, l'occupation du Sinaï laissent Nasser sonné. Il démissionne. Les Égyptiens manifestent en

1. Dans *Nasser's Gamble : How Intervention in Yemen Caused the Six-Day War and the Decline of Egyptian Power* (Princeton University Press, 2013), Jesse Ferris attribue l'expression à Nasser lui-même.

masse pour refuser un geste qui leur paraît impensable. Nasser retire sa démission, mais le cœur n'y est plus. Face à l'État hébreu, il tente une « guerre d'usure », multipliant les anicroches et les offensives diplomatiques, mais elle n'aboutit à rien. Épuisé, le pharaon du XXe siècle meurt d'une crise cardiaque en 1970, à l'âge de 52 ans. La foule qui assiste à ses funérailles est estimée à cinq millions de personnes.

★
★★

Modernités et dictatures

Sans atteindre la stature de Nasser, d'autres leaders ont marqué le monde arabe dans l'effervescence de la décolonisation. Certains ont un destin politique très bref. Ahmed Ben Bella (1916-2012), ancien combattant de la guerre de libération, devient, en 1963, le premier président de l'Algérie indépendante. Grand admirateur du Raïs du Caire, il tente de relever son pays ruiné par la guerre et le départ brutal d'un million d'Européens en appliquant les recettes égyptiennes. Il mélange ainsi réarabisation de la société et socialisme. Les luttes entre factions qui ont marqué toute la lutte anticoloniale perdurent en temps de paix. En 1965, Ben Bella est démis par un coup d'État militaire mené par son vice-Premier ministre, le colonel Houari Boumediene (1932-1978).

Habib Bourguiba connaît une meilleure fortune. On a déjà rencontré cet avocat devenu, grâce à la guerre d'indépendance, le « combattant suprême » de la Tunisie – comme il souhaitait qu'on l'appelle – et son premier président. Ses conceptions politiques sont différentes de celles du leader égyptien, à qui il reproche, entre autres choses, son positionnement prosoviétique. Lui a mené la bataille contre la France. Il n'en reste pas moins influencé par les idées françaises, auxquelles il s'est frotté lorsqu'il était étudiant à Paris – celles du radicalisme, de la République triomphante, éprise de progrès. Il n'a pas le profil du grand révolutionnaire tiers-mondiste que la période produit à foison. Il prend bien garde de rester solidement ancré à l'Occident pour emmener son petit pays sur une voie de modernisation qui mêle l'autoritarisme à un réformisme parfois hardi. Dès 1956, à peine arrivé au pouvoir, Bourguiba impose sa réforme la plus célèbre. Il donne à ses concitoyens un « code du statut personnel » qui bouscule les traditions religieuses en interdisant la polygamie, la répudiation, le mariage contraint, et qui accorde aux femmes une condition qui, jusqu'à aujourd'hui, passe pour la plus favorable de tout le monde musulman. Il ne prétend pas se battre contre la religion, mais rouvrir les portes de l'*ijtihad* – l'interprétation –, réputées fermées depuis des siècles. Cette démarche peut aller assez loin. Nul Tunisien n'a oublié les deux fois où il a ostensiblement bu en public pendant le ramadan, usant d'un argument coranique : le Prophète avait précisé qu'il était licite de manger pendant le jeûne en période de combat, ce qui était le cas, puisque la Tunisie était engagée dans la lutte contre le sous-développement. Le même homme, si prompt à exercer sa liberté, passa toutefois sa vie à la refuser aux autres, interdisant toute opposition et muselant l'expression politique de son peuple, qu'il ne jugeait « pas prêt pour la démocratie ».

Dans la Libye voisine, en 1969, un groupe de jeunes officiers détrône par un coup d'État le roi Idris Ier, premier et dernier souverain du pays, qui avait été placé là par les Alliés après la décolonisation italienne. Mouammar Kadhafi, alors un splendide militaire aux dents blanches de 27 ans, est le porte-parole des conjurés et s'impose très vite comme l'homme fort. Assis sur un trésor de pétrole, riche à milliards, écrasant son peuple d'un pouvoir absolu, il devient le personnage fantasque et imprévisible dont les tenues extravagantes, les foucades les plus surréalistes et les alliances les plus improbables rythment les quarante-deux années de règne. Mêlant un grand puritanisme religieux – il fait interdire l'alcool, les boîtes de nuit et fermer les églises – et une rhétorique révolutionnaire échevelée, il gratifie rapidement la planète d'échafaudages théoriques plus fumeux les uns que les autres, rassemblés en 1975 dans un Livre vert cousin du Petit Livre rouge de Mao, censé révéler la « troisième théorie universelle » qui manquait au monde. Avant toute chose, il se veut l'héritier de Nasser, son idole absolue, et cherche donc à relancer le vieux rêve panarabe. Au début des années 1970, il planifie une union avec la Syrie et l'Égypte qui, bien que signée et ratifiée, ne voit jamais le jour. Le président égyptien Sadate a jugé finalement plus prudent de ne pas se lier à ce partenaire si instable. Se retournant vers sa frontière nord-ouest, l'infatigable Libyen propose une union à la Tunisie en 1974. Contre toute attente, Bourguiba vieillissant, saisi d'un véritable coup de foudre pour le fringant militaire, accepte sans en référer à quiconque. Il faudra quelques jours à son gouvernement consterné pour dégager le pays d'une alliance aussi improbable.

Monarchies et nouveaux régimes

Ici, là, il y a d'autres tentatives. Toutes échouent, le plus souvent pour les mêmes raisons. Chacun se berce du rêve de l'union de tous les Arabes mais bute toujours sur la même réalité. Si l'alliance ne profite qu'à l'autre, si elle n'aboutit qu'à perdre sa souveraineté pour se faire dominer par plus puissant que soi, à quoi bon la contracter ? Ainsi, dans un mouvement de l'histoire finalement assez paradoxal, tous les pays arabes nés de la décolonisation en viennent à se replier sur une identité circonscrite à des frontières qui, le plus souvent, ont été dessinées par le colonisateur et à opter pour le modèle de l'État-nation mis au point en Europe, quand bien même il contreviendrait à l'organisation sociale préexistante. Peut-on plaquer le modèle jacobin d'une république unifiée d'individus-citoyens sur des populations qui fonctionnent depuis des siècles sur des solidarités de clan, de tribu, de famille élargie ? Bien des problèmes que connaissent les pays arabes viennent de là.

Dans les années 1960-1970, une autre grande division partage l'Orient. Les deux superpuissances y ont tissé leurs réseaux et scellé leurs alliances. Du côté pro-occidental, on compte la plupart des monarchies, du moins celles qui subsistent, l'Arabie Saoudite, les petits émirats du golfe, la Jordanie ou encore le Maroc, dirigé, depuis la mort de Mohamed V en 1961, par son fils, le sultan Hassan II (1929-1999). Du côté prosoviétique, on trouve la plupart des régimes panarabes ou nassériens. Cela vaut à ce camp le qualificatif de « progressiste » – c'est la terminologie de l'époque. Tous ces pays – l'Égypte, mais aussi la Syrie, l'Algérie ou encore l'Irak, très riche grâce à ses énormes ressources pétrolières – essaient de mériter ce label en mettant en place des programmes d'action sociale, de scolarisation, en construisant des hôpitaux et des infrastructures routières. Certains optent aussi pour une relative mise à l'écart de la religion, quoique le point soit sujet à caution. Le Baas au pouvoir à Damas et à Bagdad est censé être laïque ; en réalité, ses dirigeants se servent de la laïcité pour conduire une politique favorable à leur propre communauté. L'Égypte varie. Nasser avait été l'ennemi farouche des Frères musulmans. Pour contrer son aile gauche, Sadate, son successeur, les libère et les utilise dans un jeu subtil de rééquilibrage de pouvoir.

Quoi qu'il en soit, la façade est peinte dans des couleurs qui peuvent plaire. Laïcité, progrès social, droits de la femme. L'Occident s'extasie, ou feint de le faire pour pouvoir placer ses alliances et ses contrats. Lors des visites officielles en Syrie et surtout en Irak, dans les rapports diplomatiques ou commerciaux avec ces pays, on ne manque jamais de souligner la grande proximité de leurs dirigeants, hommes de progrès, avec les idées européennes. On trouve encore dans les bibliographies une pépite dont le titre compare Saddam Hussein au général de Gaulle[1]. Il suffit d'imaginer la comparaison inversée pour mesurer ce qu'elle a d'obscène. Quiconque oserait faire passer de Gaulle pour un Saddam Hussein français se retrouverait sans doute avec un procès sur le dos pour offense à un héros de la patrie.

Derrière la façade se cache en effet une réalité moins riante, celle de dictateurs régnant grâce à la terreur. En Syrie, Hafez el-Assad, puissant ministre de la Défense, prend le pouvoir en 1970 et, grâce à un régime policier d'une brutalité extrême, élimine toute liberté politique dans le but de défendre sa propre minorité – les alaouites – et surtout son propre clan. Son ennemi juré, Saddam Hussein, pourtant membre du même parti Baas, rivalise avec lui en matière de barbarie d'État. Sous Kadhafi, l'appartenance à un parti politique est punie de mort. En Égypte, Moubarak succède à Sadate au lendemain de son assassinat.

1. Charles Saint-Prot, *Saddam Hussein, un gaullisme arabe*, Albin Michel, 1987.

Il promulgue immédiatement une loi d'urgence qui supprime toutes les libertés individuelles et donne licence à la police pour régner sur le pays. Elle sera reconduite pendant trente ans. Bourguiba, esprit supérieur mais aussi grand maniaco-dépressif, muselle l'opposition, truque les élections et couvre toutes les dérives à son profit. Il trouve légitime qu'en 1975 le Parlement le nomme président à vie. Son déséquilibre mental finit par justifier un « coup d'État médical » qui l'écarte du pouvoir en 1987. Zine el-Abidine Ben Ali, son ministre de l'Intérieur, devient le nouveau président de la Tunisie. Après un bref intermède qui fait croire qu'il est animé de bonnes intentions, il opte pour la voie qui sera la sienne jusqu'à la fin de son règne en 2011 : suppression de toutes les libertés, contrôle total du pays par les méthodes de la plus basse police et pillage méthodique de ses richesses.

23

Le pétrole

Du 4 au 11 février 1945, dans la station balnéaire de Yalta, sur la mer Noire, Churchill, Staline et Roosevelt, à quelques mois de la victoire, organisent le monde à venir. Sur le chemin du retour, le président américain juge bon d'assurer ses arrières en négociant lui-même quelques alliances. Après avoir reçu Farouk d'Égypte et le négus d'Éthiopie, il invite Ibn Séoud,

REPÈRES

– 1945 : pacte du Quincy liant l'Arabie Saoudite et les États-Unis
– 1946 : crise irano-soviétique
– 1948 : découverte du gisement de Ghawar, dans le désert saoudien
– 1951 : le docteur Mohammad Mossadegh, Premier ministre d'Iran, nationalise le pétrole
– 1960 : création de l'Organisation des pays exportateurs de pétrole (Opep)
– 1964 : Fayçal devient roi d'Arabie Saoudite
– 1971-1972 : nationalisation de la production pétrolière en Algérie, en Irak et en Libye
– 1973 : premier choc pétrolier
– 1990-1991 : guerre du Golfe

le roi d'Arabie Saoudite, à venir le retrouver sur le croiseur *Quincy*, qui fait escale sur le Grand Lac Amer, au milieu du canal de Suez. Ibn Séoud s'inquiète du sort de la Palestine. L'Américain lui promet que rien n'y sera fait sans l'accord à la fois des juifs et des Arabes. De plus, il a un marché à lui soumettre. Le roi n'a-t-il pas un vaste royaume à protéger, entouré de rivaux qui ne lui veulent pas tous du bien ? Roosevelt propose, en échange d'un accès privilégié aux riches sous-sols d'Arabie, d'aider le Saoudien à armer et à défendre son pays. Pétrole contre sécurité. Ibn Séoud tope là. L'accord est nommé le « pacte du Quincy ». Acte fondateur de l'après-guerre, il est prévu pour rester en vigueur pendant soixante ans ; renouvelé en 2005, il l'est toujours.

Le sang des guerres

L'or noir n'est pas, à cette date, un nouveau venu dans les affaires géopolitiques. Il est connu depuis la plus haute antiquité, mais il ne servait alors, au mieux, qu'à calfater les bateaux. Il connaît son premier boom au milieu du XIXe siècle, après qu'on en découvre en abondance aux États-Unis et surtout qu'on lui trouve un usage commercial de masse. C'est un très bon carburant pour les lampes. Un certain John D. Rockefeller (1839-1937) – un employé qui a démissionné de son entreprise parce que, selon la légende, on lui a refusé une augmentation – entre dans le jeu. Astucieux, dénué de scrupules dès lors qu'il s'agit d'éliminer ses concurrents, il est doté d'un sens des affaires hors pair. Il achète des puits, mais, pour écouler son pétrole au prix qui l'arrange, il commence par vendre aux consommateurs les lampes qui fonctionnent avec. C'est un principe bien connu aujourd'hui dans le secteur des imprimantes et des machines à café. En l'inaugurant dans le pétrole, Rockefeller réussit à rafler toutes les parts de marché et à bâtir une fortune qui passe parfois pour être la plus grande de tous les temps.

À la fin du siècle, l'ampoule électrique est au bord de rendre inutile le précieux carburant. L'invention du moteur à explosion est le miracle qui le sauve. Jean-Marie Chevalier, expert de cette histoire, raconte le tournant crucial de 1912[1]. Cette année-là, Churchill, lord de l'Amirauté de Grande-Bretagne, décide de faire basculer la marine britannique du charbon au mazout. Les navires y gagnent une puissance qui leur permet d'écraser leurs rivaux, mais la mutation engendre aussi un problème qui bouleverse l'économie du pays. Le charbon est produit en Grande-Bretagne, le pétrole ailleurs. Il faut aller le chercher. Hormis les États-Unis, tous les pays occidentaux se trouvent dans ce cas. L'énergie devient une affaire étrangère.

Vers 1900, on a découvert en Iran de vastes réserves sur lesquelles l'Angleterre a mis la main. On pressent qu'il doit y en avoir d'autres en Mésopotamie, ce qui

1. Jean-Marie Chevalier, *Les Grandes Batailles de l'énergie. Petit traité d'une économie violente*, Gallimard, coll. « Folio actuel », 2004.

explique notamment l'empressement des Britanniques à y débarquer leurs troupes dès 1914[1]. Le premier conflit mondial confirme l'importance stratégique de l'hydrocarbure, indispensable pour la propulsion des bateaux comme pour l'aviation. Les « taxis de la Marne », en septembre 1914, sauvent *in extremis* la France de la défaite en permettant le transport rapide des troupes. Les chars font leur apparition en 1916. Dans les batailles du futur, prévoit Clemenceau dans une lettre à l'Américain Wilson, le suppliant de lui en fournir, l'essence sera « aussi nécessaire que le sang des hommes ». Le partage du Moyen-Orient entre les vainqueurs intègre ce paramètre. Les Français laissent Mossoul aux Anglais en échange d'une participation dans l'exploitation des gisements de tout l'ancien Empire ottoman. C'est dans ce cadre qu'est créée la Compagnie française des pétroles (futur Total). Les Américains sont alors loin de ces préoccupations. Ils sont le plus gros producteur mondial et leurs puissantes entreprises contrôlent presque entièrement le marché[2]. Sur les sept compagnies qui dominent le monde, surnommées les « sept sœurs », on compte une britannique (l'Anglo-Persian Oil Company), une anglo-néerlandaise (la Royal Dutch Shell) et cinq américaines. Elles se sont réparti secrètement les zones de prospection, de chalandise, et se sont entendues sur les prix, au mépris de toutes les règles.

1. Voir chapitre 18.
2. En 1939 encore, ils produisent les deux tiers de la consommation mondiale.

Amérique du Sud, Indonésie, Moyen-Orient… De prospection en prospection, on ne cesse de découvrir de nouveaux gisements. Il va de soi que les pays dont on pompe ainsi le sous-sol sont ligotés par des contrats de concession interminables en échange de redevances, les *royalties*, qui, écrit Jean-Marie Chevalier, « tiennent du bakchich[1] ».

La Seconde Guerre mondiale amplifie la dépendance des puissances à l'égard du précieux élixir. Le gros problème de l'Allemagne, et l'une des causes de sa défaite, est qu'elle manque de l'indispensable matière première. Le pétrole synthétique qu'elle réussit à produire dans ses usines en transformant le charbon, puis la mainmise sur les ressources de la Roumanie, alliée à l'Axe, ne suffisent pas. Si Hitler s'obstine à tenter d'envahir la gigantesque Union soviétique, c'est aussi parce qu'il est vital pour lui d'atteindre les énormes réserves de Bakou, au bord de la Caspienne. Après la victoire de 1945, une des méthodes des Américains pour s'assurer que l'Allemagne et le Japon ne seront jamais repris de la folle idée de dominer la planète est de faire en sorte que leur ravitaillement en hydrocarbures dépende de Washington.

Pour jouer leur rôle de nouveau leader du monde, les États-Unis doivent prendre le contrôle des principales ressources, en particulier au Moyen-Orient, où les Britanniques et les Français étaient seuls maîtres. Depuis les années 1930, Ibn Séoud, se méfiant des

1. Jean-Marie Chevalier, *Les Grandes Batailles de l'énergie*, *op. cit.*

Anglais, a accordé à une compagnie américaine, l'Aramco, le droit de prospecter dans ses déserts. Bonne pioche. En 1938, on y trouve l'huile précieuse. Dix ans plus tard, on comprend qu'on a touché le pactole. Le gisement de Ghawar, découvert en 1948, est le champ pétrolifère le plus vaste du monde – 280 kilomètres de longueur ! La péninsule en compte sept autres, presque aussi grands, et une centaine de plus petits. Ils procurent une richesse durable. À la fin du XXe siècle encore, le pétrole – et le gaz – qui dort sous les déserts d'Arabie représente le quart des réserves mondiales estimées.

Les crises iraniennes

Le pétrole était le sang des guerres. Il devient le fluide magique qui dope la spectaculaire croissance économique liée à la reconstruction. Il sert à faire rouler les voitures, voler les avions, avancer les bateaux ; il fait également fonctionner les centrales qui produisent l'électricité ; il permet de fabriquer des boîtes, des peignes, des détergents, des tissus, des pull-overs, des médicaments. La pétrochimie est cet art magique de transformer l'huile visqueuse en toutes les matières possibles. D'autre part, grâce à des prix bas garantis par les conditions d'exploitation et soutenus par une politique fiscale américaine très avantageuse pour les compagnies pétrolières, la machine peut tourner à grande vitesse et à moindre coût. Les années d'expansion de l'après-guerre, les Trente Glorieuses, doivent tout au pétrole.

En ce sens, il est d'abord une affaire occidentale. Une très bonne affaire, on l'a compris. Et l'Occident est prêt à beaucoup pour que rien ne change. C'est une première façon de considérer cette question.

L'événement le plus symbolique de l'obsession pétrolière occidentale survient en Iran au début des années 1950. Le sous-sol iranien regorge de ressources ; la raffinerie d'Abadan est la plus grande du monde ; l'emplacement du pays est stratégique. Au cours de la Seconde Guerre mondiale, les Alliés, s'apercevant que Reza Shah – le prince régnant à Téhéran depuis les années 1920 – avait des sympathies marquées pour l'Axe, l'ont tout bonnement éjecté de son trône et exilé pour le remplacer par son fils, le jeune et docile Mohammad Reza. Puis ils ont fait du pays un point de jonction entre les fronts Est et Ouest, en l'occupant conjointement. Les Anglais ont positionné leurs troupes au sud, les Soviétiques au nord, tout en promettant de les retirer dès la fin des hostilités. Au lendemain de la victoire, les Britanniques tiennent leur promesse ; les Soviétiques, non. Ils trouvent tous les prétextes imaginables pour rester sur place, dans l'Azerbaïdjan iranien. Voir les communistes assis sur tout ce pétrole insupporte les Américains. Nous ne sommes qu'en 1946, mais la guerre froide vient de commencer. Pour les historiens, la « crise irano-soviétique » est son acte inaugural, même s'il se conclut rapidement. Staline est en train de dévorer l'Europe. Il tient à y avoir le champ libre. Après quelques mois d'hésitation, il retire ses troupes d'Iran.

Cinq ans plus tard, en 1951, commence une tout autre histoire. Arrive à la tête du gouvernement impérial de Téhéran le docteur Mohammad Mossadegh (1882-1967), issu d'une ancienne dynastie iranienne, homme politique de très haut niveau, érudit, polyglotte et matois. Il est parfois raillé pour ses talents d'acteur un peu outranciers – on dit qu'il s'est inventé une fausse mauvaise santé dans le seul but de recevoir ses interlocuteurs en pyjama afin de les déstabiliser. Il est aussi un patriote fervent, soucieux des intérêts de son pays et de son peuple. Il en a assez du pourboire que la puissante Anglo-Persian Oil Company concède en échange de l'exploitation du pétrole iranien depuis un demi-siècle. D'autres pays ont réussi à obtenir de meilleurs contrats de la part des compagnies exploitantes. Mais celle-ci résiste et tergiverse. Devant ses atermoiements et sa mauvaise volonté manifeste, l'énergique Perse passe à la manière forte. Il nationalise le pétrole. Coup de tonnerre. Mossadegh est le premier au Moyen-Orient à oser défier la puissance européenne par un geste aussi audacieux. L'Occident réplique par un embargo sur les exportations iraniennes qui n'est pas sans effet. Il déstabilise l'économie, entrave le commerce et mécontente certaines catégories de population, notamment les *bazaris*, la puissante classe marchande. De manifestations pro-Mossadegh en manifestations anti, le pays tangue. L'Occident accentue ses pressions. Le shah, qui a pourtant signé les décrets de nationalisation, prend peur et cède. Il ordonne l'arrestation de Mossadegh.

Nouveau coup de tonnerre : les soldats qui portent l'ordre sont capturés par les fidèles du Premier ministre. Celui-ci est en outre soutenu par son peuple, qui ne veut plus de son monarque. Le shah s'enfuit et prend l'avion pour Rome. Les Américains ne l'entendent pas de cette oreille. Ils ne peuvent accepter qu'on leur résiste et qu'on menace leurs intérêts. Feignant de croire que Mossadegh est un agent de Moscou – ce qui est un pur mensonge –, ils chargent la CIA de régler la question. L'agent sur place de cette dernière, un certain Kermit Roosevelt, lointain cousin du président, s'empresse de le faire avec les gros moyens dont il dispose. Grâce à ses valises pleines de dollars, il parvient à faire éclater des manifestations contre-révolutionnaires montées de toutes pièces qui appellent au retour du pauvre souverain exilé. En appuyant des putschistes monarchistes, il réussit finalement à éjecter de son poste le fâcheux Premier ministre. La voie est libre pour le retour du shah. Mossadegh est placé en résidence surveillée. La question pétrolière peut enfin être traitée entre personnes raisonnables. On crée, pour la forme, une société iranienne, mais elle est chapeautée par un consortium contrôlé à 40 % par les Anglais, à 40 % par les Américains et à 20 % par quelques autres, dont les Français. L'opération est évidemment un scandale moral. Elle représente aussi un succès absolu pour les États-Unis. Cette démonstration de force prouve, s'il en était besoin, qu'ils peuvent défaire à leur guise des gouvernements supposés souverains, tout en s'assurant une bonne part d'un marché qui leur échappait.

Kermit Roosevelt a été à la hauteur. Il a bien mérité de finir vice-président d'une grande compagnie pétrolière. Quant au peuple iranien, méprisé, humilié, il a subi une blessure qui ne guérira pas de sitôt.

L'Occident domine. Cela ne peut pas durer indéfiniment ni de façon si absolue. Dans les années 1960 et 1970, la tendance est plutôt au rééquilibrage des forces au profit des pays producteurs. Les Latino-Américains – Mexique et Venezuela – ont été en pointe de la lutte pour le contrôle de leurs ressources pétrolières dès l'avant-guerre. En 1955, la conférence de Bandung, acte de naissance du tiers-monde[1], fait figurer parmi les combats fondamentaux à mener celui pour le droit de chacun à disposer de ses matières premières. Vingt ans après l'expérience malheureuse de l'Iran débute une vague de nationalisations que toutes les CIA du monde seraient impuissantes à arrêter.

L'Algérie ouvre le bal. Le 24 février 1971, le président Houari Boumediene met fin aux tractations en cours depuis des mois avec les entreprises françaises qui exploitent les ressources du Sahara en décidant la nationalisation des hydrocarbures. Il est bientôt suivi par l'Irak, puis par la Libye de Kadhafi, qui a déjà réussi à imposer des conditions en or et bénéficie du fait que son pétrole, exploité par des petites compagnies indépendantes, est à l'abri des puissantes « majors ». Tous les pays producteurs du monde par-

1. Voir chapitre précédent.

viennent, les uns après les autres, le plus souvent au terme de longues négociations, à prendre le contrôle de l'exploitation de leur pétrole, soit en nationalisant, soit en rachetant les compagnies qui en avaient la charge. Avec le transport, le raffinage, la transformation des produits, ces dernières trouvent bien d'autres moyens d'engranger des bénéfices.

Dans un mouvement parallèle, les pays qui possèdent les hydrocarbures prennent conscience que leur union peut faire leur force. En 1960, le Venezuela convainc quatre autres pays pétroliers (l'Iran, l'Arabie Saoudite, l'Irak et le Koweït) de créer un petit lobby à même de négocier les prix à la hausse. L'Opep (Organisation des pays exportateurs de pétrole), un club installé à Genève puis à Vienne, est né. Fort discret à ses débuts, il connaît son heure de gloire au début des années 1970. La donne a changé. Les États-Unis ont passé leur « pic pétrolier », c'est-à-dire que leurs réserves commencent à baisser, ce qui les oblige à chercher du pétrole ailleurs. Leur endettement les conduit aussi, à l'été 1971, à remettre en question les règles du système monétaire qu'ils avaient eux-mêmes instaurées à la fin de la guerre. Le 15 août, le président Nixon annonce la fin de la convertibilité en or du dollar, qui devient une monnaie comme une autre. Les producteurs, payés en billets verts, sont furieux de ce qui leur apparaît comme une dévaluation de fait. En octobre 1973, la colère éclate, semble-t-il pour une tout autre raison. La guerre du Kippour, menée par l'Égypte et la Syrie contre Israël, vient de commencer[1]. Les membres arabes de l'Opep décident d'utiliser l'« arme pétrolière » par solidarité avec leurs frères en lutte contre l'État hébreu. Ils décident d'un embargo sur les pays qui soutiennent trop ostensiblement Israël, comme les États-Unis et les Pays-Bas, et d'une réduction drastique de la production pour provoquer une hausse des prix. Celle-ci se révèle vertigineuse : le prix du baril quadruple en quelques mois. L'Occident industrialisé se retrouve asphyxié par cette facture imprévue à régler. C'est le « choc pétrolier ».

Pour les économistes, la crise de 1973 ne fait que cristalliser des tensions qui existaient auparavant, et elle aboutit à remettre le pétrole à sa juste valeur – il avait été particulièrement sous-évalué jusque-là. Mais, à l'hiver 1973, les Néerlandais roulent à vélo et tout le monde comprend que cela signe la fin d'une époque. Le temps de la croissance facile voguant sur un océan d'or noir acheté à vil prix est révolu. En 1979, la révolution en Iran, bientôt suivie de son entrée en guerre contre l'Irak, crée une sorte de panique sur les marchés. C'est le « second choc pétrolier ». L'Occident, ébranlé, cherche les moyens de sortir de l'engrenage, et les trouve. Consommation plus économe, mise au point d'énergies alternatives, comme l'énergie nucléaire. De nouveaux producteurs installés en mer du Nord et en Alaska entrent sur le marché, entreprennent un bras de fer avec l'Opep et finissent par faire baisser les prix. Par la suite, les cours montent et baissent au gré des

1. Voir chapitre 21.

événements et des mécanismes complexes de la filière énergétique, selon un mouvement de yo-yo auquel le monde a fini par s'accoutumer.

★
★★

Géopolitique et wahhabisme

Le bras de fer économique autour des prix et des contrats est une chose, les grands enjeux géostratégiques en sont une autre. Après guerre, ils sont entièrement soumis à la logique des blocs. Comme on l'a vu avec Nasser, l'URSS a réussi à mettre le pied dans la région et continue d'y placer ses pions. L'Algérie, la Syrie entrent dans la danse. Les Américains peuvent se consoler avec les monarchies du Golfe, que leur anticommunisme viscéral préserve de tous errements – de même que le sens de leurs propres intérêts. Pays le plus grand et le plus peuplé de la péninsule, l'Arabie Saoudite est un allié d'une fidélité sans faille. À Ibn Séoud a succédé son fils, Saoud (1902-1969), tout aussi chouchouté par les Américains que son père. Le président Eisenhower se fend de réceptions somptueuses lors de sa visite officielle aux États-Unis à la fin des années 1950, avant de comprendre qu'il a misé sur un cheval boiteux. Manifestement doué pour ruiner le Trésor royal par ses dépenses somptuaires, le souverain, que l'on dit porté à l'excès sur l'alcool et les femmes, se montre incompétent en à peu près tout. Son frère Fayçal, qui fut son ministre des Affaires étrangères, l'éjecte du trône par un coup de force légitimé par tous les dignitaires du royaume et devient, en 1964, le nouveau roi.

Austère, le visage creusé, sa longue robe blanche traditionnelle lui conférant une allure fantomatique, parlant d'une voix mal assurée, conservateur, rigoriste et d'une très grande piété, il apparaît comme une sorte de figure inversée de Nasser, le rival détesté, à qui il rêve de voler le statut de « vrai » leader des Arabes. Tous deux s'opposent lors de la guerre du Yémen[1]. Le Saoudien n'a évidemment pas la faconde ni le charisme de l'Égyptien, mais son discours touche les croyants et sa diplomatie est portée par le flot des pétrodollars. En 1975, il est assassiné par un de ses cousins pour une sombre histoire de rivalités familiales qui n'a jamais été tirée au clair. Lui succèdent Khaled (1912-1982, roi en 1975) puis Fahd (1924-2005, roi en 1982), deux autres fils du fondateur Ibn Séoud, comme lui attachés à l'alliance avec les Américains. Elle se révélera bientôt d'une grande utilité.

Guerre du Golfe

Au tout début des années 1990, Saddam Hussein, le dictateur irakien, sort épuisé de sa guerre avec l'Iran et couvert de dettes contractées auprès de l'Arabie Saoudite comme du Koweït, pays voisin. Il voudrait qu'elles soient effacées. Pourquoi ces États,

1. Voir chapitre précédent.

qu'il estime avoir défendus contre l'Iran, sont-ils si riches alors que lui est ruiné ? Pour ses créanciers, une dette est une dette. Saddam Hussein choisit donc de passer en force. Au prétexte que le Koweït aurait pompé des nappes situées sous le sol irakien, il envahit le petit émirat. Washington ne peut laisser faire. Fin 1990, le président Bush père, avec l'assentiment de l'ONU, met sur pied une gigantesque coalition internationale de 34 pays – dont ceux de la Ligue arabe – et déclenche la guerre du Golfe. Submergé par un million d'assaillants, Saddam Hussein est vaincu rapidement. L'Arabie peut souffler sur le plan militaire, mais son image est écornée chez les musulmans les plus dévots. En laissant fouler les terres sacrées de l'islam par des centaines de milliers de militaires impies et même, comble de l'horreur, des femmes soldats, elle a commis un impardonnable sacrilège. Quoi qu'il en soit, le royaume sait se montrer reconnaissant à l'égard de ceux qui l'ont sauvé. Comme tous les pays de la région, explique le journaliste Olivier Da Lage, il règle consciencieusement la facture de l'opération Tempête du désert. La part saoudienne s'élève tout de même à 60 milliards de dollars[1].

---

1. Olivier Da Lage, *Géopolitique de l'Arabie Saoudite*, Complexe, 2006.

Rente pétrolière

On vient de le voir, le pétrole appartient à l'histoire occidentale. Il est aussi un élément déterminant de l'histoire de l'Orient, dont il bouleverse les équilibres.

Les hydrocarbures – pétrole ou gaz – ruissellent dans les sous-sols de pays qui ont une longue histoire, comme l'Iran ou l'Irak, ce lointain héritier de la Mésopotamie. Ils jaillissent aussi dans de nombreux pays qui n'en ont guère. Pendant des siècles, les petits émirats bordant le golfe Persique ont vécu de peu. Il y avait bien les huîtres perlières, mais leur commerce a été progressivement tué dans les années 1930 par la mise au point des huîtres de culture au Japon. Il y avait aussi le commerce avec les Indes, qui avait valu à la plupart de ces territoires de devenir des protectorats britanniques. Dans les années 1930 encore, l'Arabie survit essentiellement grâce aux taxes prélevées sur les pèlerinages à Médine et La Mecque. Avec le pétrole, d'un coup, tous ces royaumes se retrouvent assis sur un tas d'or. Une révolution.

Jusqu'au lendemain de la guerre de 1914, le monde n'a qu'une vague représentation du Bédouin, cet être mystérieux dissimulé sous son turban, se déplaçant à dos de chameau et réputé aussi sobre et farouche que sa monture. À partir des années 1950, il le découvre métamorphosé en émir du pétrole, ce milliardaire capable de réserver des étages entiers dans des palaces à Londres, New York ou Paris pour y loger sa suite et ses femmes, et d'y faire fermer les grands magasins au public pour que cette troupe puisse y dépenser sa fortune en toute tranquillité. En outre, ces princes sont nombreux. Pour renforcer ses alliances, Ibn Séoud avait opté pour une active diplomatie matrimoniale. Il épousa les filles de tous les chefs de tribu de son royaume. À sa mort, il laissait 46 fils vivants. Aujourd'hui, la famille royale saoudienne est estimée à près de 20 000 personnes – le chiffre exact est tenu soigneusement secret.

Tous ces émirats dont sans doute aucun habitant du Caire, de Rabat ou d'Alep n'avait seulement soupçonné l'existence pendant des siècles deviennent les eldorados où l'on va tenter sa chance. Ce sont des territoires très peu peuplés. L'immigration, indispensable pour faire tourner l'industrie nouvelle, y est massive. Une hiérarchie s'y crée en fonction de la provenance. Quelques familles libanaises (comme les Hariri) sont devenues milliardaires. Les Palestiniens, souvent très bien formés, donnent des contingents d'ingénieurs et de cadres supérieurs. Les autres pays du monde arabe, comme l'Égypte, fournissent les employés, les ouvriers. Tout en bas de l'échelle, on trouve le petit peuple des bonnes, des chauffeurs, des domestiques, majoritairement venus du Sri Lanka ou des Philippines et dont les conditions de travail s'apparentent à de l'esclavage.

Tous les pays pétroliers (ou gaziers) deviennent immensément riches, mais ils doivent aussi apprendre à jouer selon les règles d'une économie particulière. La méthode la plus simple est de se contenter d'engranger la rente, comme le faisaient les propriétaires ventrus du XIXe siècle avec leurs loyers. La rente pétrolière a des avantages, en particulier pour asseoir son pouvoir – les généraux algériens, les dictateurs irakiens ou libyens l'ont bien compris. Le principe est de prendre beaucoup pour soi et d'en garder un peu pour arroser ceux qui vous aident à conserver le pouvoir. Les petits émirats, dont la population est si réduite qu'elle est vite comblée, se retrouvent avec une masse de pétrodollars qu'il convient de faire fructifier, soit en les plaçant dans ce qu'on appelle les fonds souverains, soit en réalisant les investissements les plus divers – grands magasins, équipes de football, rachat d'entreprises… Les plus prévoyants prétendent faire beaucoup aussi pour préparer l'avenir, c'est-à-dire l'après-pétrole, en développant d'autres secteurs, comme le tourisme, les finances ou le commerce – c'est le cas des émirats d'Abu Dhabi ou de Dubaï.

Wahhabisme

Ces fortunes colossales permettent d'établir durablement son influence. L'historien libanais Georges Corm parle même de la « tyrannie pétrolière » qui a bouleversé les équilibres politiques, diplomatiques, religieux préexistants[1]. Fayçal est convaincu que le don que Dieu a placé dans son sous-sol lui confère la mission sacrée de promouvoir sa parole, ou du moins la conception

1. Georges Corm, *Le Proche-Orient éclaté. 1956-2010*, La Découverte, 2012.

qu'il s'en fait lui-même. Le wahhabisme, auquel les Saoudiens sont liés de façon inextricable, est une des doctrines les plus étouffantes qui soient. Dans ce pays, fidèle allié de l'Occident, on pratique la peine de mort par décapitation au sabre, les femmes sont tenues pour d'éternelles mineures, et la police religieuse est armée de fouets pour accomplir sa tâche officielle de « prévention du vice » et de « protection de la vertu ». Dès les années 1960, l'énergique souverain cherche un moyen de contourner la Ligue arabe, devenue un foyer de nassérisme. Il pousse à la création, en 1969, de l'Organisation de la conférence islamique (OCI), une association qui dépasse les frontières du monde arabe, puisqu'elle regroupe des pays musulmans. En 1962, il a aussi créé la Ligue islamique mondiale (LIM), une ONG qui aide généreusement toutes les associations musulmanes. L'idée, à partir des années 1970, est d'opter pour la « réislamisation par le bas », de redonner le goût de la religion – de la façon, bien sûr, dont les Saoudiens la conçoivent. En exportant des imams, en aidant à la construction de mosquées, en fournissant du matériel pédagogique partout dans le monde arabe (et musulman), l'Arabie Saoudite parvient à diffuser le wahhabisme à une vitesse effrayante et à éliminer peu à peu tous les courants concurrents. « En vingt ans, lit-on dans le remarquable ouvrage *Idées reçues sur le monde arabe*, l'islam wahhabite, inconnu au Maroc, avait conquis près de la moitié des mosquées du Royaume[1]. »

1. *Idées reçues sur le monde arabe*, sous la direction de Pierre Vermeren, Le Cavalier bleu, 2012.

Partout, l'islam ouvert, subtil et impécunieux doit faire place à ce nouveau venu, doctrinaire, fondamentaliste et richissime. Au passage, Riyad, tout en s'en défendant, fait le lit de nombreux mouvements franchement islamistes. C'est la face sombre du pacte du Quincy. Pris dans leur logique économique et géopolitique, les États-Unis ont soutenu à bout de bras un pays dont les idées nourrissaient les combattants les plus acharnés à se battre contre l'Occident.

24

L'islamisme

Au début des années 1950, quand les États-Unis le remettent en selle après avoir déposé Mossadegh, Mohammad Reza Pahlavi, le shah d'Iran, apparaît encore comme un jeune souverain timide et mal assuré. Dans les années 1970, il est devenu un dictateur cruel et mégalomane. Il est haï de tout son peuple, à l'exception de quelques courtisans et grands dignitaires. Les libéraux ne lui pardonnent pas de faire régner la terreur grâce à sa sinistre Savak, l'omniprésente police politique dont le seul nom fait frémir les Iraniens. Les nationalistes méprisent ce pantin qui

REPÈRES

– 1928 : fondation des Frères musulmans
– 1966 : mort de Sayyid Qotb
– 1979 : fuite du shah ; proclamation de la République islamique d'Iran
– 1989 : les Soviétiques quittent l'Afghanistan
– 11 septembre 2001 : attentats contre le World Trade Center à New York et le Pentagone à Washington
– 2003 : invasion américaine de l'Irak

se croit le plus puissant souverain de la Terre quand il n'est que le jouet des Américains. Ceux-ci, obsédés par leur rivalité avec l'URSS et par l'approvisionnement en pétrole de l'Occident, le soutiennent en effet à bout de bras et l'arment jusqu'aux dents : l'armée iranienne est réputée être la cinquième du monde. Les mollahs, enfin, et la plupart des gens pieux détestent ce prince, en qui ils voient un ennemi de l'islam. Il pousse le pays dans la voie de l'occidentalisation, autorise la consommation d'alcool, se fait photographier en maillot de bain, laisse diffuser des films pornographiques et prétend fonder sa légitimité non sur la révélation coranique, mais sur les païens de l'Antiquité perse. Après son couronnement impérial, en 1967, par lequel il s'est proclamé « lumière des Aryens », il a organisé, pour les deux mille cinq cents ans de l'empire achéménide, les fêtes fastueuses et délirantes de Persépolis. On l'y a entendu converser avec Darius avant que des flots de vin français soient servis à des centaines d'invités venus du monde entier.

Le guide suprême

Début 1978, à Qom, la ville religieuse, éclatent des manifestations d'étudiants en théologie. Elles sont durement réprimées et font des morts. La coutume chiite veut que l'on se réunisse quarante jours après un décès. C'est l'occasion de nouvelles manifestations violentes, qui se déroulent cette fois à Tabriz, et font de nouvelles victimes. De quarante jours en quarante jours, de ville en ville, le feu de la révolution prend dans tout le pays.

L'armée hésite. Parfois, elle fraternise avec la foule. Le 8 septembre, sur ordre du pouvoir, elle tire. C'est le « vendredi noir », qui laisse sur une place de Téhéran des centaines de morts et marque un point de non-retour. Un compromis avec le boucher qui règne sur le pays est désormais impensable. Révolutionnaires gauchistes, laïcs modérés ou ultrareligieux, ouvriers des faubourgs, membres des classes moyennes des centres-villes ou étudiants, tous les Iraniens descendent dans les rues pour en finir avec ce régime.

Chacun forme, pour l'avenir du pays, des rêves différents. Au plus fort de la lutte, la plupart des manifestants se reconnaissent dans un même homme. Un an auparavant, l'ayatollah Ruhollah Khomeini était presque oublié. Ce théologien de Qom avait été expulsé d'Iran pour s'être opposé aux réformes du shah, au début des années 1960. Il avait passé son exil à Nadjaf, une ville sainte chiite située en Irak. Le soulèvement le remet en selle. Il en devient, à distance, un des fers de lance. Expulsé d'Irak en octobre 1978 à cause de son activisme révolutionnaire, gênant pour les autorités de Bagdad, il choisit de se réfugier en France. Un ami lui a prêté une petite maison à Neauphle-le-Château, en région parisienne. Elle se transforme en ruche de la révolution iranienne en exil. Tout le monde vient présenter ses respects au digne vieillard, toujours poli et souriant mais fort peu bavard. Il préfère se réserver pour les prêches enflammés qu'il enregistre sur des cassettes et que ses partisans se chargent de diffuser au pays. Sa voix, son image placardée partout, son nom scandé par les foules sont désormais les emblèmes de la révolution. Les croyants vénèrent le saint homme. Le peuple le voit comme le père de la nation, figure tutélaire et rassurante de l'Iran éternel. Les laïcs ne se méfient pas de ce clerc. Ils le jugent trop vieux pour représenter un danger et pensent qu'ils n'auront guère de mal à le renvoyer à ses saintes études une fois la victoire advenue. L'ayatollah attend son heure. Elle est proche.

En décembre, le shah joue sa dernière carte et nomme à la tête du gouvernement Chapour Bakhtiar, un social-démocrate francophile qui a toujours été un opposant résolu à sa dictature. Celui-ci tente ce qu'il peut pour sauver le système. Il estime que cela sera plus facile sans l'encombrante présence du dictateur, par ailleurs épuisé et malade. Le 16 janvier, Mohammad Reza shah abandonne la partie et quitte l'Iran. Le 1er février, c'est en vainqueur que Khomeini descend lentement de l'avion d'Air France qui le ramène à Téhéran. L'accueil délirant qu'il reçoit de la part de ses centaines de milliers de partisans illustre l'étendue de son pouvoir sur un peuple dont il entend bien être le maître. Dès son arrivée, il nomme son propre gouvernement, sans tenir le moindre compte de celui qui est en place. Que va faire Bakhtiar ? Y aura-t-il une guerre civile ? Après quelques affrontements au sein de l'armée entre partisans de l'un et l'autre pouvoir, le social-démocrate, dernier Premier ministre du shah, se retire. La voie est libre. Le 11 février, l'ayatollah abolit la monarchie. Le 1er avril, il fait approuver par référendum la création d'une République islamique d'Iran dont il sera le « guide suprême ». L'Iran nouveau est né.

Iran-Irak

La révolution est encore portée par ses multiples courants, qui vont de l'extrême gauche à la droite nationaliste. L'intransigeant patriarche, se servant habilement des circonstances, réussit à les faire taire les uns après les autres et à définir la ligne qu'il entend imposer à l'Iran. Le shah exilé, souffrant d'un cancer, passe d'une terre d'asile à l'autre. Les États-Unis refusent de le livrer à son pays pour qu'il y soit jugé et finissent par accepter de le soigner à New York. En représailles, des étudiants révolutionnaires de Téhéran investissent l'ambassade des États-Unis et prennent son personnel en otage. Le geste, inédit, contraire aux conventions diplomatiques, place l'Iran dans une position intenable à l'égard de la communauté internationale. Khomeini couvre les agissements révolutionnaires et en profite, à coups de diatribes véhémentes contre le « Grand Satan » américain, pour se poser en leader de l'anti-impérialisme. L'aimable patriarche devient un Lénine à turban. Il rêve aussi d'exporter sa révolution partout où cela sera possible, à commencer par le pays voisin. Il ne cesse d'appeler les chiites d'Irak à la révolte.

En septembre 1980, poussé par la très conservatrice Arabie Saoudite, à qui le réveil de ces hérétiques fait craindre le pire, et soutenu par l'Occident, Saddam Hussein, le dictateur irakien, réplique à sa manière. Il envahit le sud de l'Iran, où vivent d'importantes minorités arabes et où se trouvent aussi les grands champs pétrolifères. Pris par surprise, les Iraniens refluent en panique. Puis ils se reprennent, repoussent les envahisseurs, qui contre-attaquent à leur tour. C'est le début d'un conflit abominable qui connaîtra toutes les phases de l'horreur guerrière, dont les tranchées et les gaz. Long de huit ans, il fait un million de morts. Parmi eux, des vagues entières de gamins de 14 ou 15 ans envoyés, presque désarmés, mourir sous les balles irakiennes. Ce sont les martyrs, les *chahid*, dont les portraits sont placardés sur tous les murs, sur toutes les places, afin que leur souvenir impose au pays ce deuil perpétuel qu'il est interdit de rompre et qui le rend si triste.

Comme toutes les guerres, celle-ci sert aussi à resserrer les rangs autour du chef et à faire taire ceux qui oseraient diverger. Les dernières forces qui s'opposaient à Khomeini, en particulier l'extrême gauche révolutionnaire des « moudjahidin[1] du peuple », sont éliminées avec brutalité. Dans les deux ou trois ans qui suivent la révolution, l'Iran bascule dans l'ordre islamique. Les « gardiens de la révolution », des milices armées, y veillent. Les femmes doivent porter le tchador et se tenir éloignées des hommes. La mixité, que ce soit à l'école, à l'université, à la plage ou au

1. Pluriel de moudjahid, celui qui est engagé dans le djihad, le combattant de Dieu.

travail, est strictement prohibée. L'alcool est interdit. Les intellectuels sont réduits au silence. La morale doit régner, sous l'étroit contrôle d'un clergé pudibond. Mais, contrairement à d'autres pays de la région – l'Arabie Saoudite, par exemple, au climat tout aussi étouffant –, la République islamique promeut cette discipline nouvelle non par conservatisme, mais par esprit révolutionnaire et tiers-mondiste. La lutte contre l'Occident est un objectif constant qui doit être soutenu partout où c'est possible.

En 1982, sur demande de l'ONU, Américains et Français débarquent au Liban, avec des Italiens et des Anglais, pour tenter d'y remettre de l'ordre après l'invasion israélienne. Les Iraniens n'entendent pas tolérer la présence en terre musulmane de ces impérialistes qui, en plus, arment leur ennemi irakien. Entraînés dans les camps de l'allié syrien, les miliciens du Hezbollah, puissant parti chiite libanais[1], leur servent de bras armé. En 1983, ils inaugurent une première série d'attentats contre les Français et les Américains, avec un mode opératoire nouveau dans cette région : les terroristes se font sauter avec leur bombe. Suivent de nombreuses prises d'otages au Liban même, et d'autres attentats, dont certains à Paris.

En 1988, la guerre Iran-Irak se solde par un cessez-le-feu sans vainqueurs ni vaincus. L'ayatollah n'a pas eu l'éclatante victoire qu'il espérait. Il se console de cet échec par un ultime coup d'éclat. Un de ses derniers actes publics, avant sa mort en 1989, consiste à édicter

1. Voir chapitre 21.

la célèbre *fatwa* (avis religieux) appelant « tous les musulmans » à tuer le romancier britannique Salman Rushdie, coupable d'avoir publié *Les Versets sataniques*, un roman qu'il juge blasphématoire à l'égard du Prophète.

Djihad

À la fin de 1979, alors même que l'Iran termine l'an 1 de sa révolution, un événement d'une importance considérable survient dans l'Afghanistan voisin. Les communistes locaux, qui ont pris le pouvoir par un coup d'État en avril 1978, sont au bord de le perdre. Les Soviétiques décident d'appuyer le régime frère en lui envoyant des troupes. En clair, entre décembre 1979 et janvier 1980, l'URSS envahit l'Afghanistan. De nombreuses tribus afghanes entament une lutte contre l'occupant. Elles la mènent par réflexe patriotique, mais aussi au nom de l'islam, contre le communisme athée. Des combattants viennent de l'ensemble du monde musulman pour leur porter secours. Ils y sont poussés par les fatwas de divers théologiens qui voient dans ce combat un djihad, une guerre sainte pour défendre *dar al-islam*, la terre musulmane, agressée par les infidèles. Après avoir reçu un entraînement dans des camps situés au Pakistan, ces moudjahidin rejoignent les montagnes pour y affronter au côté de leurs frères afghans les puissants chars soviétiques.

Les théologiens musulmans ne sont pas les seuls à les encourager. La guerre d'Afghanistan est un des derniers grands conflits de la guerre froide. Les États-Unis ne peuvent tolérer la mainmise de l'ennemi soviétique sur ce pays. À défaut de l'affronter directement, ils ne ménagent pas leurs soutiens aux courageux résistants qui font le travail pour eux. Matériel, armes, consultants leur sont fournis en abondance. L'idée, dira plus tard Zbigniew Brzezinski, le puissant conseiller à la Sécurité du président Carter, était d'« infliger à l'URSS son Vietnam[1] ». L'analogie fonctionne parfaitement. En 1989, après une décennie de guerre meurtrière, les Soviétiques, épuisés, quittent la partie, exactement comme les Américains avaient abandonné Saïgon en 1975. La suite est différente. L'Armée rouge l'ignore, mais elle vient aussi de pousser son chant du cygne. Deux ans après cet humiliant retrait, l'URSS n'est plus. Les États-Unis triomphent. La « fin de l'Histoire » est arrivée, comme l'écrit le politologue Francis Fukuyama. Le modèle américain peut désormais s'installer sur l'ensemble de la planète.

Les moudjahidin ne l'entendent pas ainsi. Pour eux, la défaite du géant communiste est leur victoire, et cette guerre gagnée par des combattants aux mains nues mais à la foi ardente contre une des armées les plus puissantes de la planète, minée par son athéisme, prouve la supériorité de l'islam. Il faut donc continuer le combat pour arriver au triomphe final de la seule vraie foi.

Pendant les années 1990, les « Arabes afghans », comme on les appelle parfois, se rendent sur toutes

---

1. On retrouve par exemple cette citation dans « Le Coran et la kalachnikov », passionnant documentaire de la BBC diffusé en 1998.

les terres de djihad. On les retrouve au Cachemire, province du nord de l'Inde revendiquée par le Pakistan, en Tchétchénie, en Somalie. Ils y connaissent des sorts divers. En Bosnie, terre peuplée de musulmans prise dans l'horreur de la guerre de Yougoslavie (1991-1995), « la greffe ne prend pas[1] », comme l'explique Gilles Kepel, un des grands spécialistes de l'histoire de ces guerres saintes. Les Bosniaques, musulmans et européens, ont des conceptions à mille lieues de celles de ces exaltés à turban sortis des lointaines montagnes d'Asie centrale. L'Algérie est, pour ces derniers, un terrain autrement propice.

FIS, GIA, Al-Qaïda

À la fin des années 1980, le régime autoritaire tenu à Alger par les généraux issus de la guerre d'indépendance se fissure. La baisse du prix des hydrocarbures entraîne une crise économique. La population enrage d'avoir faim et d'être dépourvue de tout, quand la corruption nourrit grassement ses dirigeants. Des émeutes éclatent en 1988. Elles sont durement réprimées, mais débouchent néanmoins sur une tentative d'ouverture politique. Le pouvoir sent qu'il lui faut céder un peu s'il ne veut pas tout perdre. Le multipartisme est autorisé, des élections libres sont organisées. Les élections locales de 1990 marquent l'écrasante victoire d'un nouveau venu, le Front islamique du

1. Gilles Kepel, *Jihad*, Gallimard, coll. « Folio actuel », 2003.

salut (FIS). C'est un parti religieux, rigoriste, prônant l'instauration d'un État islamique, mais il apparaît au plus grand nombre comme le seul capable de lutter contre le fléau de la corruption et de donner du travail à tous. En décembre de l'année suivante, il remporte le premier tour des élections législatives. Les généraux au pouvoir préfèrent ne pas attendre le second. Début janvier, ils « interrompent le processus démocratique » : en clair, ils rétablissent la dictature militaire. Pour leurs défenseurs, ils sauvent l'Algérie en l'empêchant de devenir un Iran d'Afrique du Nord. Pour leurs opposants, ils viennent de faire un coup d'État, dicté par leur volonté de conserver le pouvoir au mépris du choix du peuple. Le FIS, durement réprimé, s'engage dans la résistance armée. Il est bientôt rejoint et doublé par le Groupement islamique armé (GIA), un mouvement de djihadistes exaltés et ultraviolents qui multiplie les exactions. Aux massacres commis par les rebelles répondent d'autres massacres commis par le pouvoir, qu'il lui arrive d'imputer à ceux qu'il est censé combattre. Ce jeu trouble de barbarie et de manipulation entraîne le pays dans un maelström sanglant où plus personne ne sait qui tue qui. C'est la « décennie noire », la pire période de l'histoire de la République algérienne.

Dès les dernières années de la guerre contre les Russes, depuis leurs camps d'Afghanistan ou du Pakistan, d'autres moudjahidin parient déjà sur le grand jeu final, la confrontation générale entre l'Islam et l'Occident. Un certain Oussama Ben Laden, fils d'une famille de riches Saoudiens, est de ceux-là. Milliardaire, il est venu, dans les années 1970, mettre sa fortune au service de cette cause. Avec d'autres, il crée en 1987 un mouvement qu'il baptise Al-Qaïda, la « base », le « camp ». La guerre du Golfe, menée contre l'Irak de Saddam Hussein par une coalition internationale sous direction américaine, met le feu à son esprit enfiévré. Il lui est insupportable de voir son pays natal, l'Arabie Saoudite, autoriser les infidèles de l'armée « judéo-croisée », comme il la nomme, à profaner la terre sacrée des villes saintes en y posant le pied. La guerre à mort est déclarée. Tout ce qui est américain et tous les pays que Ben Laden considère comme les valets des États-Unis doivent payer pour ce blasphème. Que ce soit avec ses alliés talibans, les étudiants ultrarigoristes qui mènent la lutte contre les autres composantes de la résistance afghane pour prendre le pouvoir à Kaboul, chez ses amis du Soudan ou ailleurs, il recourt aux moyens qu'il affectionne. Commence une litanie d'attentats de plus en plus spectaculaires qui tétanisent l'opinion publique mondiale. 1993, première attaque contre le World Trade Center à New York ; 1998, attentats contre les ambassades américaines en Tanzanie et au Kenya ; et, bien sûr, le tristement célèbre 11 septembre 2001 et ses 2 973 morts, séisme mondial, bientôt suivi par les répliques de Madrid (2004) et de Londres (2005).

Aux trois sources de l'islamisme

Ayatollah, tchador, République islamique, FIS, GIA, djihad, Al-Qaïda, terrorisme, 11 septembre. Faisons le compte. Presque tous les mots qui, pour tant de gens dans le monde, résument l'islam de la fin du XXe siècle et du début du XXIe viennent d'apparaître dans les lignes qui précèdent. Comme l'auront compris les lecteurs, ils ne représentent qu'une petite partie de l'islam, un courant parmi tant d'autres qui tient aussi bien en un autre mot : l'islamisme.

Stricto sensu, l'islamisme désigne le projet de ceux qui entendent soumettre la société tout entière à la loi du Dieu des musulmans – en tout cas, telle qu'ils l'interprètent eux-mêmes. C'est pourquoi on parle aussi d'islam politique. Les méthodes pour parvenir à cet idéal sont diverses, les gens qui luttent pour lui aussi. Il y a un monde entre le djihadiste enturbanné qui espère amener le règne de Dieu sur terre en posant des bombes et le militant d'un parti turc qui, dans le même but, prépare sa campagne électorale. L'univers islamiste est traversé d'influences variées. La première manière de tenter de le comprendre est de remonter aux sources des plus importantes d'entre elles. En simplifiant à l'extrême, on peut en trouver trois.

La première nous entraîne en Égypte dans les années 1920. Nous sommes à l'époque des interminables faux départs des Anglais, qui prétendent sans cesse octroyer l'indépendance au pays tout en continuant de le dominer économiquement et de l'occuper militairement.

Nous nous trouvons aussi dans la continuité de la Nahda, le grand mouvement de reformulation de l'islam qui a agité le XIXe siècle et amené les penseurs à trouver les moyens de concilier la religion et le monde moderne[1]. Certains théologiens, alors, vont très loin dans un sens. En 1925, Ali Abderraziq (1888-1966), un cheikh formé à l'université cairote d'Al-Azhar, écrit un livre qui le rend célèbre mais déclenche aussi un immense scandale. Il y prône la nécessité absolue pour l'islam de préserver la religion de toute ingérence dans la politique. Un jeune instituteur nommé Hassan al-Banna (1906-1949) pense exactement le contraire. Il habite à Ismaïlia, la grande ville du canal de Suez, et il est horrifié par la façon dont les ouvriers égyptiens sont traités par les étrangers qui y règnent en maîtres. Il en vient à penser que le seul moyen pour les Égyptiens de retrouver leur dignité dans leur pays réside dans la religion, ce bien qui leur est propre. En 1928, il fonde avec quelques amis les Frères musulmans, une association dont le but est de replacer la foi au cœur de tout. « L'islam est la solution », dit un de ses plus célèbres slogans. La confrérie promeut une réislamisation de la société par l'action sociale – construction de mosquées, d'écoles, de clubs de sport. Elle est dirigée par un guide éclairé par un conseil, à la façon dont fonctionnait le Prophète. Elle est aussi appuyée sur une direction clandestine, l'« appareil secret », qui réfléchit à la façon de prendre le pouvoir.

1. Voir chapitre 17.

Le mouvement progresse rapidement. Après la guerre, il compte des centaines de milliers de membres et a essaimé dans les pays voisins, comme la Syrie, la Jordanie, la Palestine mandataire, où il s'est investi dans la lutte contre les sionistes. En 1948, l'assassinat du Premier ministre de Farouk, jugé responsable de la défaite face à Israël, lui est imputé. En retour, Hassan al-Banna est tué par la basse police du roi.

Un autre homme prend bientôt la relève. Sayyid Qotb (1906-1966) a également une formation d'instituteur, puis il devient, dans les années 1930-1940, un journaliste littéraire talentueux et redouté. En 1948, il est envoyé par son gouvernement aux États-Unis pour y étudier le système éducatif. Cet éternel célibataire et vrai puritain, horrifié par les plaisirs de l'existence, en revient empli de haine pour un pays où, selon lui, règnent le matérialisme et la pire promiscuité sexuelle. N'y voit-on pas des filles danser avec des garçons dans les surprises-parties ? À son retour, il commence à militer chez les Frères musulmans. Comme eux, il est d'abord proche du nouveau pouvoir issu de la révolution de 1952. Comme des milliers d'entre eux, il subit deux ans plus tard la terrible vague de répression de Nasser après la tentative d'assassinat dont la confrérie est accusée[1]. Qotb passe pratiquement le reste de sa vie en prison. C'est là qu'il écrit ses livres et développe ses théories. Son concept phare est celui de *jahiliya*. Le mot, emprunté au Prophète, désigne l'affreuse « ignorance » qui régnait avant l'islam. Il

1. Voir chapitre 22.

est, comme l'explique l'orientaliste Jean-Paul Chagnollaud, un équivalent de l'idée occidentale de *barbarie*[1]. Contrairement à Al-Banna, qui dirigeait son combat contre les étrangers occupant le pays, Qotb voit cette *jahiliya* à l'œuvre dans toutes les sociétés de son temps, à commencer par l'Égypte de Nasser. Selon lui, l'Égypte n'est plus musulmane, puisqu'elle accepte l'idée folle et blasphématoire de faire des lois reposant sur la volonté des hommes. Le monde ne redeviendra juste que lorsqu'il sera soumis à la seule volonté divine, telle qu'elle est exposée dans le Coran. Une avant-garde de combattants de la foi déterminés doit permettre d'y parvenir. En 1964, Qotb est enfin libéré. Les autorités lui ont-elles tendu un piège ? Dès l'année suivante, après une autre tentative de complot présumée contre le Raïs, réelle ou forgée de toutes pièces, il est à nouveau emprisonné, jugé puis pendu en 1966. Son procès, considéré comme inique, et son exécution en font un martyr. Ses livres connaissent à sa mort une extraordinaire popularité. L'idée qu'il y développe d'une lutte contre la *jahiliya* menée par une poignée de soldats de Dieu déterminés est la base même du djihadisme.

En 1979, la nouvelle République islamique d'Iran, en remettant au pouvoir Dieu, le Coran et la charia après la période pro-occidentale de la monarchie, devient, de fait, le premier État islamiste au monde.

---

1. Jean-Paul Chagnollaud, *Quelques idées simples sur l'Orient compliqué,* Ellipses, 2008.

Cet islamisme doit pourtant être distingué de celui que nous venons de présenter, puisqu'il ressortit non pas au sunnisme, mais au chiisme. Tel qu'il a été compris pendant des siècles, le chiisme est pourtant très loin de toute pensée politique. Comme on l'a vu, pour un partisan des descendants d'Ali, la justice n'arrivera sur la Terre qu'avec le retour de l'imam caché, le Mahdi[1]. Pourquoi se préoccuper des pouvoirs du temps présent ? Par définition, ils sont tous illégitimes. Dans l'entourage des grands théologiens de Nadjaf, là où il passe son exil dans les années 1960, Khomeini en vient à rompre du tout au tout avec cette conception. Un pouvoir n'a rien d'illégitime s'il est « éclairé » par un guide qui soit lui-même un homme pieux, savant en religion, capable de parler au nom de l'imam. C'est le principe du *vilayet e-faqih*, le « gouvernement du docte », concept central du khomeinisme. Dès son retour, l'ayatollah le met en pratique à Téhéran. Dans cette république, le président et le Parlement sont élus par le peuple pour mettre en œuvre une politique dont les grandes lignes sont fixées, au nom de Dieu, par son représentant sur terre. C'est ce modèle que l'Iran cherche à exporter, à travers tous les partis frères, comme le Hezbollah libanais.

Le troisième courant, enfin, trouve sa source en Arabie Saoudite. On a mentionné plusieurs fois déjà le wahhabisme, doctrine littéralement réactionnaire, puisqu'elle prône un retour à l'islam des origines, sup-

---

1. Voir chapitre 3.

posé pur. Répandue dans l'ensemble du monde musulman grâce aux colossaux profits pétroliers qui financent ouvrages, prédicateurs et mosquées, elle s'y transforme parfois en une variante nommée salafisme. *Salaf* est le mot qui désigne les ancêtres, ou plus exactement les pieux prédécesseurs, c'est-à-dire, pour les croyants, les compagnons du Prophète, en particulier les quatre qui devinrent ses premiers successeurs, les califes « bien guidés » (*rachidoun*). Dans sa réalité historique, on l'a vu, cette époque est agitée, troublée par les rivalités qui débouchent sur les premières guerres fratricides[1]. Trois de ces quatre « bien guidés » meurent assassinés. Les salafistes n'ont cure de ces détails, ils préfèrent voir dans cette époque un âge d'or auquel il faut tout faire pour revenir, y compris dans la vie quotidienne. Ils entendent donc s'habiller comme le Prophète, manger comme le Prophète, porter la barbe comme le Prophète, et imiter jusqu'à la maniaquerie les plus banals de ses comportements. Certains, que l'on appelle « piétistes », se contentent d'appliquer ce programme à eux-mêmes. D'autres, comme nombre de djihadistes, voient dans cette abolition de l'histoire et du temps un idéal pour l'humanité entière. Ils pensent donc raisonnable de l'y conduire à coups de pains de plastic et de rafales de kalachnikov, instruments dont il est pourtant facile de remarquer qu'ils ne remontent pas aux premiers temps de l'islam.

1. *Ibid.*

Islamisme populaire

On l'aura compris, de grandes différences de philosophie, de conception politique opposent ces divers courants. Contrairement aux salafistes, ni les islamistes chiites ni les Frères musulmans ne refusent les progrès scientifiques ou technologiques, dès lors qu'ils ne sont pas en contradiction avec la loi religieuse. On pourrait ajouter à tous ceux-là d'autres influences. Dans leurs camps du Pakistan, les combattants de Dieu entrent en contact avec le « maududisme », très présent dans ce pays où il a été conçu. Prêchée à partir des années 1940 dans les Indes alors britanniques, cette doctrine est totalitaire au sens littéral du mot. Pour son concepteur, Maududi (1903-1979), aucun espace de la vie humaine, aucun champ de connaissance ou de sensation ne doit échapper à la loi religieuse.

Entre chacun des groupes issus de ces différentes traditions, les points de vue divergent sur des questions essentielles, comme les modalités du recours à la violence. Il y a aussi, entre tous ces cousins de la famille islamiste, de grands points de convergence. Tous pensent que l'idéal humain repose sur la soumission à la loi de Dieu, ce qui en fait des opposants de principe à la démocratie, puisque celle-ci pose par définition que le pouvoir émane du peuple. Tous partagent un antisionisme radical s'apparentant très souvent à l'antisémitisme le plus virulent. Tous fondent leur morale sur une lecture étroite, littéraliste et très pudibonde du Coran, qui les fait sacraliser la famille traditionnelle, le patriarcat, et prôner une stricte séparation des sexes ainsi que l'obligation pour les femmes de se voiler. Tous enfin défendent un certain égalitarisme social, sont très actifs dans les mouvements caritatifs, vouent aux gémonies la richesse insolente et affectent la plus grande probité – autant de points qu'il est essentiel de souligner, car ils expliquent en partie leur attrait auprès des masses.

À partir des années 1960-1970, dans l'ensemble du monde musulman, l'islamisme ne fait que croître. Il y a aussi à cela des raisons qui tiennent au contexte historique. L'engouement pour ces nouveaux venus dans le paysage politique tient en effet à l'effondrement moral de ceux qui les ont précédés. La défaite de 1967 contre Israël a porté un coup symbolique fort au nassérisme. La faillite de tous les régimes nationalistes arabes, minés par la corruption et le clientélisme, achève de les discréditer, et avec eux les valeurs qu'ils prétendent incarner. Comment croire aux mots de démocratie, de socialisme, de laïcité quand ils ne sont que des bannières pour couvrir les méfaits de dictateurs incapables de sortir leur pays de la misère ? La haine contre eux, ou tout simplement l'espoir d'une vie meilleure et d'une plus grande justice, pousse le peuple dans les bras de leurs opposants islamistes, d'autant plus admirés qu'ils sont durement frappés par les pouvoirs haïs.

On oublie souvent, en Occident, cette face de la pièce. Elle est pourtant fondamentale. On peut reprocher à l'islam politique son goût pour la violence. Il est juste de ne pas oublier celle dont il a souvent été victime. La répression nassérienne de 1954 contre les Frères musulmans est impitoyable. Des milliers d'entre eux sont enfermés dans des camps de concentration où la torture et les mauvais traitements sont quotidiens. Dans son *Histoire des Arabes*, Rogan rapporte les propos de militantes et de militants racontant les salles remplies de corps sanguinolents que les bourreaux livraient aux chiens[1]. Qotb, rappelle Kepel, écrit la plupart de ses livres dans cet environnement[2]. Comment lui reprocher de remettre en cause l'humanité du régime de Nasser, capable de créer des lieux qui en étaient à ce point dépourvus ?

La dictature du Baas syrien va bientôt se distinguer, elle aussi, par sa barbarie. Dans les années 1970, les frères mènent une lutte active contre un pouvoir honni parce qu'il est officiellement laïque, et aussi parce que tous les postes y sont confisqués par les alaouites, la minorité du président. Ils tentent le coup de main en 1979 et s'emparent d'une caserne à Alep, dont ils massacrent une partie de la garnison. La vengeance, confiée par Hafez el-Assad à son frère Rifaat, est d'une cruauté sans nom. Elle culmine dans le bombardement, en 1982, de la ville de Hama, réputée être un fief islamiste, suivi d'un massacre qui fait plusieurs dizaines de milliers de morts.

Quand ils ne répriment pas, les pouvoirs nationalistes sont capables des plus grandes ambiguïtés. On a

1. Eugene Rogan, *Histoire des Arabes de 1500 à nos jours*, *op. cit.*
2. Gilles Kepel, *Jihad*, *op. cit.*

mentionné Sadate libérant les Frères musulmans à son arrivée au pouvoir dans le but de les utiliser pour se débarrasser de son aile gauche[1]. La plupart des gouvernements sont bien contents de les laisser gérer, dans leurs centres et leurs dispensaires, les problèmes sociaux qu'ils sont eux-mêmes incapables d'affronter. S'ils prétendent combattre l'islamisme, ce qui fait grand plaisir à l'Occident, ils ne sont jamais en reste pour pousser leurs sociétés sur la voie de la réislamisation en modifiant les lois de la famille et en multipliant les références à la charia, espérant acheter par la bigoterie la paix sociale qu'ils ne peuvent garantir par la prospérité.

L'Axe du mal

Dans ses valeurs, dans sa philosophie, l'islamisme se pose en adversaire déclaré des valeurs et de la philosophie défendues par les démocraties occidentales. À partir de la révolution iranienne de 1979, et plus encore du 11 septembre 2001, l'inverse devient vrai aussi. L'islamiste, qu'il se présente sous la forme de l'ayatollah enturbanné ou du djihadiste à longue barbe, devient, en particulier pour les Américains, l'ennemi absolu, l'ennemi mondial, prenant la place qu'occupaient auparavant les communistes. Pour autant, le combat mené contre eux ne suit pas toujours une ligne d'une grande limpidité. L'incohérence la plus fréquemment dénoncée à ce sujet concerne

1. Voir chapitre 22.

l'attitude des États-Unis à l'égard des talibans et de Ben Laden, qu'ils considèrent comme leurs pires ennemis alors même qu'ils ont contribué à les former du temps de la guerre contre les Soviétiques. Cette accusation n'est cependant pas tout à fait pertinente. Les renversements d'alliance sont monnaie courante en géopolitique. Les Américains ont armé les Afghans parce qu'ils combattaient les Russes, leur bête noire. Leur en faire le reproche est aussi injustifié que de leur reprocher d'avoir soutenu et armé ces mêmes Russes, quatre décennies auparavant, à l'heure où Hitler était leur adversaire commun.

D'autres contradictions sont plus troublantes. On a déjà parlé de l'alliance saoudienne. Fort compréhensible sur le plan économique, elle est bien plus difficile à admettre sur un plan moral et très absurde sur un plan tactique, puisque la propagande religieuse saoudienne contribue à former les islamistes que les États-Unis prétendent combattre[1]. La « guerre contre le terrorisme » décrétée par le président Bush après le 11-Septembre a conduit à de nouvelles erreurs. La plus criante fut l'invasion de l'Irak, en 2003, sur la base d'accusations infondées[2], suivie du renversement de Saddam Hussein. Que dire aussi du blanc-seing donné aux dictateurs, tels le Tunisien Ben Ali ou

1. Voir chapitre 23.

2. Les armes de destruction massive que le dictateur était censé détenir et vouloir mettre au service du terrorisme international n'ont jamais existé. Pensée pour amener la démocratie, la paix et la prospérité au Moyen-Orient, l'opération n'aboutit qu'à créer un gigantesque chaos et le plus sinistre des terrains de jeu pour tous les terrorismes.

l'Égyptien Moubarak, parce qu'ils se présentaient comme les seuls remparts contre le péril islamiste ?

Fallait-il alors laisser l'islamisme prospérer ? Mais, au fait, a-t-il vraiment prospéré ? La question divise les spécialistes. Pour Gilles Kepel, par exemple, l'islamisme a connu sa décennie de gloire dans les années 1980, avec la révolution iranienne et la guerre d'Afghanistan. Incapable de transformer ailleurs ses deux essais et d'édifier les États islamiques qu'il appelait de ses vœux, il a entamé dès lors un long déclin. Bien évidemment, cette idée a fait bondir après le 11 septembre 2001, chacun ayant le plus grand mal à admettre que l'islam radical était en fin de course après une opération aussi spectaculaire et meurtrière. Le diagnostic n'est peut-être pas faux pour autant. La politique des attentats, pour terrifiante qu'elle soit, peut tout aussi bien correspondre à une fuite en avant ne menant à rien.

Ne cherchons pas à trancher une hypothèse aussi controversée. Contentons-nous d'en souligner l'idée-force. Contrairement à ce que pensent trop d'Occidentaux, l'islamisme n'est pas un bloc monolithique, c'est un univers traversé d'évolutions et travaillé par des contradictions. On a parlé des divers courants qui le composent. Ceux-ci n'excluent pas les alliances. L'Iran, quoique chiite, est un des grands soutiens du Hamas palestinien, sunnite, au nom de la lutte commune contre Israël. Ces mêmes oppositions peuvent conduire à des haines meurtrières. Pour un salafiste, un chiite est un chien d'hérétique qui mérite un sort encore pire qu'un infidèle. Chacun de ces mondes est tiraillé par des forces variées. L'Iran, longtemps perçu par les Occidentaux comme un univers figé dans le Moyen Âge, peuplé de mollahs interchangeables, a montré, lors des élections de la fin du XXe siècle, sa profonde diversité. L'élection à la présidence de la République, en 1997, de Mohammad Khatami, un homme modéré et pacifique, a eu peu d'effets concrets : le système, verrouillé par le pouvoir religieux du « guide suprême », a bloqué toute réforme trop hardie. Par ses discours, le président aura toutefois prouvé au monde qu'on peut être un religieux iranien chiite et en même temps un homme ouvert aux réformes, sensible aux idées de liberté et de démocratie. La stratégie délirante et nihiliste des djihadistes, ajoutant les massacres aux massacres, a conduit nombre d'intellectuels islamistes à repenser leur rapport au pouvoir et à la violence.

Surtout, le monde musulman dans son ensemble est pluriel, multiple, contradictoire. À partir de la fin des années 1970, à cause de l'irruption de l'islamisme dans le champ politique, on a voulu le réduire à un schéma binaire : il y a d'un côté les barbus, de l'autre ceux qui les combattent. Pour les peuples, cela revenait à avoir le choix entre le marteau des dictatures et l'enclume des bigots. L'histoire allait montrer qu'ils n'entendaient pas se laisser écraser entre l'un et l'autre jusqu'à la fin des temps.

25

Les révolutions arabes

Mohamed Bouazizi, jeune vendeur ambulant de légumes de la petite ville de Sidi Bouzid, dans le centre de la Tunisie, est à bout. Il est las des tracasseries policières, des pots-de-vin qu'il lui faut verser pour simplement mener une vie de misère. Le 17 décembre 2010, de désespoir, après avoir été rejeté une fois de plus par les autorités, auprès desquelles il était allé se plaindre de la confiscation arbitraire de son modeste matériel, il s'immole par le feu. Sans le savoir, par ce geste, le jeune homme vient d'embraser l'ensemble du monde arabe. Relayée par les réseaux sociaux, la nouvelle de son martyre pousse les jeunes de Tunis et d'autres grandes villes à braver la police et à descendre dans les rues pour manifester leur indignation. Ils sont rejoints par les classes moyennes, les syndicats, les avocats, les ouvriers, de toutes tendances religieuses et politiques, unis pour demander la fin du régime policier et semi-mafieux de l'inamovible président Ben Ali et de sa femme, Leïla Trabelsi, instauré en 1987. Après avoir alterné répression et fausses promesses, le 14 janvier 2011, le dictateur cède et s'enfuit en Arabie Saoudite.

Le 25, galvanisés par l'incroyable victoire de leurs cousins tunisiens, les jeunes Égyptiens investissent la place Tahrir – littéralement « place de la Libération » –, la plus grande du Caire, pour crier leur colère contre leur inamovible et tyrannique président à eux. Le 11 février, après qu'il a, lui aussi, tout essayé pour réduire le soulèvement – allant jusqu'à lancer contre les manifestants des nervis armés de bâtons juchés sur des chameaux –, Moubarak abandonne à son tour un pouvoir qu'il détenait depuis 1981. Et de deux. Le monde entier est incrédule.

Ces deux révolutions ne sont pas les premières tentatives de contestation démocratique d'un régime autoritaire en place à avoir lieu dans le monde arabo-musulman. L'Algérie, à la fin des années 1980, a connu un mouvement similaire. Cette brève parenthèse de liberté et de multipartisme est refermée en janvier 1992, quand les généraux, suspendant les élections, reprennent les pleins pouvoirs[1]. En 2009, d'impressionnants défilés ont envahi les rues de Téhéran pour protester contre l'évident truquage des élections visant à reconduire le très radical président Ahmadinejad. Dès l'été, cette révolte est stoppée net par une répression très violente.

1. Voir chapitre précédent.

Cette fois, le cercle du désespoir et de l'échec semble brisé. Les Tunisiens étaient unis par un slogan simple adressé à leur despote : « Dégage ! » En arabe, ou même en français, il est repris d'écho en écho. De l'Atlantique au Golfe, la contagion révolutionnaire ne cesse de s'étendre. Les Marocains réclament à leur tour des réformes. Les Libyens de Benghazi osent se dresser contre le tyran qui écrase leur pays depuis 1969. Les Yéménites, à Sanaa, défient Ali Abdullah Saleh, l'autocrate à la tête de l'État depuis la réunification du Nord et du Sud, en 1990. Au Bahreïn, un des petits royaumes du Golfe, la majorité de la population, chiite, se rebelle contre la minorité sunnite qui confisque le pouvoir. À Deraa, en Syrie, un groupe de collégiens âgés d'à peine 15 ans osent écrire des slogans hostiles au dictateur Bachar el-Assad sur un mur de la ville. Ils sont emprisonnés et torturés à mort par la police, qui ne finit par rendre aux parents les cadavres en charpie de leurs enfants qu'après de longues supplications. Cet acte barbare déclenche un cycle irrépressible de manifestations de colère.

Le vent de l'émancipation souffle partout. C'est le « printemps arabe », ainsi nommé en souvenir du « printemps des peuples » qui, en 1848, avait vu des soulèvements populaires fleurir dans toute l'Europe, de Rome à Vienne et de Paris à Budapest, contre les monarchies réactionnaires haïes. Ce moment suscite une vague de sympathie dans le monde entier. Il porte l'espérance de voir bientôt le monde arabe se convertir à la liberté et à la démocratie.

Dès la fin de cette même année 2011, l'enthousiasme fait place au désenchantement. Les Libyens, pour se débarrasser de Kadhafi, ont dû se lancer dans une guerre meurtrière, gagnée grâce aux frappes aériennes de l'Otan, sous l'impulsion de la France et du Royaume-Uni. La désorganisation de l'État qui en résulte aboutit à la dissémination dans l'ensemble de la zone des armes pillées dans les gigantesques arsenaux du dictateur et contribue à la déstabilisation de tout le sud du Sahara, où les groupes islamistes violents liés à Al-Qaïda prospèrent. Au Yémen, l'autocrate a multiplié les fausses sorties pour finalement démissionner au printemps 2012, tout en laissant son clan continuer de piller un pays déchiré entre ses diverses factions et soumis à l'influence de la puissante Arabie Saoudite voisine. Au Bahreïn, avec la bénédiction des autres monarques sunnites du Golfe, la même Arabie Saoudite a organisé une répression impitoyable des révoltés chiites. Quant à la Syrie, elle s'enfonce dans une guerre terrible. Celle-ci a commencé par opposer, comme partout ailleurs, les partisans du dictateur et les rebelles avides de démocratie. Les problèmes confessionnels, attisés par des forces extérieures, en ont compliqué les enjeux. Le clan au pouvoir, appartenant à la minorité alaouite, est soutenu par les chiites, eux-mêmes poussés par l'Iran, tandis que l'« armée syrienne libre » qui l'affronte est peu à peu débordée par des guerriers islamistes sunnites venus faire le djihad contre les « hérétiques », avec le soutien de l'Arabie Saoudite, décidément omniprésente.

Partout où des élections ont lieu, comme en Tunisie et en Égypte, elles donnent la victoire, relative ou absolue, aux partis islamistes, qu'ils soient issus des Frères musulmans ou de leurs rivaux salafistes. Abondamment financés par les pétrodollars venus du Golfe, auréolés de leur statut d'opposants inconditionnels aux dictatures qui les pourchassaient, ils attirent un électorat séduit par leur discours moral axé sur la famille ainsi que par leur promesse de rétablir l'ordre et de faire revenir la prospérité économique. Il suffit de peu de temps à leurs électeurs pour déchanter. Contrairement à ce que proclame le plus célèbre slogan des Frères musulmans, l'islam n'est pas forcément *la* solution, en tout cas pas à tous les problèmes. L'économie ne repart pas, les chômeurs n'ont pas plus de travail qu'avant, la situation politique se dégrade.

En Tunisie, en 2013, en l'espace de quelques mois, deux personnalités de la gauche laïque ont été assassinées. Les soupçons se portent sur les groupes salafistes exaltés, qui rêvent d'instaurer un « émirat islamique » dans le pays et pensent que tous les moyens sont bons pour y parvenir. Mais l'opposition accuse aussi Ennahda, le parti islamiste modéré au pouvoir, d'avoir instrumentalisé les extrémistes pour créer les troubles qui lui permettront de mettre un terme à la démocratie.

En juin 2013, un an après son élection, le président égyptien Mohamed Morsi, issu des Frères musulmans, semble avoir fait toute la preuve de son incompétence. Des millions d'Égyptiens descendent dans les rues pour exiger son départ. L'armée prétend les entendre et le destitue. Elle déclare vouloir remettre le pays sur la voie de la démocratie, mais certains observateurs doutent de ces bonnes intentions. N'a-t-elle pas, au contraire, opéré une reprise en main qui va reconduire le pays à la case départ de la dictature militaire ?

En Occident, l'opinion publique, noyée sous tant de rebondissements, finit par décrocher : avec ces pays, on ne comprend jamais rien à ce qui se passe. Les esprits forts raillent les pauvres naïfs qui se sont laissé berner par les illusions révolutionnaires et jubilent sur l'air de : « On vous l'avait bien dit ! » « Le monde arabo-musulman sur la voie de la démocratisation ? Allons ! Quel doux songe ! » Ils ont tort.

Dégage !

Ce printemps est l'un des événements fondamentaux du jeune XXIe siècle, et il porte en lui suffisamment de choses positives pour qu'on puisse se réjouir qu'il ait eu lieu.

Il ne s'agit pas d'en avoir une vision romantique et d'ignorer les grandes parties de géopolitique qui, comme c'est toujours le cas, se sont jouées et se jouent encore sur le dos des peuples. Tous les acteurs ont souligné le rôle essentiel, durant les révolutions, de la chaîne de télévision arabe Al-Jazeera. En relayant de façon continue les mouvements de révolte, en montrant par exemple les manifestations se déclenchant ici ou là en réponse à d'autres manifestations dont les images étaient évidemment censurées sur les chaînes nationales, elle a contribué à galvaniser les rebelles. Derrière cette chaîne, il y a le Qatar, nouveau venu dans le paysage moyen-oriental. Minuscule pays peuplé d'à peine 200 000 nationaux, il n'existe que depuis 1971, mais il est doté de la deuxième réserve de gaz naturel au monde. Il s'est lancé depuis la fin du XXe siècle dans une diplomatie tous azimuts, à la hauteur de son immense fortune, en commençant par multiplier les achats les plus divers en Europe comme dans le reste du monde : clubs de football, grands magasins, hôtels de luxe, prises de participation dans de grandes entreprises. D'un strict wahhabisme sur le plan religieux, il cherche aussi à acquérir une place centrale dans le monde arabe pour le conduire sur la voie de la réislamisation. À cet effet, il ne ménage pas ses efforts diplomatiques et surtout financiers pour soutenir les divers mouvements affiliés aux Frères musulmans. Cette préférence lui permet en outre de se démarquer de l'autre seul pays wahhabite du monde, la très puissante Arabie Saoudite. Celle-ci finance les salafistes, y compris les plus extrémistes, par haine des mêmes Frères musulmans, qu'elle perçoit comme des concurrents en orthodoxie religieuse. On a parlé déjà du rôle de l'Iran, poussant ses pions partout où l'on trouve des chiites. On peut supposer enfin que l'Occident, d'abord totalement débordé par des mouvements qu'il n'avait pas vus venir et qu'il était incapable d'analyser, a tenté d'une façon ou d'une autre de reprendre la main. L'intervention de l'Otan en Libye fut l'exemple le plus patent de ce retour à la table de jeu. Elle visait, entre autres, à faire oublier aux nouveaux acteurs du monde arabe la protection accordée pendant des années aux divers tyrans en passe d'être déchus. Il a dû y avoir d'autres ingérences, plus discrètes. Depuis les accords de Camp David, l'armée égyptienne est largement subventionnée par les États-Unis, dont elle reçoit plus d'un milliard de dollars par an. Personne n'imagine qu'elle ait pu prendre la moindre initiative sans le blanc-seing de Washington. Le soutien inconditionnel de la Russie au dictateur syrien, enfin, explique largement la capacité de ce dernier à se maintenir en place.

Reste ce que porte en propre le mouvement révolutionnaire. En se dressant avec courage contre des régimes capables de la pire répression, les jeunes gens de l'avenue Bourguiba de Tunis, de la place Tahrir, de Sanaa ou d'Alep ont fait plus que défier des dictateurs. Ils ont permis que sautent les deux grands verrous mentaux qui bloquaient tout depuis des décennies. On a déjà parlé du premier : l'alternative machiavélique par laquelle les autocrates, en brandissant constamment le spectre islamiste, parvenaient à garantir leur pouvoir *ad aeternam* et à étouffer toute velléité de changement. C'est eux ou nous ! martelaient-ils implicitement. Alors, prenons le risque que ce soit eux, ont répondu les manifestants, parce que vous, on n'en peut plus ! Le second remonte à l'histoire de la colonisation et de la lutte pour y mettre fin. La domination de l'Occident, on en a parlé longuement, fut terrible et réelle, la lutte pour s'en libérer courageuse et nécessaire. Au fil du temps, le souvenir de ce combat s'est souvent transformé en une muselière utilisée par ceux qui en avaient capté l'héritage contre quiconque osait contester leur pouvoir. Combien de fois tel démocrate, tel militant des droits de l'homme, tel syndicaliste demandant la plus infime des réformes s'est vu accuser d'être un « agent de l'impérialisme », voire un « valet du sionisme international » – variante tout aussi inepte. Pour tenter de discréditer les révolutionnaires, Moubarak, Kadhafi, Ben Ali, Bachar el-Assad et les autres ont tenté de refaire le coup. Cela n'a pas pris. Les rebelles n'étaient vendus à aucune puissance étrangère. Ils voulaient en finir avec des voleurs bien de chez eux, ceux-là mêmes qui étaient installés au pouvoir.

En ce printemps 2011, les serrures ont lâché, les portes se sont ouvertes pour laisser passer un grand vent émancipateur. Il secoue tout, parfois durement. On espère qu'il permettra aux peuples de reprendre enfin leur destin en main.

★
★ ★

En guise de conclusion

La seule évidence qui m'apparaisse au terme de ce long voyage dans l'Histoire est que l'Occident ne doit plus se mêler directement des affaires de l'Orient.

Cela ne signifie pas qu'il doive s'interdire toute intervention ponctuelle. Les bombardements des colonnes de chars de Kadhafi par l'aviation de l'Otan ont empêché le dictateur de commettre quelques massacres de plus en Libye, tant mieux. Cela signifie plutôt qu'il faut se garder d'imposer à nos voisins nos propres options, schémas, modèles. Le dernier à avoir démontré l'ineptie du procédé se nomme George W. Bush. En faisant envahir l'Irak par les troupes américaines, en 2003, sur le conseil de ses amis néoconservateurs, il pensait pouvoir y importer de toutes pièces la démocratie. Il a produit le chaos, renforcé le terrorisme et décuplé la haine des États-Unis à travers tout le monde musulman. « Les peuples n'aiment pas les missionnaires armés », disait déjà Robespierre à l'époque où la Révolution française cherchait à étendre ses nobles principes en Europe à la pointe de ses baïonnettes.

L'Occident a fait, depuis le XVIe siècle, assez de dégâts dans le monde pour se garder d'en provoquer d'autres. L'Orient sort à peine d'un siècle et demi de domination par les grandes puissances européennes. Elles l'ont assise avec la certitude de la supériorité absolue de leur modèle et de leur vision du monde. Ce temps n'est plus. Le monde a changé. Il se recompose à sa façon, chacun doit y trouver sa voie. Est-ce à dire que nous devrions avoir honte des valeurs de l'Europe d'aujourd'hui ? Sûrement pas. Je crois profondément aux plus nobles d'entre elles, la liberté, la pensée critique, le refus du dogmatisme et la conviction que la pluralité des opinions, des traditions philosophiques, religieuses, morales, qui coexistent aujourd'hui sur ce territoire sont une source d'enrichissement. Nous autres, Européens, devons les défendre avec d'autant plus de force qu'elles sont menacées. L'extrême droite et les populistes n'ont de cesse de contester cette diversité en déniant à l'islam toute légitimité à être l'une des religions de notre continent. Les fondamentalistes islamistes cherchent à instrumentaliser le sentiment de rejet qu'éprouvent de nombreux musulmans en butte à cette haine afin de les dresser contre les valeurs européennes. Ils sont les alliés objectifs des précédents. Les uns et les autres sont à combattre avec fermeté. Leur victoire nous mènerait à la violence, au repli, à rien d'autre qu'au déclin. Les musulmans d'Europe sont des Européens, comme tous les autres Européens, chrétiens, juifs, bouddhistes, athées, anticléricaux forcenés ou dévots de tout culte. Depuis déjà cinq siècles, faut-il le rappeler, l'Europe n'est plus la « chrétienté », cet univers où un seul dieu avait droit de cité. Elle est une terre de démocratie : tous ceux qui forment sa population, quelles que soient leur origine, leur tradition, leurs croyances ou leur incroyance, sont là pour concourir ensemble à élaborer son avenir.

Il existe, dans l'Orient d'aujourd'hui, une semblable tendance au repli, au sectarisme, à l'exclusion des minorités, menée Livre saint en main au nom d'une foi jalouse et intolérante. Face à elle, on en trouve une autre qui rêve d'ouverture et d'échange. Elle ne s'appuie pas sur une singerie de l'Occident, comme ses ennemis veulent le faire croire, mais sur les meilleures de ses propres traditions. On l'a vu dans ce livre, la civilisation musulmane a été au plus haut quand elle a été tolérante, diverse, ouverte à tous les courants de pensée qui préexistaient, avide de tous les savoirs. Des penseurs, des théologiens, des politiques, des citoyens des mondes arabe et musulman d'aujourd'hui cherchent à faire éclore un modèle qui puise à cette source. On ne peut qu'espérer qu'ils y parviendront. Dans l'intérêt des peuples qui vivent sur l'autre rive de la Méditerranée autant que dans le nôtre. L'Europe et l'Orient croient s'opposer. Leurs racines sont communes. L'histoire et la géographie les rapprochent plus qu'elles ne les séparent. Tout plaide pour un avenir de coopération, d'échange. Le monde du XXIe siècle est multiple, incertain, périlleux. Soyons unis pour en relever les défis.

BIBLIOGRAPHIE

Cette bibliographie, sans chercher à être exhaustive, donne des pistes aux lecteurs qui désireraient approfondir leurs connaissances sur tel ou tel sujet traité dans cet ouvrage, en offrant une sélection de livres qui soient le plus accessibles possible.

Sont données en anglais les références des livres qui n'ont pas encore été traduits.

Ouvrages généraux

Georges Corm, *Histoire du Moyen-Orient. De l'Antiquité à nos jours*, La Découverte, coll. « Poche », 2007. Un petit livre qui survole agréablement les millénaires. Par un historien et économiste libanais reconnu, universitaire et ancien ministre.

Albert Hourani, *Histoire des peuples arabes*, Seuil, coll. « Points », 1993. Ce livre a longtemps été considéré comme la bible sur le sujet. Par le grand historien britannique d'origine libanaise, né en 1915, mort en 1993.

Dominique Chevallier et André Miquel (dir.), *Les Arabes, du message à l'histoire*, Fayard, 1995. Collectif. Quelques très bons articles.

Joseph Burlot, *La Civilisation islamique*, Hachette, 1991. Un manuel très clair.

Tamim Ansary, *Destiny Disrupted. A History of the World through Islamic Eyes*, Public Affairs, 2010. Comme l'indique le sous-titre, une histoire du monde écrite du point de vue musulman, par un auteur américain d'origine afghane. Savoureux et éclairant.

Pierre Vermeren (dir.), *Idées reçues sur le monde arabe*, Le Cavalier bleu, 2012. Une suite de brefs chapitres écrits par des spécialistes, qui permettent de couvrir une foule de sujets, de la naissance de l'islam aux révolutions arabes.

Atlas

Jean et André Sellier, Anne Le Fur, *Atlas des peuples d'Orient. Moyen-Orient, Caucase, Asie centrale*, La Découverte, 2004.

Pierre Vallaud, Xavier Baron, *Atlas géostratégique du Proche et du Moyen-Orient*, Perrin, 2010.

Atlas de la Méditerranée, L'Histoire, 2012.

Fabrice Balanche, *Atlas du Proche-Orient arabe*, RFI/PUPS, 2011.

Rapports entre Orient et Occident

Bernard Lewis, *Comment l'islam a découvert l'Europe*, La Découverte, 1984 ; rééd. Gallimard, 2005.

Franco Cardini, *Europe et Islam : histoire d'un malentendu*, Seuil, coll. « Points », 2002.

Richard Fletcher, *La Croix et le Croissant. Le christianisme et l'islam, de Mahomet à la Réforme*, Seuil, coll. « Points », 2010.

Henry Laurens, John Tolan et Gilles Veinstein, *L'Europe et l'Islam : quinze siècles d'histoire*, Odile Jacob, 2009. John Tolan, professeur à l'université de Nantes, est spécialiste des contacts entre les mondes latin et arabe au Moyen Âge. Gilles Veinstein (1945-2013), professeur au Collège de France, était l'un des plus grands spécialistes français de l'Empire ottoman. Henry Laurens, titulaire de la chaire d'histoire du monde arabe contemporain au Collège de France, est l'un des plus grands orientalistes français contemporains.

Islam

– Trois ouvrages de référence :

Dictionnaire de l'islam : religion et civilisation, Albin Michel/Encyclopaedia Universalis, 1997.

Mohammad Ali Amir-Moezzi (dir.), *Dictionnaire du Coran*, Robert Laffont, coll. « Bouquins », 2007.

Janine et Dominique Sourdel (dir.), *Dictionnaire historique de l'islam*, PUF, coll. « Quadrige », 2004.

– Et quatre ouvrages qui permettent de s'initier simplement à la question :

Pierre Lory et Mohammad Ali Amir-Moezzi, *Petite histoire de l'islam*, Librio, 2007. Concis, limpide.

Anne-Marie Delcambre, *Mahomet, la parole d'Allah*, Gallimard, coll. « Découvertes », 1987. Simple et éclairant.

Malek Chebel, *Dictionnaire amoureux de l'Islam*, Plon, 2004. Bien écrit et volontairement subjectif, ce qui le rend très agréable à lire.

Pascal Buresi, *Histoire de l'Islam*, La Documentation française, 2007.

EXPANSION DE L'ISLAM, CONQUÊTES ARABES, OMEYYADES, ABBASSIDES

Wahib Atallah, *Sunnites et chiites. La naissance de l'empire islamique*, Infolio, 2010.

Mohammad Ali Amir-Moezzi, *Le Coran silencieux et le Coran parlant. Sources scripturaires de l'islam entre histoire et ferveur*, CNRS Éditions, 2011.

Claude Cahen, *L'Islam. Des origines au début de l'Empire ottoman*, Fayard, coll. « Pluriel », 2011. Très éclairant sur divers aspects de la vie quotidienne dans les premiers empires. Par l'un des grands orientalistes du XXe siècle.

Hugh Kennedy, *When Bagdad Ruled the Muslim World*, Da Capo Press, 2006. Quand un universitaire décide d'abandonner les critères austères de l'histoire académique pour ouvrir son savoir au grand public. Passionnant.

André Clot, *Haroun al-Rachid et le temps des Mille et Une Nuits*, Fayard, 1986. Par un journaliste et écrivain qui sait captiver son lecteur.

ANDALOUSIE MUSULMANE

Pierre Guichard, *Al-Andalus*, Fayard, coll. « Pluriel », 2011. Concis, passionnant, le meilleur ouvrage sur la période.

André Clot, *L'Espagne musulmane*, Perrin, coll. « Tempus », 2005.

– Deux ouvrages sur l'histoire de l'Espagne tout entière :

Joseph Pérez, *Histoire de l'Espagne*, Fayard, 1996.

Bartholomé Bennassar, *Histoire des Espagnols. VIe-XXe siècle*, Robert Laffont, coll. « Bouquins », 1996.

– Et un sur la Sicile :

Pierre Aubé, *Les Empires normands d'Orient*, Perrin, coll. « Tempus », 2006.

CROISADES

– Pour les mondes français et anglo-saxon, les ouvrages les plus classiques sont :

René Grousset (de l'Académie française), *Histoire des croisades et du royaume franc de Jérusalem*, Perrin, coll. « Tempus », 2006, 3 vol. Première publication entre 1934 et 1936.

Sir Steven Runciman, *A History of the Crusades*, Cambridge University Press, 1987, 3 vol. Première publication entre 1951 et 1954. Par le grand médiéviste anglais, professeur à Cambridge.

– Pour un point de vue plus récent et synthétique :

Les Croisades (compilation d'articles de la revue *L'Histoire*, présentée par Robert Delort), Seuil, coll. « Points », 1988.

– Pour le point de vue oriental :

Amin Maalouf, *Les Croisades vues par les Arabes. La barbarie chrétienne en Terre sainte*, J'ai lu, 2001.

Georges Tate, *L'Orient des croisades*, Gallimard, coll. « Découvertes », 1991.

L'Orient au temps des croisades, textes arabes présentés et traduits par Anne-Marie Eddé et Françoise Micheau, Garnier-Flammarion, 2002.

– Enfin, on pourra entrer dans cette histoire par le biais de la vie de Saladin, un de ses héros les plus connus :

Anne-Marie Eddé, *Saladin*, Flammarion, 2012. Une biographie érudite et passionnante.

L'ÉCHANGE DES SAVOIRS

Salim T.S. Al-Hassani (dir.), *1001 Inventions. The Enduring Legacy of Muslim Civilization*, National Geographic, 2006.

Ahmed Djebbar, *L'Âge d'or des sciences arabes*, Le Pommier, 2005.

Mohammad Ali Amir-Moezzi, « Islam : la quête de l'inconnu salvateur », *in* N. Czechowski (éd.), *La Curiosité : vertiges du savoir*, Autrement, série « Morales », n° 12, 1993.

L'Égypte des Mamelouks

André Clot, *L'Égypte des Mamelouks. 1250-1517, l'empire des esclaves*, Perrin, coll. « Tempus », 1999.

Empire ottoman

Robert Mantran (dir.), *Histoire de l'Empire ottoman*, Fayard, 2003. L'ouvrage de référence. Parfois complexe, mais complet.

Frédéric Hitzel, *L'Empire ottoman, XVe-XVIIIe siècle*, Les Belles Lettres, 2002. Un ouvrage savoureux qui se lit comme un roman.

Philip Mansel, *Constantinople : la ville que désirait le monde. 1453-1924*, Seuil, 1997.

Thérèse Bittar, *Soliman. L'empire magnifique*, Gallimard, coll. « Découvertes », 1994. Aussi remarquable et pédagogique que les meilleurs volumes de cette grande collection de vulgarisation.

Les juifs dans le monde musulman

Michel Abitbol, *Le Passé d'une discorde*, Perrin, coll. « Tempus », 2003.

Antoine Germa, Benjamin Lellouch, Évelyne Patlagean (dir.), *Les Juifs dans l'histoire*, Champ Vallon, 2011.

Les femmes

Nikki R. Keddie, *Women in the Middle East*, Princeton University Press, 2007.

L'ESCLAVAGE

Malek Chebel, *L'Esclavage en terre d'islam*, Fayard, 2007. Historien, mais aussi anthropologue, l'auteur voyage dans le monde musulman d'aujourd'hui, ce qui lui permet de faire le tour de la question.

Bernard Lewis, *Race et esclavage au Proche-Orient*, Gallimard, 1993. La refonte d'un premier ouvrage intitulé *Race et couleur en pays d'Islam*.

Roger Botte et Alessandro Stella (dir.), *Couleurs de l'esclavage sur les deux rives de la Méditerranée (Moyen Âge-XXe siècle)*, Karthala, 2012. Le livre est parfois aride, mais il permet de comparer Orient et Occident sur la question.

Robert C. Davis, *Esclaves chrétiens, maîtres musulmans. L'esclavage blanc en Méditerranée (1500-1800)*, Éditions Jacqueline Chambon, 2006.

XIXe ET XXe SIÈCLE

– Ouvrages généraux sur la période :

Eugene Rogan, *Histoire des Arabes de 1500 à nos jours*, Perrin, 2013. Écrit par un universitaire britannique en 2011 et déjà considéré comme un classique. Érudit, clair, fouillé, remarquable en tout point.

Vincent Cloarec et Henry Laurens, *Le Moyen-Orient au XXe siècle*, Armand Colin, 2003. Sérieux et clair comme doit l'être un manuel destiné aux étudiants.

Anne-Laure Dupont, Catherine Mayeur-Jaouen et Chantal Verdeil (dir.), *Le Moyen-Orient par les textes. XIXe-*

XXIe *siècle*, Armand Colin, 2011. Une anthologie remarquablement faite et très éclairante.

Jean-Paul Chagnollaud, *Quelques idées simples sur l'Orient compliqué*, Ellipses, 2008. Comme son titre l'indique, très pédagogique.

Alain Gresh, Dominique Vidal, *Les 100 clés du Proche-Orient*, Fayard, coll. « Pluriel », 2011. Par deux journalistes du *Monde diplomatique* spécialistes de la région et plutôt marqués à gauche. Leur livre, qui se présente comme un dictionnaire, est facile d'accès et constamment réédité.

Georges Corm, *Le Proche-Orient éclaté. 1956-2012*, La Découverte, 2012. Couvre de façon détaillée la seconde moitié du XXe siècle et le début du XXIe.

– Sur le déclin de l'Empire ottoman et la naissance de la Turquie :

Hamit Bozarslan, *Histoire de la Turquie. De l'Empire à nos jours*, Tallandier, 2013. Très éclairant, en particulier sur les racines intellectuelles du mouvement jeune-turc ou du kémalisme.

Thierry Zarcone, *La Turquie. De l'Empire ottoman à la République d'Atatürk*, Gallimard, coll. « Découvertes », 2005.

– Deux ouvrages permettent de se repérer dans le mouvement d'éveil des nationalités en Europe orientale au XIXe siècle :

Norman Davies, *Europe : A History*, Harper Perennial, 1998. Une monumentale et passionnante histoire de l'Europe, qui couvre donc aussi les Balkans.

Jean-Claude Caron, Michel Vernus, *L'Europe au XIXe siècle. Des nations au nationalisme (1815-1914)*, Armand Colin, 2011.

– Quelques monographies par pays :

Jason Thompson, *A History of Egypt. From Earliest Times to the Present*, Anchorbooks, 2009. Un des rares ouvrages à retracer avec clarté l'histoire du pays sur la longue durée.

Patrice Bret, *L'Égypte au temps de l'expédition de Bonaparte. 1798-1801*, Hachette Littératures, coll. « La vie quotidienne », 1998. Répond parfaitement aux promesses du titre et de la collection.

Pascal Ménoret, *L'Arabie. Des routes de l'encens à l'ère du pétrole*, Gallimard, coll. « Découvertes », 2010. Retrace l'histoire du pays depuis le pacte entre le premier Séoud et le prédicateur Abdelwahhab.

Olivier Da Lage, *Géopolitique de l'Arabie Saoudite*, Complexe, 2006.

Daniel Rivet, *Histoire du Maroc*, Fayard, 2012. Clair et complet.

Jean-Pierre Digard, Bernard Hourcade et Yann Richard, *L'Iran au XXe siècle. Entre nationalisme, islam et mondialisation*, Fayard, 1996. À la fois une somme et une référence.

– Sur le génocide arménien :

Taner Akçam, *Un acte honteux. Le génocide arménien et la question de la responsabilité turque*, Denoël, 2008. Considéré comme un ouvrage de référence.

Annie et Jean-Pierre Mahé, *L'Arménie à l'épreuve des siècles*, Gallimard, coll. « Découvertes », 2005. Permet de replacer l'histoire du peuple arménien dans le temps long.

– Sur la Seconde Guerre mondiale :

Christian Destremau, *Le Moyen-Orient pendant la Seconde Guerre mondiale*, Perrin, 2011. Riche et bien mené.

– Sur Israël et les Arabes : il faudrait un autre livre pour rendre compte de tous ceux qui traitent du sujet. Contentons-nous d'une sélection volontairement réduite :

Histoire de l'autre, Liana Levi, 2004. Présente face à face le récit de l'histoire d'Israël et de la Palestine écrit par des historiens israéliens et palestiniens. Avec une préface du grand historien Pierre Vidal-Naquet.

On pourra aussi regarder un documentaire qui repose sur des interviews de tous les acteurs successifs du conflit :

Norma Percy, Brian Lapping, *Israël et les Arabes 1948-2005*, Arte Vidéo, 2006.

– Sur le pétrole :

Jean-Marie Chevalier, *Les Grandes Batailles de l'énergie. Petit traité d'une économie violente*, Gallimard, coll. « Folio actuel », 2004. Limpide.

Éric Laurent, Patrick Barberis, *La Face cachée du pétrole*, Arte Vidéo, 2010. Un documentaire vidéo fondé sur de multiples témoignages et des images d'archives.

Révolutions arabes

Jean-Pierre Filiu, professeur à Sciences Po Paris, est un des spécialistes français du monde arabe contemporain. Il a publié divers ouvrages sur les révolutions arabes, leurs causes, leurs conséquences. Citons :

La Révolution arabe. Dix leçons sur le soulèvement démocratique, Fayard, 2011.

Ou, centré sur la Syrie :

Le Nouveau Moyen-Orient. Les peuples à l'heure de la révolution syrienne, Fayard, 2013.

Gilles Kepel, *Passion arabe. Journal, 2011-2013*, Gallimard, 2013. Quand un grand orientaliste français abandonne l'austérité de la prose universitaire pour livrer le journal d'un long voyage à travers tous les pays secoués par les bouleversements en cours, de la Tunisie au Yémen, de la Libye au Qatar. Tout à la fois érudit, passionnant, sérieux, drôle, émouvant et remarquablement écrit.

INDEX

[Petites capitales] : noms de personnes
[**gras**] : noms de lieux
[*italique*] : organisations, populations, notions

Bédouin : de l'arabe *badawi*, « habitant du désert ». Nomade vivant dans le désert.

Berbères : peuples autochtones d'Afrique du Nord successivement conquis par les Romains, les Vandales, puis les Arabes. Les Kabyles d'Algérie, les Chleuhs du Maroc, les Touaregs du Sahara forment différents peuples berbères.

Calife : littéralement, « successeur », c'est-à-dire le successeur du Prophète. Le calife est investi de la double charge, politique et religieuse, de la communauté musulmane.

Charia : la loi islamique, issue du Coran, des hadiths (paroles ou gestes attribués au Prophète) et de la tradition.

Chiisme : branche de l'islam regroupant les partisans d'Ali et de ses descendants.

Choura : littéralement, « concertation » – celle de Mahomet avec ses proches avant de prendre une décision. La choura désigne aujourd'hui l'équivalent du Parlement dans un État islamique ou le conseil d'administration d'une institution religieuse.

Coran : littéralement, « récitation ». Le Coran contient le message divin, qui, selon la tradition musulmane, a été révélé à Mahomet par l'intermédiaire de l'ange Gabriel. Le Coran est organisé en une suite de chapitres, les sourates, ellesmêmes subdivi

Djihad : littéralement, « effort ». Le djihad est le combat que l'homme doit livrer contre lui-même pour trouver la voie juste qui mène au bien. Il est aussi la bataille, la guerre sainte que le croyant doit mener pour défendre l'islam s'il est attaqué,

---

Fatwa : la consultation faite par une autorité islamique à propos d'un point épineux, douteux, ou d'une question nouvelle, puis le décret qui en résulte.

Hégire : littéralement, « fuite ». Désigne le moment où Mahomet dut s'enfuir de sa ville de La Mecque pour rejoindre Médine. La date de l'hégire, correspondant à l'année 622 de l'ère chrétienne, marque le début du calendrier musulman.

Ijtihad : effort de compréhension et d'interprétation du Coran.

Imam : chez les sunnites, celui qui est chargé de conduire la prière du vendredi. Chez les chiites, l'imam est le descendant d'Ali. Son lien particulier avec Dieu doit lui permettre de mener la communauté vers le bien. Pour la majorité des chiites, le der

Kaaba : petit édifice cubique situé au centre de Masjid al-Haram, la mosquée sacrée de La Mecque. C'est vers la Kaaba que les croyants du monde entier se tournent lorsqu'ils font leur prière.

Machrek : là où le soleil se lève, l'Orient. La liste des pays qui constituent cet espace n'est pas fixe. En général, on y inclut les pays de l'Orient arabe, c'est-à-dire l'Irak, la Syrie, le Liban, la Jordanie, la Palestine et Israël.

Maghreb : l'endroit où le soleil se couche, l'Occident. La Tunisie, l'Algérie, le Maroc forment le Maghreb arabe. On y inclut parfois la Libye et la Mauritanie.

Mollah : dignitaire religieux, docteur de la loi, érudit qui a étudié les textes sacrés. Le terme est utilisé principalement dans la sphère d'influence perse. Le monde arabe parle plutôt d'ouléma (pluriel de alim, « savant »).

Nakba : littéralement, « catastrophe ». Le terme désigne, dans le monde arabe, la première défaite arabe face à Israël, en 1948, et l'exil des Palestiniens qui s'est ensuivi.

Soufi : dériverait du grec sophia, « sagesse », ou de l'arabe saf, « pureté », ou encore du persan souf, désignant le vêtement de laine porté par les ascètes. Le soufisme est le courant mystique de l'islam. À travers leur quête spirituelle, parfois ésotér

Sultan : à partir du XIe siècle, titre donné par le calife à celui qui exerce effectivement le pouvoir politique.

Sunnisme : de sunna, « tradition ». Le sunnisme est le courant majoritaire de l'islam. Il est partagé en quatre écoles juridiques : les hanafites, les chaféites, les malikites et les hanbalites, dont sont issus les wahhabites.

Vizir : ministre d'un prince musulman.

Wahhabisme : courant religieux ultra-rigoriste fondé au XVIIIe siècle, mettant l'accent sur le strict monothéisme et la fidélité aux sources de l'islam. Il représente aujourd'hui la doctrine officielle de l'Arabie Saoudite et du Qatar.

REMERCIEMENTS

Ce livre a représenté un gros travail qui n'a été possible que grâce à l'aide compétente, amicale et dévouée de toute une équipe.

Mohammad Ali Amir-Moezzi, l'un des grands islamologues français, directeur d'études à l'École pratique des hautes études et maître d'œuvre du désormais célèbre *Dictionnaire du Coran*, m'a fait l'honneur d'en être le conseiller scientifique. Il m'a évité bien des approximations et contresens.

De nombreuses idées qui sont ici exposées me sont venues après des heures de discussion avec mon ami Hedi Yahmed, brillant journaliste de la Tunisie d'aujourd'hui et grand amateur de l'histoire et de la culture du monde arabe.

Sophie de Closets et Vincent Brocvielle sont les éditeurs de ce texte. Ils m'ont poussé à le travailler et à le retravailler encore pour le rendre clair, simple et accessible au plus grand nombre.

Élise Roy en a été la relectrice. Son sens de la précision et sa culture m'ont été d'une grande utilité.

Tous ceux qui apprécient son travail, enfin, auront reconnu dans la couverture et la maquette du livre l'élégante patte d'Olivier Marty, directeur artistique.

Merci à chacun d'eux.

Table des cartes

Du même auteur :

LE KIT DU 21e SIÈCLE : NOUVEAU MANUEL DE CULTURE GÉNÉRALE, avec Vincent Brocvielle, Lattès, 2012

NOS ANCÊTRES LES GAULOIS ET AUTRES FADAISES : L'HISTOIRE DE FRANCE SANS LES CLICHÉS, Fayard, 2010

RAPPELLE-TOI, Nil Éditions, 2008

LA PLANÈTE DES SAINTS, Hachette Littératures, 2007

UNE GOLDEN EN DESSERT : TOUT CE QUI NOUS DONNE LE CAFARD ET LES MOYENS D'EN SORTIR, Nil Éditions, 2006

NOS AMIS LES HÉTÉROS, Nil Éditions, 2004

NOS AMIS LES JOURNALISTES (ROMAN COMIQUE), Nil Éditions, 2002

NOS ANNÉES VACHES FOLLES : TOUT CE QUI A CHANGÉ DANS NOTRE VIE QUOTIDIENNE, Nil Éditions, 1999

L'AIR DU TEMPS M'ENRHUME, Calmann-Lévy, 1997

UNE FIN DE SIÈCLE : CHRONIQUE AMUSANTE D'UNE ÉPOQUE SINISTRE, Calmann-Lévy, 1994

SUR LA TERRE COMME AU CIEL : POUR UNE NOUVELLE MORALE LAÏQUE, Calmann-Lévy, 1990

POUR EN FINIR AVEC LES ANNÉES 80 : PETITE SOCIOLOGIE DES SNOBISMES DE L'ÉPOQUE, Calmann-Lévy, 1988

Le Livre de Poche s'engage pour
l'environnement en réduisant
l'empreinte carbone de ses livres.
Celle de cet exemplaire est de :
550 g éq. CO_2
Rendez-vous sur
www.livredepoche-durable.fr

PAPIER À BASE DE
FIBRES CERTIFIÉES

Composition réalisée par NORD COMPO

Achevé d'imprimer en avril 2015 en France par
CPI BRODARD ET TAUPIN
La Flèche (Sarthe)
N° d'impression : 3011005
Dépôt légal 1re publication : mai 2015
LIBRAIRIE GÉNÉRALE FRANÇAISE
31, rue de Fleurus – 75278 Paris Cedex 06

17/8890/3